영국시의 이해와 역사적 개관

British Poetry since the Sixteenth Century: A Student's Guide
by John Garrett

* 이 번역서는 동아대학교 교내번역과제로 선정되어 동아대학교 번역총서 제123호로 출간
되었음.

영국시의 이해와 역사적 개관

존 가렛 지음
최영승 옮김

도서출판 동인

차
례

■ 감사의 말 … 8
■ 서 문 … 11

제1장 **영시에 다가가기** | 20

주제 — 20
어조 — 24
심상 — 31
시어법 — 40
리듬 — 48
구조 — 58
운율과 음향효과 — 62

제2장 **엘리자베스시대 소넷:**
시드니와 셰익스피어 | 76

필립 시드니 경 — 76
윌리엄 셰익스피어 — 84

제3장 **17세기 초반: 단과 허벗** | 94

존 단 — 94
조지 허벗 — 104

제4장 17세기 후반: 앤드루 마블 | 114

제5장 오거스터스 시대의 여명: 존 드라이든 | 128

제6장 18세기 초반: 포프와 스위프트 | 144

앨릭잰더 포프 — 145
조나선 스위프트 — 157

제7장 낭만주의에로의 경도: 토마스 그레이 | 166

제8장 낭만주의: 블레이크, 워즈워스, 키이츠,
바이런 및 셸리 | 182

윌리엄 블레이크 — 188
윌리엄 워즈워스 — 201
존 키이츠 — 215
조지 고든 바이런 경 — 225
퍼시 비쉬 셸리 — 233

제9장 빅토리아 정신: 아놀드와 테니슨 | 248

매쓔 아놀드 — 253
앨프릿 테니슨 경 — 264

제10장 **여타 빅토리아 시인들:**
브라우닝과 홉킨스 및 하디 | 280

로벗 브라우닝 — 280
제러드 맨리 홉킨스 — 295
토마스 하디 — 308

제11장 **20세기 초반: 엘리엇** | 322

제12장 **마지막 낭만주의자: 예이츠** | 346

제13장 **전쟁과 그 여파: 오든** | 368

제14장 **핵 시대의 시: 테드 휴즈** | 388

■ 연 표 … 403
■ 참고문헌 … 414
■ 옮긴이의 말 … 422
■ 찾아보기 … 424

| 감사의 말 |

나는 이 글이 출판되도록 준비하는 과정에서 귀중한 조언을 준 내 동료인 알렉산더 킹혼Alexander Kinghorn 교수와 닐 맥퀀Neil McEwan 박사에게 감사를 표하고 싶다.

저자인 나와 출판에 관계한 사람들은 사용된 자료의 저작권에 관해 쾌히 승인해준 아래의 출판사와 사람들에게도 고마움을 표하고 싶다.

- 조나선 케이프Jonathan Cape 출판사: 로벗 프로스트Robert Frost의 「불과 얼음」("Fire and Ice")은 에드워드 코너리 레이덤Edward Connery Lathem이 편집한 『로벗 프로스트의 시』(*The Poetry of Robert Frost*)에서 발췌한 데 대해서,
- 샤토 윈더스Chatto & Windus 출판사: 월프리드 오웬Wilfred Owen의 「죽을 운명의 젊은이를 위한 찬가」("Anthem for Doomed Youth")와 「이상한 만남」("Strange Meeting")은 루이스C. Day Lewis가 편집한 『월프리드 오웬 시 전집』(*The Collected Poems of Wilfred Owen*)에서 발췌한 데 대해서,
- 페이버 앤 페이버Faber and Faber 출판사: 오든W. H. Auden의 「미술관」("Musée des Beaux Arts")과 「그들의 외로운 선배들」("Their Lonely Betters")은 『시 전집』(*Collected Poems*)에서, 그리고 테드 휴즈Ted Hughes의 「유치한 농담」("A Childish Prank")과 「그 순간」

("That Moment"), 「까마귀와 새들」("Crow and the Birds")은 『까마귀』(*Crow*)에서 발췌한 데 대해서,

- 그랩튼 북스Grafton Books 출판사: 커밍스E. E. Cummings의 「버팔로 빌」("Buffalo Bill's")은 『시 전집, 1913-1962』(*The Complete Poems 1913-1962*)에서 발췌한 데 대해서,

- 왓A. P. Watt 출판사: 마이클 예이츠Michael B. Yeats를 대신하여, 예이츠W. B. Yeats의 「정치」("Politics")와 「이니스프리의 호도」("The Lake Isle of Innisfree"), 「비잔티움으로의 항해」("Sailing to Byzantium")를 『예이츠 시 전집』(*The Collected Poems of W. B. Yeats*)에서 발췌한 데 대해서, 그리고

- 맥밀란Macmillan 출판사: 이 시들을 편집한 피네런Richard J. Finneran 의 『예이츠의 시』(*The Poems of W. B. Yeats*)에서도 「이니스프리의 호도」, 「정치」(ⓒ1940, 1968)와, 「비잔티움으로의 항해」(ⓒ1928, 1956)가 발췌되었는데, 이에 대해서는 런던 맥밀란 지사Macmillan, London Ltd.와 맥밀란 출판사Macmillan Publishing Co.에 감사를 표한다.

이외에도 모든 저작권 소유자들에게 승인을 받기 위해서 찾아보도록 모든 노력을 경주했으나, 주의를 소홀히 한 관계로 혹시 빠뜨린 경우가 있다면, 본 출판관계자들은 우선적으로 승인을 받을 수 있는 기회를 갖도록 필요한 모든 조치를 기꺼이 취할 것임을 밝혀 둔다.

이 책을 내 아내 라일라(Leila)에게 바친다.

현재 영문학에 대한 친화력을 아직 계발시키지 못한 영문학도들에게 어쩌면 공략하기도 어려울 뿐만 아니라 가늠하기도 힘들게 보일 수 있는 영문학의 어떤 관문을 활짝 열어주는 것이 이 책의 목표라고 하겠다. 정말 쉽게 다가갈 수 있는 자세가 필요한데, 이어지는 다음의 내용을 읽고 그 접근이 한결 용이해졌으면 하는 바람이다. 어떤 학생들은 윌리엄 셰익스피어William Shakespeare를 도깨비 같은 거장으로 보거나 앨릭잰더 포프Alexander Pope를 성마른 노총각 정도로 인식하면서, 양자 모두를 이해하기 힘들 정도의 고어체 영어로 글을 썼던 작가로 생각해왔다. 만일 이 책이 이와 같은 편견을 극복하고 그러한 작가들의 작품들 역시 그 작품들이 존재했던 시대만큼이나 오늘날에 있어서도 생생하게 살아서 유용한 양식을 제공해주고 있다는 사실을 밝혀줄 수만 있다면, 그 성과를 거두었다고 할 수 있을 것이다.

　　이어지는 다음의 장章들은 전반적으로 이 책이 고교졸업반 학생들 sixth formers과 대학교 신입생들에게 집중적인 영시강좌의 토대를 제공해줄 수 있도록 선정된 시들을 시대 순으로 수록하여 학습을 목적으로 제시해줄 것이다. 가끔씩 지리적 여건에 의해서 제한 받지 않는다는 점을 보이기 위해 미국시인들의 작품들도 인용되어 있지만, 여기서 주로 다루어지는 대부분의 시는 태어난 나라나 귀화한 나라를 중심으로 보아서 영국작가들의 것이다. 이 책은 처음에는 시가 작용하는 몇 가지 방법들, 다시 말하여 시가 그 효과를 얻고 그 절대적인 전달의 목적을 성취하는 수단들을 예시하면서 시작한다. 여기서부터 출발해서 이 책은 비교적 안정되고 "현대화된modern" 영어로 시가 쓰인 기간인 지난 400년간에 대한 개관으로 옮겨가게 된다. 이 전반적인 목표는 지난 4세기 이상 동안에 영시분야에서 어떤 일이 일어났었는지를 독자들이 알 수 있도록 하는 데 있다. 그리고 독자들에게 몇몇 예시적인 인물들을 소개해주고 있으며, 다룰 수 있는 공간을 못 찾아 이 책의 내용 속에 포함시키지 못한 다른 시인들도 접할 수 있도록 독자들로 하여금 준비를 하게 해주는데 그 목표를 두고 있다.

만일 영국시의 전형적인 특징이 있다면 그것은 무엇일까? 어떤 특색들이 다른 나라의 시에서 보다 더욱 더 강하게 나타나고 있는가? 산호초가 그 장엄한 자태를 갖추도록 성장해왔듯이, 영국의 시적詩的 자산은 수세기를 거쳐서 조금씩이지만 끊임없이 축적되어 왔던 것이다. 『베어울프』(*Beowulf*)나 「바다로 간 사람」("The Seafarer"), 「방랑자」("The Wanderer")의 저자들과 같은 고대영어 문필가들이 웅대한 화강암과 같은 앵글로색슨 Anglo-Saxon어에서 빚어낸 귀에 쟁쟁히 울리는 두운으로 된alliterative 시행들을 그 암석으로부터 잘라 내어서 만들었을 때, 그들은 시간을 초월하여 살아남을 수 있는 힘찬 시 문화 속에 최초의 원시적 전례들을 만들었을 뿐 만 아니라, 그 이후 영시의 제재와 기백을 지속해서 알려 주었던 주제와 모티프motif를 표현했던 것이다. 이들이 영국이라는 섬나라의 시의 선구자들이었으며, 아마도 그들은 노력을 통해서 영감을 얻은 개인들the haunted individuals 이 목격했던 것에 결코 뒤지지 않는 불후의 목표를 예견했던 것이다. 아직까지 그들이 무엇을 수행해 내었는지에 대한 확실한 사항은 없었다. 왜냐하면 그들의 작품이 귀착될 수 있는 문학체제가 현존하고 있지 않았기 때문이다. 우울감에 젖은 「방랑자」의 동료들처럼 모든 것은 사라져 버릴지도 모른다.

지난날의 밤 속에, 마치 그들이 결코 존재하지 않았던 것처럼.

(「방랑자」, 88)

In the night of the past, as if they had never been.

("The Wanderer", 88)

심지어 제프리 초서Geoffrey Chaucer가 몇 세기 뒤에 이 시대에 우리가 쓰는 영어와 훨씬 더 가까운 언어로, 기억을 통해서 구두로 암송, 전달하는 초기의 관행보다도 더 확실하게 살아남을 수 있는 보장의 일환으로 자신의 시를 양피지에다 간직하고 있었을 때, 자기 자신을 싹터 오는 시적 전통의 일부로 간주했다는 흔적은 전혀 없다. 실제로 그가 전체적인 정서적 영역을 전달할 수 있도록 방언영어를 자신 있게 사용하고 있음에도 불구하고, 그는 자기가 태생한 섬나라의 전통보다도 대륙의 영향력에 훨씬 더 많은 혜택을 받았다. 게다가 자신의 앵글로색슨 선조들처럼 스스로를 "민족적national" 유산에 기여하고 있다고 보지 않았는데, 그럼에도 불구하고, 그 유산은 신중할 정도로 견고한 것이었다. 아직 역사적으로나 지리적으로도, 한 영국시인을 다른 영국시인과 연결지어주는 유대적 요인은 없었다. 초서와 같은 시대의 영국인이었던 윌리엄 랭글랜드William Langland는 초서의 시에서 쓴 방언과는 아주 동떨어진 서부지역 방언으로 작품을 쓰고 있었다. 랭글랜드가 구사한 영어는 고대영어로 쓴 시인들에게는 물론이고, 초서에게도 생소한 것이었다. 하지만 초서의 시는 자신의 앵글로색슨 선조들과는 어떤 동일한 선입관념을 공유하고 있으며, 자신이 인식하고 있는 것보다 그들과 훨씬 더 가까운 유대감을 설정해두고 있는 것이다.

초서가 조야한 선구자들에 비해 자신을 훨씬 더 궁중적이고 현학적인 시인으로 생각했던 것처럼, 후 세대 사람들은 그를 시의 형식이나 내용 면에서 조야한 시인으로 간주했던 것이다. 17세기 작가인 존 드라이든John

Dryden은 초서 작품의 활기찬 생명력을 감탄하면서도, 그것이 기교적 관점에서는 "조야한" 것이라고 간주하고는, 당시 통용되던 "세련된" 시의 정전들과 결부 지어서 그것을 다시 다듬어 쓰는 일을 착수했다. 초서는 고립되어 생존하면서 다른 집단의 구성원들로부터는 공간적으로나 시간적으로 격리되었으며, 민족적 유산의 대수롭지 않은 일부로서 르네상스Renaissance 시인들과 이후의 시인들에 의해서 거부당했던 것 같다. 초서의 인물인 켄터베리Canterbury 수도자들에 대한 날카로운 성격묘사에서 "신의 관대함"을 인식했던 윌리엄 블레이크William Blake에 의해서 낭만주의의 재평가가 시작되었고, 그로부터 초서의 시행들을 통제하고 있는 운율규칙에 대한 중요한 음운적 발견과 더불어 초서는 영국의 시라는 벽걸이장식물에 없어서는 안 될 중요한 실의 역할을 하고 있다고 인정받았던 것이다. 그러나 초서를 곧 바로 이은 후계자들은 그런 식으로 그를 평판하려 하지 않았다. 오늘날 우리가 쓰는 것과 아주 흡사한 영어로 시작詩作했던 최초의 영국시인들인 영국 소넷 작가들sonneteers은 두 세기 전에 초서 스스로가 그랬던 것과 같이, 영국적인 계보와의 수직적 유대관계보다도, 오히려 대륙에 있는 그들의 동료 작가들과의 수평적 관계를 더 인정했던 것이다.

그러나 시인들이 몸소 지속시킨 "영국적" 전통에 대한 이러한 재현되는 반성에도 불구하고, 그리고 초기 시대라는 한 시대에 의한 거부와 새출발에 대한 언약에도 불구하고, 같은 사상과 관념들이 지속적으로 다른 시대의 시인들에게서도 계속 나타나면서, 결국 영국시를 정의하는데 도움이 되는 공통의 결속력이란 것이 있다는 사실을 보여주고 있다. 이러한 것이 무엇일까? 그것들은 계절과 바다라는 두 개의 본질적 속성으로 요약될 수가 있을 것이다.

모든 영국시에는 자연이 지속적인 유동성 속에서 겨울에서부터 봄을 거쳐서 한 여름으로 움직여 나가면서 가을의 조락으로 이어지고, 마침내 그 이후로 겨울이 오게 되면 눈과 얼음이라는 고치 속에 모든 것을 감싸버리게 된다는 인식이 스며들어 있다. 「방랑자」의 시인은 자신의 우울한 분위기에 대한 거친 공감을 갖고서 "사람들에 대한 격화된 분노로 . . . 대지를 덮어주고 있는(enfold the earth . . . raging wrath upon men)" "겨울의 눈보라와 폭풍(blowing snow and the blast of winter)"에 관해서 언급하고 있다. 반면에 초서는 『켄터베리 이야기』(*The Canterbury Tales*) 속의 자신의 순례역정의 시작을 가벼운 감정으로 나타내면서, 자신의 유쾌함과 낙천성에 부합되는 계절의 한 가운데 있는 자신을 발견하고 있다.

> 4월이 감미로운 소나기가
> 3월의 한발을 뿌리까지 관통했을 때.
>
> (「시의 전반적 서사」, 1-2)

> Whan that Aprille with hise shoures sote   (showers/sweet)
> The droghte of March hath perced to the rote.   (drought/pierced/root)
>
> ("General Prologue", 1-2)

4세기 후에 존 키이츠John Keats는 일 년간의 노력이, 풍성한 결론에 해당하는 안전하게 수확된 추수로 이어진 뒤에 남는 가을의 무기력함을 포착했던 것이다.

> 양귀비 내음에 졸고 있는 동안에, 그대의 낫질은
> 다음 줄과 그 모든 엮어 꼰 꽃들을 남겨 둔다.   (「가을에게」)

> Drowsed with the fume of poppies, while thy hook
> Spares the next swath and all its twined flowers.   ("To Autumn")

사물이 계속해서 변하고 있으며, 삶이 번갈아 가면서 강해졌다가 약해지고, 어떤 이들은 나이가 들어가는 반면에 다른 이들은 동시에 청춘을 향해서 성장해간다는 사실에 대한 의식이, 영문학의 많은 곳에 기저의 리듬을 제공해주고 있다. 셰익스피어의 『리어왕』(*King Lear*)에서와 같이 밝은 부분이 어두워질 수 있으며, 반대로 제인 오스틴Jane Austin의 『오만과 편견』(*Pride and Prejudice*)에서와 같이 어두운 부분이 결국에는 밝게 되리라는 사실을 누구나 느끼게 된다. 그러나 영국의 여름이 짧은 것은 영문학 속의 비중이 종종 자연이 충만에 도달하는 짧은 기간에 두고 있다는 사실을 의미한다. 그러므로 어둠과 슬픔이 인간사에서 지배적이며, 쾌락과 젊음 및 활력은 이 세상에서 그 모습을 드러내는 얼마 되지 않는 짧은 시간 동안에 취득하고 향유해야 한다는 사실에 대한 잠재적인 인식이 자리하게 된다. 페스테Feste 는 "청춘이란 지속되지 않는 것"이라고 셰익스피어의 『12야夜』(*Twelfth Night*)에서 노래하고 있는데, 그것은 영국이라는 섬나라 문학의 주류 이면에 깔려 있는 우울한 저류처럼 흐르고 있는 정서인 것이다.

영문학의 본질적 특징을 이루고 있는 영국의 또 다른 양상은 영국인들의 강점과 약점이 동시에 되어 왔던 어떤 지리적인 우연성인 그 고립된 상태에서 유래되고 있다. 유럽대륙으로부터 해상 20마일 정도 떨어져 있는 까닭에 영국은 이웃 국가들로부터 "분리"되었다는 느낌을 계속 키워왔던 것이다. 이러한 분리감은 대륙의 이웃 국가들에 대한 민족적 자긍심과 우월감으로 가끔씩 표현되어 왔던 것이다. 셰익스피어의 『헨리 5세』(*Henry V*) 에서는 29명의 영국인들이 전투에서 일 만 명의 프랑스 인들을 전사시키고 죽게 된다. 극작가의 감정은 이로 인해 거의 대등해진다는 것이다. 윌리엄 위철리William Wycherley의 17세기 극인 『시골 부인』(*The Country Wife*)과 왕정복고Restoration시대의 다른 많은 극들을 통해서 프랑스 사람들은 영국에다 성병性病을 수출했다는 비난을 받고 있다. 18세기말에 프랑스와 이태리,

16

스페인, 독일은 영국 고딕소설Gothic novels에 쓰일 이국적인 배경과 퇴폐적인 인물들을 제공해주고 있는데, 그 고딕소설 속에서는 품위 없고 비신사적인 일들이 발생할 수 있으며, 또한 일반적으로 발생하고 있다. 일반적인 추정을 통해서 이루 말할 수 없을 정도의 범죄들이 혐오스러운 "외국인"에 의해서 해외로부터 유입되어 만들어질 수밖에 없었는데, 그러다가 마침내 찰스 디킨스Charles Dickens가 외국적인 토양에서 배양된 것과 마찬가지로, 런던에도 그 심장부에 역시 살모사와 같은 혐오스러운 대상의 둥지가 존재하고 있다는 사실을 폭로하게 되었다.

브리튼인들Britons은 영국 해협the Channel 건너에 있는 어중이떠중이 하층 인들과 자신들이 "다르다는 점"에 대해서 긍지를 느꼈던 것이다. 이 가느다랗게 뻗은 물길이 영국의 특유성을 나타내는 표상이 된 셈이다. 제2차 세계대전에서는 이 바다가 독일의 침공을 좌절시키는 일에 흥분했던 것이다. 바다는 영문학에서 재현되고 있는 정서를 불러일으키는 매우 환기적인 이미지image가 되고 있다. 매쓔 아놀드Matthew Arnold는 "깊이를 알 수 없는, 소금기의 소원한 바다"를 성유적으로 표현하면서, 나머지 세계와의 긴밀한 관계로부터 자신들을 단절시켜온 이러한 장벽을 전통적으로 인식해왔던 영국인들의 두려움과 고마움이 혼합된 감정을 암시해 주고 있다. 셰익스피어의 『리처드 2세』(Richard II)에서 존 업 곤트John of Gaunt는 영국을 "은빛 바다에 고정되어 있는 이 귀중한 보석"이라고 언급했는데, 이는 국가의 가치가 어쨌든 고립됨으로써 증대되었다는 평가라고 볼 수 있겠다. 계절과 마찬가지로 바다도 많은 정조를 보여주고 있다. 예를 들면 아놀드의 「도우버 해안」("Dover Beach")에서 보듯이, 때때로 바다는 평온하면서도 바다를 생각하는 사람의 정신에 고요한 기분이나 심지어 우울한 기분까지도 가져다준다. 또 어떤 때에는 바다는 왜소한 영국의 원주민들이 그 앞에서는 위축되거나 굴복될 수밖에 없는 진노한 앙심 깊은 신神이 되기도 하는데,

코울리지Samuel Taylor Coleridge의 시 「노수부의 노래」("The Rime of the Ancient Mariner")와 딕킨스의 소설 『데이빗 카퍼필드』(*David Copperfield*)에서 이러한 바다의 양상이 나타나고 있다. 바다는 사람을 물위로 뜨게 하기도 하거나 가라앉히게도 하는 요소로서, 인간에게 때에 따라서는 생명을 제공하기도 하고 죽음을 제공하기도 한다. 하지만 온 밤 내내 좋은 향기에서부터 대홍수에 이르기까지 광범위하게 변화하는 계절 그 자체처럼, 바다는 영국적인 특성을 잉태해왔으며, 끊임없이 영문학의 배경에서 중첩되어 나타나고 있다.

이런 특징은 초기 문학부터 그렇게 나타나 있다. 『베어울프』는 "깊이를 알 수 없는 심연의 바다 위에 출범한 배(a ship put out on the unknown deep)"에서 전사한 왕을 수장하는 장면으로 시작되는데, 거기서 바다는 인생의 마지막 항해인 죽음을 조망하면서 공포의 전율을 자극하고 있다. 초서는 자신의 모든 작품에서 대도시적인 품위를 보이고 있음에도 불구하고, 다시 바다라는 시간으로 되돌아가서는, 인간이 부유해질 수 있는 수단인 무역의 용이함과, 인간을 눈 깜작할 사이에 통째로 삼켜 버릴 수 있는 죽음의 위협을 나타내는 표상을 바다 속에서 발견하고 있는 것이다.

> 왜 인지는 모르겠지만 생긴 배의 밑바닥 균열,
> 그리고 물밑으로 배와 사람은 사라져 버리고 말았다
> 부근에 있던 다른 배들이 보는 앞에서.
>
> (「수녀가 하는 신부의 이야기」, 335-37)

> casuelly the shippes botme rente,   (the ship's bottom split)
> And ship and man under the water wente
> In sighte of othere shippes it byside.   (in full view of other ships)
>
> ("The Nun's Priest's Tale", 335-37)

계절과 바다는 영문학이 일관되게 그 깊은 관심을 표현해왔던 소재가 되고
있으며, 영국이라는 섬나라의 특징을 명확하게 각인시켜 주는 대상이라고
하겠다.

제1장
영시에 다가가기

시란 응축된 형식의 표현이므로 정서적이면서도 동시에 지성적인 반응을 추구한다. 따라서 시는 가능한 한 많은 수단에 의해서나 많은 경로를 통해서 독자청중에게 가 닿으려고 애를 쓴다. 시인은 자신이 표현하려고 하는 일반적인 주제나 그 주제의 특정한 양상들을 가능한 한 효율적이고 힘차게 전달할 수 있는 압운rhyme, 리듬rhythm, 두운alliteration, 심상imagery 등의 많은 시적 도구들을 사용한다. 시가 형성하고 있는 음악이나 은유와 같은 패턴들은 모두 그 주제의 역동성에 기여하게 된다.

주제 Theme

시를 대하면 누구나 가능한 한 그 시의 요지가 무엇인지를 찾아내려고 한다. 우선 이것을 알아낼 수 있는 최선의 방법은 시의 제목을 살펴보는 일일 것이다. 왜냐하면 시의 제목은 그 미로와도 같은 실체에 먼저 실마리를 제공해 줄 수 있기 때문이다. 여기에 일차 세계 대전 때의 시인이었던 윌프레드 오웬Wilfred Owen의 시를 예로 들어보자.

죽을 운명의 젊은이를 위한 찬가

소처럼 죽는 사람들을 위한 무슨 조종인가?
　오로지 대포의 괴물 같은 노호 뿐.
　오로지 타타타탕 거리는 소총의 빠른 소음만이
그들의 다급한 기도를 흩어지게 할 수 있다.
이제 그들을 조롱하지도 않는다; 기도도 그만두고 조종도 없다,
　합창대를 제외한 그 어떤 애도의 소리도 없다,―
날카로운, 울부짖는 포탄들의 발광하는 합창;
　그리고 애처로운 지역에서 그들을 부르는 나팔소리들만.

무슨 촛불이 그들 모두를 재촉할 수 있을까?
　소년들의 손에서가 아니라, 그들의 눈에서
거룩한 이별의 빛이 비치리라.
　소녀의 이마의 흰빛은 그들의 관 덮개가 되리라;
인내심 어린 마음의 부드러움이 그들의 조화弔花가 되리라,
그리고 느리게 다가오는 땅거미가 덧문 닫기가 될 것이다.

Anthem for Doomed Youth

What passing bells for these who die as cattle?
　Only the monstrous anger of the guns.
　Only the stuttering rifles' rapid rattle
Can patter out their hasty orisons.

No mockeries for them; no prayers nor bells,

   Nor any voice of mourning save the choirs,—

The shrill, demented choirs of wailing shells;

   And bugles calling for them from sad shires.

What candles may be held to speed them all?

   Not in the hands of boys, but in their eyes

Shall shine the holy glimmer of good-byes.

   The pallor of girls' brows shall be their pall;

Their flowers the tenderness of patient minds,

And each slow dusk a drawing-down of blinds.

시의 제목만으로도 읽는 사람은 당연히 시 자체에 어떤 모순점이 있다고 생각하게 한다. 찬가는 종교적인 노래로 기쁨의 순간에 부르는 찬미와 영광의 찬가이다. 하지만 여기서 찬미의 대상은 무엇인가? 이 시는 "죽을 운명의 젊은이를 위한 찬가"다. 즉 죽게 될 젊은 사람들을 칭송하는 노래다. 여기에 명백히 나타난 모순점은 시의 제목이 뜻하는 대로 정확한 의미를 지니지는 않는다는 데에 있다. 이것이 아이러닉한ironic 점이다. "찬가"라는 어휘 자체가 아이러니컬하게 사용되고 있는데, 이 어휘는 실제로 찬가가 아니라 그와 상반된 의미의 만가(장례식의 애가)이기 때문에, 그와 같이 침울한 내용에 걸맞은 적절한 양식이라고 하겠다. 그러므로 시의 제목에서 시 자체의 토대가 되는 긴장과 아이러니irony가 이미 표현되고 있다.

   오웬의 시는 곧 영적인 가치의 세계(교회)의 영묘함과 사람들이 짐승처럼 학살되는 세상(전장)의 실재 사이의 이러한 기본적인 대조양상을 묘사하고 있다. 만일 시를 두세 번 더 읽어보면 그 주제는 조금 더 발전될 수 있다. 그런데 이 시를 다음과 같이 산문으로 바꿔 쓸 수도 있을 것이다.

인습적인 교회의 의식들은 의미 없이 죽어 간 사람들에게는 적절하게 적용되지는 못한다. 종교의 세계와 현대 전쟁기계의 세계는 동떨어진 양극의 세계이기 때문에, 서로 상관관계를 가질 수 없다. 종교는 이 헛된 세상과 직면하거나, 그 무의미한 희생을 이해할 수 없는 것이다. 오직 그들을 사랑했던 사람들의 마음속에서만 이 젊은 병사들의 죽음이라는 아주 무섭고 말로 다 할 수 없는 비극이 인식될 것이다.

학습해 보고 싶은 시를 이와 같이 산문으로 바꿔 쓰기를 시도해 보는 것이 나쁜 생각은 아니다. 이러한 연습을 통해서 시의 주제가 그대로 드러날 것이며, 일단 주제가 결정이 되면 주제를 전달시키는 그 밖의 다른 면들인 어조나 심상 및 어법 등을 살펴보는 일은 간단한 문제다. 위의 예에서 이러한 문제는 시인이 자신의 소재를 위해서 채택하고 있는 아이러닉한 자세를 나타내고 있는 제목으로 인해 용이해진 것이다. 많은 장시들은 그 시의 제목으로 주제를 나타내고 있을 뿐만 아니라, 시의 서두에서 무슨 내용이 전개될 것인지에 대한 개요를 제시해주고 있다. 따라서 존 밀턴John Milton의 『잃어버린 낙원』(*Paradise Lost*)은 그 제목이 지시해주듯이, 에덴동산으로부터 인간이 축출된 사건을 다루고 있으며, 시의 첫 몇 행은 확장된 부제목이 되는 이러한 주제를 정교하게 다듬어 놓고 있다.

> 인간의 최초의 불복종에 대하여, 그리고 그 열매
> 금단의 나무의, 그 치명적인 맛은
> 세상에 죽음을 가져왔고, 모든 우리의 비애를,
> 에덴의 상실과 함께, 마침내 한 위대한 인간이
> 우리를 원상복귀 시켜서, 그 축복의 자리를 다시 찾아 줄 때까지.

Of man's first disobedience, and the fruit
Of that forbidden tree, whose mortal taste
Brought death into the world, and all our woe,
With loss of Eden, till one greater Man
Restore us, and regain the blissful seat.

반면에 많은 단시들은 제목이 없기 때문에, 그 의미는 이끌어주는 서두 시행의 도움 없이도 시 자체의 본체로부터 추론되어야만 하는 것이다.

어조 Tone

시의 제재가 무엇인지를 발견함으로써 독자는 시인이 중심주제topic를 어떻게 다루느냐는 태도에 관한 문제를 고려해야 하는 것이다. 시인이 "얘기하는 목소리"는 어떤 어조를 전달하는가? 그가 분노한 상태인가, 평온한가, 고통스러워하는가, 아이러닉한가, 무관심한가, 아니면 어떤가? 시인은 대개 자신이 쓰고 있는 문제에 개인적으로 참여하고 있는데, 이 때문에 그는 정서적 표현을 암시하는 매체인 운문으로 쓰는 것을 선택하는 것이다. 다른 말로 하면, 시는 자주 시인이 쓰는 소재 속에다 시인을 주관적으로 참여시키지만, 반면에 동일한 소재를 산문으로 개작하면, 거리감이 생기고 운문과 비교해 과학적으로 객관적인 느낌마저 든다.

이러한 점을 예시하기 위해서, 여기 같은 체험을 표현한 두 사람의 글을 보자. 1802년에 윌리엄 워즈워스William Wordsworth와 그의 누이동생인 도로시Dorothy는 아침 일찍 런던의 웨스트민스터 다리Westminster Bridge를 건너간 적이 있었다. 윌리엄은 자신이 관찰한 것에 관해서 시를 썼으며, 도로시는 일기로 그것을 기록했다. 여기 두 글을 살펴보자.

웨스트민스터교 위에서 쓴 시, 1802년 9월 3일

이보다 더 아름다운 광경은 세상에 없으리라:
이처럼 감동적인 장엄한 광경을
그냥 지나쳐 버리는 자는 둔한 영혼의 소유자이리라:
이 도시는 지금, 옷처럼, 아침의
아름다움을 입고 있다; 조용히, 적나라하게,
선박들, 탑들, 둥근 원형지붕들, 극장들, 그리고 사원들이
들판을 향해, 그리고 하늘을 향해 누워 있구나;
연기 없는 대기 속에 모든 것이 찬란히 빛나며,
태양은 이 보다 더 아름답게 일찍이
그의 첫 광휘로, 골짜기, 바위 혹은 언덕을 비춘 일 없고;
나는 여태 본 적도, 느낀 적도 없다, 이같이 깊은 고요를!
강은 감미롭게 의지대로 미끄러지듯 흘러가고:
오 하느님! 집들조차도 잠든 것 같구나;
그리고 저 막강한 심장은 가만히 누워 있구나!

Composed upon Westminster Bridge, September 3, 1802

Earth has not anything to show more fair:
Dull would he be of soul who could pass by
A sight so touching in its majesty:
This city now doth, like a garment, wear
The beauty of the morning; silent, bare,
Ships, towers, domes, theatres, and temples lie
Open unto the fields, and to the sky;
All bright and glittering in the smokeless air.
Never did sun more beautifully steep
In his first splendour, valley, rock, or hill;

Ne'er saw I, never felt, a calm so deep!
The river glideth at his own sweet will:
Dear God! the very houses seem asleep;
And all that mighty heart is lying still!

ⓑ 아름다운 아침이었다. 씨티지역, 세인트 폴 성당, 강과 무리진 조그만 배들이 우리가 웨스트민스터 다리를 건널 때 아주 아름다운 광경을 연출했다. 집들이 연기구름 아래로 나지막이 깔려서 끊임없이 펼쳐져 있었다. 하지만 태양이 강렬한 빛으로 찬란히 비추는 바람에 자연의 장엄한 광경 중에서도 순수한 장관과도 같은 면이 있었다.

It was a beautiful morning. The City, St. Paul's, with the river and a multitude of little boats, made a most beautiful sight as we crossed Westminster Bridge. The houses were not overhung by their cloud of smoke, and they were spread out endlessly, yet the sun shone so brightly, with such a fierce light, that there was even something like the purity of one of nature's own grand spectacles.

"운문으로 된" 글은 글쓴이가 묘사하고 있는 장면에 작가의 일부가 몰입되어 있다는 암시를 준다. "이보다 더 아름다운 광경은 세상에 없으리라"는 말은 시인이 구경하고 있는 대상에 대해서 판정을 하고 있음을 나타낸다. 시인의 마음은 아름다운 장면을 마주하기 위해 나선다. 도시는 "옷처럼" 청명한 아침 햇빛을 받고 있는 우아한 한 여인의 모습에 의해서 묘사되고 있다. 그러나 여인들의 아름다움을 능가하는 것은 경치라는 사실을 시인은 우리에게 말해주고 있다. 시인의 목전에 있는 광경에 동일한 방식으로 반응을 보이지 않는 사람은 "둔한 영혼"의 소유자임에 틀림이 없을 것이다. 워즈워스의 시는 런던이라는 도시를 찬양하는 찬가이며, 그의 누이가 쓴 "산문으로 된" 반응은 비교적으로, 냉철하고 거리감을 주는 것 같다. "자연의 장엄한 광경 중의 하나"를 언급하는 그녀의 표현을 극장의 회랑에 있는 관객의 초연한 자세를 나타내어 준다고 하겠다.

워즈워스의 시에서는 명백히 "주제"가 묘사에 국한된 것이 아니며, 스케치나 사진기법으로 런던의 윤곽을 묘사한데 한정된 것이 아니다. 팽창된 도시에 대한 시인의 과장적인 찬미의 "어조"와 같은 열정적인 반응이 주제의 일부가 되어, 도회지 주변의 잿빛 군상들을 눈부시고 찬란한 대상으로 변형시키고 있는 것이다. 시인의 어조가 시속에서 종종 시의 주제와 분리될 수 없는 경우가 있다. 이것이 윌프레드 오웬의 시에서 명백히 나타난다. 「죽을 운명의 젊은이를 위한 찬가」는 대전쟁의 묵시록 같은 학살장면을 전달해주고 있을 뿐만 아니라, 그에 대한 시인의 분노와 대개 끔직한 갈등의 양상들을 회피하면서 너그럽게 보아 넘기는 전통 종교에 대한 참을 수 없는 안타까움과 조롱을 표현하고 있다.

독자들에게는 어조가 시어의 선택이라는 개념으로 주로 파악되고 있다. 예를 들어 워즈워스 시의 끝 부분에 가면 시인이 자신의 목전에서 발견한 대상의 아름다움에 대한 넘쳐흐르는 자신의 반응이 "오 하느님!Dear God!"이라는 돈호법으로 분출하고 있는 것이다. 시인은 이제 더 이상 자신을 담아둘 수가 없는 것이다. 그는 절대자가 창조한 대상의 아름다움에서 즐거움을 만끽하는 이러한 체험을 공유하게 해달라고 신神에게 요청하고 있는 것이다. 시인의 자세는 또한 수식어구의 선택을 통해서도 전달되고 있다. 시인의 반응으로 즐거움을 보여주기 위해서, 시에는 "밝은bright"이라는 말과 "반짝이는glittering"과 같은 형용사가 자유롭게 산재되어 있다. 그러나 오웬의 시에서 정선된 형용사들은 워즈워스의 시와는 상반된 효과를 전달하고 있다. "괴물 같은monstrous"이나, "날카로운shrill", "발광하는demented",

"울부짖는wailing"과 같은 어휘들은 미쳐 버린 세상을 묘사하고 있다. 시인이 묘사하고 있는 내용에 대한 시인의 태도는 그토록 형언할 수 없을 정도의 대규모의 학살 앞에서는 무의미하고 무력함을 느끼는 분노의 자세인 것이다.

미국 시인인 로벗 프로스트의 다음의 시는 주제와 어조가 어떻게 상호 연관되어 있는 지를 잘 보여주고 있다.

불과 얼음

혹자는 말하지 세상이 불로 끝나리라고,
혹자는 얼음으로 끝나리라고 말하지.
욕망을 맛본 나로서는
불을 선호하는 자들의 편에 서겠다.
그러나 세상이 두 번 파멸한다면,
내 생각에는 증오심만으로도 충분할 것 같다
파괴에 관해서 말한다면 얼음
또한 대단하기에
충분할 것이다.

Fire and Ice

Some say the world will end in fire,
Some say in ice.
From what I've tasted of desire
I hold with those who favor fire.
But if it had to perish twice,
I think I know enough of hate
To say that for destruction ice

Is also great

And would suffice.

이 단시의 주제는 세상의 파멸이다. 구약성서에 따르면, 세상은 이미 한번 홍수에 의해 전멸했다고 한다. 시인은 여기서 다음에 세상이 파괴될 방식을 추측하고 있다. 그것이 불에 의해서 일까, 그렇지 않으면 얼음에 의해서 일까? 이들 두 대립된 힘들을 욕망과 증오라는 상반된 두 감정으로 연결시키고 있는 시인의 접속 방법은 그가 세상의 종말이 지구 물리적 사건의 결과 발생하는 것이 아니라, 인간의 지나칠 정도의 무절제한 행위 때문에 발생할 것이라는 사실을 예언하고 있음을 제시하고 있다. 인류는 지나치게 과도한 욕망(분출된 열정의 "불"은 아마도 성적 욕망)이나 지나친 혐오감 때문에 파멸할 것이다. 어떤 경우든 절제되지 못한 과도한 감정에 의해 이성적 기능이 함몰해 버리게 된다. 인간은 오직 본능으로만 행동하기 때문에 재앙을 촉발시킬 수가 있는 것이다.

프로스트의 시는 짧고 미혹적일 정도로 간단하다. 그러나 시의 간결성에도 불구하고 그 의미는 추론하기가 어렵다. 시에는 자주 포착하기가 힘든 거의 신비스러운 의미가 있다. 그래서 산문으로 시를 바꿔 쓰려는 시도를 해보면 이러한 그늘진 의미를 파악하지 못할 것이다. 그럼에도 불구하고 설명을 시도해야 하는데, 그 이유는 시에 대한 반응을 표현함으로써 비로소 시에 대한 이해가 충분히 가능할 정도로 신장될 수 있기 때문이다. 그렇지만 시 자체가 시인의 "메시지"를 전달하는 가장 완벽한 "매체"라는 사실은 항상 명백할 것이다.

로벗 프로스트의 시는 세상의 종말에 관한 명상이며, 첫 시어들로부터 어조가 확립되고 있는데, 이 시의 어조는 거의 항상 다음과 같다. "혹자는 말하지 세상이 불로 끝나리라고,/ 혹자는 얼음으로 끝나리라고 말하지."

이것은 과학적 사실이나 숫자 및 통계분석 등에 의해서 보완된 급박한 재앙에 대한 과학적 인지認知가 아니다. 접근방식은 거의 일상적이며 "평범하다". 시는 지성인들과의 대단한 교제를 갖지 않고 조용히 화제에 대한 자신의 견해를 제시하는 실제 화자를 암시해줄 정도로("나로서는 그 사람들 편에 서겠다", "내 생각에는 알 것 같다" 등의 표현에서와 같이), "편안한" 가정적 용어로 전개된다. 시속의 "나"는 고집 있는 존재로서 "욕망을 맛본 나로서는" 같은 표현이나 "증오심만으로도 충분할 것 같다"라는 표현으로 보면, 자신의 결론이 그 어떤 추상적인 지식화 보다도 오히려 개인적 체험에 바탕을 두고 있다는 사실을 알려 주고 있다. 시가 아주 짧다는 사실은 화자가 많은 말을 하지 않고 있음을 의미한다. 그의 문체는 간결하고, 거의 일상적이며, 얘기하고 있는 사건이 지니고 있는 재앙과도 같은 속성으로 효율적인 대조를 보여 주고 있다. 우주의 종말의 위협에 대한 그의 명백한 무관심은 그 자신이 그 위협으로부터 거리를 두어 왔다는 것을 뜻한다. 그는 욕망과 증오로부터 나오는 그 어떤 심한 대학살에 대해서도 면역을 지닐 정도로, 이미 충분히 그 욕망과 증오를 겪어 왔던 것이다. 그는 비록 그러한 사건이 다른 모든 사람들과 함께 자신의 종말을 목격한다고 하더라도, 아마도 곧 닥치게 될 급박한 재난의 가능성을 거의 즐기고 있는 듯하다.

　핵심적 이해의 전반적인 어조는 시의 마지막 어휘에서 정점에 이르고 있다. 시인은 인류가 수많은 회차에 걸쳐서 세상을 파괴시킬 정도로 충분한 증오심을 유발시킬 수 있다는 사실을 말로 표현하지 않고 있는데, 이것은 "불과 유황"에 관한 설교를 하는 비순응주의자라도 채택할 가능성이 있는 접근방식이다. 그는 어떠한 인간의 열정이라도 이 세상을 완전히 파멸시킬 정도로 "충분하거나" 적절하리라는 사실을 단순히 말하고 있다. 결말을 이루는 그의 말에는 거의 자기만족에 가까운 만족감이 있는 것이다. 그것이 전체 시에 대한 완벽한 마무리 어조인 것이다. 그것은 이 시의 표면상의 제재에 해당하는 세상의 종말에 대한 비전과, 시에다 혼란스럽게 만드는 힘을 부여하고 있는 화자의 소박하고도 평범한 말투 사이에 있는 이러한 긴장이다. 다시 한 번 시인의 어조, 즉 "얘기하는 목소리"는 시의 주제에서 절대적으로 필요한 부분이 되고 있다.

심상 Imagery

심상은 시에 함유된 개별적 이미지들의 전반적 체계를 집합적으로 의미하고 있다. 하나의 이미지는 하나의 그림이다. 교회에서 보는 성자들의 이미지 마냥 시적 이미지는 정서에 호소하고 있으며, 이성이나 판단으로부터 독립된 반응을 끌어내려고 하는 것이다. 이미지가 감동적으로 작용할 때, 시의 주요 논점은 "이지적 차원"에서 작동하면서 이성적 기능에 호소하고 있는 것이다. 『잃어버린 낙원』의 주요 논지는 시의 서두 시행에서 설명되고 있는데 반해, 시의 "감정"은 시 전체를 통해서 산재된 몇몇 중요한 이미지에 의해 환기되고 있다. 즉 두꺼비의 모습을 한 마귀Satan는 이브Eve의 귀에다 속삭이면서 그녀의 도덕적 저항감을 제압하고 있으며, 모든 세속적인 유혹의 허식과 욕망을 나타내는 윤기 나는 과일은 맛보자마자 재로 변하게 되고, 낙원의 현관에 위치한 천사의 칼은 낙원에서 추방되어 속세의 황무지로 들어가게 된 불운한 두 남녀를 가리키게 된다. 따라서 문자 그대로의 차원에서, 만일 인간이 신의 명령에 불복한다면, 그에 상응하는 처벌을 받게 된다는 우리의 정신적 동의에 걸 맞는 논지를 밀턴Milton은 표현하고 있다. 반면에 이미지의 차원에서, 그는 신의 은총을 배반한 아담과 이브의 타락에 대한 감각적 인상을 전달하고 있기 때문에, 우리는 그들의 운명이 당연하다는 사실을 지성적으로 용인하면서도, 한편으로는 그들의 비운에 대해서 그들에게 동정심을 보이고 있는 것이다.

심상의 사용은 독자의 반응을 풍부하게 해준다. 시에 대한 독자의 체험은 그 만큼 더 생생해지게 되는 것이다. 만일 시인이 어떤 정신적 상태를 전달하려고 한다면, 이미지를 사용함으로써 훨씬 더 독자의 관심을 끌 가능성이 높은 것이다. 그러므로 엘리엇T. S. Eliot의 「앨프릿 프루프록의 연가」("The Love Song of J. Alfred Prufrock")에서 화자는 자신의 공허한 생존과 대조하여 단지 어떤 형태의 본능적이고 동물적인 삶이 중대할 것 같다는 자신의 감정을 표현하려고 노력하면서 다음과 같이 말한다.

나는 적막한 바다 밑바닥을 기어다니는
한 쌍의 울퉁불퉁한 발톱이 달린 실체가 되었으면 좋겠다.

I should have been a pair of ragged claws
Scuttling across the floors of silent seas.

여기서 게의 이미지는 복잡한 정신적 상태를 명료하게 암시하는데 사용되고 있다. 더욱이 그것은 이러한 상태에 알맞은 이미지로서 정해진 게일뿐만 아니라, "울퉁불퉁한 한 쌍의 발톱"이라는 이 게의 특정한 한 양상인 것이다. 2행 연귀couplet의 첫 행에서 엘리엇은 사진처럼 정지된 이미지를 보여주고 있으며, 두 번째 시행에서 이 이미지는 동작을 얻음으로써 영화처럼 활동적이 된다.

이미지는 시인들이 바라듯이, 완곡한 추론과정을 우회하여 시인이 우리들에게 보여주고 싶어하는 것에 즉시 도달할 수 있게 해주고 있다. 즉 우리가 그것을 이해할 수 있기 이전에, 시인이 의미하는 것을 느낄 수 있게 되는 것이다. 이것이 바로 의식작용이 야기되고 소실되는 경계인 식역識域 하에서 심상이 잠재적으로 자주 작용하고 있는 방식이다. 프루프록은 자신이 의식적 사고에 의해서 함의된 여러 책무로부터 자유롭게 탈피하여, 수성적獸性的 본능의 삶, 즉 인간적 생존보다는 오히려 원초적 동물의 삶이 더 좋았을지도 모른다고 말하려고 애쓰고 있다. "조용한 바다"의 매력은 무의식과 죽음의 원초적 수액 속으로 가라앉고 싶어하는 영웅적이지 못한 남자의 욕망을 암시하고 있다. 이 특이한 이미지와 모든 강력한 이미지들의 힘은, 만일 여러 감정이나 사상들의 혼합체를 힘들여 해체하여, 마침내 심상의 도움이 없이 되풀어 낸다면, 그 효과가 많이 상실되어 버릴지도 모르는 그 복합적인 감정이나 사상을 즉각적으로 전달해주고 있다.

이미지는 감각적인 반응을 유도해내고 있는데, 비록 유일한 것은 아니지만, 그 강력한 호소력은 시각적이다. 윌리엄 블레이크는 다음의 시행으로 자신의 시 「호랑이」("The Tiger")를 시작한다.

호랑아! 호랑아! 밝게 불타는,

Tiger! Tiger! burning bright,

블레이크는 호랑이가 문자 그대로 불타고 있다는 것을 의미하고 있지는 않는다. 그는 호랑이라는 짐승의 타고난 에너지, 즉 상상력을 통해서 열과 빛처럼 느껴지고 보여질 수 있는 아주 강력한 에너지의 강렬함을 암시하려고 이 이미지를 사용하고 있다. 시인은 자신이 묘사하고 있는 문자 그대로의 대상인 호랑이와 불을 연상시키는 힘센 짐승이 주는 어떤 이미지를 조합하고 있는데, 이 두 개념은 불붙는 호랑이의 모습 속에 용해되고 있다. 그러나 만일 이미지가 평범하게 반복된다면, 예리함이 소멸될 정도로 너무 익숙해 버린 나머지 지리멸렬해버린 수사법인 진부한 표현cliché으로 전락해버릴 위험이 있다. 블레이크가 그리고 있는 "밝게 불타는" 호랑이의 이미지는 새로운 인상을 지닌 힘으로 독자에게 충격을 줄만큼 독창적인 것이다.

존 키이츠John Keats는 「나이팅게일에 부치는 오드」("Ode to Nightingale")에서 비등하는 포도주의 생기 있는 속성을 그림처럼 제시하고 싶어서, 이렇게 묘사하고 있다.

술잔 가장자리에서 윙크하듯 깜박이는 구슬 같은 방울들.

beaded bubbles winking at the brim.

포도주가 살아있는 것처럼 보이도록 표현되고 있다. 포도주가 "깜박거리고" 있기 때문이다. 기포는 구슬을 끼고 있는 줄처럼 연이어진 흐름으로 술잔의 밑바닥으로부터 계속 올라오고 있는 것이다. 이러한 이미지는 생생하게 시야에 들어 올 뿐만 아니라, 그 액즙은 곧 바로 입맛에 와 닿는 듯하다. 와인은 눈에 보일 뿐만 아니라, 맛으로도 느껴진다. 시인은 두 가지 감각의 매체를 통해서 자신의 이미지를 전달하고 있다. 키이츠는 자신의 심상을 감각적으로 쓰기로 유명하다. 「성 애그니스 전야」("The Eve of St. Agnes")에서 그는 침실에서 격리되어 있는 연인 매들린Madeline을 맞이하기 위해 포피로Porphyro가 준비한 연회를 묘사하고 있다. 이 호사스러운 잔치에 쓰이는 품목들은 다음과 같은 것들이다.

설탕 절인 사과, 마르멜로와, 오얏, 그리고 멜론을,
크림 응유보다 더 부드러운 젤리로,
투명한 시럽, 육계피 맛이 든;

candied apple, quince, and plum, and gourd;
With jellies soother than the creamy curd,

And lucent syrups, tinct with cinnamon.

독자는 한편으로는 구두점과 각별히 쓰인 접속사들("quince, and plum, and gourd") 때문에, 또 한편으로는 "gourd"나 "soother", "lucent" 같은 어휘에서의 장모음 "ū"의 소리 때문에 어쩔 수 없이 읽는 속도가 느려지게 된다. 시인은 자신이 묘사하는 섬세한 면을 우리가 음미할 수 있게 해준다. 더욱이 많은 어구들("jellies soother"나 "lucent syrups")을 소리내어 읽어 보면 혀가 감미로운 것을 빨아들이는 위치에 있게 된다. 용해된 "s"음은 마치 음식물의 소화를 기대할 때처럼, 타액의 분비를 촉진시켜 준다. "creamy curd"에서 장모음은 풍부한 액체를 따를 때의 완만함을 나타내고 있으며, "syrups, tinct with cinnamon"에서 단모음 "i"음(저자가 이탤릭체로 표현한 부분의 발음)은 표현된 요리의 향료나 매운 맛을 암시해 준다.

키이츠의 시는 또한 다른 세 가지 감각에 호소하는 이미지의 예들을 제시하고 있다. 「나이팅게일에 부치는 오드」에서 나오는 이 시행에서, 키이츠는 다시 여러 감각의 반응을 자극하도록 와인의 이미지를 사용하고 있다.

피고 있는 사향장미는, 이슬 같은 와인으로 가득 차 있다.

The coming musk rose, full of dewy wine.

장미는 향기가 짙은"musk"데다 꽃이 막 피려고 하고 있으며"coming", 많은 모든 향기는 마개 따지 않은 와인의 술통같이 시인의 상상력에 나타나고 있다. 여기에서 두 대상인 장미와 와인의 유사점이 되고 있으나, 더 일치하는 상응관계가 이미지 속에 잠재되어 있는 것이 와인의 향인데, 이것은 와인의 맛이나 독특한 "향기"에서 없어서는 안될 부분이다. 와인은 "이슬 같기" 때문에 시원하고 신선하다. 또한 색채와의 관계도 있는데, 장미와 와인은 깊은 붉은 빛을 띠고 있기 때문에, 보는 이를 심미적으로 만족시켜 주고 있다. 이 이미지에서 키이츠는 인간의 오감 중에서 후각, 미각, 시각이라는 세 감각을 만족시켜 주는 견지에서 장미를 표현함으로써, 장미를 인정하는 독자의 태도에 참여하고 있다. 마치 사향장미가 혈관 속으로 흡수될 채비를 갖추고 있는 한 잔의 와인인양, 시인은 장미를 제시하고 있다.

그는, 같은 시에서 똑똑히 볼 수 있을 뿐만 아니라, 들을 수 있는 이미지를 제시하기 위해, 성유법onomatopoeia이라는 장치를 사용하고 있다. 풍요로운 자연의 성장을 나타내는 부분이 다음과 같이 언급되고 있다.

여름날 초저녁에 잉잉거리는 날벌레들이 몰려드는.

The murmurous haunt of flies on summer eves.

여기서 모음 "ŭ"와 자음 "s"음이 빚어내는 모운assonance과 두운alliteration이 벌레들의 "붕붕거리는buzzing" 소리를 효과적으로 재현해내고 있다. 이것은 시에서 자주 쓰이는 기교인데, 알렉산더 포프Alexander Pope가 선언한 것처럼, "소리는 의미의 메아리처럼 들려야 한다(The sound must seem an Echo to the sense)"는 것이다. 즉 독자는 자신이 읽고 있는 대상을 잘 보는 것뿐만 아니라, 잘 들어야 하기 때문이다. 키이츠는 초저녁의 시각적 이미지에 차분한 음향 영역을 덧붙일 수 있는 어휘를 선택했던 것이다.

촉각적 의미를 찾아보면, 키이츠는 「레이미아」("Lamia")에서 결혼피로연의 예비의식들, 그 가운데서도 하객들이 식탁에 앉아서, 식사하기 전에 갖는 제의적인 세정식에 관해서 묘사하고 있다.

건넌방에서 모든 하객들이
차갑고 통통한 스펀지가 압착되는 기쁨을 느꼈다.

When in an antichamber every gyest
Had felt the cold full sponge to pleasure pressed.

여기서 그는 하객들과 함께 독자가 세정식 과정의 감각을 느끼도록 노력하고 있다. 그는 두 번째 시행에서 운율적 기교와 두운적 기교를 조합시켜서 이 일을 해내고 있다. 이 시행은 보통 때보다도 여분의 강세가 하나 더 있는데("Hăd félt thĕ cóld fúll spónge tŏ pléasŭre préssed"), 이유는 키이츠가 두 개의 단음절 형용사로 명사인 "스펀지"를 수식하게 하는데, 두 형용사가 다 충분한 강세를 받아야 한다. 시행에서 덧붙여진 강세가 나타날 때마다, 그 시행의 율격은 추가된 강세에 적응하도록 늦추어진다. 따라서 키이츠 시행의 속도는 목욕과정을 강조하기 위해서 느려지는 것이다. 이것은 노예들이 "차갑고"도 "통통한" 스펀지를 갖고 하객들의 상체 위에다 물을 짜서 흘리는 식으로 수행되는 의식이다. 이 과정의 방면 단계가 통상적인 약강리듬("tŏ pléasŭre préssed")의 재개로 나타나고 있으며, 하객들의 행복감이 이 마지막 어구의 두운에 의해서 강조·복원되고 있다. 전반적인 이미지가 찬 소나기를 만난 것과 같은 체험을 희미하게나마 일깨워 주는 방식으로 제시되고 있다. 차가운 물줄기가 등줄기를 타고 내려오는 처음의 충격이 있고 난 뒤에, 신체가 곧 새로운 감각에 익숙해지는 것처럼, 다시 따뜻한 온기가 돌아오는 감정이 생기게 된다.

　　시에서 은유metaphor와 직유simile는 이미지를 전달하는데 쓰인다. 은유는 직유보다도 주목을 끌 훨씬 더 강력한 이미지를 포괄하고 있다. 직유는 주체와 비유되는 이미지의 대상 사이의 유사점들이 있는 반면에 다른 점도 있다는 사실을 인정하고 있다. 그러나 은유는 그와 같은 것을 용인하지 않는다. 이 주장의 정도의 차이는, "왕은 사자와 같다"는 직유가 "왕은 사자였다"라는 동일한 은유적 표현과 비교해보면 자명해진다. 전자의 표현에서는 주체와 그 이미지가 분리되어 있으나, 후자의 표현에서는 양자가 상호 융합되어 있다. 이들 두 장치 사이의 차이점이 쉽게 식별될 수가 있는데, 직유는 거의 변함없이 "like"나 "as"와 같은 어휘로 시작하고 있지만, 은유는 전혀 그렇지 않다. 블레이크의 "호랑아! 호랑아! 밝게 불타는(Tiger! Tiger! burning bright)"과 같은 시행은 은유적 이미지다. 호랑이는 불이나 횃불로 묘사되고 있다. 호랑이는 그 대상을 만든 창조주의 파괴될 수 없는 힘으로 영원히 불붙고 있는 타오르는 숲이다. 호랑이가 밝게 타오르는 불과도 같다"고 말하게 되면, 돌이킬 수 없을 정도로 이미지를 파괴시킬 수도 있는 것이다.

　　　한편 직유는 표현주체와 그 이미지가 훨씬 더 서로 떨어지게끔 허용하고 있다. 시인이 표현할 자신의 주제를 고조시키게 될 유사점들을 설명할 수 있는 기간 동안에, 잠시 표현 주체와 이미지가 상호 혼합될 수 있는데, 그 뒤에는 양자가 분리되어, 아무런 강한 감정 없이도 나름대로의 역할을 해나갈 수가 있다. 직유는 시의 주제에 맞게 생길 수 있는 이미지를 표현하고 있지만, 은유는 집중된 이미지를 주제의 표현에 제공하고 있다. 블레이크의 호랑이는 그 짐승의 특징을 나타내는 불과 분리되어 있을 수는 없다. 따라서 만일 이 양자가 분리될 수 있다면, 이미 시는 존재하지 않게 될 것이다. 직유가 기능하는 비교적 "복잡하지 않은" 방식의 실례가 워즈워스 시의 한 작품의 첫 시행에서 드러나고 있다.

　　나는 외롭게 방황했지 구름 마냥
　　　골짜기와 언덕 너머로 높이 떠다니는,

그 때 나는 별안간 한 무리를 보았지,
   황금빛 수선화의 한 무리를.

(「나는 외롭게 방황했지 구름 마냥」)

I wandered lonely as a cloud
   That floats on high o'er vales and hills,
When all at once I saw a crowd,
   A host of golden daffodils.

("I Wandered Lonely as a Cloud")

여기서 직유는 "as"로 시작해서 "hills"로 끝맺는다. 한 시행 반에 걸쳐 직유는 존재하다가 직유가 없는 상태에서 시가 지속된다. 시인은 언덕과 골짜기를 넘어서 떠다니는 구름의 상태에 자신의 상황을 비유하고 있다. 그는 자기 머리 위의 구름 속에서, 자신의 방황하는 모습을 나타내는 이미지를 보게 된다. 우연히 또는 자연스럽게 몰려다니는 구름처럼, 그는 목적 없이 방황하고 있다. 명백히 구름의 이미지는 시인의 여건이 지니는 두 가지 상황, 즉 자신의 방향이 결여되었다는 점("I wandered")과 자신의 고독감("lonely")에 대한 적절한 묘사가 되고 있다. 여기서 세 번째 상황이 고려될 수가 있다. 구름이 갖는 본질적인 속성은 그 덧없음에 있다. 구름은 영원히 떠다니는 것이 아니라, 곧 비가 되어 떨어지지 않으면, 모두 수증기로 증발해 버릴 것이다. 시인은 구름처럼, 자신도 이 세상에서 오래 살아남지 못하리라고 느끼고 있다.

   구름과 비유하여 자신의 처음의 심적 상태를 묘사한 시인은, 그리고 나서 지상의 더욱 더 아름다운 자연이 전시하고 있는 풍경을 목격하고는, 어떻게 해서 자신의 관심이 지상으로 되돌아오게 되었는지를 설명해 나간다. 수선화는 아무런 목적이 없는 상태에 대한 시인의 감각에 침투해서 위안감과 새로운 목적의식을 제공해주는 자신의 환경과 시인 자신과의 연관성을 설정하고 있다. 그러므로 구름의 이미지는 사라지고, 시인의 심적 상태는 소원함과 외로움에서부터 흙의 산물과 연관된 감정으로 변화한다. 직유는 일시적인 정신적 상태를 예시하는데 사용되었다. 영원히 불타고 있는 블레이크의 호랑이와는 달리 워즈워스의 "방랑자"는 단지 일시적으로 구름과 유사할 뿐이다. 직유는 은유에 비해서 친밀감이 덜하면 할수록 주체와의 관계가 훨씬 더 내재적이지 못하다.

시어법 Diction

시어법은 시인이 선택하여 사용하는 어휘나 어귀들을 말하는 것이다. 즉 시인이 자신을 표현하는 스타일을 말하는 것이다. 시인은 밀턴이 그랬던 것처럼, 자신이 쓰는 주제에 위엄을 주기 위해서 라틴어Latin나 그리스어Greek의 파생어인 긴 단어들을 사용하거나, 미국 시인인 앨른 긴즈버그Allen Ginsberg가 사용했던 것처럼, 자신의 시가 동시대성을 지니고 있음을 강조하기 위해서 구어체나 자기 시대의 "유행cult"이나 언어를 차용해서 쓰기도 한다. 시어법은 시어의 *선택*the *choice* of words으로 구성되며, 이미지창조에 사용되는 것과는 별개의 문제이다. 18세기 시인은 아마도 새를 "깃털이 난 족속the plumy race"이라고 언급했을 지도 모른다. 시인은 새의 이미지를 제시하고 있지만, 이러한 이미지를 "그려내는drawing" 그의 방식은 현대 독자들에게 자신의 태도를 통해서, 약간 거만하거나 남을 얕보는 듯한 어떤 면을 보여주게 된다. 왜 시인은 새를 그냥 새라고 부르지 않는 걸까? 이에 대한 답을 찾으려면, 시인의 시 전체의 문맥과 18세기 태도의 맥락을 통해서, 시인의 시어법을 살펴보아야 한다. 시어법은 축적된 효과를 지닌다. 따라서 시어법은 시의 어조tone를 전달해 준다.

존 밀턴은 모든 주제 가운데서도, 신이 인간을 정당화시키는 방식들과 같은 가장 숭엄한 것을 선택한 시인이다. 이것은 최대한도의 위엄을 다루도록 요구하는 주제다. 밀턴은 자신의 부인이나 개에 관해서 썼을 법한 유사한 방식으로 천국에 관해서 쓸 수는 없었다. 심지어 동일한 상황에서 밀턴이 개에 관해서 언급할 때에도 "깃털이 난 족속"이라는 식의 우회적 표현circumlocution을 빌어, 아마도 "개과科의 종족canine tribe"이라는 표현으로 위엄을 부과할 수도 있었을 지도 모른다. 일정한 거리와 어울림은 항상 그러한 소재를 쓸 때 유지되어야 하며, 모든 친숙한 것을 없애 버려야 한다. 어조는 늘 엄숙하고 진지해야 한다. 밀턴은 영어로 쓰인 장시 중의 한편을 통해서 그와 같은 숭엄한 어조를 성취했을 뿐만 아니라, 그것을 훌륭히 유지시켜 나가고 있다. 그는 이와 같은 일을 주로 압도적으로 많은 라틴어 시어법을 통해서 처리해 나가고 있는데, 그 "비인간적 특성impersonality" 때문에, 그 소재는 고양되어서 독자들로 하여금 경원시하게 했다. 예를 들어서, 천국에서 추방된 사탄Satan에 관한 밀턴의 묘사는 어휘상으로 뿐만 아니라 어순상으로도 라틴화 되어 있는 것이다.

> 그를 전능하신 그분이
> 천상의 하늘로부터 불태워서 거꾸로 내던졌다
> 추악한 파멸과 연소로 쓰러져
> 끝없는 파멸의 지옥으로, 거기서 살게 된다
> 견고한 사슬에 묶이고 형벌의 불에 갇혀서.
>
> (『잃어버린 낙원』, 1권, 44-48)

> Him the Almighty Power
> Hurled headlong flaming from the ethereal sky
> With hideous ruin and combustion down

To bottomless perdition, there to dwell

In adamantine chains and penal fire.

(*Paradise Lost*, I, 44-48)

여기서 긴 어휘들은 시의 주제에 위엄을 부여하고 있다. 서사시적인 특성이 발생하게 된다. 밀턴은 불과 상실의 개념을 표현하기 위해서 "연소combustion"와 "파멸의 지옥perdition"이라는 어휘를 사용하고 있다. "천상의ethereal"나 "견고한adamantine"과 같은 고어 형용사들은 시의 사건이 일어나는 형이상학적 국면을 나타내고 있다. 더욱이, 밀턴은 자신의 웅장한 극적 규모를 강조하기 위해서 극단적인 상태들["거꾸로headlong", "추악한hideous", "끝없는bottomless"]을 표현하는 형용사들을 골라내고 있다. 여기서는 미봉책이나 고식적 수단half measures은 필요가 없다. 밀턴은 모든 정지점들spots을 끌어낼 수 있다. 왜냐하면 그가 신화적으로 중요한 사건들인 사탄의 반항과 결과적으로 발생하는 인간의 창조와 타락의 역사에 관해서 "노래하고" 있기 때문이다.

밀턴은 영국에서 종교적 열의가 대단했던 시기인 17세기 동안에 집필생활을 했다. 그의 시가 나타내는 문체나 시어법은 그의 기독교적인 소재에 대한 시인의 아주 진지한 태도를 나타내어 준다. 반대로 20세기 미국 시인인 커밍스E. E. Cummings는 모든 종교의 사라짐을 희미하게나마 암시해주는 시를 썼다. 따라서 그가 쓴 어법의 차원은 낮아진다.

초상

버팔로 빌은

고인故人이다

한 때는

물같이부드러운은빛
말을 타고서
하나둘셋네 마리의 그같은야생 망아지를 길들인다
예수
그는 잘 생긴 사람이었는데
내가 알고 싶은 것은
당신의 푸른눈의 소년이 마음에 드느냐는 것이다
죽음씨

Portrait

Buffalo Bill's
defunct
      who used to
          ride a watersmooth-silver
                  stallion
and break onetwothreefourfive pigeonsjustlikethat
                       Jesus
he was a handsome man
             and what i want to know is
how do you like your blueeyed boy
Mister Death

이 시와 밀턴의 시가 보이는 어조의 차이는 단번에 확실해 진다. 밀턴에게는 신이 맹목적 의지와 무서운 에너지로 남아 있어서, 시인이 감히 근접할 수도 없을 뿐만 아니라, 직접적으로 그 이름조차 부를 수 없는 "전능한 힘의 대상the Almighty Power"인 반면에, 커밍스의 시의 화자는 신에 대한 모든 경외심을 상실해버리고 만다. 그에게는 신의 아들이 단지 유순한 선언에나

걸맞은 재료를 공급하는데 지나지 않는다("Jesus/ he was a handsome man"). 커밍스 시의 문체는 구어적이지만, 밀턴 시의 문체는 격식을 갖추고 있으면서formal "서사시적epic"이다. 밀턴의 시에서 우리는 자신의 삶이 대여된 사람에 대한 모든 믿음과 열정을 듣게 되는데, 이는 창조와 영원한 생명에 대한 기독교적 교리가 뜻하는 것이다. 커밍스의 시에서 우리는 미국의 술집 고객들의 목소리를 듣게 되는데, 그들에게는 모든 영웅적 신화들이 크라이스트Christ의 열정에 관한 것이든, 또는 전개된 서부 황야의 광경에 관한 것이든 관계없이, 기력이 없고 건조하며 쓸모없게 된다. "고인defunct"과 같은 어휘들을 시인이 사용함으로써, 영웅신화("푸른 눈빛의" 카우보이)는 낡아빠진 기계처럼 더 이상 쓸모가 없다는 사실을 암시해 주는 인상을 주게 된다. "그리고 내가 알고 싶은 것은(and what i want to know is)"과 같은 어귀들이 지니고 있는 회화적인 평범한 어조가 혼란스러운 무감동이라는 전체적인 효과에 덧붙여진다. 화자의 시어법이 지니는 진부함으로 커밍스의 시가 거의 산문으로 격하되는데, 시의 영역으로부터 시를 완전히 제거해 내려고 하려는 것 같다. 이러한 사실은 시인의 측에서 보면, 단정치 못한 글쓰기의 결과에서 나온 부산물이 아니라, 오히려 시인이 의도적으로 자신의 시어법을 통하여 시적 특성을 없앰으로써, 화자의 삶에서 시적인 속성이 결핍되어 있다는 느낌을 전달하고 있는 것이다. 밀턴에서 커밍스까지 옮겨가면서, 우리는 어조와 소재 면에서 보면 "숭엄함"에서 "우스꽝스러운" 분위기로 옮겨 가고 있다고 말할 수 있다. 하나는 대단한 기대의 시인 반면에, 다른 하나는 지쳐버린 환상의 시이다. 그리고 화자들 저마다가 지니고 있는 다른 어조와 태도를 즉각 나타내어 주는 것이 바로 시어법이다.

어휘는 반대의 상징이나 대수학적 상징은 아니다. 각 단어가 독특하다. 그래서 상호 호환적일 수가 없다. 따라서 어휘는 풍부한 암시성을 지닌 독자에게 다가간다. 예를 들어서, 키이츠Keats는 유아 시기의 평범한 기억들을 그려내고 있는데, 그 시기는 세상이 항구적인 모험의 세계로 자신에게 비춰졌을 때였으며, 그가 「나이팅게일에게 부치는 오드」에서 다음에 관해서 쓰고 있을 때이다.

마술의 창문은 물거품 위에 열려 있네
위험한 바다의 물거품 위에, 쓸쓸한 요정의 땅에서.

magic casements opening on the foam
Of perilous seas, in faery lands forlorn.

훨씬 더 평범한 어휘인 "창windows"이라는 말 대신에 "창문casements"이라는 말을 선택해서 씀으로써, 그리고 이 말을 필연적으로 비단결의 머리를 한 처녀들을 대신해서 탐사하는 기사들의 낭만적인 이야기를 마음 속에 떠올리게 할 어휘들인 "마술magic"과 "위험한perilous" 및 "쓸쓸한forlorn" 등과 같은 단어들과 조화시킴으로써, 키이츠는 자신이 원하는 반응을 유도해 내고 있다. 그는 자신의 독자들에게 "마법을 걸어charm" 그들 주위를 요정의 주문으로 엮어 짜는 일을 모색하고 있다. 그와 같은 주문이 깨지기 쉬울 정도로 섬세하기 때문에, 시인이 "물거품foam" 대신에 "비누거품suds"을 썼다면, 그것이 얼마나 쉽게 깨져 버릴 수 있겠는가를 명확히 인식할 수가 있다. 시인은 자신이 전달하고 싶어하는 어조와 일관된 어휘들을 선별해서 쓰고 있다. 코올리지Samuel Taylor Coleridge의 「쿠블라 칸」("Kubla Khan")의 서두에서 시어법은 시 전체를 지배하게 될 분위기를 설정해 주고 있다.

재너두1)에서 쿠블라 칸2)은 명했다

---

1) 상도
2) 쿠빌라이 왕

웅장한 환락궁을 지으라고.

In Xanadu did Kubla Khan
A stately pleasure-dome decree.

그의 말이 곧 법이라는 군주의 절대적인 권위를 정확히 나타내기 위해서는, 부드러우면서도 운율적으로 적합했을 지도 모르는 시어는 "command"가 아니라 "decree"이다[3].

한 단어에서 연상되는 것들, 즉 그 "내포적 의미connotations"는 그 어휘가 나타나는 문맥에 따라서, 쓰일 때마다 약간씩 다른 법이다. 예를 들면, 갈증으로 고통받고 있는 사람에게는 물이 코울리지의 「노수부의 노래」에서와 마찬가지로, 생명을 주는 속성을 지니게 될 것이다.

물, 물, 도처에 있지만,
　마실 물은 한 방울도 없구나.

Water, water, everywhere,
　Nor any drop to drink.

그러나 셰익스피어의 『햄릿』(*Hamlet*)에서, 여주인공인 오필리어Ophelia는 익사하게 되는데, 이에 대해 그녀의 오빠인 레어터스Laertes는 다음과 같이 탄식한다.

너무나 많은 물을 네가 지니게 되었구나, 가엾은 오필리어.

---

3) "command"라는 어휘는 사람이 명령을 내린다는 뜻이고 "decree"는 왕이나 하늘과 같은 절대 권력의 대상이 명령을 내린다는 의미를 지닌다.

Too much of water hast thou, poor Ophelia.

한 문맥에서 어휘는 "좋은" 연상을 불러일으키지만, 다른 문맥에서는 "나쁜" 연상을 불러일으킨다.

　시어법에 내포된 여러 연상들을 토론해 보면, 우리는 심상에 다시 한 번 근접해 볼 수 있다. 시어법은 사용된 어휘들을 의미하는 것이며, 심상은 그러한 몇몇 어휘들이 환기시키는 그림들을 의미하는 것이라고 말함으로써, 그것들 사이의 경계를 그을 수 있다. 시어법을 효과적으로 쓰기 위해서 치장하거나 정교하게 할 필요가 없다. "화려한" 어휘들을 많이 쓰면 오히려 의도된 의미가 흐려질 수가 있는 것이다. 워즈워스가 다음의 시에서 잘 인식하고 있었던 것처럼, 가장 평이한 언어로 어떤 심오한 정서들이 가장 효율적으로 표현될 수가 있는 것이다.

> 그녀는 알려지지 않은 채로 살았기에, 남들이 거의 알지 못했다
> 　루시가 언제 죽었는지;
> 그러나 그녀는 죽어 무덤에 묻히게 되었고, 아,
> 　내게는 큰 변화가!
>
> 　　　　　　　　　　　　　　(「그녀는 인적 드문 곳에서 살았네」)

> She lived unknown, and few could know
> 　When Lucy ceased to be;
> But she is in her grave, and oh,
> 　The difference to me!
>
> 　　　　　　　　　　　　　　("She Dwelt Among the Untrodden Ways")

여기서 시어법은 단순하고 꾸밈이 없다. 그 어떤 쓸데없는 이미지도 있는

그대로의 "무덤" 위에 놓여 있지 않다. 적나라하고 숨김없는 슬픔의 표현을 수식하거나 조절하려고 사용된 형용사도 없는 것이다. 이 슬픔의 묘사에 아무 것도 침투하지 못하고 있다. 심지어는 리듬까지도 신중하다.

리듬 Rhythm

리듬은 심상과 시어법과 조화를 이루면서 시의 주제와 어조를 강화시켜주는 역할을 한다. 영시에서 가장 흔한 리듬은 약강 5보격iambic pentameter인데, 이 리듬으로는 시의 한 행에서 강세 없는 하나의 음절 뒤에 강세 있는 음절 하나가 따라오는 패턴(˘ ´)이 다섯 번씩 나타난다.

> 나는 작은 언덕 위에서 발끝으로 서 있었지.
>
> (키이츠, 「나는 발끝으로 서 있었지」)

> Ĭ stóod tĭp-tóe ŭpón ă líttlĕ híll.
>
> (John Keats, "I Stood Tip-toe")

더 나아가서 누구나 시를 운율적 단위, 즉 음보로 나누어서 그 리듬에 맞게 시를 분해시켜서 율독scan할 수도 있을 것이다.

> Ĭ stóod | tĭp-tóe | ŭpón | ă lí | ttlĕ híll.

5개 음보의 강세가 없는 것/강세가 있는 것의 패턴(˘ ´), 다시 말하면 5개의 약강iambs 음보는 이것이 약강 5보격 시로 되어있음을 보여주고 있다. 만일 강세의 위치가 뒤바뀌어서, 강세를 받은 음절이 처음에 나타난다면(´

⌣), 그 음보는 강약trochees조가 되는데, 그것이 만일 한 시행에 4개 있다면, 그 시는 영시에서 흔하게 쓰이는 또 하나의 리듬인 강약 4보격trochaic tetrameter이 된다.

> 이자 강가에서, 황혼녘에.
>
> (로렌스, 「강가의 장미」)

> Bý thĕ | Ísăr, | ín thĕ | twílĭght.
>
> (D. H. Lawrence, "River Roses")

4개 내지는 그 이상의 음보가 있는 각 시행 안에는 일반적으로 휴지caesura 라고 부르는 쉬는 부분pause이 있는데, 시행이 흐르는 리듬에 따라, 일반적 으로는 의미상으로나 또는 시행의 구두점으로 쉬는 곳이 일치되는 법이다.

> Ĭ stóod | tĭp-tóe ‖ ŭpón | ă lí | ttlĕ híll.
> Bý thĕ | Ísăr, ‖ ín thĕ | twílĭght.

휴지의 위치를 변화시킴으로써, 시인은 자신의 시에 단조로움이 스며드는 위험을 피할 수가 있다.

좀 빈도는 적지만, 영시에서 나타나는 다른 운율적 음보로는 강약약 (′ ⌣ ⌣)과, 약약강(⌣ ⌣ ′), 약강약(⌣ ′ ⌣) 및 강강(′ ′) 등이 있다. 마찬가 지로 빈도는 낮지만, 영시에서 보이는 다른 시행의 길이들은 2음보의 2보 격dimeter을 비롯하여, 3음보의 3보격trimeter, 6음보의 6보격hexameter 및 7음 보의 7보격heptameter이 있다. 일반적으로 쓰이는 강약 8보격trochaic octameter 시행이 여기에 있다.

동료들이여, 여기 내곁을 떠나라 잠시만이라도, 아직 이른 아침일 때.

(앨프릿, 테니슨 경, 「락슬리 홀」)

Cómrădes, | léave mĕ | hére ă | líttlĕ, | whíle ăs | yét 'tĭs | éarlў |
mórn.

(Alfred, Lord Tennyson, "Locksley Hall")

이 시와 같이 아주 드문 리듬들이 나름대로의 진귀한 효과를 나타내기 위해서 가끔 사용된다. 여전히 "표준"리듬은 약강 5보격 리듬으로 남아있는데, 이는 이 리듬이 아주 심오한 정서를 전달할 수 있는 다목적의 율격이기 때문이다.

나는 깨어나서 어둠이 엄습해옴을 느낀다, 낮이 아닌—

(제러드 맨리 홉킨스, 「나는 깨어나서 어둠이 엄습해 옴을 느낀다」)

Ĭ wáke ănd féel thĕ féll ŏf dárk, nŏt dáy—

(Gerard Manley Hopkins, "I Wake and Feel the Fell of Dark")

또한 가장 산문적인 움직임도 보인다.

나는 커벤추리에서 기차를 기다렸지.

(앨프릿, 테니슨 경, 「고디바」)

Ĭ wáitéd fŏr thé tráin ăt Cóvéntrў.

(Alfred, Lord Tennyson, "Godiva")

사실, 약강 5보격이 일반적인 영어회화체 리듬에 가까운 것은, 아마도 약강

5보격 시행의 인기가 대단하다는 사실을 설명해주는 것이라고 하겠다. 예를 들어서, 밀턴의 『잃어버린 낙원』이나 셰익스피어의 극들에서와 같이, 약강 5보격이 운을 밟지 않는 시로 나타나면, 무운시blank verse라고 한다. 이러한 유형에서 약강 5보격 시행은 행말 종지end-stopped의 성격을 잃게 된다. 의미가 이어지는 시행이나 시행들 속으로 흩뿌려지게 되는데, 정서적 속성이 고조되어도, 시는 훨씬 더 회화와 유사하게 가까워진다.

> 나는 증거를 확보할거야. 그녀의 이름은, 신선했지
> 다이앤의 용모처럼, 이젠 더럽고 검게 변했어
> 나 자신의 얼굴처럼.
>
> (셰익스피어, 『오셀로』, 3막 3장, 390-92행)

> I'll have some proof. Her name, that was as fresh
> As Dian's visage, is now begrim'd and black
> As mine own face.
>
> (W. Shakespeare, Othello, III. iii. 390-92)

이러한 시행들의 리듬은 더 느슨하고, 덜 구속적이므로, 일정한 제약을 두고 율독하는 일은 강제적인 제재만큼이나 개인적인 문제가 될 수 있다.

그러나 시의 리듬은 그것이 돌출되어 있든 감추어져 있든 간에, 앨프릿 테니슨의 시 「경 여단의 공격」("The Charge of the Light Brigade")에서 확실히 드러난 것처럼, 항상 소재의 전달에 도움을 주어야 한다.

> 반 리그, 또 반 리그,
>   반 리그씩 앞으로.
> 죽음의 골짜기에 있는 모두는
>   6백여 명이 말을 탔다.

Hálf ă lĕague, hálf ă lĕague,

Hálf ă lĕague ónwărd.

Áll ĭn thĕ válĕy ŏf Déath

Róde thĕ sĭx húndrĕd.

하나의 강음절 뒤에 두 개의 약음절이 뒤따르는 리듬dactylic foot은 달리는 말들의 말굽소리를 반향시켜 주고 있다. 더 나아가서, 이 규칙적인 말발굽 소리를 나타내고 시간상의 "기간"을 나타내기 위해서, "반 리그half a league" 라는 어귀는 두 번씩이나 반복되고 있다. 이 시의 바로 이 지점이야말로, 음향이 의미보다 더 중요하게 부각되는 부분이다. 독자의 주의를 환기시키는 것은, 얼마나 많은 땅이 "반 리그half a league"4)에 해당하는가를 명확히 개념화하는 문제보다는, 오히려 공격하는 군마들의 시끄러운 소리들이기 때문이다.

리듬의 사용은 대개 테니슨의 우뢰와 같은 말발굽소리 보다는 포착하기 어려울 정도로 작용하지만, 그럼에도 불구하고 독자들이 리듬의 활용을 인식하지 못하고 있는 가운데서도 독자들에게 영향을 끼친다. 리듬을 듣는 시인의 귀는 자신의 모든 능력 중에서도 가장 섬세하다. 시인의 적성이 크면 클수록, 시어들은 타고난 용이함으로 보다 수월하게 시인의 펜 끝에서 흘러나오는 듯하며, 아이러니컬하게도 그토록 유창하게 시를 쓴 공로를 훨씬 더 적극적으로 시인에게 돌리게 되는 것이다. 만일 리듬이 유체라면, 갈등이 해결되는 조화감을 제시하게 된다. 워즈워스의 4행 연귀quatrain인 「그녀는 인적 드문 곳에서 살았네」에서, 비록 그 주체가 슬픔에 젖어있다고 하더라도, 리듬은 죽음이란 우주 자연의 속도 흐름에서도 그 일부를 이룬다는 사실을 시인이 묵종하고 수용한다는 의미를 넌지시 암시해 준다. 규칙적이

---

4) 리그league는 영국이나 미국에서 거리를 나타내기 위해서 사용된 단위로서 약 3마일에 해당된다.

기만 하면, 리듬은 질서감을 부여한다. 예측 가능할 정도로 규칙적으로 반복되는 박자는 다음과 같은 의미로 듣는 이를 위로해 준다.

신은 당신의 천국에 계시고—
세상의 모든 것은 당연하구나!

Gód's ĭn hĭs héavĕn—
Áll's ríght wĭth thĕ wórld!

로벗 브라우닝Robert Browning의 「피파 지나가다」("Pippa Passes")에서 발췌한 이 시행에서, 강음절 하나 뒤에 약음절 두 개가 이어지는 리듬의 반복은 분명히 일상적 삶에서 일어나는 사건들을 주재하고, 인간이 궁극적으로 일치해야 하는 우주의 조화를 관장하는 신의 손길이 있다는 느낌을 강화시켜 주고 있다.

리듬이 항상 질서를 제시하지는 않는다. 무질서에 관한 시에서, 리듬은 역시 질서에 반하는 경향을 지니게 될 것이다. 존 단John Donne의 소넷 한 편의 서두 두 시행은 화자의 정신적 위기감을 표현하고 있다.

삼위일체 신이시여, 제 심장을 때려 주시오, 당신을 위해
두드리고, 숨결을 불어 넣고, 비추고, 고치도록 애써 주십시오.

(「성스러운 소넷」, 10번)

Báttĕr mў héart, thrée-pérsŏned Gód, fŏr yóu
Ăs yét bŭt knóck, bréathe, shíne, ănd séek tŏ ménd.

("Holy Sonnet", X)

이 시행들은 약강 음보의 패턴을 기저에 지니고 있으나, 시인의 영적 결함에 대한 시인 자신의 두려움의 결과로 겪고 있는 정신적 "스트레스"를 나타내기 위해서, 그는 그 리듬을 상당히 변화시켜서, 강약음보로 시작하여 몇몇 여분의 강세를 삽입시키고 있다. 하나의 시행에 강세 음절이 많을수록, 그 시행의 리듬은 훨씬 더 부자연스럽게 드러날 것이다. 특히 강세들이 약강 음절이 교대로 반복되는 운율적 기저와 충돌을 일으키면 더욱 더 그렇게 된다. 『잃어버린 낙원』의 한 예는, 규칙적인 약강 시행의 흐름이 각별한 효과를 내기 위해, 강음절의 시행에 의해 어떻게 깨어질 수 있는 가를 보여주고 있다.

> 아무런 휴식도 없다. 많은 어둡고 황량한 계곡을 통해서
> 그들은 지나갔고, 많은 슬픈 지역들,
> 얼어붙고, 불같은 많은 높은 산 넘어,
> 암벽들, 동굴들, 호수들, 소택지들, 늪지들, 암굴들, 및 죽음의 그늘들.
>
> (2부, 618-21행)

> Nŏ rést. Thrŏugh mány ă dárk ănd dréarў vále
> Thĕy pássed, ănd mány ă régĭon dólŏróus,
> Ŏ'er mány ă frózĕn, mány ă fierў Álp,
> Rócks, cáves, lákes, féns, bógs, déns, ănd shádes ŏf déath.
>
> (II, 618-21)

이 마지막 시행이 각 선행 시행들에서 계속된 10음절 이상을 넘지 않고 있다는 사실은 믿기가 어려울 정도다. 하지만 역시 그 이상을 넘지 않는다. 각 어휘는 강세를 지니고 있어서, 독자로 하여금 천천히 읽게 하여 충분한 무게를 실리게 하고 있는데, 이는 밀턴이 그리고 있는 타락한 천사들의 더디

게 진척되는 육체적 진행사항을 그대로 나타내어 주는 정신적 과정을 의미해 준다.

리듬의 장치들은 시의 진행을 늦추게 하기 위해서 사용되고 있을 뿐만 아니라, 또한 가속화시킬 수도 있다. 그래서 많은 단음절 단어들로 구성된 시행은 주로 다음절어로 구성된 시행보다 "읽어서 표현해 내는 데say" 시간이 더 걸리게 될 것이다.

10개의 나지막한 어휘들은 가끔 하나의 무딘 시행에서 기어간다.

And ten low words oft creep in one dull line,

『비평론』(*An Essay on Criticism*)에서 발췌한 포프Alexander Pope의 시행이 여기서 보여 주는 바와 같이, 10개의 나지막한 어휘들은 가끔 하나의 무딘 시행에서 기어간다. 그와 같은 시행은 밀턴의 다음 시행처럼 더 길고 훨씬 더 힘이 든다.

영구적인 형벌을 겪는 것.

(『잃어버린 낙원』, 1부, 155행)

To undergo eternal punishment.

(*Paradise Lost*, I, 155)

이들 시행은 각자 10음절씩으로 되어 있는데 기본적으로는 약강 율격을 지닌다. 하지만 밀턴의 다음절 시행은 포프의 단음절 시행 보다 훨씬 더 빠른 속도로 읽혀질 수가 있다. 이러한 현상을 알게 되면 시인은 자신이 원하는 효과를 창조하는 데 도움이 될 것이다.

리듬은 종종 간파하기 힘들 정도로 미약하게 시의 주제에 도움을 주거나 주제를 발전시킨다. 아주 규칙적인 리듬은 단조로우며 독자를 졸리게 할 염려가 있다. 어떤 18세기의 시는 이런 점에서 비판받을 수 있다. 18세기는 사회생활이나 정신 생활의 면에서 모든 무질서와 혼동을 몰아내었다는 점을 자랑스러워하고 있다. 18세기는 신을 교묘하게 구조적 우주를 만들었던 예술적 장인으로 간주하게 되었으며, 그 시대의 시의 리듬은 포프의 「벌링턴에게 보내는 서한 시」("Epistle to Burlington")에서 발췌한 시행들이 나타내는 바와 같이, 창조주의 정연함을 모방하려는 경향을 띠고 있다.

> 그분의 정원은 다음에는 그대의 감탄을 부르지요,
> 그대는 여러 면에서 보지요, 벽을 보세요!
> 그 어떤 즐거운 복잡함도 생기지 않고,
> 그 장면을 당황스럽게 만드는 그 어떤 인위적 조야함도 없다;
> 숲은 숲을 보고 졸고, 각 길은 형제가 되어,
> 절반의 낭하는 나머지 반을 비춰 주네.

> His gardens next your admiration call,
> On every side you look, behold the wall!
> No pleasing intricacies intervene,
> No artful wildness to perplex the scene;
> Grove nods at grove, each alley has a brother,
> And half the platform just reflects the other.

여기서 약강 어조가 최면술에 걸린 듯이 진자와 같이 움직이는 것은, 이상적으로 시의 소재에 적합하게 되어 있다. 포프는 전원 저택의 균형 잡힌 정원의 풍경을 묘사하고 있다. 그가 쓰는 2행 연귀couplet는 저마다 빠진 것이 없는 완벽한 하나의 단위로서, 주변의 "벽"에 의해서 외부의 야생적 황량함으로부터, 있는 그대로 경계를 지어 면역되어 있는 채로, 묘사된 정원의 완벽함을 그대로 반영해 주고 있다.

그러나 포프는 그와 같은 극도의 단정함에도 어느 정도 비판적이다. 정원은 완벽하게 균형을 유지하고 있다, 저마다 나무는 정반대의 위치에 심어 놓은 동일한 그루터기를 지니고 있다. 2행 연귀의 형식은 그 자체가 그것과 맞게 균형이 잡힌 시행과 평행을 이루는 문법적 어구배열(통사조직) 속에서 이 대칭구조를 닮고 있다.

그 어떤 즐거운 복잡함도 생기지 않고,
그 장면을 당황스럽게 만드는 그 어떤 인위적 조야함도 없다;

No pleasing intricacies intervene,
No artful wildness to perplex the scene.

("No" + 형용사 + 명사 + 동사 /"No" + 형용사 + 명사 + 동사 . . .)의 구조로 이루어 짐. 그와 같은 효과는, 정원과 시 모두에서, 포프가 실현시키고 있는 것처럼, 결국에는 졸음이 오는 성격을 띠게 된다. 그는 무질서를 암시해 주게 되는 그 어떤 것도 배제했다고 정원을 비판한다. 그 결과, 권태롭기 때문에 나무들은 한결같이 저마다 "졸고 있거나", 그렇지 않으면 잠에 빠져 버린다.

귀가 아니라 눈을 자극하는 것이 리듬이라고 하더라도, 건물들과 정원들은 리듬을 지닌다. 포프는 이 정원의 리듬이 너무 변화가 없다는 것을 제시하고 있다. 완전함을 명상하다가 눈은 곧 식상하게 되므로, 그 흥미를 돋우기 위해서는 어떤 "즐거운 복잡함pleasing intricacies"이 첨가된 기분전환을 필요로 하게 된다. 마찬가지로, 포프가 잘 알고 있는 것처럼, 귀는 곧 시의 리듬의 획일성에 싫증을 느끼게 된다. 정신을 깨어있게 만들기 위해서는, 계속되는 보조와 율격의 변화가 필요하며, 제한된 영웅 2행 연귀 시체에도 불구하고, 포프는 그와 같은 "복잡성"을 창조해 내려고 애를 쓴다. 심지어 위의 싯귀에서도, 율격의 규칙성은, 흉내내는 방식으로, 정원의 상상력이 빈곤한 수학적 완벽함을 반영해주고 있으며, 포프는 지나치게 졸음이 올 정도로 율격을 단조롭게 내버려 두지는 않고 있다. 독자가 표류의 위험에 빠질 수도 있듯이, 포프는 약강조의 흐름에 강약조를 삽입시키고 있으며 ("Gróve ńods ăt gróve"), 독자의 주의력이 흩어지지 못하게 막고 있다. 왜냐하면 단조로운 리듬은 시에서의 모든 가능한 긴장을 진정시켜 주기 때문인데, 긴장이 감소하면 자연히 흥미가 사라지게 된다. 시인은 자기가 구사하는 소리 패턴이 독자의 관심을 짓누르기보다는 자극하도록 확실히 독자의 귀에 영향을 끼치는 결과에 꾸준한 주의를 기울여야 할 것이다.

구조 Structure

구조는 시가 구축되는 방식이다. 즉, 어떻게 지어지느냐의 방법을 말하는 것이다. 구조에는 나름대로의 일종의 리듬이 있다. 이는 시의 소리 패턴에 기반을 둔 운율적 리듬이 아니라, 시 전체를 관통하는 더 큰 리듬으로, 소리의 흐름보다는 사상의 흐름에 토대를 둔 리듬인 것이다. 사실, 구조는 시에서의 "사상의 리듬rhythm of ideas"이라고 불려 질 수 있다. 이 구조는 대개 소넷에서는 아주 명확하게 작용하고 있지만, 더 긴 장시에서도 사상의 리듬이 내포되어 있다. 오웬의 「죽을 운명의 젊은이를 위한 찬가」를 다시 정독해 보면, 보다 짧은 단시에서, 즉 소넷 시형과 같은 14행시의 구조 내에서도 작용하고 있는 사상의 리듬이 드러날 것이다.

오웬의 시가 페이지 위에 인쇄기법 상으로 제시된 방식을 재빨리 일별해 보면, 소넷이 8행으로 된 한 부분(전대절)과 6행으로 된 다른 하나(후소절)의 두 부분으로 나누어져 있음을 볼 수가 있다. 이것은 심지어 초기의 소넷에서는 두드러지게 나타난 패턴이다. 14세기 이태리에서 소넷이 처음 생긴 이후로, 이들 두 부분에 붙여진 이름들은 이태리어에서 파생된 어휘인 옥타브octave(첫 8행의 시행 부분)와 세스텟sestet(나머지 6행의 부분)이다. 모든 소넷이 정연하게 8행과 6행씩의 "절반"으로 나누어지는 것은 아니며, 어떤 소넷들은 그 구분이 전혀 분명치 않은 것도 있다. 그러나 일반적으로, 그러한 구분은 소넷에서는 예외라기보다는 규칙이다. 그것은 구조적이고 주제적인 구분이다. 이 지점에 통사적 휴지syntactic pause가 있는데, 이것은 동시에 시의 어휘들이 내용을 설명하는 가운데서, 중간 부분interlude, 또는 숨쉬는 곳breathing-space을 나타내는 것과 같다. 그와 같은 휴지는 가끔 시의 화자를 통해서 태도 변화와 동반된다. 다른 말로 하면, 관점의 변화가 일반적으로는 전대절(옥타브)과 후소절(세스텟) 사이에서 일어나는데, 이 변화를 사상의 전환점volta이라고 부른다. 그런데 한 분위기에서 다른 분위기에로의 그와 같은 이동은, 소넷에 필수적인 것은 아니지만, 그것이 일어나게 되면, 더 큰 이해의 분위기를 부여해 준다. 여기에서 시인은 자기 독자를 단순히 정서적 폭발로 강타하고 있지 만은 않은 것이다. 그의 시는 그 열정뿐만 아니라 사상의 산물이기도 하다.

오웬의 소넷 구조를 보면, 전대절의 서두 시행은 의문을 포함하고 있으며, 나머지 전대절이 그에 대한 대답을 시도하고 있다는 사실은 명백해진다. 의문은 전장 터에서 살육 당한 사람들을 위해서는 어떤 종류라도 종교적 의식이 있어야 함을 제시하고 있는데, 제공된 대답은 아무 것도 있을 수 없다는 사실과, 분명히 신이 없는 대량 학살의 와중에서 이들 젊은 전쟁 희생자들이 죽는다는 사실을 보여주고 있다. 이와 같은 질문과 대답의 구조는 후소절에서 반복되는데, 여기서 유사한 물음이 처음으로 제기된다. 즉, 그것은 연옥을 거쳐 천국을 향하는 길에, 죽은 병사들을 재촉하려고 그들을 위해 누가 촛불을 밝혀 줄 것인가의 물음이다. 다시 대답은 같다. 그 어떤 종류의 종교적 의식도 자신들의 죽음으로 그토록 무감각하게 내몰렸던 이들 희생자들에게는 "조롱mockeries"이며, 모욕이 될 것이다. 두 질문 모두에게는 반향하는 부정적 의미로 대답하고 있다("Ónlỹ . . .", "Nót . . .").

오웬의 시에서 사상의 전환점volta이 구조에 맞게 나타나는 부분을 식별하는 데는 전혀 어려움이 없다. 그러나 그 전환점은 주제 상으로 무슨 영향력을 가질까? 시를 더 면밀히 조사해보면 두 부분 사이에는 어조 상의 분명한 차이가 드러나고 있다. 두 질문이 모두 같은 문제를 제기하고 있다. 종교가 그와 같이 짐승 같은 방식으로 살육된 사람들에게는 무슨 위안을 가져다 줄 수 있을까? 그러나 두 대답의 어조는, 비록 종교는 그와 같은 대량 살상을 보상해줄 만한 아무런 힘도 없다는 똑 같은 내용을 말하고 있긴 하지만, 상당히 다르다. 전대절에서의 대답은 전쟁터에서 나는 여러 소음들을 귀에 들리도록 다시 만들어 내고 있는데, 의성어를 사용한 셋째 시행의 스타카토staccato 식의 리듬("Only the stuttering rifle's rapid rattle")을 통해서, 경음인 "ǎ" 소리와 두운을 밟고 있는 "r" 소리가 "타타타탕 거리는" 총포들의 소음을 나타내어 주고 있다. 여기서의 어조는 분명히 분노의 어조다. 시인의 태도는, 자신이 쓰는 어법에 분명히 드러나고 있는데, 모든 종교적 장식은 "조롱mockeries"이라는 것이다. 성직자는, 비록 있긴 했겠지만, 모든 확신감을 상실한 후 오랫동안 해왔던 말들을 단지 "재빨리 지껄여 대고 patter out" 있을 뿐이다. 교회가 주지 못한 기도와 영창의 반주를 전쟁이라는 병기가 야만적인 방식으로 제공해주고 있다. 천상의 합창 소리는 전쟁터에서 포탄의 악마 같은 "울부짖음"으로 바뀐다. 전대절의 전쟁터 소음은 듣기 싫은 악마의 흑미사black mass를 연상시킨다. 이것이 죽은 자들이 얻게 될 유일한 조사弔詞인 것이다. 즉 그들을 파멸시키고 만 광기가 다른 사람들을 파멸시키면서 이어지고 있다는 것이다.

그런데 전대절의 마지막 시행에서 어조의 변화가 마련된다. 이전 시행들이 갖는 모든 소음 뒤에, 전쟁의 시끄러운 음들이 갑자기 고요해지면서, "애처로운 지역에서 그들을 부르는 나팔소리들"의 구슬픈 곡조만이 들리게 된다. 장면은 전쟁터에서 고향의 전면으로 바뀌게 되는데, 거기서 마지막 나팔 소리가 죽은 병사들을 위해서 그들의 고향에서 들리고 있는 것이다. 이것이 후소절의 어조를 마련하는 준비작업이며, 후소절에서 초점은 이제 더 이상 학살 현장에 맞춰지지 않고, 희생자들이 떠나면서 남게 된 사람들에 대한 이와 같은 살생의 결과에 맞춰진다. 어조 상 후소절은 훨씬 더 평온하다. 전대절에서 들렸던 요란한 소음은 조용해지고 시인의 기분은 체념 쪽으로 움직이게 된다. 전대절에서 강조하고 있는 부분이 소리들("조종", "기도", "합창")인데 비해서, 후소절에서 초점은 죽은 자들에게 바치는 소리 없는 조사("촛불", "조화", "관 덮개", "덧문")에 맞춰지고 있다. 전쟁은 끝이 났다. 종교는 죽은 사람들뿐만 아니라 가족이나 친지를 잃은 사람들에게도 도움을 못 주고 있다. 정서는 합창대원들에 의해서가 아니라, 동료 친구들에 의해서 더 솔직하게 표현되고 있으며, 합창 대원들의 손에 의식에 맞게 들려 있는 촛불들보다도 더 큰 경외심을 보이는 것은 동료 친구들의 두 눈에 고여 있는 눈물 방울들이다. 그들의 연인들과 부인들의 안색이 창백한 것은, 그 어떤 종교적 장례의식이 표현해 낼 수 있는 것보다 죽은 사람들의 가치에 대해 표하는 훨씬 더 진실된 조사인 것이다. 마지막 2행 연귀는 이제 모든 것이 영원히 잠잠해졌음을 강조하고 있으며, 자연 그 자체("느리게 다가오는 땅거미")로 형언할 수 없는 슬픔의 표시를 더해주고 있다.

소넷의 구조는 두 개의 "악장"에 바탕을 두고 있다. 첫 악장은 심벌즈cymbals의 요란한 소리와 금관 악기의 나팔소리 및 전쟁터에서 나는 시끄럽고 큰 불협화음을 전달해 주고 있는 반면에, 두 번째 악장은 필연성을 수용하는 태도를 훨씬 더 느린 속도인 안단테andanté로 소개하고 있다. 그러므로 시는 결국 한 편의 찬가가 된다. 시는 긴장과 불협화음에서 출발하여 일종의 해결과 협화음을 향해 나아간다. 전대절의 말미에 나팔소리가 끼어 드는 것이 바로 이와 같은 음악과 주제 및 어조 상의 변화에 대한 핵심적인 음조인 것이다.

운율과 음향효과 Rhymes and Sound Effects

운율과 두운alliteration 및 모운assonance은 시가 듣는 이의 귀에 호소하는 방법이다. 시의 "음향 부분percussion section"인 리듬과 함께 이 방법들은 시를 산문과 구분지어 시를 시가의 단계로 까지 승화시켜 주는 "음악성music"을 구성하고 있다. 심상이 시각적 그림을 제공해 주는 반면에, 운율과 음향적 효과는 사운드트랙soundtrack을 더해 주고 있다. 독자는 시를 그림으로 보고 있을 뿐만 아니라, 테니슨Tennyson의 다음 시행과 같은 예에서 볼 수 있는 것처럼, 시를 소리로 듣게 된다.

> 온통 검은 절벽은 그의 주변에서 울렸다, 그때 그는
> 자신의 발을 미끄러운 바위의 돌출부 위에 놓았다
> 바위는 무장한 발뒤꿈치의 힘으로 날카롭게 치는 소리를 내었다.
> (「아서왕의 죽음」, 188-90)

> The bare black cliff clanged round him, as he based
> His feet on juts of slippery crag that rang

Sharp-smitten with the dint of armed heels.

("Morte d'Arthur", 188-90)

산을 오르는 사람을 묘사하고 있는 이 부분은 힘들고 위험한 행위임을 연상시켜 주는 두 개의 장치를 내포하고 있다. 시작되는 시행은 약강어 강세보다 많은 열 개의 단음절 어휘로 구성되어 있어서, 표현된 사람의 나아가는 움직임이 갑작스럽고 위험한 속성을 지니고 있음을 연상시켜 주고 있다. 그리고 두 번째 시행은 세 음절 단어인 "slippery"를 포함하고 있는데, 율격의 요건에 의해 2음절로 축약되었다[5]. 이는 암벽을 기어오르는 사람의 위치가 불안정하다는 사실을 재현하고 있다. 자신의 균형을 유지하기 위해서, 그 사람은 암벽과 암벽 사이를 실제로 계속 뛰어 다녀야 하듯이, 시는 강세 사이를 불규칙하게 뛰어 넘고 있다.

이들 장치 외에도, 테니슨은 모운assonance(같은 모음의 반복)과 두운alliteration(같은 자음의 반복)을 사용하고 있다. 첫 두 행에서 개방모음인 "애[ă]"가 반복되어 나타나는데"black", "clanged", "crag", "rang", 그 사람이 암벽 위에서 신고 있는 철제신발이 바위와 부딪쳐 내는 공허한 공명음을 연상시켜 준다. 그리고 그 금속음은 주변에 있는 계곡의 암벽으로부터 다시 부딪쳐서 나오는 반향음을 만들고 있다. 반향효과가 생기면, 마지막 시행에서 "smitten"과 "dint"의 "이[ǐ]"음이 반복된다. 이 소리는 폐쇄모음(비교적 입이 닫힌 위치에서 발음이 되는데, "애[ă]"음을 발음하게 되면, 두 입술이 떨어지기보다는 함께 붙어서 닫히게 된다)이므로, 발음되는 소리는 더욱 억압된 느낌을 준다. 음의 반향효과 외에도, 첫 행에서는 두운이 사용되는데, "bare"와 "black"에서와 같이, 그리고 "cliff"과 "clang"(저자가 이탤릭체로

---

5) 이 시의 시행은 각각 10음절로 이루어졌는데, 2행의 "slippery"를 원래대로 3음절 단어로 율독하면, 음절수가 11음절로 늘어나기 때문에, 테니슨은 여기서 2음절어 "slipp'ry"로 읽어 주기를 바라고 있다.

표현한 두운의 발음)에서와 같이, 반복된 파열음들이 인접한 이들 네 단어에다 강세를 더 주게 되어, 자연적 장애물이 있는 통로를 지나면서 겪게 되는 애로사항을 강조하도록 리듬의 흐름을 지체시키고 있다. 두운은 종종 "내운internal rhyme"으로 인식되기도 한다. 고대 영시는, 인접한 시행이나 바로 가까운 시행의 행말에 유사한 모음과 최종 자음의 소리가 운율을 밟는다는 개념이 발견되기 전에, 두운적 "운율"의 패턴에 따라서 쓰여졌다. 어느 운율체계라도 그 요점은 시에다 연접 패턴을 부과시키는데 있다. 즉 개별적 어휘들이 상호 간의 연관관계와는 별도로 한 의미를 형성하도록 음이 서로서로 연결되어 있다. 다시 말하면, 어휘들은 의미적으로semantically 뿐만 아니라, 음향적으로sonically도 상호 연관되어 있다. 이는 시 자체는 물론이고, 시가 만들어진 세계의 기저에 깔려 있는 질서를 암시해 주고 있다.

운율이 시의 주제에 질서와 통제력을 부과하는 효과는, 특히 2행연귀 couplet에서 두드러지게 나타난다. 2행연귀는 사상을 "완성하거나round off", 그것을 깔끔하게 한 꾸러미로 묶어 주는 것 같다. 이 때문에 2행연귀는 가끔 시의 말미에 나타나게 되는 것이다. 그래서 시가 앞에서 진행시켜 왔던 내용을 요약 내지는 정리해 주게 된다. 이 기교는 「죽을 운명의 젊은이를 위한 찬가」에서 사용되고 있는데, 여기서는, 첫 12행이 비록 4행연귀라고 부르는 4행 시연의 단위로 각운을 밟고 있다고 하더라도, 마지막 두 시행은 나름대로의 운을 밟는 2행연귀를 형성하기 때문에, 그 앞의 12행들과는 떨어져 있다.

인내심 어린 마음의 부드러움에 그들의 조화弔花가 되리라,
그리고 느리게 다가오는 땅거미가 덧문 닫기가 될 것이다.

Their flowers the tenderness of patient minds,

And each slow dusk a drawing-down of blinds.

오웬은 마지막의 느낌을 주기 위해서 2행연귀를 사용하는데, 그는 자기 시에 대해 차양을 내리고 있는 셈이다. 이전에 진행된 것을 묶어버리는 2행연귀에서 이러한 성질은 셰익스피어에 의해 이해되었는데, 그는 종종 2행연귀를 가지고 자신의 무운시의 독백 중의 하나를 종결짓고 있다. 화자는 2행연귀로 이전에 자신의 말을 통해 표현한 것이 이제는 끝에 이르렀다는 사실과, 더 냉정한 결론이 거기서 정제되었다는 사실을 나타내고 있다. 『햄릿』(Hamlet)에서, 덴마크의 왕자the Prince of Denmark는, 열정적으로 그리고 최종적으로 세상의 총체적인 타락상에 관해서 불만을 터뜨리고 나서, 궁극적으로는 자기가 그렇게 분노한 이유가 자신의 주위를 둘러싸고 있는 모든 악들과 스스로 싸워 나가야 하기 때문이라는 사실을 슬프게도 인정하고 있다. 따라서 오랫동안 무운시를 반추해보고 난 뒤에 그는 2행연귀로 결론을 맺다.

> 시간은 이제 뒤죽박죽이 되었다. 아 저주받은 원한이여,
> 언젠가는 바로 세우도록 내가 태어난!

> The time is out of joint. O cursed spite,
> That ever I was born to set it right!

이런 식으로 셰익스피어는 광범위한 정서적 도피 이후에 자신의 인물들이 다시 지상에 내려오도록 허용하면서, 동시에 관객을 위해서 인물 저마다가 극 속의 어떤 특정한 위기에 처한 자신의 모습을 발견하게 되는 정확한 정신상태를 결정화하고 있다.

운율은, 그런데, 운문의 음악성에 더 한층 의미를 줄 뿐만 아니라, 구

조를 묶어 주고 주제의 특정한 여러 양상들을 강화시켜 주는 기능에 기여하고 있다. 코울리지Coleridge의 「쿠블라 칸」("Kubla Khan")의 첫 5행은 이런 점을 보여주고 있다.

재너두에다 쿠블라 칸은
　장엄한 환락궁을 지으라고 명했다:
거기에는 앨프 강이, 성스러운 강이 흘렀는데
사람이 측정하지 못할 동굴들을 관통해서
　햇빛이 들지 않는 바다로 흘러 내려 간다.

In Xanadu did Kubla Khan　　　　　　　　　　*a*
　A stately pleasure dome decree:　　　　　　*b*
Where Alph, the sacred river, ran　　　　　　*a*
Through caverns measureless to man　　　　　*a*
　Down to a sunless sea.　　　　　　　　　　*b*

2행 연귀 외에도, 가장 흔하게 쓰이는 운율패턴 중의 하나는 4행 연귀quatrain인데, 4행으로 된 운문의 단위 속에는 *abab*나, *abcb*, 혹은 *abba*의 패턴 (여기서 *a*와 *b* 및 *c*는 시행의 말미에서 일어나는 서로 다른 압운 형태를 나타낸다)으로 운율을 밟으며, 서로 맞물려 결합되어 있다. 코울리지의 시는 마치 4행 연귀인 것처럼 보이는 형식으로 시작된다. 첫 3행은 *aba*로 운을 밟고 있으므로, 시의 패턴을 완성시키려면, 4번째 시행은 앞 선 시행들과 같은 압운을 밟지 않고, 대신에 5행에 가서야 비로소 예상된 압운인 *b*가 나오면서 시작된 시의 "단위unit"가 마무리된다. 그러니까 4행 연귀는 "5행 연귀quintrain"로 확장되고 있는 것이다. 왜 이런 일이 있게 된 것일까? 이 서두의 시행들은 쿠블라 칸의 전설적인 왕국을 기술하고 있으며, 특히 이 땅을 관통해서 흘러가는 성스러운 강의 진행을 묘사함으로써 시의 배경장면을 설정하고 있다. 5행까지 예상했던 압운의 출현이 정지되고 있는 것은 강이 흘러가는 완곡한 경로를 암시해 준다. 강과 압운은 모두 "햇빛이 들지 않는 바다"에서 우원적인 목표를 동시에 달성하고 있다. 꾸불꾸불 흘러가는 강의 진행 상태는 운율체계에 의해서 희미하면서도 성공적으로 나타나고 있는데, 운율체계 또한, 강물처럼, 직접적으로 보다는 오히려 간접적으로 그 목적지에 이르게 된다.

20세기 서구인이 종종 신을 잊어버리는 곤궁에 처하게 된 자신의 모습을 발견하고 있기 때문에, 현대인의 시는 **자유시***free verse*라고 부르는 운을 밟지 않고 쓰인 시 형식에 의해서, 더 큰 질서에 대한 자신들의 신념의 상실을 반영하는 성향을 지닌다. 비록 운을 밟고 있지는 않지만, 매 시행마다 기본적인 운율패턴을 지니고 있는 무운시와는 다르게, 자유시는 운을 밟고 있지 않으면서도 운율적으로 예측할 수 없는 성격을 지닌다. 그 시행들은, 비록 리듬을 지니고 있긴 하지만, 그 시행들을 한꺼번에 결속시킬 공통된 운은 없다. 각 시행은 "개별적 성격을 띠고" 있으며, 가끔 가장 가까운 이웃 시행들로부터 운율적으로는 고립된 채로 남아 있게 된다. 이 같은 상황이 커밍스Cummings의 「초상」("Portrait")에서 명백히 드러나는데, 이 작품에는 기관총에서 빠르게 토해내는 사격소리를 연상시키는 긴 시행("and break onetwothreefourfive pigeonsjustlikethat")이 나온 후에, 곧 그러한 공적("예수")에 대한 화자의 숨 가쁘고 모욕적인 인식을 표현하는 짧은 시행이 이어진다. 천계의 음악은, 규칙적인 리듬과 선율적인 운율체계로 시를 쓸 수 있게 자극을 주게 된 영국시인들에게는 기독교라는 높은 곳에서 들렸지만, 현대인들의 귀에는 들릴 수가 없었다. 이런 까닭에, 기독교 철학을 유지하거나 재발견하려고 노력했던 시인이 쓴 시가 아닌 한, 그리고 만일 전혀 운율이 없는 작품이 아니라면, 20세기 시의 두드러진 특징들은 리듬의 규칙성과 운율의 부조화dissonance인 것이다.

1914년에서 1918년까지의 세계대전은 부조화와 당혹감의 방향으로 쓰인 최초의 시 몇 편을 보게 되었다. 한 예로는, 윌프레드 오웬의 「이상한 만남」("Strange Meeting")을 들 수 있다.

나는 전장에서 빠져 나왔던 것 같았다
깊고 지루한 터널 아래로, 오랫동안 굴러 떨어져
거대한 전쟁이 신음을 앓는 화강암을 통해.
하지만 또한 거기에는 불편하게 누워 자는 사람들이 신음하고 있었다,
너무 깊은 생각에 빠졌거나 꼼짝 않고 죽어서.
그런데, 내가 더듬어 보니, 한 사람이 일어나, 노려보았다
알아보는 듯한 애처롭게 고정된 눈길을 하고,
마치 축복해주는 양 괴로운 손을 들고서.
그래서 그의 웃음에서, 나는 침울한 전당을 알게 되었다,
그의 죽은 미소에서 나는 우리가 지옥에 서 있었음을 알았다.

It seemed that out of battle I escaped
Down some profound dull tunnel, long since scooped
Through granites which titanic wars had groined.
Yet also there encumbered sleepers groaned,
Too fast in thought or death to be bestirred.
Then, as I probed them, one sprang up, and stared With piteous
recognition in fixed eyes,
Lifting distressful hands as if to bless.
And by his smile, I knew that sullen hall,
By his dead smile I knew we stood in Hell.

이 시에는 약강 5보격 시행의 길이에 엄격하게 집착하고 있기 때문에, 여전히 "질서"에 대한 강렬한 느낌이 있다. 그러나 시행의 말미에 있는 "반운half-rhymes"을 통하여 부조화의 느낌이 스며들고 있다. 왜냐하면 오웬의 시는 마지막 모음 소리에서 운을 밟는 것이 아니라 그 모음을 에워싸고 있는 자음에서 운을 밟고 있기 때문이다. 모음과 자음의 차이는, 진동하는 성대를 통해서 나오는 공기의 자유로운 흐름에 의해서 만들어져서 입 모양에 의해 변화되는 소리가 모음인 반면에, 자음은 공기의 흐름이 중지되거나 방해받을 때, 또는 어떤 방식으로든 입이 자유롭게 되지 못할 때 생기는 소리라는 점에 있다. 모음은 음악성을 지니고 있다. 그래서 가수들은 자기들이 부르는 노래의 모음에 의존하고, 자음을 재촉하거나 생략한다. 자음은 음악성을 지니고 있지 않기 때문에, 주로 '쉬'와 같은 치찰음hisses과 으르렁거리는 소리growls[("s"발음이나 "r" 발음과 같은 **마찰음**fricatives], 그리고 흡기음clicks과 쾅하는 소리bangs["t"발음과 "k"발음 및 "p"발음과 같은 **파열음** plosives]로 구성되어 있다. 그러므로 시속의 자음 소리들 사이의 관계에 주의를 기울이면서도, 상대적 모음 소리들 사이에서 발생하는 그 어떤 조화도 시가 거부하는 것은, 조화를 희생시키면서 까지도 불협화음을 강조하기 위함이다. 독자의 귀는 그와 같은 시에서 조화로운 모음소리로 된 음악을 듣게 되길 기대한다. 독자는 결과적으로 실망하게 되어 시에서 조화롭지 못하는 실체가 있다는 느낌의 인상을 받게 된다. 「이상한 만남」에서, 주제 자체의 내부에 있는 더 깊은 모순이 명확해지면서, 마지막 모음의 소리들 사이의 일치감이 모자라기 때문에, 가변적이지도 않거나 우연적이지도 않다는 사실을 보여주고 있다. 시의 화자는 마치 은총의 표지를 갖고 있는 것처럼, 비록 만남의 장소가 지옥으로 밝혀지더라도, 작가를 맞아들이는 사람을 만난다. 더욱이, 화자가 만나는 사람은 "죽음의 미소"를 지니고 있다. 그는 유령이지, 전혀 인간이 아니다. 그리고 시가 계속되면서, 눈빛에는 그런 상냥함을 지니고서 화자를 만나는 유령은, 화자가 살해하여 이 지하세계에 보낸 병사의 분노라는 사실이 부각된다. 자음군의 자운consonance에 의해서 보는 이의 주의는 각 시행의 말미로 쏠리는데, 거기서 모음 소리의 불일치가 귀에 거슬리게 된다. 시간은 순서대로 되어 있지 않을 뿐만 아니라, 조화되지도 못한다.

전쟁의 충격적인 외상 이후의 시인들이 모든 창작 이면에 있는 신성한 질서관을 재설정하는 것이 힘들었다. 8세기경에 쓰인 최초의 영국 서사시인 『베어울프』에서부터 19세기에 쓰인 테니슨의 『인 메모리엄』(*In Memoriam*)와 같이 좀 더 최근의 영시에 이르기까지, 세속적 생존이라는 안개 뒤에 있는 신성한 대상의 출현에 대한 확신이 작가들을 고취하여 그들의 창조자Maker를 모방케 하고, 그들의 생업에 쓰이는 원자재를 이용해 음악과 조화와 질서를 만들게 했다. 제1차 세계대전은 이와 같은 확신을 부수어 버렸다. 2행연귀나 4행연귀, 또는 시연stanzas과 같은 규칙적으로 운율을 밟고 있는 단위로 된 시는, "혼란이 다시 오네(Chaos is come again)"라고 오셀로Othello가 말한 세상에 대한 어느 정도 수줍은 반응으로 나온 듯했다. 사실 그와 같은 세계관은 1914년의 전쟁 행위의 발발 이전부터 이미 형성되었다. 낡은 비전은 아마도 1859년에 찰스 다윈Charles Darwin의 『종의 기원』(*Origin of Species*)이 출간되면서 사라지기 시작했는데, 이는 어떤 식별 가능한 신성神性도 관여하지 않았던 자연스러운 창조와 우연한 진화를 예시하려는 과학적인 시도였던 것이다. 그리고 나서 빅토리아 시대의 기독교적 확신의 근간을 허무는 작업이 8년 뒤에, 착취적인 계급구조의 노출과 함께 칼 막스Karl Marx의 『자본론』(*Das Kapital*)의 출간으로 더 깊이 수행되었다. 다윈이나 막스와 같은 우상타파주의자들에게서 나온 그 충격의 여파는 19세기 남은 시기 동안에 엘리트 학자들의 의식에 침투하고 있었다. 그리고 제1차 세계대전이 단순히 그 과정을 가속화시켰던 것이다.

시인들은, 화가와 작곡가들과 함께, 심지어 전쟁이 자신들을 강타해 자신들의 작업을 환경적 특성에 적응시키는 문제에 대처하려는 시도를 해왔던 것이다. 막스에 따르면, 합일보다는 소외가 대중의 **생활양식**_modus vivendi_으로 통했던 산업사회에서, 리듬은 더욱 더 그 연관성을 잃어가기 시작하고 있었다. 그래서 상반된 여러 요소들 사이의 함축적 관계를 지니고 있는 운율이 쓸모없게 간주되었다. 이것이 20세기 전반을 통해서 지속해 온 과정이다. 운율은 사용될 때에는 특수한 효과를 위해서 사용되는 것이지, 모든 것이 조화를 이루는 존재의 형이상학적 국면에 대한 믿음을 암시하기 위한 것은 아니다. 조지 오웰George Orwell은 1942년에 글을 쓰면서, 대다수의 당대의 작가들이 겪었던 분위기를 "요즈음 스스로를 영속적이라고 느끼는 사람은 거의 없다"고 정리하고 있다.

운율은 20세기 시에서도 나타나고 있는데, 종종 시 형체를 통해서 별개의 분리된 순간들이 흩어져서 발생하여, 우리가 살고 있는 세상의 무작위적인 성격과 명백하게 "우연적"이고 계획되지 않은 존재에서 생각하는 존재로의 인간의 진화개념을 암시해 주고 있다. 어떤 경우에는 운율이 각별한 반어적 효과나 부적절한 효과를 낼 목적으로 시에 유입되기도 한다. 1911년에 쓰인 엘리엇의 「앨프릿 프루프록의 연가」("The Love Song of J. Alfred Prufrock")를 예로 들어보면, 어떤 행들은 운을 밟고 있지만, 어떤 시행들은 운을 밟고 있지 않다. 고르지 않은 시행의 길이와 함께 이와 같이 일관되지 못한 성격은 오히려 시의 화자인 **성공하지 못한**_manqué_ 시인인 프루프록의 불확실성을 반영해 주는 뜻밖의 효과를 시에다 부여해 주고 있다.

방안에서는 여인들이 지나 다니면서
미켈란젤로에 관해 얘기한다.

In the room the women come and go
Talking of Michelangelo.

유산 계층의 기혼 부인들이 "지나 다니"는 방에서의 산만한 행위는 르네상스 미술에 관한 한 당당했던 모든 면을 지닌 같은 이름의 거장인 미켈란젤로의 강렬한 창의적 역량과 대조되어 있다. 비록 운을 밟고 있지만, 그의 이름이 칵테일 파티 석상에서 손님들이 왔다갔다하는 것과 짝을 이루어 이 시대에 모든 것이 어떻게 타락하게 되었는 지를 제시해 주고 있다. 미켈란젤로의 예술은 이제 더 이상 사람들에게 깊은 감동을 주지 못한다. 그는 단지 사교석상의 잡담 속에서 떠올리게 되는 이름에 지나지 않는다.

시에서 또 다른 "음향" 장치에 관해 언급한다면, 두운법alliteration의 분포가 이제 명확히 드러난다. 예를 들어서, 두운법은 코올리지의 「크리스타벨」("Christabel")에서 나타난다.

그녀의 우아한 사지를 그녀는 벗었다,
그리고 사랑스러운 자태로 누웠다.

Her gentle limbs did she undress,
And lay down in her loveliness.

여기서 반복된 "l"음들이 부드러운 성애적 이미지에 적당한 "진정시키는" 효과를 내어 부드럽고 포근한 인상을 전달해 준다. 모운assonance의 예들은 또한 앞에서 언급한 부분에서 이미 소개되었는데, 이 기법의 실례를 한 가지만 더 들면 충분할 것이다.

그대는 수 시간에 걸쳐 흘러나오는 마지막 즙을 지켜본다.

Thou watchest the last oozings hours by hours.

이 시행은 키이츠Keats의 「가을에게」("To Autumn")라는 시연 중의 하나를 끝맺는 부분이다. 시인은 가을이 지니는 속성 중의 하나인 일년 동안의 일 다음에 오는 휴식에 대한 인상을 전달하려고 애쓰고 있다. 과즙을 짜는 압착기를 한가롭게 지켜보는 일을 하는 동안의 기간이 시행의 끝인 "수 시간에 걸쳐 흘러나오는 마지막 즙"에서 장모음의 소리로 강조되고 있다. "흘러나오는 즙oozings"은 "ū"라는 장모음으로 기계에서 액체가 천천히 흘러나오는 것을 암시해 주는 성유어onomatopoeic word이다. 반면에 "시간hours"이라는 어휘의 반복된 이중 모음들은, 복수 형태로 생긴 여분의 연장 효과("hours by hours"가 "hour by hour"보다는 발음하면 시간이 더 오래 걸린다)와 함께, 기분 좋게 긴장을 풀고 부담을 벗어 버리는 일에 참여하고 있다는 인상을 창출하는데 도움을 주고 있다. 가끔 두운과 모운은 키이츠의 「나이팅게일에 부치는 오드」("Ode to a Nightingale")에서 나오는 다음 시행에서와 같이, 희망했던 충격을 만들어내기 위해서 서로서로 조화를 이루어 함께 작용하고 있다.

신선한 녹음의 그림자와 굽어 지는 이끼 낀 길들을 통해서

Through verdurous glooms and winding mossy ways.

"굽어 지는winding" 그리고 "길ways"이라는 어휘에서 느리게 발음되는 "w"라는 반자음과 함께, "through"와 "glooms"라는 말에서 길게 반복되는 "ū" 발음은, 몇 번의 "s" 소리를 내는 치찰음에 덧붙어서 리듬을 느리게 조절하며, 시인이 가로 지르는 숲 속의 길들이 지니는 꾸불거리는 속성을 암시해

준다. "glooms" 뒤에 휴지가 와서, 장모음을 강조하고, 더 나아가서 리듬의 흐름에 브레이크를 적용시키고 있다.

　　시인은 따라서, 지적, 정서적, 본능적 차원에서의 여러 가지 반응들을 이끌어 내는 효과를 조형해 내려고 자신의 일을 하는 더 필요한 도구인 언어의 어휘들을 사용한다. 시의 핵심은 주제이며, 시적 장치들은 단지 시에 보탬이 되는 한, 그 **존재이유**_raison d'être_를 갖는다. 오웬 시의 "stuttering rifles, rapid rattle"에서의 두운과 모운은 시의 주된 화제인 전장의 가공할 음악소리 속에서 어떤 명상적 느낌을 제공하려고 존재한다. 시의 장치는 반드시 모든 이해의 층위마다 그 주제의 짐을 지어 날라야 한다.

Memo

제2장
엘리자베스시대 소넷:
시드니와 셰익스피어

필립 시드니 경 Sir Philip Sidney, 1554-86

16세기 후반 경에 영어의 어휘와 발음이 다소 안정되어, 오늘날 사용되는 영어와 비슷하게 되었다. 이러한 안정은 우리가 일반적으로 르네상스 Renaissance라고 더 잘 알고 있는 시기와 동시에 일어났다. 르네상스는 그리스나 로마시대로부터 내려오는 고전적인 문화유산에 대한 유럽인들의 인식이 부활되어, 모든 분야에 있어서 더 많은 지식을 탐사하고 습득하고자 하는 탐구정신이 소생됨을 의미한다. 르네상스와 함께 영어에 대한 새로운 인식과, 시적 표현을 위한 매체로서 영어를 사용하는데 대한 새로운 확신이 생겼다. 왜냐하면 셰익스피어Shakespeare 작품 속에서 영어표현의 풍성함과 훌륭한 실천을 발견할 수가 있기 때문이다. 셰익스피어의 작품을 포함하여 영시가 꽃을 피우게 된 새로운 형태 중의 하나가 소넷sonnet이었다.

영시에서 소넷의 구조와 주제는 페트라르크Petrarch(1304-74)라고 알려진 이태리의 소넷 창시자인 프란체스코 페트라르카Francesco Petrarca에서 온 것이다. 전형적인 페트라르크 식 소넷Petrarchan sonnet은 전대절octave과 후소절sestet 사이에 분기점, 또는 전환점volta이 있는데, 이것은 시가 진행됨에 따라 시인이 단순히 수동적인 묘사의 단계에서 자기가 묘사한 것에 대해 보다 더 높은 단계의 적극적인 합리화와 사색으로 옮겨가는 것을 나타내는 것이다. 최초의 소넷 시인인 토마스 와이엇 경Sir Thomas Wyatt과 헨리 써레이 경Henry Howard Earl of Surrey 및 필립 시드니 경Sir Philip Sidney은 페트라르카 식의 형식을 아주 충실히 모방하는 경향이 있었다. 그러나 시드니와 거의 동시대인이라고 할 수 있는 셰익스피어 같은 어떤 사람도 심지어 자기 나름대로의 형식을 시도하거나 개발하고 있었는데, 그것이 "셰익스피어식 소넷Shakespearean sonnet"이다. 그 이후 수 세기 동안 소넷 작가들은 자신들의 필요에 맞게 형식을 적용시켰다. 그러나 14행의 약강 5보격에다 운율을 밟고, 대개 그 전개과정의 한 지점에 분기점이 있는 기본 골격이 모든 소넷의 토대가 된다. 그와 같은 "엄격한tight" 조직이 지니는 이점은 가끔 소넷의 소제subject matter가 되는 정서적 혼돈을 지배할 수 있는 어떤 종류의 질서에 대한 단언을 가져 온다는 사실이다. 형식이 보여 주고 있는 규칙성은 상념에 잠기거나 혹은 혼란스러운 시인의 심적 상태에 종종 안정과 평온함을 가져다준다. 소넷의 형식이 갖고 있는 질서와 인위적인 재현을 뒷받침 해주는 궁극적이고도 멋진 패턴의 제시로 가끔 인간 개개인이 갖는 더러운 체험에 어떤 위안이 제공되는 것이다.

이것이 페트라르크식 소넷의 이면에 자리한 개념이다. 페트라르크는 남부 프랑스의 프로방스Provençal region 지방의 아비뇽Avignon의 한 시민의 딸인 로라Laura와 사랑에 빠졌다. 페트라르크는 자신의 소넷을 통하여, 그녀에 대한 세속적인 사랑을 승화시켜 신성한 신의 사랑으로 변질시켰다. 그리하여 로라는 그에 의해서 지상의 모든 찌꺼기를 떨쳐 버리고, 그가 보기에 순수한 천체인 "태양"이 되는 신성한 아름다움의 형태로 이상화되었다. 그래서 프로방스 지방의 음유시인들이 부르는 연가의 소재는, 다른 사람들이 즐거워하는 가운데서 느끼는 사랑 받는 사람의 냉혹한 정절과 사랑하는 사람의 외로운 감정인데, 페트라르크를 통해서 신에 대한 불안과 숭배로 승화되어, 그가 영원히 가까이 갈 수 없는 연인의 아름다움은 신의 상징이자 증표가 된다. 그것은 구체적인 것에서부터 추상적인 사색에로의 이동인 것이다. 페트라르크가 쓴 소넷은 전 생애를 통해 일깨워주는 신의 질서를 깊이 생각함으로써, 짝사랑하는 사람이 겪는 세속적인 고통과 그들의 그 고통을 진정시킨다는 내용을 주로 담고 있다. 이것이, 시드니가 물려 받아 자기의 목적을 위해서 소넷 연작시sonnet sequence인 『애스트로펠과 스텔라』 (*Astrophel and Stella*)에서 사용한 소재이며 형식인 것이다. 여기에 소넷 연작시 31번이 있다.

> 얼마나 슬픈 발걸음으로, 오 달이여, 그대 하늘에 올랐는가!
> 그토록 조용히 그리고 그토록 창백한 얼굴로!
> 천상에서조차도, 무엇 때문에
> 바쁜 궁수가 그의 날카로운 화살을 쏘려고 하는가?
> 만일 사랑으로 오랫동안 친숙해진 두 눈이 사랑을 알아줄 수 있다면
> 틀림없이 당신은 사랑하는 사람의 경우를 공감할 수 있으련만,
> 나는 그대의 모습에서 그것을 읽고 있소; 그대의 파리한 우아함이,
> 나에게 그렇게 느끼게 하고,
> 그리고는 심지어 우정을 느끼게 하오, 오 달이여 나에게 말해 주오,
> 영원한 사랑이 가능할까 그러나 어리석은 짓이겠지요?
> 여기서처럼 미인들이 거기서도 뽐내고 있나요?
> 그들은 거기서도 사랑 받고 싶어합니까? 그런데도

그들은 그러한 사랑을 간직한 연인들을 경멸합니까?
그들은 거기서는 정절을 배은망덕한 일이라고 합니까?

With how sad steps, O Moon, thou climb'st the skies!
How silently, and with how wan a face!
What, may it be that even in heavenly place
That busy archer his sharp arrows tries?
Sure, if that long-with-love-acquainted eyes
Can judge of love, thou feel'st a lover's case,
I read it in thy looks; thy languished grace,
To me, that feel the like, they state descries.
Then, even of fellowship, O Moon, tell me,
Is constant love deemed there but want of wit?
Are beauties there as proud as here they be?
Do they above love to be loved, and yet
Those lovers scorn whom that love doth possess?
Do they call virtue there ungratefulness?

시드니는 개인적 감정이나 "주관적인" 정서를, 전통적인 유형인 소넷을 통해서 표현하려고 애쓰고 있다. "나"라는 말이나 "나를me"이라는 표현을 여러 번 언급한 것은 시에 대한 개인의 만족을 강조하고 있다. 반면에 큐피드 Cupid("that busy archer")와 "달Moon"에 대한 사랑과 관습적인 이미지는, 시인이 오랫동안 확립되어온 시의 전통 속에서 불행한 사랑과 아름다운 여인들에 관하여 시를 쓰고 있음을 강조하고 있다.

　　시인은 자기 자신을 달과 연결시켜 시작함으로써, 자신의 "처지case"와 달의 "처지"가 흡사함을 이끌어 내고 있다. 그는 달도 그 "창백한 얼굴"로 보아, 마치 자기가 사랑하는 여인의 불만으로 빛을 보지 못하고 있듯이,

태양의 밝은 빛과 온기를 거절당했다고 상상하고 있다. 그에게는 자기와 마찬가지로, 달도 슬픔에 차서 말이 없으며"silent", 마치 마지못하여 외로운 침실로 들어가듯이, 슬픔에 찬 모습으로 하늘로 오르고 있는 듯이 보이고 있다. "심지어 천국에서조차도Even in heavenly place" 사랑의 신이 작용하고 있는 것이다.

　　시인이 만들어 놓은 자신과 달 사이의 연결고리는 우선은 좀 빈약하다. 그는 그것을 임시 의문문의 형태("What, may it be . . . ?")로 표현하고 있다. 두 번째 4행 연귀에서 그는 보다 더 확실히 처지의 비슷함을 이끌어 내고 있고, 의문의 감정에서 서술의 감정("Sure . . . .")으로 이동하고 있다. 그는 비슷한 처지에서 고생하는 사람의 존재를 달에게서 인식하고 있는데, 달의 모습에 대한 모든 것이 실연한 달의 상태를 "알려주고 있거나descries" 묘사해 주고 있다. 전대절을 통하여, 시인은 처음에는 자신과 달이 똑같이 불행한 사랑의 이야기를 함께 하고 있다고 조심스럽게 제시하다가, 점차적인 확신이 들어 후소절에서는 대담한 어조를 마련해 놓고 있다. 왜냐하면 그때까지 시인은 자기 자신을 달과 같은 천체의 위치로 끌어올리려고 노력해왔고, 이제는 달과 동등함이나 "동료의식fellowship"을 요구하고 있기 때문이다. 달의 견지에서 볼 때, 지상의 "가치들values"은 우습게 보인다. 하늘에서는, 달의 "처지sphere"인 사랑의 불변함은, 지상에서 여겨지고 있는 것처럼, 어리석은 짓이나 "지혜롭지 못한want of wit" 짓이 아니라, 최고의 미덕으로 여겨질 것이다. 지상에서 "아름다움beauties"의 "자랑pride"은, 천상의 맑은 견지에서 볼 때 잔인스럽게 보인다. 천상에서의 미덕 또한 배은망덕한 짓이라고 할 수는 없을 것이며, 또한 사랑을 주는 사람도 그러한 사랑의 따사로움을 받은 사람에 의해서 경멸당하거나 조소를 받지 않을 것이다.

　　시드니가 후소절에서 행한 것은 그가 사랑하는 변덕스런 여인의 비합리적인 행동에 압력을 가하기 위해서, 모든 신성하고 적법한 규범들을 모으는 일이다. 그는 자기 자신과 달을 연결시킴으로써, 반대하는 천상의 막강한 힘을 자기 쪽에 끌어 들이고, 자기의 항변에 초자연적인 힘을 보태려고 시도했다. 후소절에서의 모든 질문들은 "수사적rhetorical"이다. 그 질문들은 모두가 "아니오No"라는 대답으로 반향 되기를 기대하고 있다.

이러한 분석에서 볼 때, 소넷에서 형식과 내용 사이에 밀접한 동일성이 있다는 것이 분명해진다. 이 시는 이미지로 시작하는데, 그러한 이미지를 시인 자신의 주관적인 상태에 적용시키고 있다. 그리고는 시인과 천체 사이의 이러한 "강압적인 연결forced alliance"의 힘으로부터, 무엇보다도 먼저 자기의 불평을 야기시킨 원인인 자신의 사랑하는 연인의 잔인함으로 한 걸음 뒤로 물러나고 있다. 전대절은 후소절에서 행해질 공격을 위한 기반을 구축하고 있다. 후반부는 "Then . . ."이라는 단어로부터 시작하는데, 이것은 화자가 앞에서 언급한 자기 이야기로부터 결론을 이끌어 내려는 것이든지, 아니면 지금 공격적인 것으로 전환하고 있음을 알리는 신호인 것이다.

여기서 시드니의 소넷은 주로 그것이 갖고 있는 구조의 감상을 통해서 접근되어져 왔는데, 전대절에서는 어조의 가장된 순진성과 표현의 망설임에서 시작하여, 후소절에서는 거침없는 호전성으로 바뀜으로써, 삼단논법 적인 논쟁의 과정을 그려 보이다가, 마지막 행, 즉 운율과 같은 연결체로 앞 행과 연결함으로써, 그 신랄함에 특히 여분의 강세가 주어진 행(다시 말해서 마지막 시행은 2행 연귀로 힘주어 끝이 난다)에서는 신랄함의 극치를 보인다. 또 다른 분석적 접근법을 아주 적절히 채택해 볼 수 있다. 예를 들어, 달의 이미지와 화자의 애틋한 "연인의 처지lover's case" 사이에서 나타나는 처음의 유사성과 나중의 불일치가 주된 초점을 이끌어낼 수 있었다. 그러나 어떤 각도에서든, 시의 주제나 논제인 "적절한 주요 부분body proper"을 다루고 있기 때문에, 우리는 모든 요소들이 논리 정연한 전체를 구성하기 위해서, 어떻게 함께 작용하고 있는 가를 보여 주면서, "부수적인 면

incidental aspects"에 대한 몇 마디의 말로 결론을 맺어야 하겠다.

첫째, 어조에 대한 문제를 고려해 보는 것이 도움이 된다. 이 시는 조용히 울려 나오는 슬프고도 우울한 어조로 시작한다. 이것은 곧 후소절에서는 억제된 격노로 돌변하는데, 여기서 시인이 갖고 있던 이전의 "부드러움"은 그 뒤에 억누를 수 없는 분노가 숨겨진 가면으로 나타나고 있다. 겉으로는 달에게 전해지는 물음들이 누적된 반어적인 어조를 띠고, 그러한 아픔을 불러일으킬 수 있었던 아름다운 여인들 사이의 습관들에 대해 독자의 비난을 요구하고 있다.

둘째, 시인이 가진 하나의 이미지, 즉 달에 대해서 좀 더 말해야 할 것 같다. 시드니 시대에도 여전히 유행한 프톨레마이오스Ptolemy의 천문학적 신념(천동설)에 의하면, 달은 (우주의 중심이라고 생각된) 지구와 가장 가까운 천체이며, 그래서 가장 완벽하지 못한 것이다. 하지만 그렇다 하더라도, 그것은 분명히 "지상이 아닌sublunary" "천상의extraterrestrial" 것으로서, 상대적으로 "장엄한sublime" 것이며, 심지어 시에서 달은 천체 중 가장 높은 것, 즉 "천상heavenly place"과 동일시되고 있다. 달은 지상의 속성과 천상의 속성을 서로 결합시키고 있다. 지구와 가장 가깝다는 사실을 가지고, 시인은 달도 또한 지상의 감정을 느낄 수 있다고 제시할 수 있겠지만, 반면에 천상에 있는 천체들과 같은 동족이라는 이유로, 신성한 정당성을 인간의 사랑이 갖는 어두운 나락으로 끌어 들일 수가 있는 것이다. 달의 이미지에 대한 선택은 인간과 자연세계의 통합뿐만 아니라, 인간과 초자연간의 유사성도 제시해 주고 있다. 그러한 그림 속에는 우주의 조화를 암시하는 내용이 깃들어 있지만, 그에 반하여 지상의 "미인들beauties"이 나타내는 어리석으리만큼 몰인정한 짓은, 부조화를 자아내고 마침내는 비난의 양상을 띠게 된다.

셋째, 시에서 쓰이는 말의 표현법, 즉 어법을 언급해볼 수 있다. 개인이 말하는 "목소리voices"와 시에서 전통적으로 쓰이는 목소리 사이에는 하나의 대조되는 점이 있다. 이러한 대조의 많은 것이 어법에서 생기게 되는데, 이것이, 시인이 느끼는 독특한 감정("Then even of fellowship, O Moon, tell me")을, "거만한 미인들proud beauties"이나, "사랑으로 오랫동안 익숙해진 두 눈long-with-love-acquainted eyes", 또는 "날카로운 화살을 가진 궁수the busy archer with sharp arrows" 등과 같은 관례적인 어귀들과 병치시켜 주고 있는 것이다. 시가 갖는 힘이나 강렬함은 이러한 두 가지 유형의 어법, 즉 개인적인 어법과 예측 가능한 어법 사이의 긴장도tension에서 온다. 시인의 경험은, 비록 그에게 개인적으로는 새로운 것이겠지만, 인간생활 자체로 볼 때에는 오랫동안 내려오던 것이고, 또 종종 반복되는 것이다. 때때로 어법은 리듬과 결합하여, 시드니 시의 끝에서 두 번째 행이 나타내고 있듯이, 특별한 효과를 내고 있다. 여기서 정상적인 약강 음보는 "that"에 강세를 두게 되는 것이다.

그들은 그러한 사랑을 간직한 연인들을 경멸한다.

Thŏse lóvĕrs scórn whŏm thát lŏve dóth pŏsséss.

이것은 이 행의 의미를 분명히 해주는 데 도움이 된다. 즉 보답 받지 못하는 연인에게 고통을 주는 그러한that 종류의 사랑은, 병이나 나약한 마음이라 할 수 있다. 아니면 그것은 심지어 일종의 악마와도 같은 사랑인데, 그러한 사랑은 사랑하는 사람을 사로잡고 있는 가운데서, 사랑 받는 사람은 그 병을 치료하기를 거부하거나, 아니면 그 악마를 쫓아내기를 거부하고 있는 그런 사랑이다.
마지막으로 한 가지 분명히 해야 할 점이 있다. 이 분석은 시인의

"주관적인" 이야기에 관한 것이다. 그러나 이 "주관성"은 그 자체가 하나의 위장일 수 있다는 사실을 명심해야 한다. 다시 말해서, 소넷 연작시sonnet sequence에 나오는 애스트로펠Astrophel은 단지 시드니 자신을 위한 하나의 가면이나 퍼스나persona일 뿐만 아니라, 자기의 능력으로 창조해 낸 허구적 인물일 수가 있다. 한편의 시가 아무리 자서전적인 데가 있다고 하더라도, 거기에는 항상 어느 정도 자신을 극화하는 면이 있기 마련이다. 동시에, 비록 다소 자기 자신이나 다른 사람의 눈에 그렇게 보이고자 하는 인물을 극화한 것처럼 보이도록 시드니가 만들어 낸 그런 종류의 퍼스나나, 그 후세에 로벗 브라우닝Robert Browning이나 엘리엇T. S. Eliot이 창조한 퍼스나 류의 사이에는 차이점이 있는데, 거기에서 나타나는 작가의 인격과 견해는 그의 "대변자mouthpiece"의 것들과는 매우 차이가 있다.

윌리엄 셰익스피어 William Shakespeare, 1564-1616

154편의 셰익스피어 소넷 시들은, 아마도 시인이자 극작가인 그가 30대 초반이었을 때였던 주로 1595년에서 1600년 사이에 쓰여졌을 것이다. 많은 초기의 소넷들은 젊은이에게 건네지는 것인데, 그들을 위해서 시인은 순수한 사랑Platonic love의 사심 없는 감정을 표현하고 있다. 반면에 후반의 소넷들은 소위 "어둠의 여인dark lady"이라 불리는 제 3의 인물을 소개하고 있다. 아래에 예로 든 두 편의 시는 초기 단계에서 나온 것이다. 시드니의 경우에서처럼, 주로 추측에서 나오는 그의 전기적 배경에 대한 지식이 시를 이해하는데 반드시 필요한 것은 아니다. 각 소넷은 그 자체로서 완벽하기 때문에, 그것이 누구에게 말하려는 것이든, 누구에게 관한 이야기이든, 또는 그 대상이 "실존하는real" 사람이냐, 혹은 단지 허구적인 인물이냐 하는 것은 별로 중요하지 않다.

12

내가 시간을 알리는 시계 소리를 셀 때,
그리고 화려한 대낮이 무서운 밤 속으로 사라지는 것을 볼 때,
또 한창 때를 지나친 제비꽃을 볼 때,
그리고 검은 머리가 모두 은색으로 변한 것을 볼 때;
높은 나무들이 황량한 가지만 남은 것을 볼 때,
그것들도 예전엔 열기로부터 가축들을 천개로 가려 주었었는데,
여름의 푸른색들이 모두 다발로 묶이어서
하얀 수염이 촘촘히 붙은 채로 영구차 위에 실려 있는 것을 볼 때;
그때 나는 그대의 아름다움에 대하여 회의를 가져 본다
그대도 소진된 시간 속으로 가야 한다고,
달콤함도 아름다움도 제 모습을 버리고,
다른 것들이 빨리 자라듯이 그처럼 곧 죽기에;
　아무 것도 세월의 낫을 막을 수는 없을 것이다
　혈통 잇는 일을 빼고는, 시간이 그대를 그렇게 데려갈 때 맞서려면.

12

When I do count the clock that tells the time,
And see the brave day sunk in hideous night;
When I behold the violet past prime,
And sable curls all silvered o'er with white;
When lofty trees I see barren of leaves,
Which erst from heat did canopy the herd,
And summer's green all girded up in sheaves
Borne on the bier with white and bristly beard;
Then of thy beauty do I question make
That thou among the wastes of time must go,

Since sweets and beauties do themselves forsake,
And die as fast as they see others grow;
   And nothing 'gainst Time's scythe can make defence
   Save breed, to brave him when he takes hence.

이 12번째의 소넷에서 셰익스피어는 모든 자연의 사물에 대해 시간의 흐름이 만들어 놓은 해체를 생각하고 있다. 이 시는 하나의 긴 문장으로 구성되어 있는데, 그중 처음의 8행은 각각 4행의 종속절로 구성되어 있으며, 이들 시행 속에서 셰익스피어는 자연에 대해 시간의 흐름이 끼친 몇 가지 개별적인 실례를 열거하고 있다. 주절은 세 번째 4행 연귀(9-12행)에서 도입되어 있는데, 셰익스피어는 여기에서, 시간의 흐름이 끼치는 파괴적인 일에 대한 일반적인 견해에서부터, 이 시가 말하고 있는 사람에게서 피할 수 없는 아름다움의 쇠퇴에 대한 각별한 전망 쪽으로, 자신의 초점을 좁히고 있다. 이것은 하나의 연역적인 논리의 과정이다. 앞에 나온 8행에서, 시인은 자연 속에서 볼 수 있는 보편적인 쇠퇴에 관한 자신의 관찰을 기록하고 있는데, 9-10행의 주절에서 이 시가 언급하고 있는 사람에게서 미와 힘의 쇠진은 피할 수 없는 것으로 정리되고 있다. 이러한 염세주의적 견해에 대해, 마지막 2행 연귀는 보잘 것 없는 것이기는 하나, 한 줄기 위로의 빛을 던져주고 있다. 즉 인간이 시간에 대항하여 맞설 수 있는 것을 열거해보면, 오로지 생식능력 밖에 없는데, 그것은 적어도 개인이 죽기 전에 자기 자식을 통하여 자신의 무언가를 후세에 전하는 것을 보장해 주리라는 것이다.

처음 8행의 주제는 자연 속에서 빛이 나며 힘 있는 모든 것들은 결국 시들거나 죽게 되어 있다는 것이다. 첫 행의 두운법은 멈추지 않는 시계의 똑딱거림이, 어느 특정한 사람을 가리키지 않으면서도, 비정하리만치 예외 없는 규칙성을 가지고서, 인간의 생애를 측정하고 있음을 암시하고 있다.

시인은 시간이 끼치는 파괴의 영향에 대한 자기의 주제를 예증하기 위하여 다양한 이미지를 제시하고 있다. 어둠과 무질서의 힘에 대항하여 용기 있게 맞설 수 있는 한낮도, 지는 해와 함께 저녁이 올 때마다 피할 수 없이 저물어 사라지게 되어 있는 것이다. 휘황찬란하게 채색된 제비꽃도, 일단 그 성장주기의 정점인 생존의 "전성기prime"를 지나치면, 그 빛을 잃게 마련이다. 마찬가지로, 젊은 날의 검은"sable" 머리카락도, 시간이 가면 틀림없이 그 빛과 생명력을 잃고, 먼저 "회색silver"으로 변하다가, 마침내는 생명력 없는 흰 "백발white"로 변하고 마는 것이다. 이러한 이미지들의 색깔의 변화는 시간이 지남에 따라 모든 생명의 유기체에게 영향을 주는 에너지의 손실과 질의 저하를 의미한다. 서두의 4행 연귀에서 셰익스피어는 식물의 이미지(제비꽃)에서 인간의 이미지(머리카락)로 옮겨 가고 있다. 이것은, 그의 중요한 목적이, 인간이 처한 상태의 덧없음을 조명하고 깊이 생각하게 하는 자연에서의 유사성을 지적하고자 하는 것이기 때문에, 그가 두 번째 4행 연귀에서도, 또한 시 전체를 통해서도, 지켜 나가고 있는 방식이다.

두 번째 4행 연귀는 "식물vegetable"의 세계로부터 더 넓은 이미지를 가지고 시작하고 있다. 냉담하고도 거만하게 "높이 솟은lofty" 나무들도 결국에는 초라하게 되어, 그들의 훌륭한 옷을 벗어 버리게"barren of leaves" 된다. 한 여름에는 태양의 열기로부터 가축들을 보호해 줄 수 있었던 나무들도, 이제는 한 겨울의 추위에 대항하여 자신들을 보호할 옷조차도 입을 수 없는 처지에 놓여 있다. 시인이 지적하고 있는 요점은 가장 위엄 있는 자연의 창조물("높이 솟은" 나무) 조차도 궁극적으로는, 시간이 만들어낸 쇠퇴에 대항해서는 무기력할 수밖에 없다는 것을 증명하는 일이다. 이 두 번째 4행 연귀는 계절에 대한 생각에 근거를 두고, 한 여름에 창조물이 갖는 건강과, 생명력이 한 겨울에는 비참한 죽음으로 끝난다는 것을 특별히 대조시키고 있다. 그래서 한 여름 몇 달 동안 성장했던 옥수수도 곧 시들어 버리고 계절이 바뀌면 묻혀 버리고 만다"borne on the bier". 이러한 이미지는 추수에 관한 것이다. 옥수수가 잘려서 곡간으로 운반될 때, 그것은 더 이상 젊음의 생명력과 힘이 넘치는 "녹색green"이 아니라, 시체와 같은 늙고 수염이 자란 노인의 "하얀색white"으로 변해 버린다.

　　세 번째 4행 연귀에서 그는 더욱 특별히 그 추론을 끌어내고 있는데, 그것을 이 소넷이 노래하는 대상인 어느 한 개인에게 적용시키고 있다. 그러므로 초점은 계속 좁아져서, 일반적인 관찰에서 특별한 실례로, 불특정한 사람으로부터 특별한 개인에게로 옮겨지고 있다. 이 인간의 아름다움은, 물질세계의 다른 모든 것과 마찬가지로, 일시적인 생명력을 지니다가, 마침내 그는 노령의 사막에서 외로움과 무미건조한 종말을 맞을 운명을 갖게 된다(그는 "반드시" 노쇠하고 만다). "시간의 소모waste of time"에 대한 언급은 이 시에서 불모를 나타내는 두 번째 이미지이다. 노령에서의 이러한 고독감의 예시는 셰익스피어가, 다소 늦게나마, 시간이 지니는 잠식적 결과에 대한 하나의 해결책으로서, 이 시에서 제의하고 있는 하나의 정상참작, 즉 자기들의 종을 재생산하고자 하는 자연의 생물들이 갖는 능력과, 이 시의 대상자가 해야 하는 특별한 필요성을 촉구하고 있는 것이다. 마지막 2행 연귀에서 시간은 수확자로서 드러나고, 그 이전의 시행들에서, "한 여름의 푸르름summer's greenness"에 종말을 가져온 그런 힘이, 그의 낫으로, 마치 수많은 밀대를 자르듯이, 결국에는 인간의 목숨을 베어 쓰러뜨릴 것이다.

　　개인의 목숨을 시간이 거둬들이는 것은 저항할 수 없는 것이기 때문에, 인간이 할 수 있는 최선의 길은, 피할 수 없는 것을 받아들이면서 시간에 대항하여 인간이 할 수 있는 유일한 "도전defiance"의 방법을 제시하는 일이다. 즉 자손의 출산을 통하여 자손의 영속을 꾀하는 일인 것이다. 잠식성을 지닌 어둠에 맞서기 위한 한낮의 노력을 묘사하기 위하여, 이 시의 서두에서 사용하였던 것과 같은 수식어구인 "brave"를 여기서 인간 노력에다 적용시킨 것은, 죽음에 대항하는 인간의 투쟁을, 무질서의 위협과 "무서운 밤hideous night"에 내재하는 망각, 그리고 이 세상에 만연해 있는 모든 사악한 힘들에 맞선 영원한 투쟁 속에서 생명을 주고 생명을 축하해 주는 자연의 모든 양상들(햇빛, 신선한 옥수수의 힘, 꽃들의 색깔)과 연결시키고 있다. 그것은 인간이 위엄을 달성할 수 있는 "용감한" 싸움이며 고귀한 투쟁이다. 그리고 인간이 마침내 생을 마감할 때, 사후에도 계속 투쟁하기 위하여, 또한 다른 세대를 뒤에 남긴다는 만족감을 즐기도록 인간에게 허용된 유일한 승리인 것이다.

시간 대 개인이라는 주제는 역시 셰익스피어의 73번째 소넷에서도 그 시발점을 제공하고 있으나, 오히려 그것과는 다른 의견도 나오고 있다.

73

그대 나에게서 연중의 계절을 보리라
누런 잎들은, 몇 잎, 혹은 하나도 달려있지 않고
추위로 흔들리는 나뭇가지에 달린 잎사귀들,
고운 새들이 노래하던 폐허된 성가대는 황폐한 채.
그대 나에게서 황혼을 보리라
석양이 이미 서쪽에 진 후,
곧 검은 밤이 조금씩 앗아가 버리는 그런 황혼을,
죽음이라는 또 다른 자아가, 모든 것을 안식 속에서 거두어 버리네.
그대 나에게서 이런 불꽃이 피어오르는 것을 보리라
청춘이 탄 재 위에서 누워,
꺼져 가야할 임종의 침대 위에,
불을 붙게 한 연료에 소진되는 불꽃이.
　그대 이것을 보고, 그대의 사랑이 더욱 강해져서,
　오래지 않아 그대 잃고 말 것들을 더욱 사랑하게 되리라.

73

That time of year thou mayst in me behold
When yellow leaves, or none, or few, do hang
Upon those boughs which shake against the cold,
Bare ruined choirs where late the sweet birds sang.
In me thou see'st the twilight of such day
As after sunset fadeth in the west,
Which by and by black night doth take away,
Death's second self, that seals up all in rest.
In me thou see'st the glowing of such fire
That on the ashes of his youth doth lie,
As the deathbed whereon it must expire,
Consumed with that which it was nourished by.
　　This thou perceiv'st, which makes thy love more strong,
　　To love that well which thou must leave ere long.

이 시는 구조상 소넷 12번과 마찬가지로, 3개의 4행 연귀와 하나의 2행 연
귀로 분리될 수 있다. 그러나 여기서 분기점은 전대절의 끝에 오지 않고 마
지막 2행 연귀 앞에 있다. 이것은, 2행 연귀의 긍정적인 함축적 의미가 앞에
나온 12행의 염세주의에 균형을 맞추기 위해서 저울 위에 옮겨지기 전에,
시인이 제시하고 있는 부정적인, 혹은 "두려워하는" 면을 연장하는 효과를
내고 있다. 소넷의 구조를 도식화하면, 다음과 같이 표현될 수 있을 것이다.

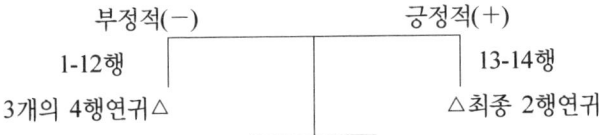

각 4행 연귀는 하나의 문장으로 되어 있고, 하나의 이미지를 담고 있다. 모든 이미지들은 그 마지막 단계에서 인생의 여러 모습들을 제시하고 있다. 이미지의 초점은 시가 진행됨에 따라 더욱 좁아지고 있는데, 처음에는 일반적인 주의를 "끌다가", 늦가을의 계절에 선 숲을 파노라마식으로 일별하다가, 마침내 자신의 타다 남은 불씨 앞에서 한 노인이 졸고 있는 모습을 보여 주고 있다. 이러한 과정의 목적은 햄릿Hamlet의 어머니인 거트루드Gertrude가 "살아 있는 모든 것은 죽게 되니, 자연히 영원으로 가네(All that lives must die,/ Passing through nature to eternity)"라고 표현했듯이, 인생의 주기와 자연에서의 죽음의 패턴과를 관련지으려는 것이다. 단지 이 시에서는 거트루드의 짧은 경구에서 함축되어 있는 내세의 보상 같은 것은 없다. 여기에서는 죽음에 대한 종말이 있을 뿐이다. 즉 인생의 종말에서는 모든 것이 "잘 거두어지는sealed up" 것이지, 부서져서는 안되는 것이다. 만일 보상이라는 것이 있다면, 그것은 영적인 것이 아니라, 이 세속적인 성격을 띨 것이다. 그 보상이란 이승에서의 쇠퇴와 분명히 절박하게 다가오는 죽음에도 불구하고, 이 시의 전달 대상인 여인의 시인에 대한 사랑을 표현하는 데 있다.

세 개의 4행 연귀는 독자들을 우울한 이미지로 자극하고 있다. 이러한 염세적인 전조들이 매우 지속적이고 압도적이기 때문에, 2행 연귀는 용기 있는 도전의 음조를 내보이고 있다. 이미 운명 지어진 시인에게 나타나는 사랑은 죽음에 직면해서 유지되고 있는 사랑이기 때문에, "더욱 강해more strong" 보인다고 판단되는 것이다.

첫 번째 이미지는 막 겨울로 접어들기 전의 계절을 묘사하고 있다. 태양은 이미 북유럽 하늘에 낮게 드러지고, 나무들은 그들의 잎사귀들을 지탱할 생명력을 더 이상 충분히 지니지 못하고 있다. 이러한 이미지는, 실제로 인식하는 과정이 바뀌면서, 시인이 기술한 묘사("yellow leaves, or more, or few")에 대한 자기교정을 통해, 분명히 가시화 되고 있다. 나무들은 인간과 자연세계와의 유대를 암시하면서, 옷을 충분히 입지 못한 관계로 몸을 따뜻하게 유지하기 위하여 함께 팔을 부벼대고 있는 사람들로 의인화되고 있다. 이 4행 연귀는 나뭇가지들이 교회 성가대에 비유된 채, 이제는 나뭇잎도 음악소리도 없는 생생한 "종말"로 끝을 맺고 있다. 새들의 노랫소리를 성가대의 노래에 비유한 것이나, 그러한 신성한 음악이 이제는 지나간 일"late"에 불과하다는 지적은, 어떤 가능한 종교적 위안도 시인으로부터 빼앗아가 버리고, 그에게 단지 죽음만이 빛과 온기, 음악, 그리고 궁극적으로는 사랑마저도 없는 차디차고 공허한 모습으로 나타나고 있는 것이다.

처음의 4행 연귀에서는 자연 세계에서의 죽음의 도래가 강조되고 있으며, 시인은 단지 암시에 의해서만 나타나고 있다. 두 번째 4행 연귀에서는 시인은 "연중의 계절that time of year"이라는 표현 대신에 오히려 "나me"라는 표현에 초점을 두고 시작함으로써 한결 분명해 지듯이, 자신을 더욱 더 부각시키고 있다. 무엇보다도 시인은 자신을 일 년 중 한 계절에 비유했다가, 이제 자신을 저녁의 어느 한 때에 비유하고 있는데, 이때 태양은 이미 빛과 온기를 빼앗아가 버리고, 단지 황혼의 "후광afterglow" 만이 남아 있음을 보여 주고 있다. 그래서 초점뿐만 아니라 이미지가 갖는 시간의 길이도 줄어들어 어두워지고 있다. 이러한 이미지 속에서 "검은 밤Black night"은 긴박한 것이며, 예정된 시간이 오기 전에 어떤 사악한 힘이 어둠 속으로 살금살금 기어들고 있는 것이 보여진다. 여기서 "밤Night"은 첫 번째 4행 연귀에서 "겨울winter"과 같은 역할을 하고 있다. 그것은 다가오는 죽음의 상징이며, 죽음의 사자나 타자아alter ego와 동일시함으로써, 더욱 구체화된 시간이다. 이제 새들의 노래 소리가 갖는 힘조차도 잊혀져 버린다. 마치 시가 진행됨에 따라 심지어 화자가 늙어가고 있는 듯이 여겨진다.

세 번째 4행 연귀에서 초점은 더욱 좁아졌다. 시가 시작할 때, 어느 가을날 나무를 바라보는 "옥외outdoor"의 광경으로부터, 시인은 우리들을 집안에 있는, 자기의 난로 곁으로 데리고 온다. 이제 우리의 시계視界는, 그의 시계와 마찬가지로, 이제 그의 벽난로 안에서 한 줌의 재로 사라지는 석탄으로 제한된다. 열의 원천은 이제 더 이상 태양이 아니라, 단지 한 노인의 난로 불이다. 이미지의 장엄함이 감소함에 따라 점점 허망감이 다가온다. 모든 에너지와 한 개인의 삶의 아름다움은, 이제 그것을 소모한 노인이 쳐다보고 있는 한 줌의 "재"로 변해 버렸다. 이전에 화자를 지탱하고 있던 생에 대한 강한 욕망도, 이제는 그로부터 등을 돌리고, 그로 하여금 죽음에 대해서 냉소적이고 관심 없이 그저 멍하게 바라보게 할뿐이다. 그의 모든 이전의 활동들은 다 쓸데없는 헛된 짓들로 보인다. 왜냐하면 그 모든 것들 때문에 노인이 갖는 이러한 무력감의 상태가 생기게 된다.

여기에 나오는 이미지들은 화자가 점차 육체적으로 쇠퇴해 가는 모습과 정신적으로 나약함을 보여주고 있다. 그래서 2행 연귀는, 인간이 사랑할 수 있는 능력이 모든 실망에도 불구하고 널리 확산되어 있다는 긍정과 함께, 예기치 않은 낙관론을 제시하고 있다. 결국 인간의 본성에 대한 어떤 희망이 있다. 13행의 첫 머리 "this"는 앞의 12행들이 쌓아온 육체적·정신적 쇠퇴에 대한 축적된 인상을 언급하고 있다. 비록 일순간이기는 하나, 승리를 나타내고 있는 시의 마지막 어조를 구성하고 있는 것은, 이 시의 상대가 매우 솔직히 자신을 드러내고 있는 화자를 위한 사랑을 지속할 수 있는가에 대한 능력이다. 비록 그가 곧 이 세상을 떠나야 한다는 것을 잘 알고 있지만, 생명이 마침내 그의 육체를 떠날 때, 시인은, 좌우간 당분간만은, 단지 그냥 사랑 받는 것이 아니라, 더욱 "강하게" 사랑을 받게 된다. 심지어 인간 생존의 목적이 암울하게 남아있다 하더라도, 그것에 의해서 인간 본성의 고귀함이 알려지게 되는 것이다.

제3장
17세기 초반: 단과 허벗

존 단 John Donne, 1572-1631

시드니와 셰익스피어의 소넷을 통해서 영국 소넷 작가들이 물려받은 형식을 수정한 몇 가지의 소넷 양식이 제시되었다. 시드니는 여성에 대한 신랄한 불만의 어조를 도입함으로써, 그리고 셰익스피어는 전대절과 후소절의 구분을 없애고 3개의 4행 연구와 하나의 2행 연구로 대체하여, 소넷의 결론을 아주 간결하고 함축성 있는 경구로 응축시킴으로써 시형을 개조했다. 단은 이태리 식 형식에 더욱 독특한 "영국적" 목소리를 부여하였다.

단의 시는 자기 시대의 변화하는 감수성을 반영하고 있다 16세기에 진행된 지구탐험은 모든 삶의 자취에서 두드러진 탐구정신의 한 부분이었다. 이때까지는 2세기경의 알렉산드리아Alexandria 왕조의 천문학자 프톨레마이오스Ptolemy가 주창한 프톨레마이오스 식 우주모델이 군림하면서, 신의 관점에서 지구와 지구에 거주하는 인간은 확고히 중심에 위치해 있다는 안정적인 개념들을 제시하고 있다. 그러나 단의 시대에 프톨레마이오스의 구조는 종전과는 반대로 지구가 태양의 주위를 돈다고 제안한 코페르니쿠스 Copernicus(1473-1543)의 극 이론에 의해 밀려났다. 이러한 생각은, 지구가 창조주의 계획에서 중심이 된다기보다는, 단지 주변이 된다고 제시하여, 대단한 반향을 불러 일으켰다. 단이 말했듯이, "새로운 철학은 의문에서 나오는" 것이다. 그런데 17세기 초엽은 과학적으로 입증될 수 있는 것 외에는 믿을 것이 아무 것도 없다는 회의론적 분위기가 지배적이었다. 단의 시들은 망원경과 기하학적 기구들 및 조폐기계, 그리고 르네상스 실험실의 장비들과 같은 "시와는 관계없는unpoetic" 새로운 종류의 심상으로 가득 차있다. 그런데 만일 어떤 여인이 자신의 사랑을 선언한다면 소금세례를 받아야 할지도 모른다. 왜냐하면 그러한 감정에 경험이라는 토대가 없었기 때문에, 날이 저물기 전에, 여인은 "두 세 남자를 . . . 배반할(will be/ False . . . to two, or three)" 경우가 생길 수 있을 것이기 때문이다.

소넷은 종종 견습시인에게는 좋은 훈련으로 권장되어 왔다. 왜냐하면 엄격한 14행 구조는 작가로 하여금 자기의 생각을 집중하게 하여 시의 핵심적 요체로 만드는데 도움을 주기 때문이다. 셰익스피어의 소넷 연작시 sonnet sequence는 작가에게 간결한 표현의 가치를 가르쳐 주었다고 한다. 그러나 단은 감정이 충만한 시인이기에 약강 5보격의 14행시에서는 감정을 거의 담아낼 수가 없다. "매체"와 "메시지message" 사이에는 긴장이 있다. 마치 시인은 자신을 제약하는 예술적, 사회적 통제규칙에 반발을 보이고 있는 것 같다.

단은 1572년에 가톨릭Catholic 가정에서 태어났는데, 그때 많은 가톨릭 신자들이 자기들의 믿음 때문에 박해를 받았으며, 모든 전문직으로의 진출은 개신교도에게만 가능하도록 제한되어 있었다. 야망이 있는 젊은 단은 법률을 공부하여 재빠르게 개신교로 개종하였다. 이유는 그가 세상으로 진출하려면, 자신이 가톨릭교를 포기할 필요가 있기 때문이었을 것이다. 그러나 결국에는 단을 방해한 것이 그의 이중적인 종교상의 신분상태가 아니라, 1602년에 있었던, 단이 개인비서로 일한 토마스 에거튼 경Sir Thomas Egerton의 피후견인이자 그의 질녀인 앤 모어Anne More와 벌인 무모한 애정의 도피 행각이었다. 에거튼은 단이 투옥되도록 준비를 해두었고, 자기 밑의 직위에서 해고시켜 버렸다. 만신창이가 된 자신의 경력을 지닌 채 단이 교회의 부름에 답함으로써, 자기의 운을 보상받으려고 결정했을 때까지, 그는 여러 해 동안 가난으로 세월을 보냈다. 그는 1615년에 영국국교의 사제가 되었고, 곧이어 런던의 세인트 폴St. Paul 성당의 수석 사제에까지 오르게 되었다.

그런데 단의 삶에는 두 가지 분명한 세계가 있는데, 이러한 세계는 그가 쓴 두 종류의 시에 반영되었다. 젊어서 그는 정부 부서에서 외교직으로 근무하면서 세속적 출세를 희망했다. 이 시기는 그가 연애시를 쓴 때로, 대부분이 25세 이전에 쓰인 것이다. 가출로 인해 스캔들을 일으킨 후 단은 침체기의 몇 해를 보내면서, 후원자를 위해 행사시occasional poem를 썼다. 새로운 운명으로 교회신봉자가 되어 시적 활동이 새롭게 시작되었는데, 이때가 종교적 귀의의 시기였다. 여태까지 여성들을 향해서 경주되었던 정력과 열정들이 신을 향하게 되었다. 단의 종교시가 연애시와 함께 공유하고 있는 특성은 자연스러운 시어이다. 어휘들은 구어적이고 "현대적"인 가락을 울린다. 그의 연애 서정시 중의 한편을 예로 들어보면, 그 시는 다음과 같이 시작하고 있다.

제발 말을 멈추고 내가 사랑하게 해주오

(「시성」)

For God's sake, hold your tongue, and let me love.

("The Canonization")

단은 페트라르크적Petrarchan인 예술적 전통에 나타난 가식에 대한 혐오와 조급함을 나타낸다. 그는 이상화된 목가적인 전원보다는 도회지에 대한 시를 쓴다. 시드니가 본 달은 연인의 눈이 아니라 천문학자의 눈을 통해서였다. 그리고 단은 셰익스피어에게는 그와 같이 끊임없는 영감을 자극한 원천이 된 나무 가지와 새 및 자연의 아름다움에 관해 전혀 관심이 없었다. 단의 시는 종종 "형이상학적metaphysical"이라 불린다. 왜냐하면 부분적으로는 과학적 심상(과학은 그 당시 형이상학이라고 언급되었다) 때문이었고, 또 한편으로는 명백히 공통점이라고는 거의 찾아볼 수 없는 비유, 즉 「고별사: 슬픔을 금하면서」("A Valediction: Forbidding Mourning")에서 한 남자와 그의 아내 사이의 사랑에다 한 쌍의 컴파스 다리a set of compasses를 비유한 것과 같이, 형이상학적인 관념에다 실물의 대상을 그가 기이하게 연결시켰기 때문이다. 단의 심상과 어조의 "비 낭만적인" 특징은 근대에 와서 동정심 어린 독자들의 귓전에 울리게 되었다. 18세기와 19세기에 그는 거의 무시되었으나, 다른 사람들, 그 가운데서도 엘리엇T. S. Eliot에 의해 20세기 초에 "재발견" 되었다.

말년에 단이 쓴 "성스러운 소넷holy sonnets" 중의 한 편에서 보면, 인간관계의 완전함을 찾으려는 자연의 시도를 포기하고 신과의 관계를 정립하려고 시도하고 있다.

10

삼위일체 신이시여, 제 심장을 때려 주시오, 당신을 위해
두드리고, 숨결을 불어넣고, 비추고, 고치도록 애써 주십시오.

제가 일어나, 설 수 있도록, 저를 내동댕이쳐 주시고, 쏟아 주십시오
당신의 힘을 부수고, 불고, 태우고, 저를 새롭게 만들 수 있는.
저는, 강탈당해서 타인의 소유가 되어 버린 마을처럼,
당신을 인정하도록 애를 씁니다만, 아! 소용없군요.
내 안에 있는 당신의 총독 격인, 이성이, 저를 방어해 주어야 하나,
오히려 포로가 되어, 나약하고 불성실하게 되었습니다.
그래도 저는 진정으로 당신을 사랑하며, 기꺼이 사랑도 받을 테지만,
저는 당신의 적과 약혼한 상태에 있습니다;
저를 이혼시키거나, 그 매듭을 풀던지, 아예 다시 끊어버려 주십시오,
저를 당신에게 데려가서, 노예로 삼아 주십시오, 왜냐하면 저는,
당신이 저를 가두지 않으면, 결코 자유롭지 못할 겁니다,
정숙치도 못할 겁니다, 당신이 저를 강간하지 않는다면.

X

Batter my heart, three-personed God, for You
As yet but knock, breathe, shine, and seek to mend.
That I may rise, and stand, o'erthrow me, and bend
Your force to break, blow, burn, and make me new.
I, like an usurped town to another due,
Labor to admit You, but Oh! to no end.
Reason, Your viceroy in me, me should defend,
But is captivated, and proves weak or untrue.
Yet dearly I love You, and would be lovèd fain,
But am betrothed unto Your enemy;
Divorce me, untie, or break that knot again,
Take me to You, imprison me, for I,
Except You enthrall me, never shall be free,

Nor ever chaste, except You ravish me.

화자는 신의 존재를 분명히 하고 시인이 느끼는 저주에 대한 공포감을 완화시키기 위해 신에게 급박하게 간구하고 있다. 신이 관심을 보여달라고 그가 울부짖는 듯 보여지고, 신이 들어와서 자신의 삶을 바꾸기 위해 여태까지 보여주었던 못마땅한 태도에 대한 그의 절망에 가까운 심정을 나타내는 격앙된 상태 속에 스스로 몰입하려고 노력해 왔다. 시인은 지난 과거의 방탕한 삶을 포기하고 새롭게 태어나길 바라지만, 고백된 죄에 대한 고통스러운 처벌을 포함하지 않는 용서의 효능을 믿을 수가 없는 것이다. 그래서 그는 신에게 자기를 격렬하게 사용해줄 것을 요구하고, 오로지 격정을 통해서만 개조될 수 있다고, 즉 개조"re-formation"되어 새로운 사람이 된다고 느낄 수 있으리라고 믿고 있다. 자기를 "쇄신하기reshaping" 위해 필요하다고 느껴지는 힘을 강조하려고, 그는 격렬한 행동을 나타내는 동사들을 사용하고, 그와 동시에 약강 5보격의 운율을 위반하고 있다.

시의 첫 단어는 이 같은 두 가지 측면을 나타내고 있다. "때려 주시오Batter"라는 표현은 명령법으로, 창조주가 신약성서의 친절하고 인내심 많은 양이라기보다는, 구약성서의 파성추the battering Ram인 성급한 여호아Jehovah로서 스스로를 보여주길 요구하고 있다. 강세가 첫 음절에 오고, 따라서 시인은 강약조로 시작하여 청자聽者를 놀라게 하면서 자기의 곤궁에 무관심해 보이는 신의 관심을 경계시키는 모든 수단을 찾고 있다는 것을 강조하고 있다. 그는 신에게 때려주도록 간청하며, 진정 자기의 내부의 자아인 자신의 "마음"을 변화시켜 주길 원한다. 신의 세 "인격" 모두를 통해서, 즉 성부와 성자와 성신(성령)으로 신에게 말이 전달된다. 시인은 신의 모든 관심을 요구한다. 동사들은 가끔 세 부분으로 분류되어서, 기독교 신격의 세 종류의 천성을 나타낸다. 이 신의 더 온후한 면이 2행에서 드러난다. 성부는 단지 탄원자의 유순한 태도로 시인의 마음을 "두드린다". 마음을 바꾸기에는 부족한 힘으로 시인의 정신 속에 여태 성신이 살아 "숨쉬고" 있다. 그리고 "태양sun"이라는 어휘의 말장난pun으로 묘사된 성신God the Son은 그냥 비추거나 자비의 빛을 발하고 있다. 그러나 시인이 너무 죄스러운 행동으로 굳어져 있기 때문에 자유로운 신성의 "사교적인" 접근은 적절하지 못하다. 시인은 더 거칠고 더 강렬한 태도를 신에게 요구한다. 그는 그래서 구약에 야곱Jacob과 씨름하는 천사와 같은 방법으로 신에게 자기와 씨름하길 요구한다("나를 내동댕이쳐 주시오").

　　단은 완전한 심리적 변화를 요구한다. 성스러운 힘에서 나온 더 강렬한 힘의 공격이 자기 내부 깊숙이 내재된 사악함을 몰아낼 수가 있다. 따라서 그는 신께 더욱 강한 원기를 보여주고("쏟아 주십시오/ 당신의 힘을"), 단지 두드리는 일 대신에 "깨뜨리도록break", 그리고 단순히 "숨쉬는" 것보다는 "불어넣을blow" 수 있도록, 그냥 "비추는" 것보다는 "태우도록burn" 신의 강렬한 노력을 증가시켜 주도록 요청하고 있다. 그가 바라는 것은 단순한 목수로서보다는 대장장이로서의 신을 바라보는 일이다. 왜냐하면 그는 불같은 철상 위에서 새롭게 주조될 수가 있기 때문이다. "break"와 "blow", "burn"과 같은 동사들은 그들이 주는 이미지에서뿐만 아니라 전달해주는 소리에서도 대장장이의 활동력을 나타내고 있기 때문이다. 이 목적을 위해서 각 동사와 함께 시작하면서, 의미뿐만 아니라 소리에서도 처음의 "batter"와 두운적으로 연결이 되는 강한 강세를 둔 파열음들은, 마치 오래된 금속을 두드려 새로운 재료로 만들 때, 대장장이의 망치에 가해지는 집중된 강력한 힘과 리듬을 강하게 전달해 주고 있다. 단의 약강 5보격 시의 다양한 변화는 거의 극단까지 기본적인 리듬을 비뚤어지게 하여 자신의 혼란스러운 마음의 상태를 드러내 보인다. 예를 들어, 3행은 추가 강세(5개보다는 6개)와 부가적인 약음절을 제공하고 있을 뿐만 아니라, 의미에 있어서는 정지된 시행을 남겨두기도 한다. 그러므로 독자는 "bend"라는 동사의 목적어를 찾아서 뜻을 완전하게 하기 위하여, 다음 행으로 급하게 시선을 돌려야만 한다.

Thăt Í măy ríse, ănd stánd, ó'erthrów mĕ, ănd bénd

1행의 끝에도 비슷한 혼란스러움이 있다. 설사 그가 이해로 통하는 그 평화로움을 언제까지고 찾으려고 한다고 하더라도, 정돈되지 않은 리듬의 변화들이 시인의 균형감각의 결핍을 어리둥절하게 나타내어, 신과 이 간청인 사이에 놓인 거리에 당혹스러움을 제공하게 된다. 강력한 힘과 대장장이의 의도로 신이 자기 내부에서 작용하는 것을 느끼게 할 필요성을 확정짓고는, 시인은 계속 이미지를 변화시키면서, 한편으로는 그와 같은 안정되지 못한 운율효과를 지속시키고 있다. 두 번째 4행 연구에서는 4행 모두가 반전된 강약음보로 시작된다. 리듬은 혼란스러울 뿐만 아니라 통사구조도 뒤틀려 있다. "내 안에 있는 당신의 총독 격인, 이성이, 저를 방어해 주어야 한다(Reason, Your viceroy in me, me should defend)"는, 훨씬 더 정석에 가까운 표현이 그것이다. 그러나 정상적인 리듬과 문장구조는 시인이 인정하려는 최후의 정신적 평온함과 고요함을 의미한다. 이 4행 연구는 "강탈당한 마을"같은 죄 많은 시인의 이미지 주위에 구성되어 있다. 그는 자신을 신에게 충성을 나타내야 하는 영토로 보고 있지만("타인의 소유가 되어버린"), 다른 사람(마귀)에 의해 빼앗긴 나머지 점령당한("강탈당한") 영토로 보고 있다. 그것은 소유의 이미지, 즉 악이 지배하는 이미지이다. 그는 신이 자기의 삶 속에 들어오도록 애쓰고 있지만("lábŏur"라는 어휘의 무거운 강약조 강세는 자기가 기울이는 많은 분투적 노력을 나타내어 준다), 그때까지는 실패했던 것이다. 그는 "강탈자"를 추방하기 위해 신의 도움을 요청한다.

그는 인간이 야수와 구분이 되는, 신이 부여한 천부적 기능이라고 전통적으로 인정해온 인간에게서 대표되는 이성("당신의 총독")이 심지어 그것을 만든 창조주를 배신하고, 사탄(마귀)의 진영으로 넘어갔음을 계속해서 설명하고 있다. 만일 인간의 이성적 기능이 "나약하고 성실하지 못하다고 밝혀진다면", 인간의 육신이 그 어떤 욕망의 나락으로 떨어지더라도, 그것을 억누르는 인간의 무감각한 육체는 얼마나 무기력할까?

마을(도시)로 나타난 인간의 이미지는 인간의 수동성과 무기력함을 암시해 주고 있다. 시인은 자신을, 적에 의해 침략 받아 구조되기를 바라는 마을로 뿐만 아니라, 연인을 성적인 의미로 "받아들이려고 애쓰는" 여인으로 보고 있다. "오ᴏh"라고 이어지는 외침은, 마을의 장악이 아직 해제되지 않았다는 단순한 실망적 표현일 뿐만 아니라, 끊임없이 신을 갈망하는 자기의 바램이 충족되지 못하여 좌절된 여인의 절규이다.

이 같은 성적인 암시는 더욱 발전되어 소넷의 후소절에서는 아름답게 장식된다. 단은 스스로를, 불행한 여성으로 가장하여 묘사하고 있다. 자기의 의지와는 반대로 마귀와 약혼하였지만"betrothed", 신에게는 훨씬 더 순수하고 가치 있는"dear" 연인이 될 수 있는 중세 로맨스romance에 나오는 붙잡힌 소녀처럼, 단은 창조주가 자기에게 들어와 악마적 유괴자의 수중에서 구원해 주길 요청하고 있다. 그는 너무 약해서 자신의 도피도 실행할 수가 없다. 그는 진지하게 신에게 자기의 사랑을 받아주길 요청하고 있으며 "would be loved fain", 신이 자기에게 관심을 갖고 있다는 증거를 보여달라고 간청한다. 만일 화자가 자기의 죄 많은 길로부터 벗어 나오려면, 자기 힘으로는 불가능해 보이는 난폭한 고통에 의해야만 할 것이다. 따라서 그는 신이 직접 나서서 자기와 자기의 유혹자 사이에 적극적으로 개입하도록, 신에게 다시 한 번, 점점 더 난폭해지는 동사들로 구성된 3개의 동사 군으로 간구하고 있다("Divorce me, untie, or break that knot again,"). 단은 여기서 사람과 사람을 자기의 세계에 묶어 놓고, 빈번히 더 섬세한 변화의 발전을 저해하고 저지하는 더 조야한 유대관계와, 상반된 그의 신 사이에서 자라나는 더 순수한 유대감인 영적인 사랑에 관하여 말하고 있다. 하지만 단은 남녀간의 애정에 입각하여 이 영적인 사랑을 기술하면서, 그가 젊고 태평스러웠던 시절에 만끽했던 성적인 사랑처럼, 열정적인 어떤 대상으로 신의 사랑을 체험하고 싶어 한다는 사실을 보여주고 있다. 어쩌면 개신교는, 가톨릭교의 관행이 지닌 따뜻하고 편안한 "장식물들trappings"을 가차없이 근절하여, 신을 아주 냉혹하게 보이도록 하여, 시인에게는 사람으로 보이는 것을 금하게 하려는 지도 모른다. 단은 슬픔에 잠긴 쇠약한 여인의 언어로 자기의 주Lord가 돌아와 줄 것을 애원하는데, 그것은 인간의 차원에서 신을 훨씬 더 알기 쉽게 하여, 신과 피조물들 사이에서 커지는 거리를 좁혀 달라는 청원인 것이다.

시는 두 개의 역설로 끝맺는다. 첫째, 시인은 자기가 자유로울 수 있도록 자신을 감금하거나 구속해달라고 신에게 간청한다. 그의 정신적 행복에 헌신하는 길만이 육신의 수많은 죄로부터 기독교인을 구제할 수 있다는 생각이 이와 같이 이면에 자리하고 있다. 신의 하인으로서 그가 입고 있는 "제복livery"은 곧 그의 "해방delivery"이다. 그리고 명령어인 "enthral"은 주인이 노예를 차지할 때처럼, 신이 자신에 대한 절대적인 소유권을 인수해 달라는 화자의 바람을 나타내고 있다. 더욱이, 이 동사는, 다른 의미("마술을 걸다", "매혹시키다", "마법을 걸어 하게 하다")를 통해서, 가치 없는 대상들로부터 그의 관심이 두 번 다시 멀어지지 않도록, 신이 어떻게 해서든지 그를 매료시켜야 할 필요가 있다는 시인의 표현을 전달해 주고 있다. 두 번째의 역설은 점령된 마을과 복구자의 이미지로부터 발전된 여성과 연인의 이미지에 의해서 이러한 생각이 반복된다는 점이다. 여전히 자신을 불완전한 여성으로 묘사하고 있는 단은 강탈될"ravished" 때까지는 결코 처녀가 될"chaste" 수 없다고 선언한다. 문자적 의미의 차원에서 이러한 말은 분명히 모순적이다. 비유적 의미의 차원에서 그 지혜는 모든 역설과 함께 존재하게 된다. 단은 신이 자기를 완전히 강압적으로 소유해야만 순수해진다고 인식하고 있다. 이것이 아주 완벽하고 재미있는 영토를 설정하므로, 다른 모든 유혹들은 소멸될 지도 모른다. 문자적 의미의 수준에서, "ravished"란 단어는 "성적으로 폭행당했다sexually violated"는 의미를 나타내고 있을 뿐만 아니라, 성신이 일단 그의 삶 속에 들어갈 때, 죄인의 영혼 속으로 홍수같이 밀려들어 올 황홀한 환희의 의미를 전달해주고 있다.

이미지들과 시어법 및 통사구조와 음보가 모두, 이 상습적인 죄인의 삶에서 신에 의해 육체적인 간섭이 되는 것을 이와 같이 요구하도록 주장하는데 통합되고 있다. 성적인 은유를 강조하는 것은 환자가 신격에 대한 추상적인 생각이나 지적인 생각과 연관시킬 수 없지만, 그가 더 쉽게 이해할 수 있는 열정적이고 감각적인 방식으로, 그에 대한 신의 애정을 표현하는 것을 확보하려고 애를 쓰고 있음을 암시해주고 있다. 이 성스러운 소넷에 대한 정신적인 관심 이면에는 젊은 단의 육감적인 의식이 여전히 작용하고 있다. 그는 육체와 뼈와 피 속에서 그 자체가 나타나지 않는 현실을 파악할 수 없는 상태가 되어 버리고 만다.

조지 허벗 George Herbert, 1593-1633

조지 허벗의 기질은 단의 기질과는 사뭇 다르다. 케임브리지 대학 졸업 후 그는 법정에 일자리를 구하려고 애를 썼으나 실패했다. 그는 실직 상태로, 그리고 1619년에서 1630년까지 자기 생애에서 11년간이나 의식적으로 쓸데없이 목적과 의미에 대한 상실감으로 고통스러워하게 되었다. 이 시기에 그는 자신보다 앞서 있던 단처럼 사제로 서품 받기로 결정했으나, 그런 단계에 대한 그의 동기에 관해 다음과 같은 의문을 제기함으로써 끊임없이 스스로를 학대했다. 오로지 신에게 봉사하기 위하여 그는 사제가 될 것을 생각하고 있었을까, 아니면 자신의 실직 문제를 해결하는 수단으로 그와 같은 일을 수행하기로 생각하고 있었을까? 허벗의 시는 이와 같은 영속적인 자기의 물음과 솟아오르는 애정과 신을 승인하는 일에 대한 확신에서부터, 신이 청원하는 사람과의 인연을 부인하지나 않을까라는 갑작스럽게 좌절하는 두려움에 이르기까지, 거기서 나오는 감정의 변화를 반영하고 있다.

자신이 죽기 3년 전인 1630년에, 허벗은 옥스퍼드셔Oxfordshire의 베머튼Bemerton교구의 사제가 되었으며, 마침내 그는 신에게 봉사하는 일에서 만족감을 찾았던 것이다. 허벗의 시와 인생은 궁극적으로 모든 죄악의 근원이 되는 자기중심의 문제에 대한 해결이 신의 의지에 대해 완전히 자아를 복종시키는 데 있다는 자신의 신념을 반영하고 있다. 많은 그의 시는 자아의 귀의를 신의 수중에 맡김으로써 해결되는 긴장감으로 끝맺고 있다. 틀림없이 허벗은 "너희들이 바뀌지 않으면, 그래서 작은 어린애처럼 되지 않으면, 너희들은 하늘의 왕국으로 들어갈 수가 없을 것(Except ye be converted, and become as little children, ye shall not enter into the kingdom of heaven)"(마가복음, 18장 3절)이라고 한 크라이스트Christ의 말을 흉중에 품고 있었다.

허벗의 시는 인간에게 있는 자기기만의 유한한 가능성에 대한 자신의 인식을 드러내고 있다. 그래서 신에 대한 숭고한 영광을 목적으로 하지 않는 시는 가식적인 것이라고 간주하게 된다. 허벗은 「요르단(1)」("Jordan(I)")에서와 같이 형이상학적 심상을 사용하는데 대해서 끊임없이 질문을 하고 있다. 끝에서 신성의 예시에 기여한다고 생각되는 정교함에 의해, 독자들의 주의력을 흐트러지게 만드는 이미지는, 어떠한 것이라도 그 그림자는 실체와 대치되므로, 따라서, 부적절하게 쓰여서 죄의식을 나타내고 있다. 허벗이 기여한 개신교처럼, 그의 시는 산만한 장식들을 벗어버리려고 애를 썼으며, "내 주님이시여, 나의 왕이시여My God, my King"라고 "소박하게 말하면서plainly say", 치장하지 않은 신성의 모습을 단순하게 드러내어 진실된 모습으로 보이도록 노력했다. 그래서 그의 시는 탈 가톨릭적인 ex-Catholic 단의 시보다도 더욱 단순해지고 더 직접적이며, 훨씬 더 장식이 없는 경향을 띤다.

허벗의 시들은 모든 사랑의 원형으로서 전체 인간이 천상의 사랑에 헌신하는 것임을 드러낸다. 그는 신성의 궁극적인 애정을 조야하게 단순히 모방하는 평범한 인간의 사랑이 인간정신의 지배적인 위치를 성취해왔던 나머지, 사람들은 그 애정을 진실된 것으로 받아들이고는 그것을 참된 대상에 대한 모방으로 오인하고 있다고 푸념하고 있다. 성적인 사랑은 실재보다는 투영물에 잘못된 집착을 하고 창조주 대신에 피조물에 집착하는 사랑이다. 허벗은 자신의 시를 통하여 계속해서 자신의 정체성을 소멸시키고, 신의 사랑이라는 광활한 대양 속에다 자신의 이기적인 욕망을 수장시키려고 애를 쓴다. 자기의 주의를 언제까지나 말 걸고 있는 대상인 신에게로부터 돌려서 인간이라는 자신에게 향하게 한 단과는 달리, 허벗은 항상 관심을 자신으로부터 신으로 향하게 하였다. 그는 시인인 허벗 자신보다는, 신을 자신의 시의 주제로 삼으려고 노력한다. 그의 좌우명은 "나의 것은 아무 것도 없다Not mine neither"였으며, 그 말뜻은 그가 자신을 특이한 시적 재능을 갖고 있는 대상이 아니라, 그 신께서 주신 자기의 재능을 원래부터 빌려주신 창조주에게로 단순히 되돌려주는 대상으로 봤음을 의미하는 것이다.

허벗의 시를 통해서 강조되고 있는 것은 재생이다. 인생은 그 자체가 자기 존재를 주장하려고 애쓰는 자아와 조용하면서도 집요하게 자아를 침착하게 조종하여 신에게 복종시키려고 말하는 내적인 목소리, 즉 어쩌면 무의식적인 영혼과의 끊임없는 투쟁인 것이다. 이러한 내적인 목소리는 가끔 허벗에게는 친구라는 인물로 드러나고 있다. 허벗 시의 전형적인 내적인 독백은, 자아와 영혼의 논쟁이나 육체와 정신의 싸움이며, 그 관례적인 결의를 「칼라」("The Collar")의 말미에서 명확하게 엿볼 수가 있다.

> 그러나 내가 헛소리 지르며 점점 거칠어지고 사나와질 때
>> 매 마디의 말에 따라,
> 날 부르는 소리가 들리는 것 같았다, "애야!"
>> 그래서 나는 대답했다, "나의 주님이시여."

> But as I raved and grew more fierce and wild
>> At every word,
> Me thoughts I heard one calling, "Child!"
>> And I replied, "My Lord."

이와 같은 자아와 내적인 목소리의 조화가 일단 성취되면 사람은 거듭 태어나지만, 바로 그 인간이라는 본성 때문에 그의 재생은 단지 일시적일 뿐이다. 자아는 계속해서 자기 확신을 거듭하지만, 재생의 과정은 반복해서 시작될 수밖에 없으며, 「죄의 윤회」("Sin's Round")에서는 사악하게 반복되는 인정된 순환적 패턴으로 나타난다.

> 미안합니다, 내 주님이시여, 미안합니다,
> 내 죄는 원을 그리며 진행되는군요.

> Sorry I am, my God, sorry I am,
> That my offences course it in a ring.

"친구"인 크라이스트가 와서 시인의 참기 어려운 자기모멸감을 누그러뜨리는 일에 대한 승인이 없다는 점에서, 「죄의 윤회」는 허벗에게는 특이한 시이다. 그럼에도 불구하고, 신과 허벗 사이의 개인적 접촉의 특색은, 신을 "내 주님my God"이라고 말하는데서 여전히 찾아볼 수가 있다. 이는 "삼위일체의 신three-personed God"이라고 부르는 단의 훨씬 더 일반적인 호격 명칭과는 대조적이다. 아래의 시에서는 허벗과 그의 창조주와의 친밀함을 알 수 있는 더 일반적인 특징이 명백히 드러난다.

사랑(3)

나를 환영한다고 사랑이 말했다: 그러나 내 영혼은 물러났다,
　　흙과 죄의 허물이 있어.
그러나 눈치 빠른 사랑은, 내가 늦어지는 것을 보고서
　　나의 첫 들어섬에서,
내게 더 가까이 다가와, 상냥히 물었다,
　　혹시 내게 무슨 부족한 것이 있는 지.

"손님 자격이" 나는 대답했다. "여기에 있을 만한":
　　사랑은 말하기를, "그대가 그런 자격이 있는 사람이지."
"제가 불친절하고, 배은망덕한가? 아 내 님이여,
　　저는 당신을 바라볼 수 없습니다."
사랑은 내 손을 잡고서, 미소지으며 대답하길,
　　"누가 눈을 만들었지 나 말고?"

"맞습니다 주님, 하지만 저는 눈을 망쳤습니다: 내 수치가
　　당연한 벌을 받게 해주소서."
"그런데 너는 모르느냐," 사랑이 말한다, "누가 책임을 졌는지?"

"내 님이여, 그렇다면 저는 섬기겠습니다."
"너는 앉아라," 사랑이 말한다, "그리고 내 살을 맛보아라":
그래서 나는 앉아서 먹었다.

Love (III)

Love bade me welcome: yet my soul drew back,
    Guilty of dust and sin.
But quick-eyed Love, observing me grow slack
    From my first entrance in,
Drew nearer to me, sweetly questioning,
    If I lacked any thing.

"A guest," I answered, "worthy to be here":
    Love said, "You shall be he."
"I the unkind, ungrateful? Ah my dear,
    I cannot look on thee."
Love took my hand, and smiling did reply,
    "Who made the eyes but I?"

"Truth Lord, but I have marred them: let my shame
    Go where it doth deserve."
"And know you not," says love, "who bore the blame?"
    "My dear, then I will serve."
"You must sit down," says Love, "and taste my meat":
    So I did sit and eat.

어조는 인간과 그 창조주와의 관계를 영어로 가장 완벽하게 표현해내고 있다. 그것은 자비나 "사랑"에 토대를 둔 관계인데, 사랑이라는 말은 18행의 시 전체에 6번이나 나오게 되는 시의 제목이 된 어휘이다. 사랑은 신약성서에서 서약된 바와 같이("왜냐하면 이는 태초부터 너희들이 들어왔던 메시지로서, 우리는 서로서로 사랑해야 한다": 요한 1서, 3장 2절), 인간과 신 사이의 새로운 이해를 구축하는 기초를 이루고 있다. 시인은 분노의 신 앞에서 굴복하지는 않는다. 그는 단지 신의 용서를 구하고 있는데, 그 용서는 우아한 속성으로 거의 여성적인 연민과 바로 일치한다. 이 시에서 허벗의 대화 상대방인 사랑은 성자라는 인격에서 신이며, 가장 인간다운 얼굴을 지니고 있는 창조주로서, 이제 더 이상 마음 산란한 단의 비전을 지닌 아주 복잡한 추상적 개념이 아니다. 허벗은 다시 어린애가 된다는 복음의 교리를 따랐으며, 결과적으로 인간과 신의 관계가 그 소박함 속에 있다는 기독교적인 계시를 체험했던 것이다.

그러므로 통사구조의 왜곡이나 삼위일체의 모호한 개념과 벌이는 정신적인 싸움, 또는 단의 소넷에서는 명확했던 은유의 애매한 표현 뒤에 휘갈겨 쓴 구절과 같은 것은 전혀 없다. 허벗 시의 언어는 주로 단음절로 되어 있으며, 분명한 어휘와 시인이 따뜻하게 초대된 잔치(영성체 의식을 나타내는)를 표현하는 고유한 이미지가 쓰이고 있다. 리듬은 다음과 같은 시행에서 조용한 결론에 이를 때까지 왜곡되거나 뒤틀리지도 않고, 질서정연한 속도로 나아가고 있다.

그래서 나는 앉아서 먹었다.

So I did sit and eat.

모든 것이 평온한 상태에 있으며, 시인의 영혼은 구조되었다. 그는 사랑을 받아서, 신의 대리인으로서 자기의 기능을 통하여 나중에 그 사랑을 타인들에게 넘겨주도록 요청을 받고 있다. 전반적인 일은 앉아서 "눈치 빠른 사랑"인 매혹적인 고급 매춘부와 먹는 일이며, 아주 고집 센 위반자에게로 유인하는 일로 시각화되어 있다. 그러나 이 활기찬 "사랑"의 이미지는 이어지는 대화에서 어떤 성적인 힘으로 곧 무력화되고 있다. 비록 사랑은 그 영역 속으로 불려질 때, 시인의 명백한 "수치심"과 무가치한 감정을 기저로 하고 있겠지만, 안주인이 제공하는 "감미로운" 질문과 "미소짓는" 교리문답은, 육체적 "사랑"이 이러한 사랑의 발단을 지우지 않는다는 사실을 확실히 보여주고 있다.

　　비록 사랑이 유혹하는 여성의 몸짓으로 그를 환영하고 있긴 하지만("내게 더 가까이 다가와", "내 손을 잡고서"), 그를 환영하는 사랑은 확실히 육체적인 것이 아닌 다른 열정을 나타내고 있다. 그것은 사랑이 스스로 말하고 있는 것에서와 마찬가지로, 사랑에 대한 시인의 반응에서도 명백하다. 시인은 먼저 사랑에게 "내 님이여"라고 말을 하고는, "주여"라는 기원적 표현으로 바꾼다. 시인의 주인이 그리는 인물이 지니고 있는 양성적인 면은, 처음부터 명백하다기보다는, 시에서 일어나는 사건들의 장면을 훨씬 더 초월적인 면으로 옮기고 있다. 돌이켜 보면, 사랑의 "빠른 눈치quick eyes"는, 매춘부demi-mondaine의 바람기 있는 곁눈질로부터 크라이스트의 희생을 통해서, 영원한 삶의 기약이 있는 정신적인 세상의 창으로 바뀌게 된다.

"그런데 너는 모르느냐," 사랑이 말한다, "누가 책임을 졌는지?"

"And know you not," says love, "who bore the blame?"

허벗은 세속적인 사랑의 유혹과 유인을 사용하여 우리를 곧장 **정신적인 사랑***agape*이나 기독교적인 사랑의 힘으로 이끌어 준다. 그리고 시의 절정 부분에 가서 시제는 과거("사랑은 말했다")에서 현재("사랑은 말한다")로 바뀐다. 마치 시인의 죄스러운 삶과 신이 자신에게 준 재능을 소모하는 삶("저는 눈을 망쳤습니다")이 단순히 일시적인 탈선인 것처럼 보이는 반면에, 자신의 미래를 신에게 바치도록 기약하는 속죄("내 님이여, 그렇다면 저는 섬기*겠습니다*")는 영구적인 현재의 축복이 되고 있다. 성찬식("'너는 앉아라,' 사랑이 말한다, '그리고 내 살을 맛보아라'")을 통해서 크라이스트를 자신에게로 받아들인 시인은 자신의 구원의 확신 속에서 휴식을 취할 수가 있는 것이다.

전체 시는 부드러운 광휘와 조용한 희열에 젖어서, 신을 자신의 흉중으로 받아들인 기독교인의 확신과 환희를 완벽하게 보여주고 있다. 그것은 마치 허벗이 시를 쓸 때, "너희가 훌륭하게 해놓은 것들을 보고 하늘에 계신 너희 아버지를 그들이 찬양하도록 너희의 빛을 사람들 앞에서 빛나게 하라"(마태 복음, 5장 16절)고 하려고, 그가 크라이스트의 훈령에 복종하고 있었던 것과도 같다. 시는 피조물들 사이에서는 거의 도달키 어려울 뿐만 아니라, 심지어 허벗 자신도 일관되게 이루어낼 수 없었던 내적인 조화의 상태를 기록하고 있다. 반추할 수 있는 많은 휴지를 허용하는 반복되는 길고 짧은 규칙적인 약강조의 시행들과, 자신의 잃어버린 유년시절을 훌륭히 재발견하는 화자를 나타내는 소박한 시어법, 그리고 신의 자비가 얼마나 모든 것을 감쌀 정도로 포용력이 크고 자애로운 것인가를 보여주는 지극한 사랑의 참모습을 담고 있는 시는, 허벗이 두려움 없이 자신을 비하시켜서 스스로를 다른 곳에서 "벌레worm"라고 공언한 바와 같이, 죄인에게 흘러 들어갈 수 있는 은총에 대한 기념비로 남게 된다.

Memo

제4장

17세기 후반: 앤드루 마블

앤드루 마블 Andrew Marvell, 1621-78

마블의 생애 동안에 영국에서는 엄청난 사회변혁이 있었다. 그는 16세기 중엽 이후 급속히 증가된 투자와 무역 때문에 부유해진 나머지 빠른 속도로 수가 증가한 부르조아bpurgeoisie 계층과, 기존의 귀족지주 계층간에 고조된 갈등 속에서 성장했는데, 그 귀족 지주계층은 봉건제도 하의 지주로서 특권을 누리는 위치에 있었으며 국왕의 절대적 통치를 위한 신성한 권리를 수호하는 사람들이었다. 전자에 해당하는 부르조아 계층은 결국 1642년 발발하게 되는 내란 때 썼던 투구의 모양 때문에 머리를 짧게 깎은 청교도의 별명으로서, "의회당원Roundheads"으로 알려지게 되었는데, 그들은 자기들에게 개방된 창구인 의회를 통해 자신들의 권리를 강력하게 주장하려고 노력했다. 그들은 왕의 권력과 귀족계층의 세력을 억제하기 위한 수단으로, 자기들이 선출한 국회의 하원the House of Commons의원이라는 구성원을 통해 접근하려고 시도한 결과 "의회파Parliamentarians"라는 또 다른 부수적인 칭호를 얻게 되었다. 국왕의 정당은 "왕당원Cavaliers"이나 "왕당파Royalists"라는 명칭으로 알려졌다.

결국 중대한 사건이 고개를 들기 시작했던 1642년에 국회는 국왕인 찰스Charles 1세가 요구했던 금전문제의 찬반투표를 거절하자, 찰스 1세는 국회를 해산했으며, 내전을 일으키게 되었다. 국왕 자신은 체포되었으며, 마침내 1649년에 사형되었는데, 그것은 신이 인정한 대리인으로서 성유聖油를 바른 왕이라 할지라도, 통치하고 봉사하는 백성 위에 군림할 수 없다는 표시였다. 올리버 크롬웰Oliver Cromwell은 호민관으로 임명되었으며, 영국은 1066년 노먼 정복the Norman Conquest 이후 유일하게 국왕 없는 공화국을 수립하게 되었는데, 그 공화국은 1642년부터 1660년까지 18년 동안 존속했다. 그러나 1660년에 왕정은 프랑스에서 돌아온 찰스 1세의 아들인 찰스 2세의 소환으로 복고되었다.

마블의 인생은 내란 이전의 스튜어트 군주국the pre-Civil War Stuart monarchy에서부터, 내란 그 시기와 뒤이어 공화정Commonwealth 정부통치시대로까지 이어져 있었는데, 스튜어트의 복귀는 시작된 의회당원과 왕당파 사이의 불안정한 평화와 함께 시작되었다. 이러한 시민소동이 일어났던 시기에, 사려 깊고 현명한 사람이 만일 자기의 생각대로 할 수 있도록 지혜롭게 처신하려면, 자신의 생각은 늘 마음속에 담아 두어야만 했던 것이다. 마블은 또한 이러한 부류의 사람이었으므로, 자신의 정치적 견해가 어떠한지 정확히 가늠하기란 어려운 일이었다. 그의 초기 지지방향은 왕당파였던 것 같았는데, 그것은 그의 대다수 친구들이 왕의 주장에 지지를 표명한데 기인한 것이었다. 마블은 내란이 일어났던 해 초기에는 해외에 나가 있었으나, 1650년 여행에서 돌아 온 후 얼마 되지 않아, 의회파의 명분을 비난하고 왕당파에 대한 동정심을 표명하는 시 「탐 메이의 죽음」("Tom May's Death")

을 발표하였다. 그러나 그 시가 나오기 5개월 전에, 그는 「아일랜드로부터 귀환한 크롬웰에 대한 호레이스 식 오드」("An Horatian Ode upon Cromwell's Return from Ireland")를 썼는데, 그 내용 속에는 그의 가장 깊은 호의의 정이 불운한 왕을 향해 치닫고 있으면서도, 크롬웰의 세력과 지배권을 역사의 필연적인 이유로 인정하는 것 같은 태도를 보였으며, 심지어 크롬웰이 국가를 장악할 수 있도록 수중에 장악한 냉혹하고 엄격한 호전적 청교도주의의 자질을 찬양하는 것처럼 보이기도 했다. 이 "두 초점"의 시각에서 볼 때 마블은 양면성을 갖고 있거나 자신과 교제하는 사람들의 구미에 맞도록 자신의 견해를 바꾸었다고 완전히 말할 수는 없더라도, 봉건시대의 구질서에 향수를 느낌과 동시에 그것이 사라졌음을 애석해 하면서도, 그 봉건시대의 구질서가 타락했으므로 국가가 미래를 향해서 절뚝거리며 걷기보다는 씩씩하게 행군할 수 있으려면, 무언가 좀 더 민주적이고 더 효율적인 새로운 형태의 조직이 만들어져야 한다는 사실을 인정했던 많은 동시대인들의 복잡한 감정들을 공유하고 있었던 것이다.

그러나 마블의 왕당파에 대한 강한 지지는 1650년까지도 존속했지만, 이후에 그는 의회파의 편에 서서 도리 없이 자신을 내맡겨야 했던 것처럼 보이기도 했다. 1659년에 그는 자기 고향인 헐Hull을 대변하는 국회의 구성원이 되었고, 19년 후 그가 죽기까지 그 자리는 존속되었다. 왕정복고 이후의 불안정했던 시기에, 상류계층과 중류계층 간의 권력 갈등과, 구세력과 새로운 세력 사이의 권력 갈등이 은밀하고도 간헐적으로 계속되었는데, 마블은 의회파의 명분에 충성스럽게 처신했으며, 복수의 칼들이 칼집에서 침착성을 잃고 뽑혀져 나왔던 때인 "이 어두운 시기these dark days"에, 이런 위험한 시기를 언급했던 의회파의 충실한 옹호자이자 충복 중의 한 사람이었던 그의 친구 존 밀턴에게도 충성스럽게 행동했다.

그의 주위에서 계속되는 사회변동이 마블로 하여금 자신의 개인적 견해를 유보할 수 있도록 자극을 주었다는 사실에는 의심의 여지가 없겠다. 결과적으로, 단과 허벗의 시에는 흐르고 있었던 주관적인 감정의 유출이 그의 시에는 전혀 없었다. 마블은 그가 쓰고 있는 대상으로부터도 냉정하면서도 종종 냉소적이고 초연한 자세를 견지했다. 몇몇 비평가들은 하나의 시로서 「아일랜드로부터 귀환한 크롬웰에 대한 호레이스 식 오드」를 해석하고 있는데, 거기서 크롬웰을 맹금류와 비교하여 호민관인 그를 비인간적인 인물로 중상모략하며 헐뜯고 있다. 한편 다른 비평가들은 정의에 대한 추상적이고 관념적인 원리를 가혹하게 강요한 크롬웰을 그린 마블의 묘사는 그를 신의 경지로까지 끌어올리려는 의도가 있다고 견해를 표명하기도 했다. 한 가지 확실한 것은, 마블이 시를 쓸 때 펜에 손을 대는 것처럼, 분명하게 다양한 형태의 가면을 쓴 사람으로서 자신의 내면의 한 부분에 손을 대었다는 사실이다. 가끔 그 등장인물이 분명할 때가 있는데, 「자기의 새끼사슴의 죽음에 탄식하는 요정」("The Nymph Complaining for the Death of Her Fawn")이라는 시에서는 그 퍼스나persona가 세상에 악마가 존재하고 있다는 사실을 막 발견한 한 젊은 처녀의 목소리로 말할 때처럼 분명하다. 그것이 「수줍어하는 사랑하는 여인에게」("To His Coy Mistress")에서와 같이 함축적인 변장의 형태를 띠고 있기도 하다. 마블의 시에서의 "나"는 추측해 보건대 일반적이고 원형적 인간을 상징하며, 그것은 마블이 시를 쓰고자 하는 근거 이유로서 채택되는 인물이다. 그래서 「수줍어하는 사랑하는 여인에게」에 나오는 화자는 관습적 도덕성이라는 장벽을 회피하고 젊은 처녀와 잠자리를 같이 하기 위해 그녀를 설득하기를 바라는 한 남자에 의해, 어느 시대에라도 사용되었을 법한 일종의 논의를 가지고 시작하고 있는 것이다. 이 극적인 독백의 화자에 대한 마블 자신의 태도와, 유혹자에 의해 예시되고 증명된 그 논의에 대한 인정이나 부정은 확실하지 않고, 단지 짐작이나 추측만 할 수 있을 따름이다.

수줍어하는 사랑하는 여인에게

우리에게 충분한 세상과 시간만 있다면,
이 수줍음은, 그대여, 죄가 되지 않으리라.
그러면 우리는 앉아서, 어느 길을 걸을 것인지를
생각도 하고, 우리의 긴 사랑의 날을 보낼 수도 있으리라.
그대는 인도의 갠지스 강가에서
루비를 찾을 수도 있으며; 나는 훔버 강의
물가에서 푸념할 수도 있으리라. 나는 어쩌면
노아의 대홍수 십 년 전에 그대를 사랑할 수 있을 것이며,
따라서 그대는, 원한다면, 거절할 수도 있으리라
유태인이 개종할 때까지.
나의 식물과도 같은 사랑은 제국보다도
더 거대하고 더 완만히 자랄 것이다;
그대의 눈을 칭찬하고, 그대의 이마를 바라보는 데에
백년이 소요되고;
양쪽 가슴을 사랑하는 데에는 이백년이,
하지만 나머지 부분에는 삼만년이 걸릴 것이다;
적어도 부분 부분마다 에는 한 시대가,
그리고 마지막 시대에 가서야 비로소 그대의 마음을 보게 될 것이다.
그대여, 그대는, 이런 지위를 누릴 만하기 때문에,
나는 그 보다 낮은 정도로 그대를 사랑하지는 않겠다.
그러나 나는 나의 등 뒤에서 항상 듣게 된다
날개 달린 시간이라는 전차가 황급히 달려오는 소리를;
그리고 우리 앞에는 온통
광활한 영원의 사막이 펼쳐져 있다.
그대의 아름다움도 찾을 수 없으리라,
그대의 대리석으로 된 묘소에서는, 그리고, 들리지 않으리라

메아리치는 내 노래 소리도; 그러면 벌레들이 맛볼 것이다
그 오랫동안 간직해온 처녀성을,
그리고 그대의 괴팍한 정조는 먼지로 변하고,
나의 모든 욕정은 재로 변할 것이다:
무덤은 멋지고 은밀한 곳이긴 하나,
내 생각엔, 아무도 거기서 끌어안지는 않을 것이다.
　그러므로 지금, 젊음의 색조가
그대의 피부 위에 아침이슬처럼 앉아있는 동안에,
그리고 그대의 의욕적인 영혼이 순간적인 화염으로
모든 기공에서 내뿜는 동안에,
지금 즐기도록 합시다 그럴 수 있는 동안만이라도,
그리고 지금 연애하는 맹금들처럼,
곧 바로 우리의 시간을 아예 탐식해 버립시다
느리게 턱을 움직이는 힘에 지치기보다는.
우리의 모든 힘과 모든
우리의 달콤함을 하나의 공으로 마들어서 굴려봅시다,
그리고는 우리의 기쁨을 세차게 작렬시켜 봅시다
인생의 철문을 통하여:
그래서, 우리가 태양을 멈추게 할 수는
없겠지만, 태양을 달리게 할 수는 있으리라.

To His Coy Mistress

Had we but world enough, and time,
This coyness, lady, were no crime.
We would sit down and think which way
To walk, and pass our long love's day.
Thou by the Indian Ganges' side

Should'st rubies find; I by the tide
Of Humber would complain. I would
Love you ten years before the Flood,
And you should, if you please, refuse
Till the conversion of the Jews.
My vegetable love should grow
Vaster than empires, and more slow.
An hundred years should go to praise
Thine eyes, and on thy forehead gaze,
Two hundred to adore each breast,
But thirty thousand to the rest.
An age at least to every part,
And the last age should show your heart.
For, Lady, you deserve this state,
Nor would I love at lower rate.

   But at my back I always hear
Time's winged chariot hurrying near;
And yonder all before us lie
Deserts of vast eternity.
Thy beauty shall no more be found,
Nor in thy marble vault shall sound
My echoing song; then worms shall try
That long preserved virginity,
And your quaint honor turn to dust,
And into ashes all my lust.
The grave's a fine and private place,
But none, I think, do there embrace.

   Now therefore, while the youthful hue

Sits on thy skin like morning dew,
And while thy willing soul transpires
At every pore with instant fires,
Now let us sport us while we may;
And now, like am'rous birds of prey,
Rather at once our time devour,
Than languish in his slow-chapped power,
Let us roll all our strength, and all
Our sweetness, up into one ball;
And tear our pleasures with rough strife
Thorough the iron gates of life.
Thus, though we cannot make our sun
Stand still, yet we will make him run.

제목으로 보면 이 시는 분명히 "수줍어하거나" 부끄러워하는 처녀에게 건네는 간청의 말이다. 예측해보면, 이 시는 생각이 다른 그녀를 설득하려는 논의를 내포하고 있다. 시가 인쇄되어 있는 방식으로 보면 이 논의는 분명히 세 부분으로 구성되어 있다. 첫 단락(1-20행)은 삶의 조건이 다른 방향으로 이루어진다면 가능할 수도 있는 일들을 제시한다. 모든 동사들은 조건을 나타내는 시제로 되어 있다("우리는 앉아서", "나는 . . . 푸념할 수도 있으리라", "사랑은 자랄 것이다"). 그래서 논의의 첫 단계는, 만약 공간적이나 시간적 제약이 없다면("우리에게 충분한 세상과 시간만 있다면"), 애인에 대한 시인의 사실상 끝없는 구애의 인내에 대한 정교한 공상과, 기꺼이 고통받을 첫날밤 잠자리에서의 극치를 향한 인식할 수 없을 정도의 완만한 진행으로 구성되고 있다. 이 첫 단락의 전체 구조는 맨 앞에 조건을 나타내는 "Had"로 구축되어 있다.

　　다음 부분은 "그러나But"로 시작하는데, 세상은 그런 식으로 이루어져 있지 않다는 것이다. 그러므로 우리가 처한 현실을 인식하고 우리의 애정문제에 어떤 절박함을 끌어들이기 위하여, 그와 같은 예절바른 행동보다 우리는 앞서가야 한다는 것이다. 그렇지 않으면 시간이 우리를 덮쳐 달콤한 신혼의 침실 속이 아니라, 무덤 속으로 떨어진다는 사실을 우리는 발견하게 되리라는 것이다. 논의의 셋째 단락은 "그러므로therefore"로 나타나 있듯이, 결론 부분이다. 자기 애인에게 언제까지나 계속 구애하고 싶어했을 법한 시인은, 만일 그와 같은 시간이 삶의 적이 되지만 않는다면, 어쩌면 그와 같은 구애의 성적 결합의 목표를 방해하고 둘을 갈라놓을 수 있을 지도 모른다. 여기서 시인은 그들이 속아서 응분의 보답을 빼앗기게 되는 위험에 처하기 보다는 오히려 당장("그러므로 *지금*") 성 관계를 가지는 것이 최상이라는 결론을 유도해낸다.

　　이것은 확실히 삼단논법적인 논의 내지는 기만적인 논증이다. 화자는 불가능하고 시간의 제약이 없는 상황의 답답한 인상을 첫 단락에서 제시하였고, 둘째 단락에서, 화자는 죽음에 임박하여 그 상황이 진행되고 있음을 과장한다. 셋째 단락에서는, 마치 죽음이 문을 두드리는 순간이 된 것처럼, 화자는 여인에게 즉시 자기의 욕망에 몸을 맡기도록 요구한다. 첫 단락 전체는 만약 공간과 시간의 장벽이 인간의 생존과 관계가 없다면 어떤 일이 일어날까 하는 가정적인 상황에 기초하고 있다. 만약 그런 일이 일어난다면 성 관계를 가지자는 시인의 제안을 받아들이는데 대한 여인의 부끄러움이나 못마땅함은 "죄가 되지 않을" 것이다. 이 단락의 동사는 시인이 시간 제약 없는 그런 생존을 기꺼이 받아들일 것이라고 말하는 수동적인 상황을 나타낸다. 그는 "앉아서" "생각하고는", 그녀가 인도의 갠지스강으로 가서 자신을 장식할 루비를 찾도록 해줄 것이며, 그 동안에도 그는 참을성 있게 그녀가 돌아오기를 기다리며, 그의 고향인 헐을 가로질러 흐르는 홈버 강the Humber River의 초라한 강변에서, 그녀가 돌아오지 않는 것을 단지 "푸념"만 하고 있을 지도 모른다. 여기서 시인은 사랑에 빠져서 열정에 사로잡힌 나머지 고통을 받고 있는 남자와, 다른 대상에는 마음을 주면서도 사랑에는 마음을 주지 않는 냉혹한 여인으로 된 전통적인 페트라르크 식 인물의 역할 속에서 자신과 애인을 들여다보고 있다.

다음 문장은 인간에 대한 영원한 헌신이라는 개념을 마무리하여 자기 애인의 냉정한 태도와 연결시키고 있다. 화자가 말하기를, 만약 인간의 삶이 영원하다면, 그는 상상할 수 없을 만큼 먼 과거(노아의 홍수 10년 전)의 태고적 시대에 여인을 사랑했을 것이며, 반면에 그녀는, 시간이 목표가 아니기 때문에, 미래에 거의 동등하게 먼 시대까지(기독교인이 예상치 못할 사건인 유대인이 기독교로 개종하기까지, 즉 마지막 계시 직전까지) 그를 유희의 대상으로 대할 수 있을 것이다. 그의 "식물과도 같은" 사랑은 무한하게 천천히 자랄 것이다. "식물과도 같은vegetable"이라는 어휘는 참나무와 같이, 식물왕국의 어떤 구성요소가 감지될 수 없을 정도로 느리게 성장한다는 생각을 전달해주고 있다. 그는, 여인의 오랫동안의 무관심에도 불구하고, 그러한 상황에서도 그녀에 대한 자기의 사랑은 계속해서 커질 것이라는 사실을 지적하고 있다.

제국보다도 더 거대하고 완만히

Vástĕr thăn émpĭres ănd móre slów,

첫 부분의 강약조와 마지막의 강강조로 이루어진 이 시행은, 자기만족적인 환상 따위가 사람을 달래주는 잘못된 안정감을 불러일으키는 여유 있는 속도로 진행되고 있다.

다음 여섯 행(13-18)은 애인의 매력에 대한 전통적인 페트라르카적 범주에 근거를 두는데, 그녀의 여러 신체 부분에 대한 산술적 평가방법을 마블은 채택하고 있다. 그녀 신체의 가장 순수한 부분("이마")인 머리 윗부분부터 시작하여, 그는 자신의 평가주체인 시선이 아래쪽으로 내려가 성애적인 느낌이 많은 부분에다 교묘하게 더 큰 가치를 두고 있다. 시인이 주장하는 바와 같이, 자기 애인의 눈과 이마를 칭찬하는데 마련되는 시간인 백 년이란 세월이 "*각각의 젖가슴*"을 기꺼이 숭배하는데 소요되는 이백 년이 될 때까지는 너무 과도한 기간이며, "나머지 부분에는 삼만 년"이라는 아주 어울리지 않는 표현이 마지막으로 이어진다. "나머지 부분"은 어쩌면 "입에 담을 수 없는" 자신의 상대방의 여러 부분들에 대한 완곡한 어법일 것이다. 그가 말하기를 성sex은 애정관계에서 항상 가장 중요한 부분과 멀리 떨어져 있다. 그는 마음에 두었던 마지막 순간까지 우회적으로 선회하고 있는데, 그 마지막은 그 어떤 형식과 준비로도 소용없으니 자기가 제안한 성적인 진전을 받아들이라고 여인을 설득하려는 시도인 것이다. 결국, 마지막에 가서는 시인에 대한 여인의 숨겨진 사랑을 차분히 찬미하고, 그의 바람을 수용하려는 그녀의 의도가 드러날 것이라고 그는 주장한다("마지막 시대에 가서야 비로소 그대의 마음을 보게 될 것이다"). 그는 존경심과 아첨으로 그녀의 자만심과 욕심을 달래줌으로써, 자신의 논의를 이 부분으로 끝맺는다("그대여, 그대는 이런 지위를 누릴만하기 때문에").

마블은 여인에게 감언으로 아첨하려 하면서, 계속되는 강조된 말인 "But"로 그녀의 처녀성이라는 갑옷에 다음 화살을 박는다. 그는 시간이라는 개념을 방심하고 있는 애인 뒤에("나의 등 뒤에서") 몰래 접근해 가는 위험으로 도입하고 있다. 그것은 또한 그가 "*항상* 듣고 있다"는 꾸준한 위협인 것이다. 시간은 "급히 가까이 다가오고" 있다. 3음절 분사인 "hurrying"이란 단어가 운율의 급박감에 의해 억지로 극한적인 2음절 발음의 어휘로 될 때, 갑작스런 다급함과 긴박감이 느껴진다. 첫 단락의 가장된 안전감인 무기력한 안일함은 사라진다. 속도는 빨라져서 시간의 덧없음이라는 느낌이 들게 해준다. 시간의 전차는 "날개 달린" 상태이므로 신속하다. 이는 『열왕기 2권』(*II Kings*) 2장 2절에서 예언자인 엘리야Elijah가 "하늘에 부는 광풍에 의해" 승천할 때 탄 불의 전차에 대한 언급이다. 기대하지 않을 때에 죽음이 닥쳐서 그 사람을 데려 가 버리게 된다. 시인의 주제는 지금 **카르피 다이엠***carpe diem*, 즉 현실을 즐겨라 또는 "오늘을 잡아라 seize the day"가 되었다. 그는 모든 사람을 기다리는 "광활한 영원의 사막 deserts of vast eternity"을 자기 애인에게 경고해줌으로써, 그녀가 지금 자신의 삶을 가장 잘 이용해야 한다는 사실을 그녀에게 권고해준다. 죽음 뒤의 삶은 성적으로 무미건조할 것이며, 한때 활기찼던 육신도 썩어 무너져 사막의 모래와 섞일 것이다.

그는 육체적 아름다움의 덧없는 성질[키이츠의 시어로, "죽어야 하는 아름다움Beauty that must die"]을 익숙하게 떠올리게 하는 대상으로 옮겨간다. 그리고 차가운 대리석 무덤에서는 그의 음성의 가장 단순한 메아리까지도 없으리라고 그는 덧붙인다. 시인은 모든 인간성이 전하고 있는 평범한 무덤이라는 통념에 여인을 익숙하게 만들어, 만일 처녀성 자체가 사춘기의 자연적 한계를 넘어서까지 유지된다면 그것은 죽음을 몰아오는 힘이 되리라고 암시하면서, "그녀가 오래 간직했던 처녀성"을 무덤과 관련시키고 있다. 그는 그녀의 순결의 자연적 한계를 넘어서까지 처녀성을 지키려하는 일에 반대하면서 그녀를 경고하고 있다. 다시 말하면, 그는 자기 의지에 따라 그녀를 동요시키기 위해 어떤 궤변적 논의를 사용하고 있다. 무덤에서 그가 경고하기를, 그녀는 그로부터 완강히 지켜왔던 그 곳을 벌레들이 "맛보려고" 성교를 하리라는 것이다. 일생 동안 그 곳이 성폭행으로부터 보호받아 왔는지의 여부에 관계없이, 그 곳은 죽음 뒤에는 벌레들의 습격에 굴복될 수밖에 없을 것인데, 엘리자베스 시대 때에 남자 성기에 대한 속어로 사용한 "벌레"라는 말은 그의 애인이 죽은 뒤의 굴욕적 이미지 이면에 있는 성적인 함축성을 강조하고 있다.

두 번째 단락의 마지막 4행에서는 이런 성적 암시가 여전히 더 분명하게 드러난다. 시인의 요구를 들어주는 것으로부터 그녀를 억누르는 여인의 "정절honour"을, 그는 "괴팍하다거나quaint" 시대에 뒤떨어진 것으로 특징지운다. 괴팍하다는 이 말과 발음이 같은 "queynte"라는 어휘는 또한 여성의 외음부를 지칭하는 중세어로 말장난pun에 쓰이고 있는 것이다. 그녀가 성적인 난공불락 위에 두고 있는 "정절"을 시인은 명백히 언급하고 있다. 지켜왔던 신체의 일부와 함께 "정절"이라는 이러한 개념은, 시인의 열정적인 "욕정lust"의 기관과도 같이, 불가피하게 분해되어, 덧없는 먼지로 되돌아 갈 것이다. 이 단락의 마지막 2행에서 시인은 거주하기를 열망하는 자기 애인의 "멋있고 은밀한 장소"와 무덤 사이의 평행선을 그린다. 그가 경고하기를, 만약 자신이 접근하는 것을 그녀가 거부한다면, 그의 열정은 사라질 것이며, 그녀는 후에 불임을 초래할 것이다. 마블이 죽음이나 먼지, 부패 등과 같은 많은 이미지를 사용하는 것은 이와 같은 절박한 불모성의 위협을 납득시키기 위해서이다.

그는 자기 여인의 자만심이 숭배와 변호 받을 필요가 있는 모든 시간을 소모할 것임을 분명히 "입증하고" 있었고, 그때 차가운 노후 시기의 소름끼치는 시야로 그녀를 깜짝 놀라게 해줌으로써, 시인은 자신의 결론을 이끌어내는 방향으로 나간다. 현재의 여인은 가장 아름답고 성적으로 가장 활기차 있다("젊음의 색조가/ 그대의 피부 위에 아침이슬처럼 앉아 있는"). "아침이슬"은 여인의 아름다움처럼, 젊고 일시적인 습기 찬 어떤 것을 암시한다. 그는 여인이 활동적으로 되기 위해서 오직 손길이 필요한 "순간적인 화염"과도 같은 억압된 성적 열정으로 폭발하고 있다고 계속 주장한다. 그녀는 심리적으로 그리고 생리적으로는 성적 교섭을 할 준비를 갖추고 있는 그 이상의 상태에 있다("그대의 의욕적인 영혼이 내뿜는다"). 그는 격분한 제안을 해서, "수줍음"의 징후나 침해당한 겸손의 징후로서보다는, 오히려 성적 갈망을 나타내는 것으로 그녀를 유도했던 홍조를 의도적으로 잘못 해석하고 있었다.

이러한 "거짓된 논리적pseudo-logical" 결론에서 남은 것이 다양한 이미지로 구성되는데, 그 이미지에 의해서 시인은 영원으로 내뻗을 수 있는 것처럼 보일 정도로 격렬하게 기쁨을 주는 순간인 성교행위를 그 여자와 가짐으로써, 시간을 패퇴시킬 수 있다고 주장하고 있다. 그들은 시간에 대해서 형세를 역전시켜야 하고, 사냥감이 되기보다는 사냥꾼이 되어야 한다고 주장한다. "사랑에 빠진 맹금류같이" 그들은 시간을 탐식하거나, 미세한 정도로 생명력을 빼앗으며 소모할 수 있는 시간을 고분고분하게 기다리기보다는, 가능한 한 유리하고 활기차게 그 시간을 이용해야 한다고 주장한다 ("아예 . . . 느리게 턱을 움직이는 힘에 지치기보다는"). 그는 성적인 교섭에서 그들 스스로가 하나의 공으로 굴려서 나름대로의 자기들만의 세상인 그들만의 구체를 만들 수 있다고 말한다. 남성적 "힘"은 여성적 "달콤함"과 하나가 되어 완전한 형체로 결합될 것이다. "우리의 기쁨을 세차게 작렬시켜 봄"으로써, (처녀성과 같은) 전통적인 금기에 의해서 강요되고 부과된 구속을 지나치게 수동적으로 허용한다면, 그들은 감옥과 같은 생활을 파괴시킬 수 있을 것이다. 또한 그는 질질 끄는 무미건조한 결실 없는 노후의 시기에서 무한정으로 빈둥거리기보다는 정념의 불길 속에서 자신을 불태우는 것이 더 좋다고 주장한다.

이와 같은 반항적인 마지막 변명으로 마블이나 마블의 퍼스나가 하는 연속된 논쟁적인 말은 저절로 소진된다. 여자가 그녀 자신의 위치를 고수하기 위한 성채를 방어할 정도로 충분한 방어수단을 찾아서 공격자의 설득력이 갖는 틈바구니와 약한 지점을 엄밀히 조사하는 일은 이 시의 골격 밖에 있는 것이다.

제5장
오거스터스 시대의 여명: 존 드라이든

마블의 시는 비논리적임에도 불구하고, 논증에 질서를 부여하는데 관심을 보이고 있다. 질서와 추론에 대한 이와 같은 관심은, 어쩌면, 내란 시기의 폭동과 내부 갈등으로 긴장되고 지친 영국 정치의 평화와 건강 회복을 위한 열망의 징조를 띠고 있었다. 국가는 1660년 왕정복고로 자기 파괴적인 사소한 싸움의 시기가 종식되기를 바랐다. 거의 20년 동안의 공화 정부 시대의 격변으로 인해 안정에 대한 욕망이 생겨나게 되었다.

자치권을 갖고자 하는 군주의 소망과 군주를 견제와 균형으로 묶어 두고자 하는 열망으로 인한 투쟁으로, 찰스 2세의 가톨릭 은폐와 1685년 그의 뒤를 이은 후계자 제임스 2세James II의 공공연한 가톨릭 신앙 옹호로 특히 팽팽했던 힘의 줄다리기가 더욱 심했던 때에, 왕정복고를 했지만, 사람들이 갈망하던 질서정연한 안정 상태로 완전히 되돌아온 것이 아님이 확실해졌다. 그런 가운데 1688년 혁명으로 제임스 2세가 평화롭게 물러나고 즉위한 윌리엄William과 메리Mary를 주축으로, 신교도적 오렌지 당Protestant House of Orange을 설립함으로써, 100년 동안 지속되어온 내부 분규와 외부 갈등으로부터 벗어나는 길이 시기에 맞춰 마련되었다. 백성과 의회에 말뿐인 호의보다 더 많은 것을 지불할 각오를 하고, 영국인들이 군주의 역할에 대해 생각하는 것이 실질적인 것보다는 상징적인 것임을 알게 되었던 1688년의 왕정의 도래로 말미암아, 내전에서 희생된 혼령들은 마침내 편안히 쉬게 될 수 있었다.

1688년 혁명에 의해 도래한 긴 평화기를 "오거스터스Augustan" 시대라 하는데 이는 로마의 아우구스투스 황제Caesar가 다스리던 고전주의 세계의 평안한 시기와 유사해 보였기 때문이다. 대략 1680년대에서부터 1789년 프랑스 혁명 때까지 걸치는 이 시대의 시는, 상위 계층, 지식사회의 구성원들이 삶의 목표로 열렬히 추구하는 고요함을 반영하려는 시도로 널리 알려져 있다. 17세기 중반의 종교적 갈등과 시민의 투쟁은 징집병들을 지치게 만들었다. 이런 전쟁에 고통스러워했던 자들은 휴식을 달라고 요구하였다. 그들은 쉬면서 정원을 가꾸고 지성을 계발함으로써, 두 개의 투쟁으로 인해 부과될 수도 있었던 많은 질서를 실현하는데서 기쁨을 얻을 수 있는 기간을 요구했던 것이다. 이것은 마치 밀턴이 『투사 샘슨』(*Samson Agonistes*)(1671)에서 문예전성기 시대를 예언했던 것과 통한다. 거기서 믿음이 없는 자들과, 배교자들, 그리고 세속주의자들과 벌였던 호전적인 기독교 영웅의 투쟁이 끝났을 때, 오로지 "마음의 평안과 모든 열정의 연소"만이 남게 된다. 오거스터스 시대의 열정은 극장의 뒷무대로 사라져 버렸고, 낭만주의자들이 각광을 받으며 다시 한 번 그러한 열정을 가져올 때까지 그대로 남게 된다.

오거스터스 시대의 문학은 이성을 표현하는 것이 최우선의 즐거움이었다. 그리하여 인간은 자신의 운명과 환경 둘 다를 통제할 수 있다는 지점에 이르렀다고 느꼈던 것이다. 오거스터스 시대 사람들은 존재의 대 연쇄 Great Chain of Being라는 큰 사슬, 즉 자연과 초자연에서의 위계 질서가 최하위 형태인 동물과 식물에서 그 사슬의 최종 연결부인 절대자God에게까지 거슬러 올라간다고 보았다. 인간은 동물보다는 위, 천사보다는 아래인 중간 단계에 있다. 모든 생물의 단계가 높든 낮든, 자연적이든 초자연적이든 간에, 그들 모두는 잘 알려진 창조주Creator의 정신으로 연결되어 있다. 이런 우주적 위계 질서가 사회적 위계 질서에 반영되어, 어떤 사람은 주인이 되고 어떤 사람은 하인이 된다. 신이 정해준 그들의 환경을 받아들이도록 불행한 사람들에게 자주 훈계하는 것이 오거스터스 시대 철학의 보수적 경향을 보여 준다. 오거스터스 시대의 우주는 완벽한 기계적 질서 안에 있으며 그 창조주와 선동자의 자비로운 보살핌 하에서 규칙적으로 움직였던 것이다. 오거스터스 시대의 우주와 모든 예술에는 이성적 계획이 있는데, 경치 조경landscape gardening이라는 인위적인 힘을 통해 자연의 야성을 다스릴 때나, 영웅대구시체heroic couplet의 엄격한 구속 속에서 시의 방종한 성향을 묶어버릴 때 표현되거나, 또는 수학적 정확함과 균형적인 면이 건축 도면에 나타낼 때 표현되든지 간에, 그 계획은 이성 지상주의에 대한 새로 생긴 믿음을 열정적으로 나타내고 있다.

존 드라이든 John Dryden, 1631–1700

삶의 모든 영역에서 질서에 대한 동경심을 표현한 첫 번째 중요한 시인은 존 드라이든John Dryden이었다. 그는 그 시대에 팽배해 있던 상상적인 것과 감상적인 것에 대해 회의감을 표시하였다. 1682년에 그는 "인간은 정열에 속지만, 진리로 정신을 차린다"고 썼다. 모든 인간의 환상과 감정은 이성의 규칙에 의해 지배된다는 논쟁의 논리적 노선에 대한 선입견이 담긴 그의 시는 다가올 세대의 시 스타일을 정하고 어조를 설정하였다.

　1660년까지 드라이든은 인간의 성실함과 인간 노력의 가치에 대한 회의를 발전시켰다. 그는 인간이 물려받은 세상의 상태를 손대어 망가뜨리지 않고 그대로 두는 것이 더 낫다는 근본적으로는 보수적 태도를 선호했다.

> 인간이 얻을 수 있는 모든 행복은
> 즐거움에 있는 것이 아니라, 고통으로부터 벗어나 쉬는 데 있다.
>
> (『인도 황제』, 4막 1장)

> all the happiness mankind can gain
> Is not in pleasure, but in rest from pain.
>
> (*The Indian Emperor*, IV. i)

드라이든은 동료시인인 밀턴과 마블처럼, 크롬웰의 공화정 체제에 고용되었다. 그는 공화정 행정조직의 주요 관리들간의 내부 다툼에 실망을 느끼게 되었는데, 법정 음모와 정치 권력의 재개로 시작된 왕정복고는 그에게 혐오감을 주었으며, 자신을 다스릴 수 있는 인간의 능력에 대한 그의 회의감을 깊게 만들었다. "공공의 평안이 인류의 관심사"라는 말은, 드라이든의 기본 신조를 공식화한 것이다. 인간은, 정치나 종교 어느 것이든지 그 원리나 원칙의 아주 세밀한 부분에까지 너무 많은 관심을 갖지 말아야 하며, 조상들이 남겨준 더 폭넓은 원리에 만족한 채 쉬어야 한다고 그는 생각했다. 그래서 드라이든은, 자신의 신조에 따라, 정치로는 토리당원, 종교적으로는 가톨릭 신자가 되어, 자신이 스스로 가장 권위주의적인 정당과 교회에 복종하였는데, 이것들이 사회 질서를 아주 강력히 보장해 줄 것이라 믿었다.

　이런 질서에 대한 강한 경향이 드라이든의 시적 기술에도 영향을 주었다. 그는 계속해서 영시의 리듬을 "개혁"하려 했고, 규칙성을 리듬의 운율 패턴 속에 주입시키려 했다. 그가 죽은 후 수십 년 동안 영웅 대구시체가 확립된 표준으로 자리잡게 된 것은 주로 그의 덕택이다. 그가 영웅 대구시체라는 시형을 발명한 것은 아니다. 존 댄햄 경Sir John Denham과 에드먼드 월러Edmund Waller와 같은 초기시인들이 이미 사용했던 것이다. 그러나 드라이든은 그것의 구조를 견고하게 하여, 각각의 2행 연구가 논리적으로 발전하는 그 자체로서의 완벽한 단위나 기하학적 단계를 이루게 했다. 그의 시는 주로 추론의 시다. 각 2행 연구는 그의 논증이 차곡차곡 쌓여 올려진 벽돌과도 같다.

드라이든은 시인일 뿐만 아니라, 기능적이지 못하고 서투른 시인으로서 사려 깊은 단어 선택과 엄격한 적용을 통해 영어 어휘가 보여줄 수 있는 풍성함을 대단히 의식하고 있는 언어학자였다. 그는 시를 통해, 우아함과 균형 및 순박한 아름다움 밑에 깔려 있는 의미를 표현하려 했다. 이런 식으로 시작poetry writing에 접근하는 그의 자세는 "감각적sensational"이라기보다는 "분별력이 있는sensible" 것이라 하겠다. 즉 감정은 시적이고 극적인 주제의 근원을 제공해 줄 수 있다. 하지만 이 주제를 책임지고 귀에까지 조화롭고 평안하게 들리도록 통로로 이끌어 나아가게 하는 것은 이성일 지도 모른다. 그것을 기록하기 위해 사용된 경험과 시를 통제할 필요성은 드라이든에게는 중요하게 부상하였던 것이다. 누구나 드라이든의 시에서 건축가와 같은 시인의 환상을 볼 수 있다. 그는 "언어라는 벽돌을 찾아내어 대리석으로 남겼다"고 새뮤엘 존슨Samuel Johnson이 평했다. 드라이든은 운율을 복잡함과 난처함의 영역으로 상상력이 뛰어들지 못하게 견제하는데 필요한 통제수단으로 여겼다. 즉 운율은 이성의 사용 하에서 확고하게 창조능력을 유지해 주었다. "시인의 상상력은 너무나 거친 무법의 능력이기 때문에, 높은 지위의 아첨하는 자처럼, 판단을 앞서지 않도록 무거운 통나무에 묶어두어야 한다"고 그는 설명했다.

인류의 진보 이론에 대한 그의 의심은 드라이든을 가장 유명하게 만든 풍자의 표현에서 발견된다. 그러나 아래 주어진 드라이든 시의 예는 다른 경향인 애가elegy로부터 나왔다. 풍자와 애가는 원래 그리스에서 유래된 것으로, 두 장르 모두 여러 시인 중 쥬브널Juvenal과 오비드Ovid 같은 라틴Latin 시인들에 의해 더욱 다듬어졌을 정도로 고전적 기원을 갖고 있지만, 둘 다 왕정복고 후에 이어진 긴축의 시기와 소심한 보수주의 시기 동안에 부활하여 엄청난 명성을 얻게 되었다. 풍자는 인간의 불완전함을 강조하는데, 인간은 본래 부패했기 때문에, 사회를 완전하게 하려는 노력을 포기해야 하며, 대신에 자신이 물려받은 불완전한 사회에 매달려야 한다는 것을 암시해 준다. 반면에 인간이 잠재적으로 고귀하고 완벽하다고 여겨질 수 있을 때는 오직 인간이 죽은 후이며, 이로 인해 우리 인간들은 더 이상 실망하지 않게 되는 때라는 사실을 애가는 나타내어 준다.

애가는 본래 실패한 사랑에 대한 비통함이나 슬픔을 표현하는 시이다. 그러나 17세기쯤 초기 그리스 애가작가들의 의향은 간과되거나 잊혀졌으며, 애가라는 시형은 일반적으로 거의 대부분이 누군가 죽은 경우에 명상적인 운문으로 사용되었다. 애가시인들로부터 사람들이 듣게 되리라고 기대할 수 있는 "목소리"는 떠나간 영혼에 대한 억제된 연민과 존중의 목소리이다. 드라이든 시대에는 개인의 죽음을 불가해한 하느님의 뜻의 결과로 받아들였는데, 슬픔을 자극하지만 광기에 가까울 정도로 심하게 하지는 않았다. 드라이든의 말에 의하면, 인간의 삶은 "시종일관 부분이 모여진 전부"일 뿐이다. 왜냐하면 인생은 창조주와 함께 시작하고 끝나기 때문이다. 그래서 영시에서 애가는 기독교 장례의식의 일부분이 되고 있다. **아베 아트께 발레**Ave atque vale, 즉 "만남과 이별hail and farewell"은 애가의 주제이다. 즉 시체가 흙으로 돌아가기 전에 고인의 미덕을 마지막으로 기리는 것이라

하겠다.

영웅 대구시체는, 인간의 다양한 경험의 단편들을 엄격하게 분류하고 질서를 주어, 운율을 밟는 2행의 단위로 만든 것으로, 오거스터스 시대의 시인들처럼, 질서정연한 습관을 지니고서 항구적으로 노력하여, 불화에서 조화를 창조해내고 혼돈에서 질서를 만들며, 무계획적인 사건에서 패턴을 창출해내는 창조주에 대한 신앙을 확고하게 선언하는 것이다. 영웅 대구시체로 인생에 대한 표현을 "구속하고" 그 표현을 바탕으로 한 핵심적인 운율을 바꿈으로써, 오거스터스 시대의 시인들은 스스로가 창조주의 모습대로 행동한다고 믿었던 것이다.

올댐씨에 대한 추억에 부쳐

안녕히, 너무나 적게, 너무나 늦게 알려진,
난 그를 생각하고 내 나름대로 부르기 시작했지:
확실히 우리의 영혼은 가깝게 합쳐졌으며, 당신의 영혼은
내 영혼으로 주조된 같은 시적인 재능 속에 있게 되었지.
양쪽 수금이 하나의 공통된 가락을 울렸네.
그리고 사악한 무리와 바보들을 우린 둘 다 같이 싫어했네.
같은 목적을 향해 우리의 연구는 이루어졌고;
가장 늦게 출발하여 가장 빨리 도착했네.
해서 니써스는 미끄러운 곳에서 넘어졌고,
반면에 그의 젊은 친구는 달려서 경기에 이겼네.
오 조숙함이여! 당신의 풍성한 곳간에
나아가는 세월이 무엇을 더 할 수 있으랴?
그것은 (자연이 젊은이에겐 결코 베풀지 않는)
당신의 모국어의 시구를 가르쳐 주었을지도 모른다.
그러나 풍자는 그런 것들이 필요 없으며, 기지는 빛나리.

거친 시행에 나타나는 조야한 운율을 통해서:
고귀한 실수는, 하지만 여간해서는 범하지 않는,
시인들이 너무 힘써 저버릴 때 드러내는 법.
당신의 멋있는 열매여, 비록 익기 전에 수확되었지만,
여전히 급속함을 보여 주었지; 무르익은 시기도
그러나 우리가 쓰고 있는 것이 단조로운 운율의 감미로움이 되네.
한 번 더, 환영하고 작별하라; 안녕히, 젊은 그대여,
하지만 아 너무나 짧구나, 우리말의 마셀러스여;
당신의 이마엔 담쟁이가, 주위에는 월계수 나무가;
그러나 운명과 우울한 밤이 당신의 주위를 감싸네.

To The Memory of Mr. Oldham

Farewell, too little, and too lately known,
Whom I began to think and call my own:
For sure our souls were near allied, and thine
Cast in the same poetic mold with mine.
One common note on either lyre did strike,
And knaves and fools we both abhorred alike.
To the same goal did both our studies drive;
The last set out the soonest did arrive.
Thus Nisus fell upon the slippery place,
While his young friend performed and won the race.
O early ripe! to thy abundant store
What could advancing age have added more?
It might (what nature never gives the young)
Have taught the numbers of thy native tongue.
But satire needs not those, and wit will shine

Through the harsh cadence of a rugged line:
A noble error, and but seldom made,
When poets are by too much force betrayed.
Thy generous fruits, though gathered ere their prime,
Still showed a quickness; and maturing time
But mellows what we write to the dull sweets of rhyme.
Once more, hail and farewell; farewell. thou young,
But ah too short, Marcellus of our tongue;
Thy brows with ivy, and with laurels bound;
But fate and gloomy night encompass thee around.

드라이든은 단어를 하나씩 배치하지 않고, 쌍으로 단어를 조합하여 2행 연구에 내재된 균형적 특질을 강화시켜주고 있다. 서두의 2행 연구에서는 이러한 기술에 대한 두 가지 예가 있다. 즉 시인 존 올댐은 "너무나 적게, 너무나 늦게 알려진too little, and too lately known" 사실 때문에 애도의 대상이 되며(반복된 "too"와, 두운화된 "l"은 이 두 형용사 사이를 이어주는 연관성을 강조한다), 또한 시인인 드라이든이 자기 나름대로 "생각하고 부르기" 시작하던 사람으로 묘사되어 있다. 단일 개념들로 보다는 "쌍으로 묶어서" 이와 같은 생각을 표현함으로써, 조화나 통일된 느낌을 애가에 더해주고 있다. 각 쌍의 두 번째 단어는 첫 번째 단어에서 표현된 생각을 발전시켜준다. 올댐의 작품은 아주 극소수의 사람들에게만 알려졌을 뿐만 아니라, 뒤늦게 알려져서 사람들의 인정을 받게 되었던 것이다. 2행 연구 형식의 균형감에다, 상호 지지해주고 고양시켜 주는 형용사를 드라이든이 사려 깊게 연결하여 평정을 더하였다.

이 시는 17세기 후반의 안정된 도시의 부유한 신사들이 동시대 사람들의 죽음에 어떻게 반응했는가를 전해준다. 이 시는 세련된 슬픔, 즉 이성에 의해 확고하게 통제된 슬픔을 나타낸다. 그러한 냉정한 접근 방법은, 만일 그와 같은 개인의 슬픔을 표현하는 방법이 존재했다고 한다면, 우리로 하여금 모든 개인적 슬픔의 표현이 억제되어진 단순한 형식적인 수사기법으로 된 작품인 애가라는 시만을 기대하도록 만들었을 지도 모른다. 그와 같은 작품은 지루하거나 위선적이기 쉬우므로, 드라이든은 즉시 자신의 조의를 표시하는 시 두 번째 행에서 개인적인 표현을 도입하여, 그런 불길한 기대를 재빨리 배제하고 있다. 고인이 된 올댐은 대다수의 세상 사람들에게는 "너무나 적게, 너무나 늦게 알려졌을" 뿐만 아니라, 드라이든 그 자신에게도 뒤늦게 인식되었다. 드라이든은 그가 죽은 후에야, 그를 친구이자 시 정신을 지닌 동료의 일원으로서, 나름대로 "생각하고 부르기" 시작하였다. 개인을 사별하는 심정이 시에 도입되어서 훨씬 더 격조를 갖춘 수사장치와 어조 및 리듬 아래서 지속적으로 반향하고 있다.

두 번째 2행 연구(3-4행)는 죽은 시인과 살아 있는 시인과의 이와 같은 개인적 유대감을 더욱 높여준다. 우주적 형제애 정신으로서의 시적 감정이 제시되고 있다("확실히 우리의 영혼은 가깝게 합쳐졌으며"). 시인들은, 시와는 상관없는 동료들보다 더 내적인 삶을 인식하고 있다고 추론하게 된다. 그들의 영혼을 형성해내는 무언가 특별한 "주형mould"이 있는 것이다. 드라이든과 올댐 사이의 각별한 공감대가 "thine"과 "mine"의 행말운 end-rhyme에서 그들 두 영혼을 연결시켜줌으로써 구체적으로 형성되고 있다.

드라이든은 지금 그 자신과 죽은 영혼의 친구 사이의 연계(5-6행)를 지속적으로 더욱 분명히 하고 있다. 그는 모든 시인들이 영적으로 "하나됨"을 더욱 확고히 정립하기 위해, 고전 시대에 그리스 시인들이 사용한 현악기인 수금lyre의 심상을 사용한다. 시간도 공간도 시적인 우애를 깨뜨릴 수는 없다. 올댐은 호머Homer가 기원전 8세기에 사용했던 것과 동일한 악기를 연상시키고 있다. 드라이든과 올댐은 각자 자기들의 시를 쓸 때, "하나의 공통된 가락"을 울렸다. 그것은, "사악한 무리와 바보들을 우리는 둘 다 같이 싫어했네"라고 6행에서 명백하게 밝혔듯이, 풍자라는 "가락"이었다. 2행 연구의 마지막 단어에서, 한 번 더 두 시인들이 친밀한 관계가 강조되고 있다. 이 친밀한 관계는, 비록 시인들이 경쟁의 상태에서 상호 존재하고 있다는 사실을 이번에는 암시하려고 심상을 약간 변화시키고 있긴 하지만, 다음 2행 연구(7-8행)에서 한 번 더 발전되고 있다. 그러나 그들 사이에 경쟁이 있었다고 하더라도, 그것은 우정어린 것이었다. 이런 경쟁적 관계를 표현하고 있는 은유가 올림픽 경기에서의 경쟁인데, 이는 고전 시대나 현대 시대나 근본적인 차이점은 없다는 사실을 한 번 더 주장해주고 있다. 그들이 고대 그리스의 영웅들을 고무시켰던 것과 마찬가지로, 자기 계발의 정신과 개인의 뛰어난 능력을 연마하는 동일한 정신이 최고의 현대인들에게 빛을 밝혀준다.

경쟁적인 시인들에 대한 "연구"는, 올림픽 경기장에서 승자가 합당한 대중의 박수를 받으려는 것처럼, 그들이 자신들의 시들을 먼저 출판하여 승자가 되고자 하는 "동일한 목적을 향하여" 출발하도록 "부추겨" 왔다. 이 경우에는 "가장 늦게 출발하여 가장 빨리 도착했던" 것이다. 즉 올댐은 드라이든보다 22살 어렸지만, 더 빨리 대중의 총애와 인식을 얻었다. 드라이든은 자기의 조숙한 라이벌과 비교하여 오랫동안 자신이 잊혀진 결과로, 어느 정도 악의에 찬 한스러움도 체험했을 지도 모르며, 제멋대로인 대중의 취미에 비평도 했을 것이라 생각된다. 그는 관대한 패배자이다. 9-10행에서 그는 심지어 버질Virgil의 『이니이드』(Aeneid) 중의 일화를 바꾸어 시인들 사이에 내재한 본래의 고상함과 이타심의 의미를 강조했다. 자신을 달리기 선수 니써스Nysus로 배역을 정하여, 그는 대중의 명예를 얻는 결승점에 자신이 늦게 도착한 것은 자기가 미끄러져 넘어졌기 때문이며, 따라서 이 젊은 경쟁자가 그를 앞질러 상을 받도록 허용하게 되었다고 설명한다. 원래의 전설에서 니써스는 자기의 친구인 유리알러스Euryalus가 그 경주에서 이기도록 해주는데, 두 번째로 달리던 살리우스Salius의 발목을 잡아 이기게 해주었다. 그런 비신사적인 행위는 드라이든이 보여주고자 한 우정어린 선의의 경쟁 정신과 관대한 페어 플레이fair play 정신에 부적합할 지도 모른다. 그래서 그는 고대의 이야기를 바꾸어 쓰고 있다. 게다가, "경기를 이기는 것"은 보이는 것만큼이나 언제나 바람직한 것은 아니다. "가장 늦게 출발하여 가장 빨리 도착했다"는 시행은 시 전체의 문맥으로 볼 때, 또 다른 중요한 의미를 지닌다. 올댐은 대중들로부터 인정을 얻었을 뿐만 아니라, 그의 젊은 날의 공적으로 죽을 때도 주목을 받았다. 대중들은 신중한 드라이든을 받아들이기보다는 그를 요구했다.

드라이든의 경쟁자가 갑자기 명예와 죽음이라는 두 가지 목표에 서둘러 이르게 되자, 그렇게 젊고(올댐이 죽었을 때 그의 나이는 30이었다) 장래가 촉망되는 사람이 쓰러져 버리고 말았다는 사실에 대한 연민과 동정심으로 인해 드라이든이 느꼈을 법한 시기심은 억제되었다. 드라이든은 관대한 사람이라 대체로 침착하고 심사숙고한 냉정함으로, 악의에 찬 중상모략 같은 그 어떤 것도 끼어들지 않게 하는 정신을 고상하게 표현하는 태도를 시에 부여하고 있다. 드라이든은, 올댐이 젊지만, 완벽함에 이르렀다고 제시함으로써, 자신보다 젊은 경쟁자를 계속 칭찬하고 있다(11-12행). "오 조숙함이여!"라는 표현은 감탄사로, 시의 중간 지점에서 나오는 데, 거의 억제된 슬픈 감정이 막 폭발할 것 같다는 사실을 나타내어 준다. 시가 규칙적인 약강 음보iambic feet로 진행되도록 신중하게 계산된 "합리성"은 시인이 감정을 어렵게 통제하고 있음을 넌지시 비치게 함으로써, 대위법 같은 평형을 이루게 하고 있다. 그래서 정열과 이성은 시 전체를 통해서 완벽한 균형을 이루도록 유지되고 있다.

"조숙함"이라는 은유는 몇 가지 것을 시사해 준다. 그 중 하나는, 올댐이 기대했던 것보다 너무 빨리 "성숙했다"는 것이다. 그의 시는 그토록 젊은이에게서는 찾아 볼 수 없는 성숙함을 드러내고 있다. 그래서 완전하게 익은 과일처럼, 올댐의 과실은 조숙할 정도로 "일찍" 익었기 때문에, 죽음에 의해 뽑혔던 것이다. 게다가 일찍 익게 된 과일의 특성은, 그 과일이 나무에 오래 있었다면 달았을지도 모르겠지만, 종종 단맛이 없고 확실히 쓰다는 것이다. 이 마지막 암시는 공정하고 부드러운 비평으로, 드라이든도 자신의 시에서 인정했던 유일한 비평인 것이다. 고 올댐의 시는 특징적으로 쓴맛이 난다. 그는 단지 풍자만을 썼는데, 거칠고 신랄한 경향을 가진다. 반면에 만일 그가 좀 더 오래 인생의 나무에 머물러 있었더라면, 올댐의 시는 좀 더 무르익어서 드라이든이 가장 훌륭한 예로 그에게 바친 조사弔辭에서와 같은 약간의 단맛을 내었을 것이다. 더 많은 세월이 허용되었다면 단순히 비꼬는 풍자적인 투의 신랄한 재치보다는, 드라이든이 때때로 탐닉하고 다른 무언가를 필요로 했던 그런 종류의 애국적인 시("당신의 모국어의 시구")를 쓸 수 있을 정도로, 올댐이 약간 변화시킬 수도 "있었을"지 모른다. 여전히 시인으로서 올댐의 한계를 나타내어 주는 면이 최소화된 가운데, 올댐이 시적으로 위대하다는 주장에 대해, 드라이든은 이와 같이 작은 의심의 씨앗을 뿌리면서, 풍자가 그 자체로도 충분한 장르라고 암시함으로써, 다음 이행 연구(15-16행)에서 그것을 억제하고 있다. 풍자는 부드러운 "가락"(운문)을 필요로 하지 않는다. 그 지적 날카로움이나 "재치" 그 자체만으로도 다른 모든 문제들을 무시할 만큼 대단히 중요하다. 드라이든은 자신이 언급하고 있는 올댐의 시에서 거친 종류의 음악성을 지적하고 있다.

Thrŏugh thĕ hársh cádĕnce ŏf ă rúggĕd líne,

이 시행에서 부드럽게 흐르던 약강 5보격 율격들이 귀에 거슬리는 리듬이나 멜로디를 가진 음절들의 무리에 의해 방해받고 있다. 시행 그 자체가 "거친 운율"을 나타내고 있다.

드라이든은 올댐의 거친 시에서 생기는 자연발생적인 활기가 자신이 당시에 몸소 집필하고 있던 종류의 시가 지니는 단조로운 정확성보다도 선호되고 있음을 계속해서 암시하고 있다. "시간의 흐름"은, 비록 그것이 쓴 것을 성숙하게 하여 달게 한다고는 하지만, 젊음으로 가득 찬 정열을 무디게 하여 생기발랄한 거칠음이 부드러운 지겨움으로 바뀔 수도 있는 것이다. 19-21행은 3행 시연triplet으로 이루어져 있는데, 드라이든이 비교하고 있는 것을 그 자체가 예증해주는 3행으로 구성된 하나의 단위가 된다. 시는 중간 부분의 "quickness"까지는, 청년의 왕성한 원기로 빨리 움직인다. 이 지점에서 잠깐 행간의 휴지를 가진 뒤, "maturing"의 장모음 "ū"는 시의 흐름을 느리게 한데다, 더욱이 결론 부분인 앨릭잰드린Alexandrine6)(하나의 잉여 음보를 포함하는 시행)까지 그 진행을 더디게 하여, 그 시를 창작한 사람이 나이가 들어가면서, 예측 가능한 진통효과와 "운율이 주는 지겨운 달콤함" 때문에, 젊은 시절의 정열적인 악의에 찬 맹렬한 비난을 남겨둘 때, 시속으로 스며들 수도 있는 최면적인 속성을 그 장모음은 암시해 준다. 드라이든은, 올댐보다는 연장자 시인의 역할을 통해서, 죽은 자기 경쟁자가 지닌 다소 제한된 업적과 능력을 오히려 높여주기 위해 자기 자신을 숨기고 있다.

이 시는, 다시 말하면, 드라이든의 균형감, 즉 "신사"의 특성 중에서도 필수적 요소였던 "예절바름decorum"을 잘 보여주는 예이다. 그의 시에서는 신화와 현실세계간의 평형을 이루고 있다. 신화란 올댐이 고전주의 선배 시인들과 비교할 만한 가치가 있는 위대한 시인이었다는 점이고, 현실이란 그가 실제로는 오로지 평범한 능력만을 가진 시인이었다는 점이다. 이 균형

---

6) 앨릭잰더격의 시행은 보통 약강 6보격의 시행으로 구성되어 있다

은 끝까지 바로 유지되었으며, 장례 시funeral poem에서나 적합할 정도로, 죽은 자와 고전주의 선배들 사이의 유사성이 마지막 심상으로 남아 있게 된다. 올댐은 자신의 본명으로 나타나지 않고, "마셀러스Marcellus"라는 이름으로 지정되어 있다. 진실과 허구의 요소들이 다시 섞여서, 죽은 올댐이 실제의 자신보다 더욱 위대했던 사람으로, 신화화된 인물이라는 인상을 주기 위해서이다. 마셀러스는 아우구스투스 황제the Emperor Augustus의 상속자로 20세의 나이에 죽었는데, 올댐은 암시적으로 귀족과의 연관성이나, 비극적으로 단축되고 만 고전적 위대함과 젊은이의 유망함이 넌지시 가려져서 표현되고 있다. 하지만 드라이든 자신이 인정하고 있는 것처럼, 이 세상에서의 올댐의 업적은 그가 아주 평범한 인간이었음을 보여주고 있는 것이다.

하지만, 이 시는 단순히 종국적이며 불합리한 고별찬가는 아니다. 시의 마지막 2행은 죽은 올댐은 겉으로 보기 보다는 고전주의적 선배시인들과 더 많은 공통점을 가지고 있음을 나타내고 있다. 죽음은 모두를 통합하고, 올댐은 이제 드라이든의 손길이 미치지 못하는 곳으로 가버렸다. 그는 위대한 고전 시인의 영역으로 옮겨졌으며 전통적인 월계관이 씌어졌다. 그러나 이것은 애매한 승리로서, 너무나 비싼 값을 치른 승리a Pyrrhic victory[7]였다. 왜냐하면 그는 죽은 사람에게 씌워주는 담쟁이 화관으로 씌어졌기 때문이다. 다시 말해, 올댐은 오로지 위대함과 죽음에 대한 인식을 동시에 발견했던 것이다. 그는 월계관을 쓰고 있는 같은 시간에 "침울한 밤"에 의해 둘러싸이게 된다. 마지막 앨릭잰드린(25행)의 여분의 음보는 올댐이 인간의 세상에서 떠나는 어둠침침한 마지막을 강조하고 있다. 그는 지하세계로 여행을 떠나는 자신에게 빛을 비출 수 있는 사후에 얻게 될 시적 명성이라는 의심스런 대가만을 가지고서, 그 어떤 사람도 따라갈 수 없는 곳으로 가

---

7) 파이러스Pyrruhs 왕이 B.C. 279년에 애스컬럼Asculum에서 엄청난 희생을 치루고서 로마군에 전승한 일을 나타내는 말로서, 아주 비싼 대가를 치루고 얻은 승리를 일컫는 말로 쓰인다.

버린 것이다. 드라이든이 구어체적인 정서와 고전적 인유와의 균형을 조심스럽게 맞추고 있는 것은, "그 때then"의 세계와 "지금now"의 세계를 더 가깝게 가져옴으로써, 그 세상 사람들이 압도적인 공통적인 관심사인 죽음의 변방 앞에서 갖게 되는 끔직한 무지를 성공적으로 보여주고 있다.

제6장
18세기 초반: 포프와 스위프트

17세기는 왕권강화를 향한 길고도 소모적인 투쟁을 목격했던 시기였다. 많은 드라이든의 시가 그 모든 것을 증언해주고 있긴 하지만, 17세기의 마지막 10년간을 거치면서, 왕당파의 열정과 공화파의 염원 사이의 흥망과, 가톨릭의 "적법성"과 청교도의 우상타파주의 사이의 성쇠는, 마침내 종교적이고 정치적인 관용이라는 일반적인 정서로 인해 균형을 이루게 되었다. "대 평화Great Peace"의 시기였던 18세기는, 왕정복고Restoration에 그 뿌리를 두고 있는데, 정확히 말하면 1688년에 윌리엄William과 메리Mary의 공동 왕위계승과 함께 시작하게 된다.

영국은 거쳐 온 관성에 따라, 18세기 동안에는 프랑스와 두 차례 분쟁에 휘말리게 되었지만, 이러한 분규는 인도와 미국이라는 먼 지역에서 일어났던 전쟁이었으므로, 비록 지복천년은 아니더라도, 어느 정도 평온한 시기가 마침내 도래하게 되었다는 영국 국내의 정서에는 별 다른 영향을 끼치지는 못했다. 그래도 상당히 많은 반 구교anti-Catholic 정서가 남아 있었는데, 특히 스튜어트Stuart 왕가의 지지자인 제임스 2세파의 제커바이트Jacobite에 의한 두 건의 모란이 스코틀랜드Scotland에서 꾸며졌는데, 각각 1715년과 1745년에 스튜어트 왕가의 왕위계승을 다시 계획하려고 시도하였던 것이다. 하지만, 다른 점에서는 종교적인 관용이 그 시대의 질서를 형성했다. 그 시기는 상당히 보수적인 시대였다. 1688년의 혁명이 정착하면서 에드먼드 버크Edmund Burke의 말에서 특히 보이는 토템totem이나 암호shibboleth가 지니는 어느 정도의 영기靈氣가 나타나게 되었으며, 더 민주적인 의회제도에 적응하기 위하여 거기에 간섭하는 일은 신성모독으로 간주되었다. 프랑스혁명의 파동이 영·불 해협을 건너서 파급되어 굳건하게 정박 중인 배인 영국이라는 국가를 동요하게 만들기 시작한 17세기말에 가서야 비로소, 영국사회의 정체政體에 대한 변화의 문제가 훨씬 더 급박하게 전파되기 시작했다.

앨릭잰더 포프 Alexander Pope, 1688-1744

앨릭잰더 포프Alexander Pope는 여러 면에서 영국의 명예혁명 후 첫 10여 년간을 대표하는 전형적인 목소리였다. 그의 목소리는 일반상식의 목소리와, 격노와 수난 받는 사람에 대한 불신의 목소리, 그리고 사람의 여러 특질보다 우위에 있는 이성적 기능인 대권supremacy에 대한 신념의 목소리 및 논리적인 신에 대한 신념의 목소리이다. 이러한 철학에 따르면, 사회조직은 방해받지 않은 채 존재해야 하는데, 그 이유는 그 조직이 신의 명에 의해서 이루어졌기 때문이다. 신의 목적은 때로는 신비스럽거나 심지어는 잔인할 정도로 불공정하게 보일지 모르겠으나, 회의적인 의문을 품는 인간의 능력을 초월하고 있다(포프는 "신을 세심하게 살펴보려고 하지 말라"고 경고한다). 그래서 어떤 사람도 신이 궁극적인 지혜로 감독·설계한 우주를 뒤흔들거나 변경하기 위한 시도를 할 자격이 없다는 것이다. "무엇이든지 존재하고 있는 것은 옳다Whatever is, is right"고 포프는 『인간론』(*Essay on Man*)에서 확신하고 있다. 적어도 이와 같은 보수주의는 조금만 영향을 받아도, 자기 만족감으로 퇴보해 버리는 한편, 또 다른 한편으로는 모든 것이 이성이라는 이름으로 비난하는 급진적인 "성미 급한 자들hot-heads"의 시끄러운 소음 마냥 비이성적인 변화의 두려움으로 전락해 버릴 수도 있는 것이다. 보수주의는 결국 유지할 수도 없는 입장에 있음을 깨닫고는 시간의 추이와 함께 발생하게 되는 새로운 변화의 힘 앞에 굴복할 수밖에 없게 된 것이다. 따라서 영국에서 전통 옹호론자들은, 그들 선배들이 비록 1832년까지 불가피한 진보를 막으려고 애를 썼으나, 1688년 명예혁명Revolution이 자리 잡도록 허용하자, 결국 진보주의 세력 앞에는 고개를 숙이고 국회의 개혁을 허락하게 된다.

　　포프를 단순히 그가 있었던 당시 사회에 대한 손쉬운 낙천주의적 비전을 배양하는 한편 과거에 대하여 향수를 갖고 시선을 두는 반항아 정도로 보는 것은 잘못된 일일 것이다. 사실 18세기 첫 10년간의 영국에 대한 포프의 견해는 결코 자기만족은 아니며, 쓰고 있는 화장분과 가발 아래에 있는 18세기 "신사"는 그들의 야망만으로 본다면, 존재의 대 연쇄 안에 놓여 진 열등한 대상으로 멸시하는 동물들과 다름없이 격세 유전적이라는 사실을 암시해주고 있다. 18세기는 수법을 완벽하게 도입했었다고도 볼 수 있는데, 이는 마치 드라이든에 의해 물려받게 된 영웅 대구시체로 "거친 다이아몬드rough diamond"를 부드럽고 우아하게 손질하는 일과도 같았던 것이다. 그러나 외부인의 이러한 부드러움과 유쾌함 이면에는, 인간은 늘 그랬던 것처럼 타락해 있었고 부패해 있었다.

　　포프의 풍자는 시인의 견지에서 염세주의적인 면을 표현하고 있는데,

정교하게 다듬어진 운율과 리듬이 갖는 세련된 균형이 아주 우아하게 구성된 인물들이 갖는 전혀 우아하지 않은 행동과 대조를 이루고 있다. 그런 인물들의 행위가 영웅 대구시체의 리드미컬하고 의미적인 "완벽함"이 의미하는 탁월함의 기준에 얼마나 떨어지는 가의 문제는 포프가 대구 시체의 작법에 도입한 기술의 오점 없는 완벽함에 의해 더욱 더 힘있게 부각되고 있다. 만일 존슨 박사Dr. Johnson가 주장하는 것처럼, 드라이든이 영시라는 "벽돌"을 "대리석"으로 변화시켰다면, 그 돌에다 연마술을 적용시키는 일은 포프에게 남겨진 것이다. 존슨은 "드라이든의 글"은 "다양하고 풍부한 초목으로 다채로워진 . . . 자연의 들판"이라고 말한다. 포프의 글은 낫으로 깎고 로울러roller로 다듬은 벨빗velvet 잔디이다. 포프의 풍자시의 "벨빗" 형식은 싸서 담고 있는 행동이 가미된 고발 역할을 하고 있다.

풍자는 사회적 이상과 그 실행 사이의 어떤 불일치에 주목하려고 시도한다. 풍자가의 목표는 인간이 행하는 고귀한 행동의 이상적 패턴이 실제로 얼마나 모자라는가를 논증하는 것이다. 그리고 그는 일반적으로 근본적인 인간 행위의 왜소함과 비열함 및 이기심을 의식적으로 강조함으로써 이와 같은 불일치를 강조하는 것으로 시작한다. 풍자 대상이 되는 인물들은, 비록 그들이 실제 인물이나 단지 대표적인 인물이라 하더라도, 주로 만화나 "풍자만화" 속의 인물들이 갖는 특징들을 지닌다. 왜냐하면 그들의 변덕과 특징 및 약점, 그리고 여러 가지 인간적 결점들이 주목될 정도로 두드러진 나머지 그것들을 보상해주는 자질들이 배제되고 있기 때문이다. 풍자가의 목적은 자기 독자들을 편안하게 하는 것이 아니라 불안하게 하는 것이다. 독자 앞에다 가장 나쁜 특징을 탁월하게 보이게 만드는 왜곡된 거울을 들고는 그들을 자기만족에서 동요시키는 것이 풍자가의 목적인 것이다. 만화가처럼, 풍자가는 수많은 인간행위에 걸쳐진 우스꽝스러운 허풍과 허식을 나타냄으로써 자기 관객이나 독자를 즐겁게 하는 것을 목적으로 한다. 그러나 웃음을 자아내는 것만이 간단한 문제는 아니다. 왜냐하면 풍자만화가들과 풍자가들의 잉크가 황급히 움직인 뒤에는 불완전한 세계를 개조하여 살아가기에 더 좋은 세상을 만든다는 진지한 의도가 있기 때문이다. 풍자가는 사회적 기능을 제공한다. 누구나 국가나 사회를 실로 그 내부적 부패를 끊임없이 발전시키려는 살아있는 유기체로 볼 수 있는데, 그 부패에 대해 풍자는 사회를 청결하게 하여 다시 건전하게 만드는 정화제나 각성제 역할을 하게 된다. 많은 정화제처럼, 풍자의 맛은 마시기에는 종종 쓰고 고통스럽다.

풍자에는 나름대로의 "취향"과 "미각"의 영역이 있다. 예를 들면, 19세기 초반에 제인 오스틴Jane Austen 소설의 "점잖은" 풍자가 있는데, 상류사회의 행위를 비웃으면서도, 사회 구성이나 사회를 꾸려 가는 사람들의 심리적인 구조에서도 결코 진보적인 변화가 필요하다는 것을 시사하지는 않는다. 그러한 풍자는 명백히 이기적이고 불완전하지만 사악할 정도로 그렇지는 않은 사람들에 대한 즐거움과 호의와 동정심을 자극한다.

반면에 어떤 풍자는, 작가의 동료 인간들에 대한 분노에서 발생된 것처럼 보이기도 하는데, 뱀 구덩이에 축적된 독을 자신의 펜으로 뱉어내고 있다. 이러한 풍자의 예들은 18세기에 많이 찾아볼 수 있다. 예를 들자면, 조나선 스위프트Jonathan Swift 작품에서, 즉 『걸리버 여행기』(*Gulliver's Travels*)에서 브롭딩낵 왕King of Brobdingnag은 인간을 "자연이 지구의 표면 위를 기어다니며 고통을 받는 보잘것없는 미운 해충 같은 아주 유해한 종족"으로 분류하고 있으며, 포프는 『던시아드』(*Dunciad*)에서 사람은 도처에 우둔함이 꽉 차 있는 시기인 "우주의 어둠이 모든 것을 덮을" 때, 열등한 사람들을 통치하는 운명에 빠져 있다. 이런 어두운 풍자를 받아들이게 되면, 웃음은 쉽게 줄어들면서, 결국 인류가 보상받을 수 있을 지의 여부에 대해서 좀 더 진지하게 생각하게 된다. 그와 같은 우둔함에 관한 풍자적 관점에서 유일한 가호는 작가 자신이 갖고 있는 자명한 탁월함과 재치와 상상력의 힘이다. 사람이 스스로를 아주 웅변적으로 표현할 수 있는 한, 인류를 향한 모든 희망은 사라지지 않는다. 궁극적으로 풍자가는 인류의 양심이다. 풍자가는 거울과 재미있는 이야기를 왜곡하여, 동료 인간들을 타이르고, 속이고, 자극하고, 괴롭히는 기교를 사용함으로써, 그들의 정신을 정화시키고 재교육시키는 사회 개혁가이자 설교자이다.

1714년에 처음 발간된 포프의 『머리타래의 겁탈』(*Rape of the Lock*)에 나오는 행위에서 몇 가지 풍자 기교를 찾아볼 수 있다. 이 시의 첫 캔토canto인 아래의 부분은 여주인공인 벨린다Belinda의 화장대(또는 "경대")를 묘사하고 있다.

> 그런데 그 때, 화장대는 베일 벗겨져서, 나타내 보이네.
> 은으로 만든 모든 화병들이 신비한 순서로 놓여 있는 것을.
> 먼저, 흰옷으로 갈아입고, 모자는 벗고,
> 아가씨는 열심히 예배하였네, 화장의 신들에게.
> 거울 속에 여신의 상이 나타나니,
> 거기에 허리 굽혀, 눈으로 쳐다보네;
> 그녀의 제단 옆에서, 열등한 사제가,
> 손 떨며, 자부심에 차 성스러운 의식을 시작하네.
> 무수한 보물들이 일시에 열리니, 여기에
> 세상의 각종 제물들이 나타나네;
> 각 상자에서 그네들은 찬찬히 정확하게 가려내서,
> 번쩍이는 노획물로 여신을 장식하네.
> 이 상자를 열면 인도의 빛나는 보석이 나오고,
> 저쪽의 상자에서 아라비아의 모든 향기 풍겨 나온다.
> 여기서는 거북껍질과 상아가 합하여,
> 얼룩 색, 흰색의 머리 빗으로 바뀌네.

여기서는 쌓여있는 머리 장식 핀이 줄지어 번쩍이고,
분첩, 분, 화장 고약, 성경, 연애 편지 늘어서네.
이제 두려운 미의 여신 그 모든 무장 갖추네;
미인의 매력은 시시각각 자라나고,
자기의 웃음을 고치고는, 모든 아름다움 일깨워,
얼굴의 기적을 모두 불러내네;
점점 더 깨끗한 홍조가 일어나고,
더 날카로운 빛이 그녀의 두 눈에서 빛나네.

And now, unveiled, the toilet stands displayed,
Each silver vase in mystic order laid.
First, robed in white, the nymph intent adores,
With head uncovered, the cosmetic powers.
A heavenly image in the glass appears,
To that she bends, to that her eyes she rears;
The inferior priestess, at her altar's side,
Trembling, begins the sacred rites of pride.
Unnumbered treasures ope at once, and here
The various offerings of the world appear;
From each she nicely culls with curious toil,
And decks the goddess with the glittering spoil.
This casket India's glowing gems unlocks,
And all Arabia breathes from yonder box.
The tortoise here and elephant untie,
Transformed to combs, the speckled and the white.
Here files of pins extend their shining rows,
Puffs, powders, patches, bibles, billet-doux.
Now awful beauty puts on all its arms;

The fair each moment rises in her charms,
Repairs her smiles, awakens every grace;
Sees by degrees a purer blush arise,
And keener lightnings quicken in her eyes.

어쩌면 이 시문에서 가장 주목할 것은 그 어조일 것이다. 신성한 이미지로 된 갑옷("흰옷으로 갈아입고", "여신", "제단", "제물")은 별 대수롭지 않은 것들에 대한 묘사에 적용되고 있는데, 어린 소녀의 "애인"을 만나기 이전의 그녀의 하찮은 준비물로 묘사되어 있다. 따라서 어법의 무게와 행동의 경박함 사이에 불균형이 있게 된다. 벨린다가 육체적 매력에 집착하는 것을, 시인은 더 지고한 주제에 맞도록 마련해두고 있는 장엄하고 숭배적인 느낌으로 처리하고 있다. 언어와 주제 사이에서 생기는 이러한 불균형으로부터 풍자적 어조가 발생한다. 결국 포프는 자신의 여주인공을 비웃고, 그녀가 신에게서나 있을 수 있는 경외심과 신앙으로 자신을 바라보고 있음을 넌지시 암시하고 있다.

인용된 시의 첫 2행은 시인의 "의사 영웅mock-heroic"적 접근태도를 마련해주고 있다. 벨린다의 ("평범한" 어떤 것인) 화장대는 마치 그것이 (성스럽거나 "비범한" 어떤 것인) 제단인양, 다루어지고 있다. 일반적으로 그것은 마치 너무도 성스럽기 때문에 보통 사람들의 시선에 의해서는 불경스러워질 수 없는 듯이 "베일에 덮여" 있다. 그리고 (포프가 "화장의 신들"이라고 언명하여, "화장의 신들"과 이들 작은 장신구들 사이에 나타나는 아이러니하고 의사 영웅적인 유사점을 암시해주는) 각 화장품 통은 "은으로 만든 화병"인 성찬 컵Communion cup의 모양을 지닌다. 각 품목마다의 화장품이 적용되어야 하는 순서는 그 비결을 전수 받은 자에게만 알려져 있는 신성한 비법이라는 사실을 암시하면서, 모든 것들이 "신비스러운 순서로"

배열되어 있는 것이다. 그녀의 시종을 드는 하녀는 단지 "열등한 여 사제"에 지나지 않음이 나중에 드러난다.

그러므로 포프의 여 주인공의 아름다움은 축복 받은 것과 동일하다는 사실이 일단은 명백해진다. 그녀는 이승에서의 구원과 내세의 구원을 혼동하고 있으며, 오히려 그녀가 영혼의 배양을 위해서 기울여야 할 모든 열정과 극도의 진지함을 이 목적에 맞게 제시하면서, 남편의 눈길을 끌려는 의도를 갖고 자신의 육체를 가꾸어가고 있다. 그녀는 천상의 창조주 대신에 이승의 주인에게 스스로를 헌신하고 있는데, 포프는 그녀가 이렇게 자신의 에너지를 잘못 쓰고 있는 사실에 대해서 그녀는 물론이고 그녀와 같은 다른 모든 젊은 여인들을 풍자하고 있는 것이다. 하지만, 포프가 벨린다의 우매함에 격노해 있다기보다는 오히려 그것을 즐기고 있다. 그래서 그의 어조는 통렬하기보다는 해학적이며, 성미 까다롭기보다는 관대한 느낌을 갖는다. 만일 벨린다가 죄인이라면, 그녀는 아주 작은 면에 치중한 경미한 죄인일 뿐이다.

벨린다의 신성모독적이고 헌신적인 모습은 이행 연구마다 묘사되어 있다. 계속되는 각 이행 연구는 첫 이행 연구의 "신성한" 분위기에 가세하여 묘사의 끝 부분에 가서 벨린다의 침실이 교회의 분위기와 모든 복장을 지니게 하고 있다. 몸과 마음이 가벼울 때인 사춘기 초기에 접어든 벨린다인 "요정"은 화장품 병들을 "숭모하고" 있다. 그 병들이 정신적으로보다는 오히려 육체적으로라도 그녀를 바꾸는 "힘"을 지니고 있기 때문에, 그녀는 그 병들에 종교적인 신앙에 가까운 경의를 표하고 있는 것이다. 포프는 마치 성스러운 행사 마냥 아주 자연스러운 상황을 묘사하고 있는데, 벨린다의 긴 내의를 승려 복장이라는 관점에서 나타내고 있으며("흰옷으로 갈아입고"), 실용적인 목적보다는 종교적인 목적으로 그녀의 머리가 "드러나고" 있음을 암시하고 있다. "거울"이나 유리에 나타나고 있는 "성스러운" 이미지는 물론 벨린다 자신의 것이다. 벨린다가 그녀의 거울 이미지에 집중하여 면밀한 검사를 요하는 일인 자신의 눈 화장을 하려고 앞으로 몸을 숙일 때, 포프는 비굴한 복종의 동작으로 그것을 해석하고 있다. 나르시스Narcissus처럼, 벨린다는 자기 자신에 대한 찬사에 빠져버리고 만다.

종교적인 언급이 계속 이어진다. 벨린다의 화장하는 일상적 일은 "성스러운 의식"으로 불려지고, 여주인의 얼굴에 화장할 때 실수하여 노여움을 사지 않도록 신경이 곤두 서 있는 하녀는 틀림없이 "손 떨며" 마치 신성에 근접할 정도의 경외심에 싸여 있는 것처럼 묘사되고 있다. 성스럽고 불경스러운 제의들 사이의 유사성을 유지하면서, 포프는 남녀가 자기들이 성취할 수 있는 완벽함이 일반적으로 얼마나 모자라는 지를 독자로 하여금 인식시키고 있다.

이어지는 2행 연구에서 벨린다가 자신을 숭모하는 내용이 계속된다. 그녀의 보석과 화장품 상자 안에 담겨진 다양한 내용물들("무수한 보물들")은, 마치 그녀가 이 선물들이 세계 도처("세상의 각종 제물들이 나타나네")에 있는 숭배자들이나 헌신적인 그녀의 사람들에 의해 존경심 속에 바쳐지는 대상인 "여신"(132행)인 것처럼, 표현되고 있는 것이다. 물론 "보물들"은 먼 나라에서 온 것이지만, 자발적인 것이라기보다는 강제적으로 확장해 나가는 영국의 상업주의의 몇 군데 첨병 기지로부터 추려내어 온 것이다. 다른 말로 하면, 벨린다는 영국의 식민주의적인 시도에 의해 장악된 다른 지역에서 생산되어 영국의 특권 계층에 의해서 자신에게 보내졌거나 양도된 물건을 받는 수혜자인 것이다. 포프가 그녀를 "치장"하려고 하녀가 쓰는 보석들을 묘사하기 위해서 "번쩍이는 노획물"("약탈품" 내지는 전리품)라는 어구를 사용하여 우리를 이해시키려고 의도할 때, 그녀가 입고 있는 것은 18세기 제국주의의 전리품인 것이다. 따라서 인도는 귀중한 보석들을 빼앗겼으며, 중동지역은 벨린다의 성적 매력을 조성하는 데 쓰는 향수

(133-34행)를 빼앗긴 것이다. 이 같은 외국의 여러 나라로부터의 보물절도 범위는 "저쪽의 상자에서 아라비아의 모든 향기 풍겨 나온다"는 포프의 주장에 의해 나타나고 있다. 동양의 재물과 활력이 벨린다의 경망스러운 자기 탐닉에 사로잡혀 있는 동안, 아라비아는 박탈당한 채 남게 되어 (이제 그 "숨결"은 벨린다의 향수 상자 속에 저장되어 있기 때문에) 어쩌면 생명이 없는 것 같기도 하다.

자연세계는 상업정신으로 온통 약탈되어 왔다(135-36행). 신속한 이윤에 대한 장사꾼의 본능을 만족시켜주기 위해, 장수하는 장엄한 동물들이 즉석에서 주어서 숙녀의 방에 걸 맞는 사소한 물건들로 "탈바꿈"한다. 벨린다는 그녀가 갖고 있는 거북 껍질과 상아 빗이 어디서 왔는지를 모르는 것 같다. 그녀는 유한 계급의 젊은 숙녀에게 합당한 재산의 일부로 당연시한다. 하지만 포프의 풍자는 생각 없이 특권을 누리는 젊은 여성의 "유형"을 벗어나서 영국 상인 모험가들의 돌아다니는 활동을 공격하는 듯이 보인다. 거대한 코끼리가 사람의 눈에 띄지 않는 물건인 작은 상아 빗으로 변형된 것은 고상한 것은 천한 것으로 변화시키는 사회, 즉 영적인 가치와 윤리적 가치 및 미학적 가치가 더 조잡한 요구를 충족시키려는 시도로 사라진 사회를 암시하고 있다. 『머리타래의 겁탈』은 그 제목이 나타내고 있는 것 보다 더 심각한 또 다른 겁탈에 간헐적으로 초점을 맞추려고 벨린다의 개인적이고 경미한 결함을 넘어서까지 탐사하고 있는 것이다.

포프는 일반적으로 벨린다의 사회에 관대한 것보다도 벨린다라는 그녀 자체에 더 관대하다. 137행과 138행에서 그는 그녀의 화장대에 있는 다른 물건들을 열거함으로써 여주인공을 더 심하게 조롱한다. 먼저 수많은 그녀의 머리핀들이 마치 그것들이 보병부대의 병사들 마냥 그들의 최고 사령관인 벨린다의 검사를 받기 위해 열을 지어 늘어서 있는 것으로 묘사되어 있다. 그러나 다음 시행은 이 젊은 여인이 항상 그렇게 세심하지 않다는 것을 암시하고 있다. 이들 물건들은 적어도 벨린다에 의해 질서정연한 모양으로 보관된다. 그녀가 입수하고 있는 다른 물건들은 모두가 아무런 원칙 없이 그녀의 탁자 위에 흩어져 있다. 화장품 보조물들("분첩, 분, 화장고약")은 러브레터("연애편지")와 뒤섞여 있으며, 그 난잡한 가운데에 "성경책들"이 보인다. 포프는 영원한 성스러운 사랑의 책과 찰나적인 세속적 사랑의 편지를 병치시켜서, 벨린다에게는 신의 말씀the word of God이 그녀 애인의 말보다 더 중요한 의미를 갖지 않으므로, 두말 다 더 깊은 성적인 정복을 위한 준비에는 꼭 같이 소홀해질 수 있다는 것을 암시하고 있다. ("Bible" 보다는 "bibles"로) 복수형태의 어휘를 사용한 것은 벨린다에게는 성서가 별도의 책이 아니라는 느낌을 증가시켜 준다. 그녀에게는 필요한 모든 것이 있는 한 권보다는 여러 권이 있다. 벨린다는 자기 영혼에 자양분을 주는 데에는 많은 관심을 두지 않는 것처럼 보이며, 그녀의 "성경책들"은 다른 하찮은 물건들과 "번쩍이는" 자잘한 소지품과 함께 뒤범벅이 되어서, 그 표지들 사이에 있는 내용을 정독하여 그녀가 얻게 되는 그 어떤 정신적인 즐거움을 위해서라기보다는, 금도금으로 양각된 표지들의 표면적 아름다움에서 그녀가 얻게 되는 즐거움을 더 취하려고 모아 둔 것일 수도 있다.

벨린다가, 전투를 치르기 위해 무장한 주인공에 의해서 묘사된 과정인, 화장품을 자기 얼굴에 바르는 일로 구문은 끝난다. 벨린다에게는 남자가 결혼에서 자기 청을 들어달라고 애걸하는 지점까지 남자를 정복하여 누르는 문제가 군 작전을 힘들여 준비하는데 필요한 것과 같이, 진지한 계획이다. 화장의 마술이 작동하기 시작하면 벨린다의 신장이 자라게 된다("미인의 매력은 시시각각 자라나고"). 그녀는 실질적인 변형을 겪고 있는 것이다. 그러나 풍자는 관대한 편이다. 화장품이 평범하거나 추한 대상을 풍요롭고 기이한 대상으로 변화시킨다는 것을 포프가 암시해주지는 않는다. 그는 단순히 지금까지 벨린다의 얼굴에서 단지 표출되어 나오길 기다리고 있었던 "경이로움"을, 그 과정이 끌어내고 있음을 암시해줄 뿐이다. 그녀의 미소는 단순히 약간 "수정되어야" 했기에, 미용사의 기술을 통해서 그녀의 다채로운 "우아함"이 다시 나타남으로 인해 그녀의 안면구조의 선명한 특징이 뚜렷이 부각되었던 것이다. 포프가 시를 통해서, 나중에 줄곧 벨린다가 스스로 자기 자리를 차지하려고 애쓰고 있는 18세기의 남성 중심사회를 나타내려고 할 때, 상반된 편에 있는 더 많은 특권을 지닌 성별과의 전투에서 그녀가 사용하고 있는 그러한 기술을 모두 허용하고 있다.

　　마지막 2행 연구에서 여주인공에 대한 포프의 가벼운 농담의 어조는 더 명확해진다. 벨린다의 얼굴에 화장으로 바르는 "더 순수한 붉은 빛"은 자신의 입 속의 혀를 이용해서 시인이 뱉어낸 말이다. 뺨 위의 인위적인 붉은 빛을 주입시키려고 벨린다가 루즈를 사용한 것이, 포프가 말하는 것과는 반대로, 스스로 생기는 붉은 빛보다도 순수하지 못한 붉은 빛을 만들어내고 있음에 틀림없다. 마찬가지로, 벨린다의 눈에서 발사되어 나오는 "번갯불"은 어쩌면 자기 적을 찌르려고 그리스 신인 제우스Zeus가 사용한 낙뢰에 대한 의사 영웅적인 인유로서, 화장품 재료에 대한 그녀의 뛰어난 재주에 의하여 훨씬 더 선명하고 생생하게("빛을 내며") 부각되고 있다. 포프는 언어를 아이러니컬하게 사용하고 있다. 확실히 그는 상반된 것을 의도하고 있다. 시의 눈은 인습적으로는 영혼의 "창"이다. 페트라르카와 궁정 연애시인들은 그들의 연인들의 눈을 가장 신성한 용모의 특징으로 간주했으며, 초서Chaucer의 트로일러스Troilus와 크리세이드Criseyde와 같은 연인들이 처음으로 대화를 나누고 서로 사랑에 빠지게 된 것도 그들의 눈을 통해서이다. 셰익스피어의 『로미오와 줄리엣』(Romeo and Juliet)에서 로미오는 줄리엣의 눈을 "온 천국에서도 가장 아름다운 두 별(Two of the fairest stars in all the heaven)"이라고 언급하고 있다. 따라서 벨린다가 화장품으로 자기 눈을 칠하여 덮을 때 그녀는 자신의 진정한 자아에 반하여 자기 모습에서 벗어나고 있다는 사실을 느낄 수가 있겠다. 전체의 화장의식은 그녀의 잠재적 자질들을 신성화하기보다는 신성모독화하는 행위로 부각된다. 그녀는 영혼을 희생하면서 육체를 가꾸고 있다. 포프가 자신의 의사 영웅적 유사성을 통해서 독자의 주의력을 끌어내고 싶어하는 것이 이 부분이다. 그리고 진실되고 영속적인 것을 개인적으로 장식한데 대한 일시적이고 인위적인 가치를 거부하는 것을 벨린다의 근시안적인 태도로부터 독자가 터득할 수 있으리라는 희망을 갖고, 벨린다가 자기 주변의 전체 사회적인 환경을 따라 풍자되고 있는 것도 이 때문이다.

조나선 스위프트 Jonathan Swift, 1667-1745

18세기 초반의 몇 십년간은 가장 재능 있는 작가들의 가슴속에 내재하고 있었던 염세주의 정신으로 두드러졌다.『던시아드』(*The Dunciad*)에서 포프는 플릿가Fleet Street의 하청 품팔이 문인이 쓴 삼류문학의 범람으로 지적 능력의 하락이 절정에 달한 나머지, "도덕성이 사라지고" 그 어떤 "활기 찬 사람도 없을 뿐만 아니라, 성스러운 것도 볼 수 없었던" 지점까지 윤리적 수준이 떨어지리라고 예언했던 것이다. 포프의 친구였던 조나선 스위프트는 산문을 통해서 인간의 미천한 본능을 누르고, 나태함과 이기심을 정도 이상으로 부각시킬 수 있는 사람의 능력에 대해서조차 낙관적인 태도를 취하지 못했던 것이다.『걸리버 여행기』(*Gulliver's Travels*)의 말미에 가서, 걸리버는 마굿간으로 생활하러 떠나는 동료인간들의 익살맞은 거동에 철저히 환멸을 느낀 나머지, 사악한 인간들의 도덕적 공격성보다는 소박한 말의 건전한 향기를 더 선호하게 된다.

  18세기 전반부와 그 이후부터 영국작가들은 암흑과 분열이 항상 침입하리라는 위협에 놓인 세상에서 신의 이성적인 광명의 횃불을 밝게 전하는 선구자로 스스로를 인식하게 된다. 그러므로 이 시기에는 풍자유형이 압도적으로 우위를 점하게 된다. 포프와 스위프트 및 존슨과 같은 자각들은, 고대 로마의 고전적 선배들을 지속적으로 인용해서 썼는데, 그들은 진지하고 신성한 자기 작품의 목적에 대해 자기들과 유사한 믿음을 갖고 있었던 것이다. 풍자는 즐거움을 주며 가르쳐서, 독자를 도덕적 수준에서 이완될 정도로 비극적인 위험에 빠지지 않도록 경고해주는 구실을 한다. 로마 시인인 호레이스Horace도 18세기 영국 풍자가들이 나중에 주장하게 된 인간을 얕잡아보는 견해를 갖고 있었는데, 그들처럼 그는, 사람들이 교육보다는 즐거움으로 책을 보게 되고 따라서 흥미를 가장하여 은밀하게 계도되었음에 틀림없다는 사실을 알았다.

> 즐거움과 이익을 혼합시키려했던 사람은 모든 이의 승인을 얻는다. 이유는, 독자를 가르침과 동시에 독자에게 기쁨을 주기 때문이다. (『시의 기술』(*Ars Poetica*))

그러므로 포프의 『머리타래의 겁탈』은 여주인공의 도덕적 맹목성을 보고 독자가 관대하게 미소짓도록 하고 있다. 그러나 이 작품은 또한 그녀의 종국적인 타락을 통해서 나르시시즘narcissism과 정신적 무지의 위험성을 독자에게 일깨워 준다.

일반적으로 18세기 시인은 자기가 처한 사회적 환경과 인간의 천성을 소재로 삼고 있다(포프가 한 말에 따르면 "인간에 대한 올바른 연구는 사람"이기 때문이다). 시인은 인간의 방식이 갖는 오류에 대한 인식의 방향으로 이성이라는 견지에서 인간을 인도하는 노력에 대한 자신의 논쟁적인 기능들을 사용하고 있다. 이러한 목적을 위해서, 영웅대구시체는 확실히 적합한 것이다. 시는 논리적인 방식으로 한 단계 씩 발전할 수 있으니까. 시인이 영웅대구시체를 사용하면, 시인은 논쟁을 통하여 체계적으로 꾸준히 애를 쓰게 "되고", 모든 시행의 말미에서 호흡과 생각을 할 수 있는 휴지를 취하게 된다. 그러므로 영웅대구시체의 시형이 자동적으로 시내용에 맞는 다소 "합리적인" 어조를 부과하게 된다. 그 당시에는 작가가 정서적 폭발을 표현해내고 싶었다면, 스위프트가 『걸리버 여행기』에서 그랬듯이 산문이라는 매체에 호소할 수밖에 없었을 것이다. 그러나 (1708년에 출간된) 아래의 시에서 스위프트는 좀 더 온후한 분위기에서 모습을 드러내면서, 이행연구라는 규격 내에서 자신의 정조를 정리하고 싶어 한다.

아침 풍경의 묘사

이제 여기저기서 보이던 전세마차가
사라진 걸 보면, 불그스레한 아침이 다가왔나 보다.
베티는 이제 자기 주인의 잠자리에서 나와,
슬그머니 자기 침대를 몰래 흩트려 놓는다;
뒤축 닳은 신을 신고 방을 끌며 걷는 고용인은 주인의 집에서 나와
먼지를 털어 내고 마룻바닥에 물을 뿌렸다.
몰은 솜씨 좋은 태도로 막대걸레를 휘둘러 대었고,
현관과 층계를 문질러 닦을 채비를 했다.
빗자루 대를 든 젊은이는 하수구 가장자리를 따라가기 시작했다
하수구 가장자리는, 바퀴들이 자국을 낸 것이다.
작은 석탄 장수의 소리가 낮고 굵은 음성으로 들렸다가,
마침내 굴뚝 소제부의 더 날카로운 소리에 잠기고 말았다:
각하의 문간에는 빚 독촉 심한 채권자들이 몰려들기 시작했다;
그리고 벽돌먼지 몰은 거리 절반을 고함지르며 다녔다.
교도관은 이제 자기 양떼가 돌아오는 것을 본다,
시간에 맞게 매일 밤 받을 요금을 훔치게 하기 위해 내보냈다:

조심스러운 법 집행관들은 조용히 기다리고,
학생들은 손에 가방을 들고 꾸물거리고 있었다.

A Description of the Morning

Now hardly here and there a hackney-coach
Appearing, showed the ruddy morn's approach.
Now Betty from her master's bed had flown,
And softly stole to discompose her own;
The slip-shod 'prentice from his master's door
Had pared the dirt and sprinkled round the floor.
Now Moll had whirled her mop with dext'rous airs,
Prepared to scrub the entry and the stairs.
The youth with broomy stumps began to trace
The kennel-edge, where wheels had worn the place.
The small-coal man was heard with cadence deep,
Till drowned in shriller notes of chimney-sweep:
Duns at his lordship's gate began to meet;
And brickdust Moll had screamed through half the street.
The turnkey now his flock returning sees,
Duly let out a-nights to steal for fees:
The watchful bailiffs take their silent stands,
And schoolboys lag with satchels in their hands.

이행연구는 여기서 새벽녘의 런던의 정경을 세밀하게 묘사하는데 사용되고 있다. 스위프트는 이 이른 시각에 거기서 거주하는 주민들의 여러 가지 활동을 열거함으로써 그 도시의 정신적 의미를 축적해 나가고 있다. 각 이행연구는 새로운 인상을 기록하면서 시의 말미에 정경이 완성될 때까지 장면과 소리로 캔버스에 생명을 불어넣고 있다. 벨린다가 『머리타래의 겁탈』에서 그러하듯이, 그 어떤 단일 대상이나 개인도 주 초점을 끌어내지 못하고 있다. 스위프트의 구도는 그 대신 파노라마와 같다. 그는 런던 시가의 밝은 면과 응달에서 시행되고 있는 인간 산업의 넓은 범위를 제공해주고 있다. 시각적으로 동등한 가치를 가진 대상으로 윌리엄 호가스William Hogarth의 풍자화에 눈길을 돌릴 수 있다. 두 예술가 모두에게 도회지 사회의 본질은 고상하진 않지만, 무리를 이루는 인간의 여러 가지 활동이었던 것이다.

각 이행연구의 영역 내에서 스위프트는 암시적이면서도 동시에 정확한 효과를 창출해 내려고 열심히 노력한다. 대부분의 18세기 동시대인들처럼, 그는 시를 통해서 자기 자신보다는 자기의 세계를 탐사하고 있다. 그러나 그의 시는 엄격하게 객관적인 카메라의 눈인 셈이다. 그래서 스위프트는 자기가 보고 있는 것에 풍자적인 관점을 부여하고 있다. 풍자적인 각도는 사건의 선택과 어휘의 취사로 영향을 받는데, 이런 것들이 사실들을 "중립적"이지 못하게 제시하는 것을 입증해주고 있다. 따라서 전시되는 모든 학생들이 맹렬히 벼락공부하는 성향의 사람들이 아니라, 마지못해서 공부하는 게으름뱅이들이다. 시 전체를 통하여 어휘는 도시생활의 낮은 도덕적 어조를 전달하려는 의도를 갖고 스위프트가 선택했던 것들이다. 심지어 새벽그 자체도 마치 포도주 병으로 밤을 보낸 것처럼 "불그스레한" 얼굴을 하고 있다. 그리고 이것은 정확하게 시가 시작하는 명백히 신비스러울 정도로 말 줄이는 표현understatement과 들어맞고 있다. 전세마차가 상대적으로 빈번히 다니지 않는 것이 왜 새로운 날이 다가오는 징조를 제공해 주는 것일까? 이 순간까지 이들 마차들은 신사손님들을 태우고 밤새도록 그 애인들을 술잔치나 유흥의 장소로, 또는 은밀한 밀회의 약속 장소를 찾아 여기저기로 실어 나르느라 바빴기 때문이다. 밤이 끝나갈 무렵에서야 비로소 그와 같은 불건전한 활동이 뜸해지게 된다. 그러나 이러한 대도시의 타락이 워낙 널리 퍼져서 전염되어 있으므로, 시인의 상상으로는 자연 그 자체가 숙취의 상태에서 기상하는 것같이 여겨졌던 것이다.

　　도시 거주민들이 낮에는 도저히 하지 못하는 것들을 밤이 감싸고 있는 가운데서 행하고 있다는 함축된 의미는 3행과 4행에서 전개되고 있다. 하녀인 베티는 자기 주인의 침실에서 하룻밤을 보내고 난 뒤에, 슬그머니 자기 침대를 "흩트려 놓고" 그녀가 혼자서 깨끗한 밤을 보냈다는 거짓 생각을 서둘러서 하게 된다. 이 도시의 밤은 혼란의 시간인 셈이다. 미혼의 사람들에게 성적인 억제력을 부과하고 있는 도덕적 질서도, 상류계층과 하류계층 사이에 계층적 장벽을 잃게 한 사회적 질서도 높이 받들어지고 있지 않다. 반면에, 낮은 "냉정함을 잃게 되는" 시간이다. 왜냐하면, 기만과 저녁까지 개인의 행적을 덮고 거짓말하는 일이 이전의 부정직한 관행들의 재개를 허용해주고 있기 때문이다. 밤낮으로 은밀함이 암호처럼 쓰이고 있다.

　　이렇게 이른 시각에 도시의 생명력은 노동계층의 활동에서 나온다. 베티가 주인이 침실에서 자도록 내버려두고 있는 동안에, 도제(5-6행)는 주인이 나중에 도착할 것에 대비하여 자기 일을 배우는 공작소를 깨끗이 청소하는 일에 가담하고 있다. 다음 이행연구는 (하인을 부르는 또 다른 일반적인 이름인 "베티"처럼) "몰Moll"이 손위 사람들이 쌓아둔 오물들을 힘차게 쓸고 문질러대는 모습을 보여주고 있다. 하층인들의 근면함과 사회 상층부의 나태함의 대비가 시인이 자신의 기록을 시작할 때, 하층인들의 일이 이미 완성되었다는 사실로 더욱 더 명확하게 드러나고 있다. 베티는 "달아났고", 도제는 "먼지를 깎아내고" 몰은 "막대 걸레를 휘둘렀다." 다시 말하면, 하인들은 새벽뿐만 아니라 그 이전에도 바빴던 것이다.

　　대부분의 영시처럼, 시는 그리스 모델을 기초로 하고 있는데, 이 경우에는 전원적 목가가 그 모델이다. 목가는 짧은 묘사적 소품이며, 전원적 목가는 대개, 모든 자연이 신선함으로 빛을 발할 때 새벽녘에 나가는 양치기나 목동들, 예를 들면 기원전 3세기 경 테오크리투스Theocritus[8]의 작품에서와 같이, 목동들을 묘사하고 있다. 물론 스위프트의 시에서 유일한 양떼는 간수들의 양떼이다. 스위프트의 시는 도시 배경의 타락상으로 대체된 전원장면의 순수함과 도회지 사람들의 교활한 부정직함으로 바뀐 농촌의 농부들의 소박함이 담긴 전원시를 풍자한 "의사 전원시mock-idyll"이다. 스위프트는 독자들이 전원시의 양식에 익숙해지길 기대하고 있는 것 같으며, 실제로 그의 시가 지니고 있는 풍자적 효과는 목가적 세계와 실제 세계와의 암시된 대조를 항상 염두에 두고 있는 관객들에게 크게 의존하고 있다. 이상적인 전원과 현실적인 도시라는 두 배경에서, 주인들이 늦게까지 침실에 누워있는 동안에도 일어나서 새날을 맞이하는 사람들은 일하는 근로자 계층이다. 스위프트의 시의 화자는 이전에 일어났던 일을 기록하려고 잠자리에서 일어나지 않았다고 암묵적으로 인정하고는 유한 계층의 범주에다 자신을 자리 매김하고 있는 듯하다.

11-12행에서 스위프트는 자신의 그림에다 음향soundtrack을 추가시키고 있다. 돌아다니면서 가정용 석탄을 파는 상인은 자기 제품이 채굴된 지역의 풍부한 토양에 어울리는 굵고 낮은 목소리로 자기 상품을 광고하고 있다. 그런 동안에도 훨씬 더 날카로운 비명이 굴뚝 소제부의 입술로부터 나오는데, 그는 아마도 유연하고도 나긋나긋한 체격을 가진 자신을 고용해 줄 수 있는 누군가를 찾아서 길거리를 헤매고 돌아다니고 있는 것이다. 그는 아직 ("째지는 듯이 날카로울" 정도로) 목소리가 채 갈라지지 않은 어린 소년일 것이다. "굵고 낮은 억양"과 "더 날카로운 음조"라는 어구는 음악을 연상시키고 있는데, 어쩌면 그것이 전원적인 목가에서 양치기를 맞이하는 새들이 부르는 노래 소리의 음악일지도 모른다. 그러나 도회지에서는 새들

---

8) 기원전 3세기경의 그리스의 전원시인

이 침묵을 지키기 때문에, 선율이 담긴 그들의 지저귐은 훨씬 거친 인간의 어조로 대체되고 있다. 소제부와 석탄 장수의 목소리로 도회지 거리의 새벽 합창은 시작되어서, 이내 그 지역의 광인인 "벽돌 먼지 몰"의 "외침"과 합세하게 되는데(13행에서 34행까지), "벽돌 먼지 몰"이라는 이름은, 아마도 그녀가 밤에 버려진 건물에서 잠을 자는 동안에 거기서 묻은 먼지에 그녀의 옷이 더럽혀졌기 때문에 그와 같이 불려 졌을 것이다. 그녀의 음조 높은 외침의 이면에는 또 다른 소리가 들린다. 즉, 침착하고 지속적으로 이어지는 채권자들"duns"의 중얼거림이다. 그 채권자들은 과소비를 하는 귀족 집의 문간에 모여서 자기들의 금융부채를 회수하기 위해 그에게 부채상환을 요구하고 있다. 이는 상류계층의 모습에 대한 각별한 언급이라고 하 수 있는데, 아침을 하는 말은 아니다. "각하"라는 말은, 재정적으로 파산되었을 뿐만 아니라, 비유적으로 보아도 도덕적인 면에서 파산된 사람을 분명히 일컫고 있다.

　　시는 정신적으로 빈곤한 지배계층에 대한 풍자를 중지하고, 계속되는 사회적 질서에 대한 어떤 방향을 제시하고 있다. 그러므로 "각하"가 처한 곤경에 대한 언급이 있은 후 곧 바로, 다가올 혼란을 예언하는 요정ban-shee[9])처럼 "거리의 절반을 다니며" 고함지르는 발광하고 있는 미친 여인의 소리가 들린다. 상층부에서의 부패가 만연하여 사회조직 전체를 오염시키는데, 파급되어 가는 쇠퇴의 조짐이 끝에서 두 번째의 이행연구에서 나타나게 된다. 사회라는 조직에 해를 끼치지 않도록 범죄적 요인을 봉쇄 차단하는 것이 임무인 간수는 사실상 매일 밤 죄수들을 풀어주어, 그들이 교도소 밖에 나가 저지른 새로운 절도에서 입수한 약탈품의 일부를 그들로부터 할당받도록 해두고 있다. 마지막 이행연구는 도덕적으로 타락한 사회를 계속

---

9) 아일랜드Ireland나 스코틀랜드Scotland에서 가족 중에 죽을 사람이 있을 경우에 큰 소리로 울어서 이를 알린다는 요정을 말한다.

해서 보여주고 있다. 법 집행관들은 부채에 쪼들린 상류계층에게 영장을 발부하길 기다리면서, 독수리처럼 몰래 숨어서, 죽어 가는 사회의 사망을 지켜보고 있다. 그리고 "꾸물거리는" 학생들이 마지못해서 공부하러 가는 이미지로 마무리 짓는 부분은, 대단한 자기 인식을 통해서도 다가오는 세대로부터 구원이 없으리라는 사실을 암시해 준다.

비록 스위프트가 인간의 자기 탐닉의 성향을 잘 알고 있었다고 하더라도, 그의 시의 어조는 화난 분개의 어조라기보다는 관대한 수용의 어조인 것이다. 이는 그의 해학적인 표현에서도 명백해진다. 즉 순수한 밤을 보냈다는 외관을 보존하려고 시도한 베티의 "부드러운" 속임수나, "시간에 맞게" 통제된 관계에 바탕을 둔 공생적인 조화 속에서 살아가는 교도관과 "그의 양떼"들 사이에 설정된 애정 어린 관계에서 명백히 드러나고 있다. 스위프트의 비전으로 보면, 인간이 아무리 더 훌륭한 주장을 스스로에게 한다고 해도 짐승보다 더 나을 것이 없다는 것이다. 이 시는 인간의 어쩔 수 없는 천성을 더 순수한 것으로 다듬으려는 인간의 어리석은 노력을 확실히 조롱하면서도, 인간의 동물적 활력을 찬양하고 있는 것이다.

제7장
낭만주의에로의 경도: 토마스 그레이

18세기 지배정신은 통제되고 합리적인 무신론이었다. 심지어 시인은 자기 친구들의 고귀한 행위도 대단하게 기대하지는 않았다. 자기 수양의 유전적 무능에 대한 공포와 좀 더 나은 쪽으로 환경을 바꾸는 능력에 대한 의구심은 정치학으로부터 자유방임주의 행동을 이끌어낸다. 교황의 용어에서, 사람이란 '사고와 열정의 혼란이고 매우 혼란스러운 것'이고 정부의 구조에서 변경되는 나쁜 방향으로의 혁신이다. 18세기의 보수성은 유명하다. 이런 태도는 세기가 진보할수록 좀 더 확고해질수록 반작용을 보이는 것은 놀랄 일이 아니다. 이중 가장 유명한 것이 1789년 프랑스 혁명인데, 프랑스 전제 군주와 귀족들은 없어지고 신성하고 불가침한 사회 구조에 대한 가정은 고조된다. 이 사건은 유럽을 통해 영향 받았고, 많은 전제 군주는 그의 왕위를 겁내는 이유가 되었다. 그리고 18세기 말에 만개하게 되는 영국에서의 초기 낭만주의 운동을 장려시킨 것은 아마도 프랑스 혁명이었을 것이다.

그러나 낭만주의는 프랑스 혁명의 날개를 달고 하룻밤 사이에 단숨에 도래하게 된 것은 아니다. 에드워드 영Edward Young의 "분묘파graveyard" 시를 거쳐 제임스 톰슨James Thomson의 "자연시"에서부터 호러스 월폴 Horace Walpole과 클래러 리브Clara Reeve의 "고딕gothic" 소설에 이르기까지 이전의 수십 년간에 걸쳐서 많은 선구자적인 사례들이 있었던 것이다. 낭만주의는 화려하게 왔으나, 그 길은 이미 준비되어 있었던 셈이다.

　　낭만주의는 18세기말과 19세기 초에 작품 활동을 한 시인들의 작품 속에 명백히 나타난 새롭게 부상한 자기 확신감과 풍부한 에너지를 회고하여 범주화하도록 붙여진 용어이다. 광의적으로 말하면, "낭만" 시인들은 자기시의 소재를 찾기 위해 주변 세계를 보기보다는 자기 자신을 바라보았다. 워즈워스의 『서곡』(The Prelude)은 『시인의 정신적 성장』(Growth of a Poet's Mind)이라는 부제를 붙이고 있는데, 이는 이제 시인이 자신의 내면 세계를 자기가 속한 인간 사회와 같이 재미있는 연구 분야라고 믿었음을 나타내고 있는 것이다. 결과적으로, 낭만 시인은 자신의 숨겨진 시재詩才의 근원을 캐내는 일에 더 잘 집중하기 위해서, 가끔 사회로부터 완전히 벗어나길 좋아했다. 사회조직 속에서의 시인의 필수적인 역할을 그와 같이 거부하는 일은, 인간을 사회적 동물로 간주하여 자신의 내적 근원에 관해서는 엄격히 제한해 두었던 포프나 존슨에게는 생각조차 못할 일이었다.

　　그러나 18세기 작가들이 인간의 잠재력에 한계를 두려고 했던 곳에서 낭만주의 작가들은 그 제한적 조치들을 제거하려고 애썼다. 18세기의 시가 인간 운명의 수동적 수용을 옹호하고 있던 곳에서 낭만 시는 개인의 상상력을 통하여 세상 환경의 부패와 타락을 초월할 수 있는 개인의 무한한 잠재능력에 대한 신념인 일종의 낙관주의의 파동을 발견하게 된다. 그런데 바로 그 이전에 있었던 시와 낭만주의 시를 구분 짓는 것은 그 상상력에 대한 이러한 믿음이었던 것이다. 낭만주의자들은 상상력이 갖는 창조적 기능을 발견했는데, 셰익스피어와 엘리자베스 인들이 상당히 인식하고 향유한 것이긴 했지만, 줄 곧 쇠퇴하여 마침내 문예전성기Augustan Age에는 이성이야말로 다른 모든 것들이 그 밑에 종속되어야할 인간의 가장 신성한 기능이라고 주장하게 되었다. 낭만주의자들은 콜리지가 "상상력을 구체화시키는 정신"이라고 불렀던 것을 재발견함으로써 시의 개념에 맞는 아주 새로운 역동성을 얻게 되었으며, 문예전성기 시대 사람들로부터 물려받은 속박을 즐거운 마음으로 벗어 던져버리게 되었다. 영웅대구시체는 대개 쓰지 않게 되었으며, 더 자유로운 표현형식으로 17세기 이후로 잊혀졌던 무운시체가 인기를 얻게 되었다.

　　자연스럽게 발생한 낭만주의 운동이 지니고 있는 것은 시인의 역할에 대한 근본적인 변화였다. 시인이 스스로에게 간간이 냉소적인 말이나 심술궂은 감탄사를 허용하면서 여태까지 주변 세계를 수동적으로 반영하는 거울로 자신들이 기능 해오고 있던 곳에서, 이제는 "상상력"을 통해서 받아들여진 소재들을 배열하고 재구성할 수 있는 지성을 부여받은 창조적 행위주체로 자신들을 보았던 것이다. 시인은, 아니 인간 그 자체는, 이제 더 이상 다소 무가치한 성취라는 엄격히 제한된 가능성들을 지닌 왜소한 존재로 인식되지는 않았다. 햄릿의 용어로 인간은 다시 한 번 "기능 면이나 . . . 이해 면에서 신과 같이 무한한" 존재로 인식되었다. 시인은 이제 도회지 거리의 번잡함과 사교모임 및 궁중이나 상거래생활의 화려한 환경에서 벗어나서, 새롭고 더 현란한 우주를 관찰할 수 있는 자신의 지성이라는 성소로 물러날 수가 있었다. 이러한 점이 놀라운 발견이었던 것이다.

토마스 그레이 Thomas Gray, 1716–71

18세기 중반에 몇몇 시인들은 벌써 낭만주의 방향으로 잠정적인 이동을 하고 있었다. 그들 중 한 사람이 아래에 그 첫 9연만 보이고 있는 「시골묘지에서 쓴 비가」("Elegy Written in a Country Churchyard")를 쓴 토마스 그레이인데, 그는 포프와 존슨Johnson의 절제된 "고전주의"와, 워즈워스Wordsworth와 그 동료들의 감정이 넘치는 "낭만주의" 사이의 교량인 "중간" 단계의 사람으로 인식될 수 있다.

> 만종은 지는 날의 마지막을 울리고 있고,
>   나지막하게 우는 소 떼가 풀밭에서 느리게 어슬렁거리고,
> 농부는 집을 향해 지친 발걸음으로 걷고,
>   세상에 남는 것은 암흑과 나 뿐.
>
> 이젠 깜박거리는 광경도 시야에서 사라지고,
>   엄숙한 적막이 온 세상을 감싼다,
> 풍뎅이가 붕붕대며 나는 것을 제외하고는,
>   그리고 졸리는 종소리가 멀리 있는 양 우리를 달래주는 것을 제외
> 하고는;
>
> 저기 넝쿨 덮인 탑에서
>   투정하는 올빼미가 달에게 불평하는 것을 제외하고는
> 사람들에 대해서, 자신의 은밀한 초당 근처를 돌아다니며,
>   자기의 오랜 고독의 영역을 침범하고 있는 사람들에 대해.
>
> 저 늠름한 느릅나무 아래, 저 주목의 그늘에서,
>   잔디가 많이 난 솟아오른 둔덕에

저마다 자기의 좁은 방 속에 누워,
　마을의 소박한 선조들이 잠들고 있다.

향기로운 아침의 미풍의 숨결도,
　짚으로 지은 오두막에서 지저귀는 제비도,
닭의 날카로운 나팔소리도, 혹은 반향하는 뿔피리도,
　더 이상 이들을 그 초라한 잠자리에서 깨우지 못할 것이다.

그들에게는 타오르던 난로도 이제는 꺼지거나,
　또는 바쁜 아내가 자기의 저녁 일에 열중하지 않을 것이며;
자녀들도 아버지의 귀가를 어린 목소리로 반기지 않으며,
　시샘하듯 입맞추려고 그의 무릎 위에 기어오르지도 않을 것이다.

빈번히 추수가 그들의 낫으로 거두어졌고,
　그들의 밭갈이가 자주 굳은 땅을 깨뜨렸다:
그들은 얼마나 즐겁게 소를 몰고 밭을 갈았던가!
　그들의 강한 도끼질에 얼마나 숲이 고개를 숙였던가!

야심이 그들의 값진 노동을 조롱하지 못하게 하라,
　그들의 순박한 즐거움과 알지 못할 운명도 비웃지 못하게 하라;
장엄함도 조롱어린 미소로 못 듣게 하라
　가난한 자들의 짧고 단순한 내력을.

가문의 자랑과, 권력의 위세,
　그리고 모든 아름다움과, 부富가 준 그 모든 것들을,
모면할 수 없는 그 시간이 같이 기다린다:
　영광의 길은 오로지 무덤으로 이르게 되니.

The curfew tolls the knell of parting day,
    The lowing herd wind slowly o'er the lea,
The ploughman homeward plods his weary way,
    And leaves the world to darkness and to me.

Now fades the glimmering landscape on the sight,
    And all the air a solemn stillness holds,
Save where the beetle wheels his droning flight,
    And drowsy tinklings lull the distant folds;

Save that from yonder ivy-mantled tower
    The moping owl does to the moon complain
Of such, as wandering near her secret bower,
    Molest her ancient solitary reign.

Beneath those rugged elms, that yew-tree's shade,
    Where heavens the turf in many a mouldering heap,
Each in his narrow cell forever laid,
    The rude forefathers of the hamlet sleep.

The breezy call of incense-breathing morn,
    The swallow twittering from the straw-built shed,
The cock's shrill clarion or the echoing horn,
    No more shall rouse them from their lowly bed.

For from no more the blazing hearth shall burn,
    Or busy housewife ply her evening care;
No children run to lisp their sire's return,

Or climb his knees the envied kiss to share.

Oft did the harvest to their sickle yield;
   Their furrow oft the stubborn glebe has broke;
How jocund did they drive their team afield!
   How bowed the woods beneath their sturdy stroke!

Let not Ambition mock their useful toil,
   Their homely joys and destiny obscure;
Nor Grandeur hear with a disdainful smile
   The short and simple annals of the poor.

The boast of heraldry, the pomp of power,
   And all that beauty, all that wealth e'er gave,
Awaits alike the inevitable hour:
   The paths of glory lead to the grave.

이 시의 리듬은 단연코 약강 음보로 되어 있다. 시작되는 시행을 보면 강세 음절들이 교차되어 시에서 안내역을 하는 이미지인 조종의 일정한 억양을 모방하여 낭랑하게 크게 울리고 있다

Thĕ cúrfĕw tólls thĕ knéll ŏf pártĭng dáy,

이 종은 한결같이 우울한 음조를 유지하면서, 시의 어조를 마련하고 있다. 시인의 생각에는 저물어 가는 날을 울리는 것이 "조종"이나 조사弔辭인 것이다. 이러한 생각은 명상적인 심적 구조에 시인을 투입하여, 계속되는 시연에서 그가 따라야 하는 묵상의 과정에 그를 있게 한다. 그레이의 애가는

"시골의 교회마당에서 쓰인" 것이다. 그래서 시의 제목과 서두 시행의 장례식 같은 음조를 통해, 죽음이 시인의 사색을 지배하는 주요한 주제가 되리라는 사실이 분명히 드러나고 있다.

그레이가 선택한 구조는 그러한 주제에 맞게 아주 적절하게 되어 있다. 그는 이행 연구로 시를 쓰지 않고 4행 시연으로 쓰고 있는데, 각 연이 서두르지 않고 일정한 속도로 진행되는 가운데 저무는 낮과 다가오는 밤의 이미지 및 그 이미지들이 시인에게서 고취시키는 생각들을 단순하고도 허식이 없는 방식으로 각각 전개시키고 있다. 시인은 결코 서두르지 않는다. 밤은 온통 그의 앞에 펼쳐져 있으며, 비록 그의 생각이 죽음이라는 어둠의 지세를 향해 끌려가고 있음에도 불구하고, 그 생각이 어디에 있건 그는 자기 생각이 전개될 수 있도록 자유로운 분위기를 즐기고 있다. 비록 흙으로 된 안식처에 묻힌 송장은 바로 시인의 환상이 곧 주기적으로 생기는 핵심이라고 하더라도, 그와 같은 주제는 시인을 낙담시키기보다는 "영광의 길은 오로지 무덤으로 이르게 된다"는 명백한 진리를 수용하는 쪽으로 시인을 이끈다. 시의 리듬은 보편적이지만, 감정을 외부에 드러내지 않는 삶의 리듬을 나타낸다. 첫 연은 이와 같은 것을 확인하고 있는데, 벨과 같은 종과, 목장에서 꾸불꾸불한 길을 "천천히" 가로지르는 소 떼, 집을 향해서 터벅터벅 "걸어가는" 동일하고 규칙적이면서도 동시에 시와 꼭 같이 서두르지 않는 속도로 지친 발걸음을 옮기는 농장의 근로자 등이 이 사실을 긍정하고 있다.

앞부분의 이러한 이미지들은 따라오는 명상에 알맞은 적절한 분위기를 만들어 낸다. "조종"의 부름에 순응하여 밤에 덧창과 문 뒤로 물러나는 동료 인간을 지켜보고 난 뒤에, 시인은 혼자 있게 된다. 첫 연에서 초점이 시인 주변 세계로부터 좁혀져서, 키이츠가 워즈워스 시의 한가운데서 찾게 된 "자기 중심적인 숭엄한 대상"에 해당하는 마지막 시어인 "나"에게로 모이게 된다. 하지만, 그레이는 완전한 "낭만주의자"는 아니기 때문에, 땅 거미가 스며드는 이 시점에서 그가 느끼는 고독의 상태를 자기자신에게서 오랫동안 묻혀온 정신적 재산을 시적 의식이라는 빛으로 전환시킬 수 있는 기회로 인식하지는 않고 있다. 대신에 시는 이전처럼 지속되면서, 시인이 연루되지 않은 채, 시인의 내부와 밖으로부터 부각되는 여러 인상들을 기록하고 있다. 반면에 낭만 시인은 떠오르는 이미지에 자신의 마음을 활동적으로 가담하여, 상상력을 통해 다른 요소들로부터 통합된 비전이나 "더 지고한 실재"를 융합시킨다. 대조적으로, 그레이는 어느 정도 냉정한 관찰자로 남아, 자신의 내적인 삶에다 외적인 자연현상을 아주 밀접하게 연결시키려고 애쓰지 않고 자기 주변에서 발견한 것을 열거하고 있다.

자연은 낭만주의 시에서 빈번히 나타나고 있는데, 주로 낭만파 시인들에게는, 시인 자신의 영혼의 틈이나 구멍을 통하여 안쪽으로든지, 아니면 사물들의 총체적인 구조 속에서의 천국에 대한 탐구와 인간의 역할 규정을 향해 바깥쪽을 향한 광범위한 탐사의 자극제로 기여하게 된다. 한편, "낭만주의 이전" 시인은 동물계와 식물계에 대한 자기의 생각에 극히 제약을 받고 있다. 시인을 자극하는 것은 자연의 "내적인" 본질이나 숨겨진 의미가 아니라 자연의 "외적인" 실재인 것이다. 따라서 시인은 초연하고도 냉정한 시선으로, 충실하게 자연현상의 일람표를 만드는 작업에 착수하게 된다. 그레이는 많은 당시의 사람들과는 다르게 자연의 풍경을 간주하면서, 마을을 순찰하는 경관들이 지니는 침착하고도 정확하게 측정된 걸음걸이로 동물들의 밤의 세계의 모습과 소리를 통하여 자신의 편력을 시도한다.

두 번째 연은 그레이가 자신의 감각에 다가온 여러 인상들을 담은 수동적인 저장소로 자신의 역할을 어떻게 인식했는지를 명확히 예시해주고 있다. "깜박거리는 광경"과 "붕붕거리는 풍뎅이"가 시각과 청각에 주는 효과들이 정연히 기록되지만, 시인 자신만은 자기의 열정을 간섭받지 않고 초연히 있게 된다. 시인의 주변을 지배하고 있는 "엄숙한 정적"은 시인의 영혼 속에서도 군림한다. 자연에 대한 시인의 명상이 궁극적으로는 시인에게서 어떤 반응을 자극해낼 때, 그것은 직관적인 정서적 반응이 아니라, 조심스럽게 무게를 둔 의도적이고도 이성적인 생각이다. 이 말은 자연세계에 대한 그레이의 좀 더 "합리적인" 태도가 낭만주의자들이 갖는 훨씬 더 참여적인 반응을 특징으로 하는 "힘찬 감정의 자연스러운 분출(spontaneous overflow of powerful feelings)"[10)에 비해 반드시 못하다는 의미는 아니다. 그렇지만 그레이에게 삶의 현상에 대한 본능적인 반응태도가 신뢰할 만하지 못하다는 사실이 암시되기도 한다. 부산을 떠는 것보다는 조용히 있도록 의도된 시어법과 율격으로 된 표현들을 발견하기에 앞서 이성이라는 통로를 거쳐 여전히 여과되고 있음에 틀림이 없을 것이다. 그레이 역시, 당시의 동시대인들처럼, 자연을 가까이하지 않아야 된다고 믿고 있었다. 존 키이츠 John Keats가 약 반세기 후에 "만일 제비 한 마리가 내 창가에 날아오면 나는 그 삶에 참여하여 돌을 줍겠다"고 말했던 것같이 그레이가 말했었을 지도 모르는 그런 날은 아직 오지 않았다.

조경이 잘된 보기 좋은 정원을 좋아하고 예술에서는 "회화적인" 면을 선호했던 18세기는 자연이 지성으로 대처할 수 있는 어떤 대상으로 "길들여져" 있기를 바랐다. 그레이의 시는 자기의 선입견이 자리하고 있는 곳을 보여주고 있다. 까다롭지도 않고 예측하기도 어렵지 않은 자연의 방향을 보여주었다. 그러므로 깨어있는 동안에 그에게 부각된 이미지들은 그가 받아들이기 쉬운 것들이다. 저녁은 아무런 경이로움도 내포하고 있지 않다. 따라서 2연에서는 풍뎅이가 잠을 재촉하여 편안함을 부추기는 단조롭게

---

10) M. H. Abrahams, Ed. *The Norton Anthology of English Literature* Vol II. (New York: W. W. Norton & Company, 1962), p. 91. 워즈워스가 콜리지와 같이 편찬한 『서정시화집』 (*Lyrical Ballads*) 1800년 판과 1802년 판에서 한 말.

"붕붕대는" 소리인 "윙윙거리는 비행"으로 "선회하고" 있다. 우리 속의 양들은 "졸리듯 울리는" 종소리에 의하여 "잠들어" 있다. 이는 감상적 오류 pathetic fallacy[11])의 예로, 그레이가 자신이 연출한 최면적 분위기와 모든 자연현상이 공명하게 하려는 의도를 갖고, 양들의 습관에 대한 독자적인 관찰보다는 그와 같은 동물의 행위에다 신인 동격 동체설神人 同格 同體說[12])적인 해석anthropomorphic interpretation을 부과하는 일에 한층 더 많은 관심을 갖고 있다. 그레이가 해야 할 최초의 과제는 시의 서두 분위기를 만들어 내는 일이다. 그는 계속해서 뚜렷이 명상할 수 있도록 편안하고 졸리는 분위기를 설정해야만 한다. 따라서 자기 시에서 본질적인 예비 단계인 "나른함"을 주변의 자연에다 반영시키고 있다.

셋째 연은 그레이가 어떻게 자연을 인간의 감정과 생각으로 믿게 하느냐하는 것을 분명히 보여주고 있다. 이렇게 땅거미 진 어스레한 시각에 활동하고 있는 한 생명체는 전통적으로는 죽음의 사신으로 알려졌으며, 따라서 옛날 "담쟁이 넝쿨이 덮인 탑"에서 어울릴 정도로 적절하게 묘지를 내려다보고 있는 모습이 발견된 새인 올빼미인 것이다. 그레이는 그 새의 실제 행동을 왜곡시키지 않고 상상력이 깃든 "인간화된" 방식으로 올빼미를 해석하고 있다. 올빼미의 부엉부엉 울어대는 소리가 이와 같이 운수 나쁜 시각인 밤에 "자기의 외로운 옛 영역"을 감히 침범하여 방해하는 시인에게 퍼붓는 불쾌한 항의의 소리라고 그레이는 주장한다. 시인이 풍뎅이를 "그의" 윙윙거리는 비행이라고 언급했을 때와 마찬가지로, 새를 "그것의its"라는 말보다 "그녀의her"라는 말을 사용하여 그 새가 인간적 차원에서 다루어지고 있음을 시사하고 있다. 그레이는 자기의 야행성 창조물을 사람의 외

---

11) 무생물도 감정이 있다고 보는 사고방식.
12) 신인 동형 동성설anthropomorphism이라고도 하는데, 원시 신앙에서 신은 사람과 같은 모습과 인격 및 속성을 지니고 있으리라고 믿었던 종교적 가설.

피로 감싸고 있는 것이다.

시인이 의도한 시의 일차적인 목표가 이루어지는데, 지성이 양 우리에서 편안하게 생각하는 동안에 잠들기 전의 환기의 시간이 조성되는 것이다. 그레이는 이러한 목적을 도와주는 동물의 삶에서 이런 요소들을 선별해서 쓰고, 도움이 못되는 것들은 배제시켜 버리고 있다. 올빼미는 너무 혼란스럽게 행동하지 못하게 되어 있다. 거기엔 올빼미의 기이하고 불안한 울음소리가 갖는 타당한 이유가 있어야 하므로 시인은 그 소리를 제공하는 것이다. 어둠 역시 너무 압도적이 되지 못하게 되어 있다. 정경은 2연에서 "가물거리"다가 결국에는 3연에서 달빛을 받게 된다. 이것은 불안한 어둠이라기보다는 편안한 어둠이며, 아무 것도 없는 텅 빈 공허함이라기보다는 희미한 연무와도 같은 것이다.

네 번째 연에서 그레이는 자기의 애가에 대한 주된 선입견에 근접하는데, 그것은 이 작은 마을에 이전부터 살았던 사람들("오두막에 살았던 선조들")의 삶의 경과인 것이다. 그의 생각들은 어둠을 감쌈으로써, 그리고 마을 사람들의 무덤들을 그늘로 덮어주는 교회마당에 있는 나무들을 시인이 인식함으로써 이와 같은 방향으로 유도되고 있다. 교육받지는 못했어도 정직했던 이들 "소박한" 사람들은 이제 "협소한 공간"에 "영원히" 갇혀 있는 것이다. 하지만 묘지가 지쳐버린 농부들에게 "잠"을 주는 것이지 멸종을 표현하는 것은 아니라는 그레이의 완곡한 주장은 폐쇄공포증적인 죽음에 대한 두려움을 완화시켜주고 있는데, "잠자는 사람들"의 침상을 지키며 서 있는 나무들과 잠들어 있는 사람의 주변에 펼쳐진 담요처럼 불쑥 "솟아올라서" 그들을 덮고 있는 잔디를 묘사하여 더 깊은 인상을 주고 있다. 오두막에서 살던 선조들은 장래 언젠가는 자기들이 겪고 있는 현재의 동면 상태를 털어 버릴 것같이 보인다. 시의 어조가 비록 엄숙하기는 하나 음울할 정도로 병적인 것은 아니다. 무덤에 거주하는 사람들은 이 세상에서 영원히 떠날 수도 있었겠지만, 내세를 향한 자신들의 여행을 하기 전에 휴식을 취하고 있는 중이기도 한 것이다. "향기가 숨쉬는" 아침의 신선함과 아침에 피는 꽃에서 발산되는 감미로운 향은 무덤에서 사는 사람들의 후각 기관에는 아무런 인상을 줄 수가 없다. 제비의 "재잘거림"도 그들의 귓가에는 이르지 못할 것이다. 그들의 육체를 따라서 그들의 감각도 누그러져 잔디 풀과 함께 "부패하고" 있다. 그들은 마찬가지로 수탉의 기상나팔과 사냥꾼의 경적에도 신경 쓰지 않을 것이다. 오직 최후의 심판일의 나팔소리만이 이젠 그들에게 다가가서 그들의 "미천한 잠자리에서 그들을 일깨울 수 있는" 힘을 가지는데, "미천한"이란 말은 살아있었던 동안의 수수한 그들의 숙소와 그들의 현재의 휴식처가 갖는 지하의 속성을 의미하고 있다.

그레이는 이제 죽은 사람들이 버리고 떠난 삶을 찬양하기 시작했다. 거기에는 들판에서의 기분을 들뜨게 하는 향들과 조류들의 재잘거리는 행위 및 여우사냥의 흥미진진함, 그리고 대용품ersatz이란 어떤 것도 있을 수 없는 시골지역의 건강함과 활력 등이 있는데, 심지어 헛간도 자연이 제공한 물질을 이용한 "짚으로 지어진" 것이다. 그는 6연에서 교회마당에 있는 거주민들에게는 거꾸로 과거의 일이 되어 버린 가정적 기쁨을 환기시켜 이러한 것을 전개하고 있다. 따뜻이 맞이하는 화로의 온기와 점잖은 아내의 번잡한 봉사활동 및 그의 후손들의 애정이 넘치는 배려 등, 이 모든 것들은 하루의 노동의 끝 무렵에 일하는 사람에게 보상하도록 기여하는 것으로, 피할 수 없는 그들의 덧없음에 비해서 한결 더 귀중한 보물인 셈이다. 여기서 그레이의 어조는 낙담의 어조가 아니라, 향수와 후회의 어조다. 약강 음보가 지니는 규칙적인 박자는, 그밖의 다른 것이 없어도 우리를 안심시켜주고 있다. 이승의 오두막에는 무한한 사랑이 분명히 있지만, 그와 같이 불가능한 사랑이 천국의 저택에서는 일 천 배 정도로 크게 확대되어서는 안 된다.

그레이는 7연에서 그들의 유해를 이제 지켜보는 느릅나무같이 "늠름

한’ 죽은 이 남편들의 육체적인 에너지에 경의를 표하고 있다. 수확한 곡물의 “산출”은 옥수수가 거친 분투 끝에야 비로소 얻어졌다는 사실을 암시하고 있다. 그래서 농부는 “굳은 땅stubborn glebe”과 싸움을 벌이고 거기서 나오는 물건을 가까스로 얻어내기 위해서는 자신에게 있는 전투적인 능력을 개발시켰음에 틀림없다. 농부는 자연과 싸워 그것을 지배해야만 했다. 그래서 결국에는 심지어 숲 속의 나무들까지도 농부를 지배자로 인식하고는 그의 앞에 “고개 숙이고” 쓰러졌다. 하지만 죽음으로 해제시켜서 이제 그레이의 발밑에 누운 노동자들에게는 그와 같은 육체적인 능력이 떠나고 없어진 것이다. 추수했던 사람들은 자신들이 이제 베어졌으며 그들이 여태까지 높이 군림했던 흙이 이제 그들의 위를 덮은 채 쉬고 있다. 그러나 이와 같은 순환적 사건들에 관해서 자연스러운 면이 있기 때문에 사람의 슬픔은 그것을 받아들임으로써 억제되어야 한다.

그레이는 문맹의 상태에 있는 농부의 겸손한 삶과 죽음(“불분명한 숙명”)에 비해 (지나치게 아첨을 떨지 않고 “야망”과 “장엄함”으로 의인화된) 읽고 쓸 수 있는 중·상류 계층의 자기 독자들의 주목을 끄는 일을 계속해서 정당화시켜 나간다. 위대한 평등주의자인 죽음은 사회계층이나 육체적인 아름다움, 또는 세련된 재주 등을 인정하지 않고 있다. 그와 같은 모든 사치스러운 것들은 가난한 사람들이나 부자들 모두 꼭 같이 기다리는 “좁은 공간”의 입구에서 맡겨두어야만 한다.

영광의 길은 오로지 무덤으로 이르게 되니.

이 시는 그 뿌리를 18세기의 윤리적 보호의 시속에 뚜렷하고 정연하게 삽입시켜 놓고 있다. 하지만 그 어조는, 예를 들자면, 존슨이 유사한 주제로 시를 썼을 법한 무미건조하게 교훈적인 것은 아니다. 묘지의 분위기는 앤 래드클립Ann Radcliffe과 "몽크" 루이스M. G. "Monk" Lewis의 고딕Gothic 소설에 나오는 유사한 배경에 의해 18세기 후반부에 발생한 공포감을 촉진시킨다. 그러나 그레이에게는 자기의 지나간 흔적을 따라 간 고딕 소설가들과 낭만주의 시인들의 훨씬 더 열정적인 작품에는 분명히 없는 삶과 죽음의 알려진 사실들을 수동적으로 받아들이는 태도가 있다. 결국 그는 그 시대의 사람이므로 그의 명상에 내포되어 있는 우의적 교훈은 "그러므로 이 세상의 모든 영광을 보내라(*sic transit gloria mundi*; thus pass all the glories of this world)"는 고전적이고 인습적인 말에 지나지 않는다.

그러나 그레이가 아주 격동적인 시대의 작가들의 출현을 미리 예시해줄 뿐만 아니라, 때때로 그를 "낭만주의 전파pre-Romantic"라고 부르는 면모가 적어도 두 가지 있다. 첫째로, 그는 전원적 환경에서 자극을 추구하기 위해서 도회지거리를 버렸다. 비록 자연이나 자연이 고취시키는 사고로는 시인들이 미리 부과한 한계를 초월하여 침해할 수는 없다고 하더라도, 그레이는 자연에 관한 감수성과, 인간의 정서와 묵상을 촉발시킬 수 있는 자연의 힘에 대한 인식을 보여주고 있다. 둘째로, 시는 서두의 시연의 말미("세상에는 암흑과 *내가* 남는다")에서 결국에는 탐사되지 않고 남게되는 주관적인 영역을 정밀하게 묘사하고 있는 듯하다. 파노라마 속에 자신의 위치를 지시한 그레이는 자신의 시선을 외부로 돌려서 그대로 유지하고 있다. 첫 연이 기약하고 있는 듯이 보이는 자기 성찰은 이후 나타나지 않는다. 내적 세계로부터의 혼돈이나 외부 세계로부터의 소요도 완벽하게 비중을 둔 금언의 평탄한 흐름을 방해하는 지점까지 밀고 들어올 수는 없다.

비록 그레이가 간헐적인 격세 유전적인 경련을, 다시 말해서 감정이 교훈적인 것을 지배하게 하려는 충동을 체험할 수도 있었다고 하더라도, 마지막에는 그가 지나칠 정도로 18세기 사람이었기 때문에, 이성의 목소리보다는 다른 목소리에 자신의 말을 집중시킬 수는 없었던 것이다.

Memo

제8장

낭만주의: 블레이크, 워즈워스, 키이츠, 바이런 및 셸리

18세기 후반 무렵에 선배작가들에 대한 합리적인 편견을 가지고 있는 작가들 사이에서 점점 반감이 커져 가고 있다는 사실을 발견할 수 있다. 포프와 스위프트의 작품들에서 한 때 그렇게 신선하고 활기찼던 기지가 둔해지고 뻔해져 버렸다. 기지의 번뜩임이 사라진 것이다. 영감을 얻기 위해서 작가들은 체험 상으로 좀 더 신비스럽거나 초자연적인 면들 쪽으로, 또는 문예 전성기 시대의 작가들Augustans에겐 관심 밖의 영역이었던 그들의 꿈의 세계 쪽으로 방향을 돌리기 시작했다. 고딕Gothic 소설가들은 작가들이 그의 상상력의 즉흥적이고 "비이성적인" 이끌림을 따르고, 아무리 기이하고 무서워도 말을 통해서 깊은 환상의 이미지들을 마음에 새기도록 자극했다.

윌리엄 블레이크에게는 사실의 세계가 영적이고 신성하며 영원한 참된 실재를 감추는 그릇된 "실재"였던 것이다. 그가 살았던 그 시대의 사회에서 미치광이로 간주되었던 블레이크는 고립 속에서 작품을 썼던 청중이 없는 예언자였다. 그 시대 다른 시인들은 이성을 희생시키고 영적이고 상상적인 것을 진작시키려는 그 같은 강력한 욕망에 사로잡혀 있었다. 판도라 상자Pandora's box의 뚜껑은 열려졌다. 유령들, 도깨비들 그리고 "무서운 악령들"이 시인의 정경을 넘어 몰래 접근해왔다. 문예전성기 시대 작가들의 염세주의적인 세련됨은 가버리고 없었다. 시인은 어린애들과 같은 놀람과 경이로움을 갖고서, 매일 매일을 그 자체가 하나의 작은 기적인양 맞이하면서 삶에 반응하는 것을 더 이상 부끄러워하지 않았다. 콜리지Coleridge는『문학평전』(*Biographia Literaria*)에서 다음과 같이 말함으로써, 시적 기질 내에서 어린애 같은 신선한 반응을 보호해야 할 중요성에 관한 이러한 생각을 피력했다.

> 어린 시절의 감정들을 성인의 온갖 힘으로 옮겨 놓는 일; 어린이의 경이로움과 신비감을 아마도 40년 동안에 걸쳐 익숙해 왔던 매일의 외양들과 조화시킨다는 일. . . . 이것은 천재의 특징이자 특권이다.

아니 어쩌면, 워즈워스가 말했듯이, "어린이는 어른의 아버지(The child is father of the man)"일지도 모른다. 어린이의 상상력은 구속받지 않을 것이고, 삶에 대한 어린애의 반응은 성인의 조건 반사된 반응보다 "더 진솔할" 것이다. 그래서 시인은 그 자발적인 감정을 계속 개발시키도록 해야하고 동시에 다시 작은 아이 같이 되어야 하는 것이다. 워즈워스가 표현한 대로, 시인의 관심사는 "일상의 생활"과 "일반적인 대상들"이며, 거기서 그는 내적 의미를 추출하여 소박함 속에 숨겨진 아름다움을 모두가 볼 수 있게 드러내야 하는 것이다.

블레이크도 어린이의 정신에 비슷한 경외감을 가졌다. 그리고 그의 일상을 통해 그는 신속히 산업화되고 있고 합리화됨으로써 어린이의 노동력을 착취하고 기계적이고 영혼이 없는 교육방법을 통해 어린이의 지력을 왜곡하는 영국의 사회 "체제"를 비난했는데, 그 체제는 기계적이고 영혼이 담겨져 있지 않은 교육방식을 통하여 어린이 노동력을 갈취하고 유아의 지력을 왜곡시킴으로써 급속히 산업화되어가고 "합리화되어가고" 있었다. 블레이크의 관점에서 보면, 어린이의 자유로운 상상력에 날개를 자르고 금지와 확고한 교리들로 그를 얽매이게 만드는 교육원리는 이성의 시대the Age of Reason의 가장 악명 높은 범죄적 유산 중 하나였던 것이다.

> 기쁨을 노래하려고 태어난 새가 어떻게
> 　새장에 앉아 노래할 수 있는가?

(「학생」)

> How can the bird that is born for joy
> 　Sit in a cage and sing?

("The School Boy")

낭만주의 시인들은 아이들도 순수한 상상력 때문에 성인이 다다를 수 있는 것보다 더 정신적 진실에 가깝다는 것을 공통적으로 인지하였다. 워즈워스의 말을 빌리면, 아이는 "빛을 보고 그 빛이 어디로 흘러가는지를 본다"는 것이다. 그러다 불행히도 미칠 정도로 합리적인 세상 속에서 나이가 듦에 따라 "형무소의 차양은 닫혀지기 시작하게 된다." 이처럼 이해했었기 때문에, 낭만주의 시인들은 그들 스스로 경험에 관한 한 어린애 같은 태도를 생의 모든 면에 개방할 것을 장려했다.

　　낭만주의 활동이 가장 강렬했던 시기는 1789년 블레이크의 『순수의 노래들』(Songs of Innocence)이 출판되었던 때와 1824년 바이런Byron이 죽었던 때 사이였다. 1789년 이전에도 이미 그런 기미들은 있었고 1824년 이

후에도 낭만주의 기미는 있었으나, 바이런이 자신의 국가를 위해서가 아니라 다른 민족의 대의명분을 위해 싸우다가 외국에서 죽었을 무렵에 낭만주의 기운이 사그라졌다. 낭만주의 기운이 최고조로 달했을 때조차도 합리주의 시대의 저류가 여전히 감지될 수 있었다는 것이 언급되어져야 한다. 예를 들어 앤 래드클립Ann Radcliff의 소설들은 형언할 수 없는 인간비행의 암시들과 초자연적인 것들을 불러 모은 것 때문에 소설들 속에서 일어날 모든 공포들에 대해 합리적인 설명들을 준비했고, 반면 제인 오스틴Jane Austen의 소설은 이 시대에 쓰인 것이지만 생에 대한 "분별 있는" 태도를 반영하고, 특히 그녀의 중세 식으로 흉내 낸 의사 고딕mock-Gothic소설인 『노생거 사원』(*Nothanger Abbey*) 속에서는 초자연적인 것을 경멸적으로 추방시켜 버렸다. 반면 바이런 경Lord Byron 자신은 『차일드 해럴드의 순례』(*Childe Harold's Pilgrimage*)라는 시에서 독립적이고 무서운 세상에서 고립되어 있으나 약간의 부산물들을 그리워하는 낭만주의 시대의 태도를 초월하여 문예전성기 시대의 냉정함으로 돌아가길 바라는 낭만적 영웅의 특별한 모습을 뚜렷이 그렸다["오! 그대/ 포프와 드라이든의 그림자들이여, 우리가 이렇게 되었나?"(Oh! ye shades/ Of Pope and Driden, are we come to this?)].

다시 말해 이성은 심지어 그것에 반한 예술적 격변의 정점에서조차도 완전히 버려질 수 없는 것이다. 이성이 밀려나 영원히 닫힌 채 남아있을 뻔했던 지평선이 다시 열려져서 이제까지 해도海圖에도 없는 바다로 진수할 뻔했던 새 시대의 시인들에게 새로운 자극을 했다.

아마도 영국문학사에서 어떤 다른 시대에도 그렇게 많은 시인들이 동시에 시를 썼던 때는 없다. 이것은 마치 숲에 불이 동시에 붙어 즉시 여러 방향으로 퍼진 것과 같았다. 1824년 바이런의 죽음과 함께 그 마지막 불꽃이 소멸되었다. 비록 워즈워스와 코울리지Coleridge가 몇 년 더 살기는 했어도 "최초의 멋진 태평스러운 환희(first fine careless rapture)"나 그들의 젊은 시절 시의 상상력과 응집된 에너지는 워즈워스가 그의 송시 「영생불멸의 깨달음」("Intimation of Immortality")에서 예언했듯이 돌이킬 수 없는 것이 되었다.

> 드디어 대인이 그것이 죽어 없어지는 것을 알게 되고,
> 평범한 날의 빛으로 이우는 것을 깨닫게 된다.

> At length the Man perceives it die away,
> And fade into the common light of day.

18세기 마지막 10년 내에 쓰인 시들과 19세기 초 20년간의 시들은 어둠이 깃든 교실에서부터 벗어난 들에서 자유분방한 어린아이들과 같은 고양된 정신을 나타낸다. 시간이 지남에 따라 이 초기의 행복감은 자연히 그 자체가 소멸되었다. 이것은 키이츠Keats와 바이런 및 셸리Shelly와 같은 주요 낭만주의 시인들이 일찍이 죽었고, 마치 그들의 생애에 있어 가장 소중한 것들이 젊은 시절에 지면에다 쏟아 부어진 것처럼, 그들로 하여금 메마른 "사후세계"(키이츠의 말에 따르면), 워즈워스가 참아냈던 일종의 지적인 사후세계를 직면하게 되었다.

그러나 이삼십 년 동안에 이러한 작가들의 창조적인 활동들은 최고조에 이르렀다. 키이츠는 그가 자신의 한 소넷에서 다음과 같이 언급했듯이, 보통 천재의 할당량 이상으로 그의 시기는 축복 받았음을 감지했다.

> 이제 지상에는 위대한 정신의 사람들이 머물고 있다.
>
> (「헤이든에게」)

Great spirits now on earth are sojourning.

("Addressed to Haydon")

하지만 이러한 "정신의 사람들"은 동시대적으로 작용하면서도, 서로 독립적으로 애쓰고 있었다. 1789년의 워즈워스와 코울리지의 협동작인 『서정민요집』(*Lyrical Ballads*)은 드문 상호협력의 예이고, 곧 이어 광희가 그들을 사로잡은 결과 각자 다른 시적인 길로 가게 되었다. 각자 영감의 본래 상태가 극히 중요했었고, 그 어느 것도 그것을 손상시키도록 허용되지 않았다. 시인은 더 이상 문예전성기 시대의 그의 짝이었던 사회의식과 사교적일 수가 없었다. 그는 이제 사회적 현장에서 물러나서 고립된 채 시를 썼으며, 그의 상상력의 영역 안에서 그의 환상적인 존재들과 함께 시들을 머물게 했다. 심지어 낭만주의 시인들이 동시대의 사회적 주제에 대해서 쓰고자 하는 충동을 느꼈을 때에도, 독자들이 넓고 객관적인 내용보다는 시인의 머리에서 나온 내면의 작업 속에 더 가담해 있었음을 발견할 정도로 완고한 이성주의적 용어 속에 작품들을 종종 가두었다.

　　시인들은 외로운 항해자와 같아서 각자는 서로에게 보이지 않았으나, 모두는 하늘의 같은 북극성을 따르고 있었다. 그들 모두는 물질이 형상화된 구체적인 세계는 단지 사람들을 진실 되고 영구한 창조의 진실로부터 멀어지게 할뿐이라는 믿음을 어느 정도 지지하고 있었다. 이러한 이론을 공식화 한 첫 시인인 블레이크는 그의 독자들에게 눈으로 단순히 보는 것이 아니라 "눈을 *통해서*" 자연의 표면세계를 꿰뚫고 그것의 영적 특성, 즉 그것의 절대적 정수를 이해하라고 말했다. 낭만주의적인 눈은 인식뿐 아니라 투시의 기관이다. 그래서 이 찰나적 세계, 블레이크에 의하면, "오감에 의해 닫힌" 세계 이상의 영구적 세계 속에서 보편적으로 나눌 믿음 때문에 낭만주의 철학은 궁극적으로 낙관적인 면이 있다. 심지어 죽음조차도 폐쇄공포를 일으키는 그레이의 매장된 농부의 "좁은 무덤"의 내부 쪽이 아니라, 키이츠가 보았듯이, "젊음이 퇴색하여 유령이 되어 사라져서" 워즈워스가 본 모든 생명의 모순이 화해를 이루게 되는 "영원한 침묵"에 이르는 이 세상으로부터의 해방을 제공하는 외부로 열려진 문이다.

윌리엄 블레이크 William Blake, 1792-1822

70세까지 살았던 윌리엄 블레이크William Blake는 유년시기에는 몽상가였기에 주변에서 내적인 영광스러움으로 광채를 발하고 있는 생명, 즉 여느 산문가들이라면 비범한 것이라고는 아무 것도 보지 못하리라고 여겨지는 생명을 바라보는 능력을 결코 상실하지 않았던 것이다. 블레이크는 "살아있는 모든 것은 신성하다"고 주장하면서 이성이라는 폭군을 쓰러뜨리고 창조 그 자체보다도 인간의 천성에 대한 경이로움에 인간이 각성하도록 시도했던 시들을 쓰면서 자신의 생활을 보내었다. 그는 어린 시절에 가끔 천사나 마귀들로 채워진 거리와 들판을 보았던 것이다. 네 살 때 그는 창문을 통해서 자기를 쳐다보는 신을 보았다. 그래서 후년에 그의 시는 영적으로 자신에게 "구술되었다"고 주장하기까지 했다.

블레이크가 살고 있었던 영국은 그때 즈음 증기력을 발견했으며, 이러한 발견이 가져다 준 가속화된 대량생산을 위한 엄청난 잠재력을 막 실현하기 시작하고 있었다. 프랑스는 18세기말에 정치적인 혁명을 맞은 반면에, 영국은 경제적인 혁명인 산업혁명을 맞았다고들 종종 말한다. 증기력의 활용은 거대한 제분소와 공장의 출현을 촉진시켰다. 그와 같은 움직임들은 낭만주의 시인들에게는 천지창조에 반하는 행위로서, 자연정경의 표면과 고용된 사람들의 영혼 모두를 더럽히는 것들이다. 농촌의 직조공은 자신이 쓰던 수동 직조기가 신형 기계직조기와의 경쟁 상태에서는 무익했기 때문에, 가정인 오두막집에서 나와 커다란 규모의 공장에서 다른 많은 사람들과 함께 일하게 되었다. 신흥 도시들이 새로 세운 공장 주변에 건설되었고 "영국의 살기 좋은 녹색 토지"는 하룻밤 사이에 공장굴뚝에서 뿜어 나오는 연기가 태양을 가리는 잿빛 거리로 바뀌어 버렸다. 동시에 유사한 기술적·과학적 혁명은 토지 소유주들이 광활한 임야를 가꾸는 것이 유리하도록 만들게 된 것이다. 그 결과로 생긴 인클로저enclosure는 가끔 농부가 지닌 자그마한 대여경작지와 소수의 가축을 기를 만한 풀을 뜯는 땅으로 그가 의존하고 있는 공유지 등을 모두 흡수하여 많은 농장 근로자들이 "미개한 선조들"의 땅을 무시하고 기계가 주인이 된 신흥 도시들에다 자신들을 순응시키게 만들었다. 처음으로 충분히 먹지도 못하고 이용만 당한 대다수의 사람들이 조그만 지역에 모이게 되면서 숙식과 동시에 자신들을 감금할 빈민굴들이 갑자기 생겨나게 되었고, 자연히 산업 노동자 계층의 탄생을 보게 된 것이다.

사회의 소수 상층부(공장과 토지소유주들)와 밑바닥의 특권을 잃은 다수 주민들 사이에는 크고 뚜렷한 격차가 생기게 되었다. 이와 같이 갈라진 사회적 틈은 후일에 수상이 된 벤저민 디즈랠리Benjamin Disraeli로 하여금 1845년에 출간된 자신의 소설인 『시빌』(Sybil)에서 영국을 "두 부류의 국민"13)으로 분열된 나라라고 기술하게 했다. 찰스 디킨스Charles Dickens와 엘리자베스 개스켈Elizabeth Gaskell 및 찰스 킹슬리Charles Kingsley 등과 같은 또 다른 19세기 소설가들도 무분별하게 산업화를 향해 저돌적으로 치달을 정도로 국민정신에 끼쳐진 해악에 관해서 비슷한 항의를 했다. 그러나 그들이 집필하는 그 순간까지도 그 과정은 돌이킬 수 없게 되었다. 이 모든 것을 블레이크는 미리 알고 있었으므로, 자신의 장시인 "예언적" 시편에서 인

---

13) 이러한 현상을 앤소니 스웨이트Anthony Thwaite는 "아주 가난한 사람들과 아주 부유한 사람들 사이의 양극화"라고 지적하고 있다.

간이 물질세계에 탐닉하면 자신의 정신생활이 마비되는 위험에 빠지고 만다는 사실을 예언했다. 블레이크의 초기 시에 나타나는 공통적인 전형은 들판을 돌아다니다 붙잡혀 굴뚝소제부가 된 어린애이다.

　　직업이 조각가였던 블레이크는 시와 회화라는 두 가지 기술을 조합하여 나름대로 디자인한 시편들을 선보이게 되었다. 그는 동료 시인들과는 완전히 동떨어진 채로 활동했으며, 워즈워스의 작품들을 그가 모사하면서 여백에다 언급한 내용을 보면, 그가 그 작품들 중 어느 작품에도 그다지 공감을 못 느꼈던 것같이 보인다. 어쩌면 자기 나름대로의 개성 있는 방식으로 지속하면서 그는 동료 낭만파 시인들이 찬성했을지도 모르는 자기의 단정에, 즉 "내가 어떤 체제를 창조하지 못하면 나는 또 다른 인간의 체제에 의해 노예로 전락할 수밖에 없다"는 명언에 단순히 매달리고 있었다. 각 개인이 "체제를 창조하는" 자유는 블레이크에게는 중요하게 여겨졌다. 따라서 오로지 인간만이 자신을 깨닫고 싶어하며, 이성과 열정을 통합하면서 의식적인 자아[프로이트Freud적인 용어로는 자아ego]와 비의식적인 것[프로이트적인 용어로는 이드id]을 통합하는 존재 전체를 발견할 수가 있을 것이다. 그 결과 생긴 심리적인 행복의 상태는 세상을 희생시켜서라도 얻을 가치가 있을 것이다. 그래서 블레이크는 이런 이유로 상업적인 이익을 위해서 예술적으로 협상을 한다는 생각을 혐오했다. 그의 개별적인 자아는 너무도 신성한 영역으로 간주되었기 때문에 블레이크는 자신의 시에서 자기 아내가 전념하면서 주제넘게 나서는 파괴적인 힘에 대해 완강히 공격하면서 그녀의 힘을 시기심에 사로잡힌 여성의 의지로 규정하였다.

　　산업혁명이 블레이크를 자극하여 운명에 대한 전망을 진단하도록 했다면, 프랑스 혁명은 인류의 미래에 대한 희망으로 그를 고무시켰다. 처음에는 혁명을 지지하다가 나중에는 재커뱅Jacobin의 과도한 정치와 공포통치 the Reign of Terror(1793)의 결과로 말미암아 들을 돌리게 된 워즈워스나 콜리지와 같은 동료 낭만주의자들과는 다르게, 블레이크는 항상 혁명론자들의 목표에 온정적이었다. 그에게 프랑스 혁명은 인간이 자기의 전 잠재력을 마침내 각성하여 드디어 잠자고 있는 인간의 본성을 인식하게 되는 하나의 조짐이었던 것이다. 만일 각 개인에게 있는 상상력이 일깨워진다면, 사람은 공감과 연대하여 반목과 권태를 떨쳐버리는 참다운 인간Man이 될 수 있으리라는 것이다.

아래의 첫 시가 발췌된 블레이크의 『순수의 노래들』은 어린애에게 비친 삶에 대한 즉각적이고도 상상적인 반응이 지배하는 서정시들을 포함하고 있다. 배경에는 억압적인 성인들의 세계가 서성대고 있지만, 어린애들은 그 압도적인 비중아래에서도 결코 굽어지지 않고 있다. 그들은 그 어휘가 지니는 두 가지 의미에서도 아무런 영향을 받지 않고 그대로 남아있다.

성목요일

성목요일이었다, 천진난만한 아이들의 얼굴은 깨끗하고,
아이들은 둘씩 짝지어, 빨강과 파랑 초록색 옷을 입고,
눈처럼 흰 막대기를 든, 백발의 집사들이 앞서 걸어가네,
테임즈 강물이 흐르듯 둥근 지붕 높이 솟은 폴 성당으로.

아 런던의 도시에 있는 꽃들, 수없이 많게 보이누나!
무리 지어 앉아 있는 모습들 눈부시게 보이네.
수많은 웅성거림이 거기에 있었으나, 양의 무리들이네,
순수한 손을 치켜든 수많은 어린 소년 소녀들.

이제 힘찬 바람처럼 그들은 목소리를 하늘 높이 올려보네,
아니면 천국 한가운데의 중심지에 있는 조화로운 천둥소리처럼,
가난한 이들의 현명한 수호자인 노인들이, 그들의 아래에 앉아 있네,

동정심을 가지세요, 문간에서 천사를 내쫓지 않도록.

Holy Thursday

'Twas on a Holy Thursday[14]), their innocent faces clean,
The children walking two & two, in red & blue & green,
Grey headed beadles walked before, with wands as white as snow,

O what a multitude they seemed, these flowers of London town!
Seated in companies they sit with radiance all their own.
The hum of multitudes was there, but multitudes of lambs,
Thousands of little boys & girls raising their innocent hands.

Now like a mighty wind they raise to heaven the voice of songs,
Or like harmonious thunderings the seats of heaven among
Beneath them sit the aged men, wise guardians of the poor;
Then cherish pity, lest you drive an angel from your door[15]).

오늘날에는 예수 승천일Ascension Day로 더 알려진 성목요일은 십자가형을
당한 후 40일 만에 천국으로 승천한 크라이스트Christ를 찬양하는 날이며,
따라서 개개인의 인간영혼에 대한 구원을 보장하는 날이다. 당연히 대단한
환희에 가득한 행사가 있어야하는데, 따라서 블레이크의 시에서는 아이들
이 아무런 언질도 없이 반응을 보인다. 시를 통해서 젊은이들의 자연스러운
희망과 노인들의 정신적인 맹목성과 확실한 절망 사이에 대조가 보인다.

---

14) 성 목요일Holy Thursday은 부활절후 40일이 되는 주의 목요일로 예수 승천축일Ascension Day
을 말한다.
15) 모르는 사이에 대접한 나그네가 천사일 수도 있으니, 나그네대접을 소홀히 하지 말라는 충
고의 내용[『히브리서』(Hebrews) 13장 2절].

시에서 나타나는 기이한 양상은 그 시행의 불규칙한 길이라고 하겠는데, 대부분의 시행이 약강 7음보격iambic heptameter으로 되어, 네 번째 음보 뒤에는 각 시행의 끝에 긴 휴지가 따르고 중간에는 짧은 휴지가 오게 된다. 블레이크는 보호자들의 경계심 어린 눈초리 하에 있는 어린이들을 "둘씩 짝지어 걸어간다"고 묘사하고 있는데, 약강 음보의 긴 시행은 독자들의 귀에는 행진하는 어린이들을 그린 긴 시행에서 생기는 리듬을 연상시켜준다. 더욱이, 이들 "14음절 시행들fourteeners"의 음보는 운문으로 된 대부분의 민요ballads나 이야기들이 쓰인 음보이다. 그러한 민요들은 종종 "낭만적"이거나 "요정 이야기"와 같은 소재를 갖고 있으며, 민요음보에 의해 자극된 "순수한" 연상감과, 시속에서는 타락하고 냉소적인 성인들에겐 잃어버린 낙원에 대한 암시 사이의 대조에서 분명한 아이러니가 나타나 있다.

"순수하다innocent"는 말이 시의 첫 행과 8행에서 나온다. 블레이크는 확실히 얼굴의 "깨끗함cleanliness"으로 강조된 자기가 그리고 있는 아이들에게서 이러한 자질을 강조하고 싶은 것이다. 아이들은 여태까지 체험을 통해서도 더럽혀지지 않은 자연스러운 순수함을 지니고 있다. 하지만 그들의 "깨끗한" 얼굴에는 더 사악한 또 다른 이유가 있을 수 있겠는데, 이미 성인의 세계가 그들의 성장을 비뚤어지게 할 정도로 그들의 자연스러운 삶을 침해하고 위협하고 있음을 암시해주고 있다. 주로 고아원의 수용자들인 아이들은 눈부실 정도로 자신들의 "빨강과 파랑 초록색" 옷을 입고 있으며, 교회에서 보기 흉하지 않을 정도로 보이도록 미리 보호자들에 의해 세심하게 닦여진 얼굴들을 하고 있었다. 다시 말하면, 성인들은 기독교 복음의 영적인 씨앗을 받을 수 있는 내부적인 준비를 하는 일보다는 외부적인 모양새(어린애들의 말쑥한 모습)에 더 관심을 두고 있는 것 같다.

어린이들의 보호자들인 "집사들"은 "백발"의 머리로 그 특징이 드러난다. 그들은 어린아이들을 적시고 있는 밝은 일차색들과는 대조적으로 희미하고 뚜렷한 특징이 없는 색조와 연관이 있다. 더 나아가서 이들 노인네들은 자기들이 어린애들을 감금하여 관리할 때 규율과 질서를 강요하기 위해서 들고 다니는 지팡이인 "눈처럼 흰 막대기"와 동일시되고 있다. 여기서 흰색은 깨끗함의 흰색이 아니라 "눈"의 흰색이며 집사들이 섬기는 교회가 지니고 있는 정서적으로 차가운 느낌을 암시하고 있다. 젊음과 늙음의 상반된 색깔은 시에서 어린이들이 갖고 있는 조야하지만 명랑하고 따스한 느낌과 살아있는 정신적인 힘과 그 어린이들보다도 더 우월하다고 여기고 있는 사람들이 갖고 있는 지적인 무기력함과의 대조를 강화시키고 있다. 어린이들은 그들의 연장자들보다도 헤아릴 수 없을 정도로 신에게 더 가까이 있는 셈이다. 그래서 그들이 세인트 폴 성당St Paul's Cathedral에 도착했을 때 그들은 마치 더 나이든 세대를 물질적인 이승의 표면에다 굳건히 잡아 붙들고 있는 중력이라는 물리적 법칙과 맞서듯이, 그 성당의 높은 둥근 지붕 속으로 "흘러 들어가는" 것이다. 어린애들을 테임즈 강의 "물"에다 비유한 것은 이러한 인상을 강화시키기 위함이다. 블레이크는 계시록the Book of Revelation에 나오는 생명의 강the River of Life(블레이크는 훌륭한 수채화로 이 강을 그렸음)에 대한 이승의 유형으로 환기시키고 있는 듯하다. 이 강은 어린애들이 집사들에 의해 오랫동안 억눌려 있을 때에도 여전히 신선함을 유지했던 본래의 정신적인 힘에 의해 감동을 받고 있음을 나타내고 있다.

쓸데없이 너무도 많은 장난꾸러기들이 있기에 그들이 내는 "웅성거림"은 벌떼들의 잉잉거리는 소리를 연상할 정도다. "그러나" 이들 고아들은 그들을 책임져야 할 시 당국자들에게는 성가신 존재가 될 수 있다고 하더라도, 그들은 실제로 우둔할 정도로 눈이 어두워 불쾌할 정도로 무지할 뿐만 아니라 제멋대로 성스럽고 종교적인 존재를 무시하고 있다는 사실을 나타내고 있다. 이들 "수많은 어린 소년 소녀들"은 더욱 더 투철한 시인의 시각에는 "양떼"이며, 그들 각자는 작은 살아있는 크라이스트의 표상인 하느님의 양the Lamb of God으로, 귀를 기울이려하지 않는 세상에 희망의 메시지를 가져왔던 것이다.

성서적 비유는 마지막 연에서 계속된다. 목청 돋우어 노래하는 어린 애들의 소리는 오순절 때 "성신으로 가득 채우면서" 사제들을 찾아왔던 "쇄도하는 막강한 바람"[『사도행전』(Acts) 2장 2-4절]에 대한 인유인 "힘찬 바람과도 같다." 젊음이나 늙음은 모두 찬미할 만한 것이라는 승리감을 적절히 회상시켜줄 수 있는 것으로, 물질적인 것에 대한 정신적인 것의 승리와 육체에 대한 정신의 승리는 크라이스트의 승천을 통해서 원래의 사도들에게 표명되었던 것이다("그들이 보았을 때, 그는 위로 올라갔다. 그리고 구름 한 점이 그들의 눈에 보이지 않게 그를 받아들였다:『사도행전』1장 9절). 어린애들은 초기의 사도들이 그랬던 방식으로 자연스럽게 신을 향해 가슴을 열자 성신은 쇄도해 들어왔다. 어린애는 어른보다 상위에 있으며, 어른은 땅바닥에 뿌리박고 "앉아있지만", 어린애는 자신의 꾸미지 않은 찬미의 축가가 울려 퍼지고 "조화로운 천둥소리"의 비율에 따라 증폭되는 ("천국 한가운데의 중심지")인 또 다른 세상으로 구속받지 않은 자유로운 상상력의 힘에 의해 이끌려 간다.

시의 말미에서는 여태까지는 배경에서 부드럽게 울렸던 아이러닉한 음조가 지배적이었다. 이 무리의 회중에서 노인들은 "가난한 이들의 현명한 수호자"로 불리고 있다. 표면상으로는 이 말이 그들의 나이와 관계가 있어서 그들의 회백색 머리가 명민함을 가져왔다고 암시하고 있다. 그러나 시의 마지막 행은 이 가난한 사람들의 보호자들이 지니고 있는 "지혜"는 단순한 자기흥미보다는 훨씬 더 숭고한 근원에서 나오는 것이다. 세월이 흘러가면서 그들에게 오게 된 것은 노인들의 투명한 지혜가 아니라, 나름대로의 목적을 확보하려는 자아의 협소한 지혜다. 왜냐하면 마지막 시행은 잠언과도 같은 울림으로 자비로움이 일종의 삶을 담보하는 정책으로 불운한 사람들에게도 보여져야 한다는 것("동정심을 가지세요")을 넌지시 암시하고 있다. 삶의 권리마저 박탈당한 사람들에게 동정심을 베푸는 은혜를 보임으로써 천사들의 승인을 확실히 얻어내고, 따라서 내세에 자신만의 지위를 확실히 보장받을 수가 있는 것이다. 이것이 블레이크가 보여주고 있는 "노인들"의 "지혜"이며 자기관심에 의해서 생긴 지혜인 것이다.

시에서 나이 든 사람들은, 설사 그들이 보는 눈이 있고 듣는 귀가 있다고 하더라도, 자기들 주변에 있는 정신적인 삶에 그들이 참여하지 못할 정도로 이기심에 갇혀버린 상태에 있다. 마음속에서부터 자연스럽게 우러나오는 동정심에 반응하기보다는 오히려 계산된 "동정심"을 그릇되게 발휘하고 있다. 이와 같이 이성의 목소리에 갇혀버린 나머지 천상의 목소리가 더 이상 그들에게 닿을 수 없는 차원으로까지 그들은 추락해버리고 만다. 비록 블레이크가 "인간 영혼의 상반된 두 상태"라고 불렀던 갓 태어난 "순수함Innocence"과 성인들의 "경험Experience" 사이에는 명백히 엄청난 격차가 있다고 하더라도, 승리가 어린애들에게 있다는 사실이 시속에서는 그다지 의심이 가지 않을 정도로 드러나 있다. 어린애들의 얼굴은 그들을 보살피는 보호자들이 훈육상의 회초리를 가지고서도 끌 수 없는 "광채"로 미화되어 있다. 용감히 맞서는 그들에게 손을 대어보라. 그들은 천사들의 무릎 위에 있다. 따라서 시는 마지막 아이러니를 통해 남게 된 통렬한 부산물에도 불구하고, 아주 건전하고 염세적으로 남게되며, 다른 『순수의 노래들』 가운데서 그 자리를 발견하게 된다.

블레이크의 견해에 의하면, 어린애들이 성장하여 성인이 되면, 사람은 자신의 사회적 환경의 제약 속에서 점점 더 얽매이게 되는 법이다. 블레이크는 국가의 종교와 도덕적 전통을 나무라면서, 성인들이 어쩔 수 없이 감내해야했던 억눌렸던 반쪽의 인생에 대해서 그 종교와 전통이 주로 책임을 져야 한다고 주장한다. 그는 그가 "마음의 족쇄를 채우는 소리

(mind-forged manacles)"[16]라고 불렀던 획일성이라는 족쇄에 반대하여 최초로 항의한 사람이었다. 오늘날에는 심리학자들이 리비도libido라는 용어를 썼겠지만, 성적인 것이나 그밖에 다른 외향적인 에너지가 위축되거나 억압되면, 내부로 향하게 되어 개성을 파괴시킨다는 믿음으로 블레이크는 "실현되지 않은 욕망들을 돌보기에 앞서 유아는 요람 속에서 죽는다"고 충고하였다. 이것이 『경험의 노래들』(*Songs of Experience*)에 나타난 상황이다. 이어지는 예는 개인의 영혼이 권위적인 환경에 의해서 방해받고 왜곡되는 방식에 대해서 블레이크가 무서워하는 어떤 면을 드러내고 있다.

사랑의 동산

사랑의 동산에 가보니,
전에는 보지 못했던 것이 눈에 보이네:
교회당 한 채가 한가운데 지어져 있었다,
내가 놀던 푸른 들판 위에.

이 교회당 문들은 모두 닫혔고,
문 위에는 "해서는 안 된다"고 적혀 있었다;
그래서 사랑의 동산으로 발길을 돌리니,
향긋한 꽃들이 무성하게 피던 그곳으로.

거기엔 무덤들만이 가득 차 있었고,
꽃이 있어야 할 곳엔 비석들만이 서 있었다:
검은 옷 입은 사제들이 근처를 돌아다니면서,
내 기쁨과 욕망을 가시덤불로 묶고 있었다.

---

16) 그는 자신의 시 「런던」("London")에서 그 당시의 영국의 획일적인 사회분위기를 이와 같이 표현하고 있다.

The Garden of Love

I went to the Garden of Love,
And saw what I never had seen:
A Chapel was built in the midst,
Where I used to play on the green.

And the gates of this Chapel were shut,
And 'Thou shalt not' writ over the door;
so I turned to the Garden of Love,
That so many sweet flowers bore,

And I saw it was filled with graves,
And tomb-stones where flowers should be:
And Priests in black gowns were walking their rounds,
And binding with briars my joys & desires.

첫 연부터 어린애들의 순수한 세계는 내버려지게 된다는 사실이 명확히 드러난다. 화자는 "푸른 들판 위에서 놀곤 했던" 것이다. 그는 이전에 자신이 마음껏 돌아다녔던 곳에 제도화된 종교의 성채인 "교회"가 세워졌기 때문에, 이제 더 이상 그렇게 놀 수가 없는 것이다. "사랑의 동산"은 어린애가 주변에 있는 대상들에 아무 생각 없이 자기의 애정을 쏟았던 유년기의 낙원을 의미한다. 그가 점점 더 자라나서 이치를 깨닫게 되어서야 비로소 자발적인 사랑이 항상 돌아오는 것은 아니라는 사실을 알게 된다. 이와 같은 의식이 일단 싹터오면("전에는 보지 못했던 것이 . . . 보이네"), 사랑의 정원 역할을 한 삶의 이미지는 붕괴되고 만다. 인간이 종교를 인위적으로 만든 것이, 맹금류처럼, 예전의 놀이장소의 중앙에("한가운데에 지어져") 자리 잡고 있는 추같이 보이고 있다. 이제 "교회"는 새로운 것이 아니다. 이전부터 늘 거기에 있어온 것이다. 그러나 교회가 성숙해 가는 어린애의 의식에 처음으로 침투하게 된 것이다. 결과적으로 그림자가 드리워지고, 인생은 이제 더 이상 여태까지 그렇게 보여졌던 한없이 펼쳐진 "녹색" 평원이자 푸릇푸릇한 비옥한 땅이 아니다. 어린애는 기쁨도 없을 뿐만 아니라 기약도 없이 자라나면서 자신의 "푸르름"을 상실해가고 있다.

　　2연은 인간 종교의 본질을 더 많이 드러내고 있다. 교회가 그 나름대로 본연의 잠언인 "해서는 안 된다"라는 어귀를 갖고 있으므로, 믿음은 정신적인 삶의 긍정적인 부분보다는 부정적인 부분을 더 강조하고 있는 것이다. 이는 격려하기보다는 금지하는 교의인 셈이다. 어린애의 정신력과 천성적인 성품을 기르기보다는 억제하려는 가르침이다. 더욱이, 어린애는 "이 교회의 문이 닫혀있기" 때문에, 심지어 자신의 성부Father에게 다가가도록 허용되지도 않고 있다. 마치 신이 어린애에게 등을 돌리고 외면한 것처럼 보이며, 황량한 교회당 건물이 부자연스럽게 건립되어 신께서 새로이 보이고 있는 무관심을 나타내는 스산한 상징물로 우뚝 솟아있는 것이다.

　　성년이 된 시의 "화자"는 무서움에 자신을 기다리는 제도화된 성인의 세상으로부터 움츠러든 나머지, 본능적으로 여태까지 자신을 도와 왔고 지탱시켜준 향긋한 꽃들이 핀 순수함을 향하게 된다. 그러나 물론 한번 상실해버린 순수함은 결코 회복될 수가 없을 것이다. 성장해 가는 어린애는 점점 더 의식이 깨여가면서 행복했던 순수의 상태로 돌아갈 수 없다는 것을 인식하게 된다. 엘리엇이 「게론티언」("Gerontion")에서 말했듯이, "그와 같은 사실을 알고 난 후에 무슨 소용이 있겠는가?" 블레이크의 시에서 화자는 성인의 세계가 침범하여 그의 환상을 손상시켜서 사랑의 신의 이미지 위에다 증오의 신의 이미지를 부과해버렸기 때문에, 자기의 옛 유년시절의 상태로 돌아갈 수가 없는 것이다. 3연이 보여주는 바와 같이, 어린애의 본능적인 낙천주의는 점점 고조되는 좌절감으로 인해 청년시기에 대체되고 만다. 향기로운 꽃들은 가버렸고 무덤과 묘비들만이 그 자리를 채웠다. 엄하고 요원한 신성의 이름으로 경내를 돌아다니는 성직자들은 어린애들의 발육에 제약을 가하기 위해 어린애들의 천성("기쁨과 욕망")을 동여매는 일("묶고 있었다")에 전념하고 있다. 게다가 그들은 이러한 목적으로 장미 덤불의 가시 돋친 줄기("가시덤불")를 사용하여, 신이 부여한 어린애의 그 천성을 꾸짖는 일에 즐거워하고 있다.

리듬은 시의 말미에 가서 변하고 있다. 처음의 두 연과 셋째 연 절반 정도는 근본적으로는 약약강anapest 조의 음보로 된 경쾌한 리듬의 3보격에 맞추어서 가볍게 도약하고 있다. 그러나 마지막 2행은 리듬이 수렁에 빠진 듯이 움직이지 않고 있다. 블레이크는 여분의 음보를 가미하고 있다. 약약강 3보격이 약강약amphibrach 4보격으로 변하게 된다. 그리고 시의 전반부에서 느껴진 즐겁게 뛰는 느린 구보동작은, 마치 방해하는 성직자들이 시편 속에서 직접 느껴지는 것처럼, 지쳐서 진흙탕 속을 거니는 것같이 변해버리고 만다. 독자는 속도가 느려지고 잡초무성한 곳을 다니는 것처럼 행동에 제약을 받는 것같이 느껴진다. 그들은 뛰는 어린애들의 발걸음과 성큼성큼 걷는 시의 속도를 한데 묶고 있다. 첫 부분의 즐겁고 경쾌한 느낌은 마지막 부분의 멍한 상태에서 방황하는 느낌으로 대체된다.

블레이크의 시는 예언적 속성보다는 경고의 의미로 간주된다. 황량한 상태를 마지막 상태까지 끌고 갈 필요가 없다는 것이다. 모든 생명체 아래에는 신성이 자리하고 있다는 사실을 일단 이해하고 인정하게 되면, 돌로 지어진 교회와 비슷하게 무섭지만 궁극적으로는 중요하지 않은 부속물들은 마치 존재하지도 않았던 것처럼 증발해버릴 수도 있을 것이다. 그러면 사랑의 동산은 기적과도 같이 재현될 수도 있을 것이다. 그런 동산을 창조하는 일은 인간의 신성한 속성과 창의력이라는 능력 내에 있는 것이다. 일단 분출되어 활동하게 되면(다시 그러한 힘이 솟구쳐 나오면), 그와 같은 환상으로 인간은 자기 주변의 물질적인 환경을 초월할 수가 있으며, 자신의 창조와 재창조의 세계로 비약할 수도 있을 것이고, 자신의 삶을 헤아릴 수도 없을 정도로 풍요롭게 만들 수도 있을 것이다. 어쩌면 블레이크가 다음 시에서 말한 것처럼 될 수도 있을지 모른다.

> 한 알의 모래 속에서 세상을 보고
> 야생화 한 송이에서 천국을 보려면
> 그대 손바닥 안에서 무한함을 포착하라
> 그리고 한 시간에서 영원을 추구하라.
>
> (「순수의 전조」)

> To see a World in a Grain of Sand
> And a Heaven in a Wild flower
> Hold Infinity in the palm of your hand
> And Eternity in an hour.
>
> ("Auguries of Innocence")

윌리엄 워즈워스 William Wordsworth, 1770-1850

윌리엄 워즈워스는 자신의 1802년도 판 『서정 민요집』의 「서문」("Preface")에서 자기 시의 소재로 "일상생활에서 일어나는 사건들과 상황들을 선택하여," 문예전성기 시대의Augustan 시어법 양식을 사용하지 않고 그것을 "보통 사람들이 실제로 쓰는 언어의 선택"으로 대체하겠다고 했다. 블레이크는 일반적으로 소홀히 되어왔던 주제의 국가의 고아원에 대해서 언급하면서 "일상생활에서 일어나는 사건들과 상황들"로 이미 시의 초점을 옮겨 놓았다. 그리고 그의 꾸밈없고 간결한 시어법과 "빨간색, 푸른색, 녹색 (reds & blues & greens)"의 직선적인 이미지를 통해서 그는 이미 워즈워스가 선언했던 모든 바로크baroque적인 수사적 장식이 없는 언어에 대한 선호를 예견하고 있었다.

　워즈워스는 시로 새로운 성실함을 추구하고 있었다. 그는 "좋은 시는 강렬한 감정의 자연스러운 분출(All good poetry is the spontaneous over-flow of powerful feelings)"이라고 말했다. 따라서 그는 많은 자신의 시를 "일상생활"에 두었으며 농부들과 미혼모들, 그리고 시골뜨기들을 주인공들로 다루었다. 그것은 압제받는 자의 문제를 폭로하기 위한 강렬한 사회적 책임감 때문이 아니라, 그가 훨씬 더 교양 있다는 배우들의 난잡한 수사법을 통해서 보다는 주로 세련되지 못하고 무식한 시골에 사는 사람들의 입을 통하여 "강렬한 감정"을 전달하고 싶어했기 때문이다. 학교 교육을 받지 못한 농부는 자신들 마음에서 나오는 대로 정직하게 말했다. 그는 멋있게 보이기 위해서 자신의 솔직한 감정에 옷을 입히는 방법을 배우지 못했다. 워즈워스가 느끼기에 시인은 이와 비슷한 소박하고 순수한 간결성을 스스로 개발해야 했다. 이것을 위해 워즈워스는 어린 시절부터 그가 『서시』(The Prelude)에서 "개미언덕ant-hill"이라 불렀던 런던과 같은 대도시를 거부했으며, 스스로를 시골에 내맡겼고, 그 속에서 그는 거기에 거주하는 자들과 다채로운 자연현상을 탐구할 수 있었다. 그가 『서시』에서 밝혔듯이 워즈워스는 호반지방Lake District에서 보낸 자신의 어린 시절부터 그에게 깊은 영향을 주었던 믿음, 즉 모든 자연에 통일성을 부여하고 깨우침을 주며 내재하는 "존재Presence"가 있다는 믿음을 즐겼다. 그의 시속에서 모든 자연 경관을 묘사한 이면에는 자연세계와 인간의 경험에 의미를 부여하는 창조주의 존재presence of the creator가 깃들어 있다는 인식이 스며있다. 워즈워스에게 자연은 과학적 인과에 대한 논리적 결과라는 단순한 문제가 아니었다.

신 또한 문예전성기 시대의 사람들이 말하는 먼 곳에 있는 관조자가 아니었다. 워즈워스는 신을 세상에 가깝게 끌어오려고 노력했고 이승을 신에게 가까이 올려놓으려고 애썼다. 그는 창조주를 문예전성기 시대 사람들이 신에게 부여했던 먼 천상의 자리에서 내려와 자연 환경 속에 있게 했다.

워즈워스가 칭송했던 순수한 감정으로 자연경관에 반응하는 데는 오직 농부들이나 아이들만이 지니고 있는 불순함이 없는 순박함이 필요했다. 따라서 이러한 두 가지의 "정형stereotypes"이라고 할 만한 "유형types"은 워즈워스의 시에서 자주 등장한다. 자연세계와 밀접한 그들의 관계는 그들이 자연에 대해서 성실한 정서들을 표현하기에 적합하도록 만들어 준다.

> 안개와 은빛의 조용한 물방울 옆을 지나,
> 저 갈대들과, 저 벽의 높은 창 같은 풀은
> 내가 지나갈 때 내 마음속에 전달한다
> 너무나도 조용한 평온함의 이미지를.

> Those weeds, and the high spear grass on that wall,
> By mist and silent raindrops silver'd o'er,
> As once I passed, did to my mind convey
> So still an image of tranquility,

워즈워스의 시 「폐허가 된 오두막」("The Ruined Cottage")에서 "늙은이"는 이와 같이 말하고 있다. 그리고 만약 그가 시골로 물러나 살았더라면 이 무식한 사람과 그가 속해 있는 대 자연의 환경사이의 순간적인 관계를 그 자신이 스스로 발전시킬 수 있었을 것이다.

내 마음은 뛰누나 하늘에 있는
무지개를 바라볼 때.

(「내 마음은 뛰누나」)

My heart leaps up when I behold
A rainbow in the sky.

("My Heart Leaps Up")

워즈워스는 블레이크와 같이 어린아이는 어른이 가질 수 없는 창조주에 대해 즉각적으로 이해할 수 있다는 것을 인식하고, 그의 많은 시의 영감을 어린 시절을 회상함으로써 얻었다. 그 시절의 인상은 새롭고, 순수하며, 본래부터 비어있는 그런 "백지/tabula rasa"[17])에 생생하게 새겨놓은 것처럼 새겨져 있다. 어른의 정신에는 결코 그 정도로 강렬하게 새겨질 수 없는 그런 것이다. 워즈워스는 어린 시절의 경험에서 그 인상적인 순간을 기억해낸다. 성숙한 시인의 임무는 이러한 순간을 그의 어린 시절의 기억 속에서 찾아내서, 그것들을 영원히 그의 시속에 기록해 둔다. 워즈워스는 이러한 과정을 "평온함 속에서 회상한 감정(emotion recollected in tranquility)"이라고 일컫는다.

바꾸어 말해, 나이가 든 워즈워스는 기억을 통해서, 젊은 워즈워스가 열정적으로 그렸던 것들을 열정이 없이도 경험할 수 있는 것이다. 원래의 주관적인 반응은 기억과 상상력의 작용으로 객관적인 분석과 종합을 위해서 재발견된다. 이런 방식으로 젊은 시인과 늙은 시인의 신비로운 결합이 일어나는 것이다. 그것은 워즈워스의 가장 명확한 통찰력과 가장 맑고 투명한 시의 정화를 도와주는 연금술과 같은 작용이다. 젊은 자아와 늙은 자아

---

17) 원래는 글자가 씌어 있지 않은 서판이나 백지를 말하는 용어인데, 여기서는 순진무구한 마음을 의미하는 비유적 표현으로 사용되었다.

의 구분은 워즈워스의 「틴턴 사원 몇 마일 위에서 지은 시」("Lines Composed a Few Miles Above Tintern Abbey")에서 표현되고 있다. 그 시에서 그는 처음 그 언덕에 왔었던 자신의 모습에 대해 언급하고 있다.

> 나는 그릴 수 없다.
> 그때의 나를. 우렁찬 폭포가
> 격정 마냥 나를 사로잡았었고; 높은 바위,
> 산, 그리고 깊고 어둑한 숲,
> 그들의 색채와 형상들은, 그엔 내겐
> 하나의 욕정이었다; 하나의 정감과 하나의 사랑이어서,
> 사색이 공급해 주는 더 심원한 마력이,
> 필요 없었다.

> I cannot paint
> What then I was. The sounding cataract
> Haunted me like a passion; the tall rock,
> The mountain, and the deep and gloomy wood,
> Their colours and their forms, were then to me
> An appetite; a feeling and a love,
> That had no need of a remoter charm,
> By thought supplied.

소년으로서 자연 풍경에 심취하고자 했던 그의 "욕망"은 기본적으로 육체적이고, 동물적이며, 생각이 없는 것이다. 그러나 성숙한 사람으로서 이제 "생각"이 "제공"될 수 있다. 고요함 속에서 그의 미숙한 감정의 재료들이 걸러지면, 시인은 고양된 것들을 얻어낼 수 있으며, 그것을 그의 양심이 얻어낸 기예를 통해서 설명할 수 있다.

하지만 워즈워드가 인지했고 사실상 예상했듯이, 개인적 회상에 대한 의존은 많은 문제를 수반한다. 시인이 나이가 들면서 그의 기억들은 희미해지고, 지나간 세월 속에서 어린 시절의 예리함도 잃어버리게 되고, 시를 쓸 수 있는 능력 또한 사라지게 된다. 블레이크의 오랜 기간의 창조적인 생활이 영원히 샘솟는 상상력에 대한 믿음을 보여주듯이, 워즈워스의 시인으로서의 생애는 시적 영감의 소재를 제한하는 것에 대한 의심을 잘 보여주었다. 블레이크에게 있어서, 중요한 것은 비개인적인 어린 시절의 마음의 상태 그 자체였지, 개인적인 경험은 아니었다. 그는 늙은 나이에도 새로운 상상력을 키워갔다. 워즈워스의 가장 최고의 시들은 모두 그의 인생이 반쯤 끝났을 때인 35세경에 쓰인 것들이다. 그 후로는 상상력은 빛은 점점 희미해져 갔다 어린 시절 기억의 우물이 메말라 버렸던 것이다.

워즈워스가 가장 생생하게 회상한 것 중의 하나가 얼스워터Ullswater 지방에서의 수선화에 대한 묘사이다.

나는 외롭게 방황했지 구름 마냥

나는 외롭게 방황했지 구름 마냥
골짜기와 언덕 너머로 높이 떠다니는,
그 때 나는 별안간 한 무리를 보았지,
황금빛 수선화의, 한 무리를;
호숫가에서, 나무 아래서,
미풍에 한들거리면서 춤을 추고 있는.

빛나는 별들처럼 연이어져서
은하수 위에서 반짝거리는 별들처럼,
그들은 끝없이 열을 지어 펼쳐져 있었지
만灣의 가장자리를 따라서:

나는 힐끗 쳐다만 봐도 수 만 송이를 한꺼번에 보았지,
가볍게 춤을 추면서 머리를 치켜들고 있는.

그들 옆의 물결도 춤을 추었으나; 그들이
흥겨움에서 반짝거리는 물결보다 나았지:
시인은 기쁠 수밖에 없어,
그와 같은 흥겨운 친구와 함께 있으니:
나는 보고—또 보았지—하지만 생각 못 했어:
그 광경이 내게 얼마나 귀중한 것을 가져다주었는지를:

가끔 내가 긴 의자에 누워 있노라면
멍하니 또는 생각에 잠겨,
그들은 그 내內적인 눈을 비추어주지
고독의 축복인양:
그러면 내 마음은 즐거움으로 가득 차서,
수선화와 함께 춤을 추지.

I Wandered Lonely As a Cloud

I wandered lonely as a cloud
That floats on high o'er vales and hills,
When all at once I saw a crowd,
A host, of golden daffodils;
Beside the lake, beneath the trees,
Fluttering and dancing in the breeze.

Continuous as the stars that shine
And twinkle on the Milky Way,

They stretched in never-ending line
Along the margin of a bay:
Ten thousand saw I at a glance,
Tossing their heads in sprightly dance.

The waves beside them danced; but they
Outdid the sparkling waves in glee:
A poet could not but be gay,
In such a jocund company:
I gazed—and gazed—but little thought:
What wealth the show to me had brought:

For oft, when on my couch I lie
In vacant or in pensive mood,
They flash upon that inward eye
Which is the bliss of solitude;
And then my heart with pleasure fills,
And dances with the daffodils.

주제는 시인이 동료들로부터 격리되고, 자연과의 고양된 공감 속에서 이 외로움을 보상받는 것이다. 화자는 3연에서 시인과 동일시되고 있으며, 이와 같은 그의 상태는 그와 같이 있는 것들로부터 그를 격리시키고, 첫 줄에서 인식된 떠돌이의 외로움을 유발시키는 것 같다. 그러나 존재에 대한 제한된 목적을 가지고 있는 주변의 동료들을 뛰어넘는 그의 고양된 상태는 그 자신을 구름에 비유하는 대목에서 암시된다. 이때, 구름은 그의 소외 속의 고요함까지도 내포한다고 볼 수 있다. 세상의 언덕과 골짜기 위를 떠다니는 시인은 세상의 희노애락喜怒哀樂과 보통사람들이 느끼는 환희와 절망의 느낌을 뛰어 넘는다. 그는 그의 세상의 뿌리를 뽑아버렸고, 세속적인 욕심에 의해서 끌려 다니지 않으며, 대신 자신을 자연의 흐름에 내맡긴다. 그는 기꺼이 어떤 직관적인 목소리가 그를 이끄는 대로 어디든지 따르기로 한다.

수선화들은 마치 한 무리의 친구들처럼 보인다. 그들은 춤을 추고 머리를 흔든다. 그들은 시인에게 자기들의 생생한 "즐거움"을 보여주는 행복한 친구들이다. 그는 그가 사회 속에서 발견하지 못했던 유대감을 그 수선화들에게서 느낀다. 그는 이 순간 자연이 참여하는 *분위기*/participation mystique를 맛보게 된다. 이것은 영원히 회상될 수 있는 시간을 초월하는 느낌이다. 영원에 대한 번뜩이는 통찰력과 같은 것이다. 시인은 과거시제로 시작하지만 수선화에 대한 상상은 시간의 제약을 뛰어넘는다. 수선화는 언제나 시인과 함께 있다("그들은 그 내적인 눈을 비추어주지"). 그들은 과거 속에는 춤출 뿐만 아니라, 미래에도 춤출 것이다.

"만의 가장자리를 따라" 제한된 수선화의 이미지에서 전체 우주로 시인의 상상력은 확장된다. 수선화의 금빛 광채는 우주에서 보면, 외부세계의 별빛이 "반짝이는" 은하수의 반영이다. 그 "물결"은 우주의 활기의 일부를 이루고 있다. 수선화의 "춤"에 시인이 동참하는 것은 그가 우주의 춤 속에 동참하였다는 것을 의미한다. 그가 창조주와 하나가 되었다는 느낌을 가지게 되는 것이다. 그는 그가 침상 위에 누울 때마다 영원히 존재하는 시간을 뛰어넘는 순간에 무엇인가가 "섬광"이 되어 새롭게 다가오는 행복한 느낌으로 가득 차게 된다. 그러다가 일상에서의 삶의 압박이 시인을 물러나게 하여 "멍하니 또는 생각에 잠겨"있게 만들면, 수선화는 그의 기억 속에서 되살아나서, 그에게 다시 한 번 순수한 *삶의 기쁨*/joie de vivre에 찬 그들의 노래와 춤을 보여주고, 그에게 그 향연에 참여하라고 손짓한다. "내부의 눈", 즉 영원한 진리에 대한 인식의 문의 이미지는 그의 외부의 눈을 자극하는 세속생활의 무가치함을 일깨워주고, 그것을 공허하고, "텅 비고", 침울한 곳으로 여기게 한다. 수선화는 시인에게 참된 부富는 만질 수도 없고, 보이지도 않으며, 궁극적으로 표현할 수도 없는 것이라는 확신을 주며, 이러한 인식은 그에게 목적 없는 세상의 악의에 차고 부정적인 예감과 싸울 수 있는 소진되지 않은 긍정적인 내적인 에너지의 저장물을 제공해 준다.

이 시에서 중시하는 경험은 워즈워스가 다른 곳에서도 주장했던 인생에서 가장 중요한 순간을 형성하는 "순간의 시간들"이다. 그들은 갑작스런 영혼의 깨달음을 일컫는 현재의 순간이다. 워즈워스의 "마음"은 지금도 과거의 회상을 통해 "즐거움으로 가득 차" 있다. 그리고 워즈워스는 유사한 신비로운 행복함을 연관시키면서, 그러한 기회들을 후에 예수회 시인Jesuit poet인 제러드 맨리 홉킨스Gerard Manley Hopkins가 사용한 것들과 유사한 용어로 포착한다.

> 섬광이 나고, 트럼펫이 울리면,
> 나는 갑자기 크라이스트가 된다.
> ('그런 천성은 헤라클레이토스의 불이며 부활의 위안이 된다」)

> In a flash, at a trumpet crush,
> I am all at once what Christ is.
> ("That Nature Is a Heraclitean Fire and of the Comfort of the Resurrection")

만의 가장자리를 넘어서 있는, 감각과 초감각이 하나로 어우러져, 워즈워스가 자신의 "영혼불멸"의 오드ode에서 사용한 표현인 "우리의 안식처인 신"에 대한 인식으로 이어지는 그러한 무한한 세계로의 행복한 입성에 대한 이와 같은 기쁨은 그의 수선화에 대한 상상이 보여주는 모든 "행복함"의 근간을 이룬다. 그것은 이해를 통한 평화이며, 종교적인 지복의 상태이다.

그의 1802년 「서문」에서, 워즈워스는 오직 "실제로 사람들이 쓰는 언어"를 사용하겠다고 다짐했다. 이 서약은 다음의 시에서 완벽하게 실험되었다.

그녀는 인적 드문 곳에서 살았지

그녀는 인적 드문 곳에서 살았지
    다브 강 원류 근처에,
아무도 칭찬해줄 사람이 없는 한 처녀
    사랑해 줄 사람도 거의 없었지:

사람들의 눈에서 반쯤 가려진
    이끼 낀 들 가에 핀 한 송이 제비꽃!
—별처럼 아름다웠지, 하늘에서
    홀로 떠서 빛을 발했던.

루시는 아는 이 없이 살아, 그녀가
    언제 죽었는지 아는 이 거의 없었다;
그러나 그녀가 묻혔지, 그리고, 아,
    온 세상이 내겐 얼마나 달라졌는지!

She Dwelt Among the Untrodden Ways

She dwelt among the untrodden ways
    Beside the springs of Dove,
A Maid whom there were none to praise
    And very few to love:

A violet by a mossy stone

Half hidden from the eye!
—Fair as a star, when only one
Is shining in the sky.

She lived unknown, and few could know
When Lucy ceased to be;
But she is in her grave, and, oh,
The difference to me!

이 시의 시 어법에는 신비롭거나, 고어체적인 요소가 없다. "died" 대신에 "ceased to be"라는 표현을 포함하여, "lived"를 대신하여 "dwelt"라는 시어로 표현하는 등의 몇몇 예외를 제외하면, 모든 구는 거의 200년 후에도 아마도 보통의 대화에서 자연스럽게 쓰일 수 있는 것들이다.

1연은 인간의 내재적인 외로움에 대한 생각으로 시작한다. "루시 Lucy"는 겸손한 격리의 삶을 살았고, 아무도 그녀의 매력이나, 미덕에 특별히 주목하지 않았다. 아무도 그녀를 칭송하지 않았고, 그녀를 사랑한 사람도 거의 없다. 그녀가 죽은 후에야 그녀의 진정한 가치를 느끼게 되었지만, 이미 너무 늦어버려 이제는 그녀에게 합당한 보상조차 할 수가 없다. 1연에는 처녀성에 대한 3번의 암시가 있다. 루시가 살던 곳을 지나는 시골길은 사용된 적인 없는 "누구도 밟지 않았던" 길이다. 그녀가 살던 곳에 있는 호수는 "다브 강의 샘물"이며, 순수의 원천이다. 그리고 그녀 자신이 "처녀"이다. 시골은 도시보다 깨끗하지만, 그 거주자에게 충족감을 주는 것 같지는 않다.

이러한 인상은 둘로 나누어진 이미지를 통해서 두 번째 연에서 깊어진다. 첫째, 소녀는 매우 아름다운 것으로 그려지나, 그 아름다움을 한낮에 그 매력을 발하기보다는 바위의 그늘 속에서 스스로 핀 "제비꽃"의 겸손하고 수줍은 모습으로 그려진다. 이 이미지는 소녀가 천성적으로 겸손하다는 것을 암시한다. 그녀는 그녀에게 그늘을 드리워줄 강력한 사람이 있다면, 별로 드러나지 않게 살기를 바랄 인물이다. 다시 말해, "이끼 낀 돌"은 아마도 오만하고, 자만심이 가득 찬 로마 혁명의 "지도자"들이고, "이끼"는 그에게 달라붙은 삶의 경험을 암시한다. "반쯤 감추어진" 제비꽃은 그의 인생의 영원한 동반자인 그의 여동생 도로시Dorothy를 암시할 수도 있다. 그녀에게 오빠의 존재는 때때로 심정적인 불안을 유발하기도 했다. 이 이미지는 여자가 자연적으로 그늘을 좋아하는 존재이며, 여자의 세균과 같은 속성은 반짝이는 것에 이끌리는 세상에서는 인식되지 않는다.

두 번째 연의 이미지에서 소녀는 하늘에서 홀로 빛나는 별로 그려진다. "제비꽃"의 이미지로 구체화된 육체적인 아름다움에 대한 암시는 그녀에게서 뿜어 나오는 영혼의 광채에 대한 인상으로 대체된다. 시의 중반부인 여기서 시의 리듬의 변화가 일어난다. 처음의 약강은 이제 강약이 된다. 동시에 강세는 2개의 장모음에 온다. 따라서 음악적으로, 주제적으로 이 시는 여기서 최고의 숭고한 순간에 이르게 된다.

별처럼 아름답네.

Fáir ăs ă stár.

마치 항해사들이 특정한 별을 보고 항해를 하듯이, 시의 화자는 "루시"의 "빛나는" 별에 이끌린다. 루시라는 이름도 라틴어의 빛을 뜻하는 어휘인 "lux"에서 나온 것이다.

루시는 살아있는 동안 알려지지 않았다. "육체에 대한 지식"의 의미로 "know"라는 단어의 뉘앙스는 아마도 루시의 처녀성에 대한 또 하나의 신중한 언급일 것이다. 즉 그녀는 남자들을 몰랐고 "알려지지도 않았다." 남자들은 루시의 죽음에 대해서 알지 못한다. 왜냐하면, 그녀와 그들 사이의 영혼의 거리가 너무 크기("아는 이 없었다") 때문이다. 그들은 그녀의 숨겨진 보물을 알 수 없으므로, 그녀가 살아있던 혹은 죽어있던 간에 루시를 평가할 수도 없다. 다시 말해, 루시는 그녀의 죽음 당시, 육체적으로 뿐만 아니라, 정신적으로도 처녀였다. 그녀의 사랑의 샘은 열리지 않은 상태로 남아있다. 세상은 너무 밝아서 별을 바라보기 위해서 주위를 둘러 볼 수 없다. 그의 눈은 지평선에 너무나 길들어져 있어서, 영적인 가치를 보기 위한 수직원에 적응할 수 없다. 따라서 루시는 이름 없이 살다가 죽었다. 이러한 관찰은 워즈워스의 다른 시에서도 표현되었다.

> 우리는 세상일에 너무 치우쳐 있지; 늦게 자고 일찍 일어나,
> 벌고 쓰면서, 우리는 우리 힘들을 허비하지.
>
> (「우리는 세상일에 너무 치우쳐 있지」)

> The world is too much with us; late and soon,
> Getting and spending, we lay waste our powers.
>
> ("The World Is Too Much With Us")

루시가 가졌던 그러한 고요한 아름다움은 그것이 평가를 받기도 전에 세상의 발에 짓밟혀 버리기 쉽다.

워즈워스는 대중에게 공감을 일으킬 수 있도록 강렬하게 "개인적인" 감정을 표현하고 있다. 그가 다른 시에서 말했듯이, 루시는 지금 다른 이의 사랑과 연민을 초월한 상태에 있는 것이다.

그녀는 듣지도 보지도 못한다;

지구의 매일 매일의 공전궤도 속에 말려서,

바위와, 돌들, 그리고 나무들이 있는.

(「침체가 내 정신을 봉하고 말았지」)

She neither hears nor sees;

Rolled round in earth's diurnal course,

With rocks, and stones, and trees.

("A Slumber Did My Spirit Seal")

궁극적으로, 루시의 시속에서 그는 삶의 자연스러운 종말로서의 죽음이라는 사실을 묵묵히 따르고 있다. 루시는 이 세상의 한 패턴의 일부가 되어버렸다. 시인은 슬퍼할 수는 있겠지만, 절망하지는 않는다.

존 키이츠 John Keats, 1795-1821

존 키이츠는 삶과 죽음의 근접성과 환희와 고통이 가깝다는 것을 알고 있었다. 즉, 꿀을 홀짝 맛보다가 독약으로 돌아서는 기쁨의 도취, 그 자신의 묘비명에 "이름이 물로 쓰인 사람(one whose name was writ in water)"이라고 적혀있음에도 불구하고, 키이츠의 인기는 25살의 죽음 이후로 다른 낭만주의 작가들보다도 훨씬 오래 지속되고 있다. 그는 아마도 그의 단명에 대한 예감 때문에, 그의 시에 풍부하게 존재하는 다양한 신체적 감각을 열광적으로 드러내도록 강요받았다. 그는 송시 「가을」("Autumn")이 "모든 과일을 씨까지 원숙함으로 채우듯" 각 행을 풍요로움으로 채워 넣는다.

키이츠의 시에서 감각적 이미지의 풍부함은 단지 육체적 기쁨에 대한 찬가가 아니다. 그것을 키이츠 나름대로 반쯤 보이는 영속적 "진리"와

의사소통하는 가장 확실한 수단이다. 그것이 구체적인 것에 의해 추상적인 것을 표현하려는 그의 시도방식이다. 무형적 진리는 유형적 미의 그 어떤 것에 의해 나타내질 수 있다.

> "미는 진리이고 진리는 미이다",―이것이
> 너희들이 이 세상에서 아는 전부이며 알 필요가 있는 것이다.
>
> (「그리스 항아리에 부치는 오드」)

> "Beauty is truth, truth beauty,"―that is all
> Ye know on earth, and all ye need to know.
>
> ("Ode on a Grecian Urn")

키이츠는 그 자체로서 감각적 기쁨에 매달리는 시인이 아니다. 그는 육체적 식욕은 곧 시들고 단지 정신적 음식만이 완벽한 충만감을 제공해줄 수 있다는 것을 잘 안다. 신체적 쾌락은 곧 질리게 된다. 즉, 「그리스 항아리에 부치는 오드」에서 그가 말하고 있듯이, 그러한 쾌락은 다음과 같은 것을 남긴다.

> 슬픔에 가득 차고 싫증을 느낀 가슴,
> 불타는 이마와 타는 혀.

> a heart high-sorrowful and cloyed,
> A burning forehead and a parching tongue.

지상의 쾌락은 "달콤할"지도 모르지만, 이 세상 것이 아니면 "더 달콤하다." 왜냐하면 어떤 사람도 이 세상 것이 아닌 기쁨을 너무 많이 가질 수는 없기 때문이다. 키이츠가 제안하듯, 예술 안에서 영혼과 육체가 완전한 만족을 발견할 수 있는 그런 완벽한 세상의 원형이 발견된다. 그래서 그리스의 항아리의 한 면에 새겨진 음악가에 의해 연주되는 들리지 않는 멜로디가 실제로 들을 수 있을 때보다 보는 이로 하여금 훨씬 더 풍부하게 다가간다. 육체의 귀는 빨리 싫증나지만 정신적 귀는 싫증을 모른다.

> 그러니, 부드러운 피리들아, 계속 울어라;
> 육체의 귀에 대고 불지 말고, 더욱 친밀히,
> 영혼에게 불어라 곡조 없는 민요를.

> therefore, ye soft pipes, play on;
> Not to the sensual ear, but, more endeared,
> Pipe to the spirit ditties of no tone.

예술은, 이런 관점에서, 다음 세상에 대한 대기실 같아서 거기에서 기다리면서 불멸의 암시를 형성한다.

그러나 시인이자 예술가는 혼합된 존재이다. 즉, 그는 다음 세상에 한 발을 딛고, 다른 발을 이 세상에 굳건히 뿌리박고 있다. 그래서 키이츠가 스스로 경험했듯이 "황홀한 문이 활짝 열리고" 시인의 상상력이 "축복의 그 먼 자리"에까지 손쉽게 여행할 수 있는 그런 날이 있다. 그러나 다른 때도 있다. 즉 인간 지각력의 한계에서 지적 문제와 씨름하는 때, 그리고 "천국의 바로 그 경계에 대한/ 개념을 피하는 고독한 생각(solitary thinkings, such as dodge/ Conception to the very bourne of heaven)"에 사로잡혀 있는 그러한 때도 있다. 물론 이런 것은 훨씬 소모적이고 보답 없는 일이다. 이러한 관념적 세계에 들어가기 위해서 시인은 세속적 세계에 대해 무감각해져야 한다. "별들 사이를 엿보고, 신성하게 생각하려고 애쓰기" 위해 그

는 육체로부터 이탈하여 "세상으로부터 들어올려진 듯이 느껴지도록" 노력
해야 한다. 이와 같은 때에는 종종 죽고 싶을 정도로 감정이 풍부한 듯하다.

　　주기적으로 키이츠는 시를 통해서 "공기 속으로 자기의 고요한 숨을
가져가라고" 요구하면서 언뜻 동경하듯이 죽음을 말한다. 이런 것 때문에
비평가들은 1818년 스코틀랜드Scotland에로의 경솔한 도보여행을 언급하면
서 그의 죽음에 대한 갈망을 비난한다. 그 비에 흠뻑 젖은 채 한 방랑이 키
이츠의 치명적인 결핵의 원인이 되었고 결국 때 이른 종말을 가져오게 되
었다. 그러나 그의 시에서 자신의 존재의 종말을 찾고 있는 것이 아니라, 애
처로울 정도로 중요한 사람들이 묵묵히 "앉아서 신음하는 소리를 서로 듣
는 일" 이외에는 거의 아무 것도 할 수 없는 이 세상에서 그가 겪고 있는
모든 부조화와 진부함 및 실패에서 벗어나기 위해 죽음을 상기할 때, 존재
의 조성을 찾고 있는 것이다. 죽음의 욕망은 대개 비현실적이고 실현될 수
없는 것이라고 하더라도, 상상 속에서 이루어지는 결함이 없는 감각적이고
정신적인 기쁨이 언제까지 지속되는 세상에 도피처를 찾으려는 포부를 함
축하고 있다.

　　이어지는 시는 그의 초기에 창작된 소넷으로, 문학사에서 아주 중요
한 순간에 "이 세상에서 함께 한" 또 다른 "위대한 정신Great Spirits"을 지닌
한 사람의 믿음직한 목소리의 시인으로 키이츠를 인정하게 했다.

채프먼의 호머를 처음 보았을 때

나는 황금의 영역들을 많이 여행했지,
　그리고 많은 훌륭한 국가들과 왕국들도 보았지;
　나는 많은 서방세계의 섬들도 둘러보았지
아폴로를 섬기는 시인들이 장악하고 있는.
이 따끔 나는 광활한 영토에 관해서도 들어보았지

눈썹 깊은 호머가 자기 영토로 다스렸던;
  하지만 나는 그 순수한 대기를 한번도 호흡해본 적이 없었어
채프먼이 큰 소리로 과감하게 말하는 것을 듣기 전 까지는:
그러다가 나는 하늘을 관찰하는 관측가와 같은 느낌이 들었어
  새로운 행성이 그의 시계 속으로 헤엄쳐 들어왔을 때;
또는 독수리 눈을 하고 있는 강건한 코르테즈와 같은 느낌도 들었어
  태평양을 응시하고 있는 그는—그리고 그의 부하들은
무수한 억측에 싸여서 서로를 쳐다보고 있었지—
  말없이, 대리엔의 봉우리 위에서.

On First Looking into Chapman's Homer

Much have I travell'd in the realms of gold,
  And many goodly states and kingdoms seen;
  Round many western islands have I been
Which bards in fealty to Apollo hold.
Oft of one wide expanse had I been told
  That deep-brow'd Homer ruled as his demesne;
  Yet did I never breathe its pure serene
Till I heard Chapman speak out loud and bold:
Then felt I like some watcher of the skies
  When a new planet swims into his ken;
Or like stout Cortez when with eagle eyes
  He star'd at the Pacific—and all his men
Look'd at each other with a wild surmise—
  Silent, upon a peak in Darien.

이 소넷은 전대절octave과 후소절sestet의 정통적인 틀로 짜여져 있다. 전대

절은 시인의 광범위한 여행과 마지막에 우화 속의 호머Homer왕국에 도착한 내용에 대한 묘사를 제공하고 있는 반면에 후소절은 이 마지막 항해가 그에게 작용한 정서적 변형에 대한 표현을 진행시키고 있다.

시는 강약음보로 시작하다 압도적으로 약강 리듬으로 떨어지는데 ("Múch hăve Ĭ trávĕll'd ín thĕ réalms ŏf góld"), 화자가 시도한 항해의 양적인 면("Múch")을 강조하고 있다. 시의 말미에 그가 소개하고 있는 스페인 정복자 코르테즈Cortez처럼, 그는 적절하게 단련된 여행사로 새로운 발견에 쉽게 놀라지 않는다. 코르테즈처럼 그는 또한 스페인 사람들에 의해 강탈된 중남미에 있는 전설 속의 아즈텍Aztec과 잉카Inca문명인 "황금의 영역"을 방문한 것처럼 보인다. 그러나 키이츠의 침탈은 만약에 죄가 된다면, 비유적 차원에서 그의 여행같이 일어난 것이다. 즉 그는 국가를 약탈한 것이 아니라, 다른 사람들의 정신적 보물로 자신의 마음의 금고를 채우는 책을 훔쳤기 때문이다. 그의 여행이 지니는 비유적 의미는 시의 제목에서도 명백히 드러난다. 이 예에서 엘리자베스 시대의 시인이자 번역가인 조지 채프먼George Chapman의 영역본인 그리스 고전 시인 호머의 서사시와 같은 각별한 서적을 처음 견본으로 삼았음을 나타내고 있다. "살펴본다looking into"는 말은 좋은 책은 귀중한 광물이 풍부히 매장된 땅인 "황금의 영역"으로 표현된다. 다시 말하면, 독서가 곧 풍요를 대가로 얻게 되는 체험인 셈이다. 독서는 사람의 정신을 해방시켜주고 생소한 여러 관념들인 외국의 "여러 나라와 왕국들"에 소개시켜 준다. 독서는 물리적 외양이라기보다는 오히려 인간 지형학적 탐사이며, 물리적 외양만큼이나 무궁무진한 것이다. 시인은 먼저 자기가 이미 항해한 몇몇 문학작품들을 언급한다. 그는 아폴로Apollo라는 군주로부터 소작권을 지닌 시인들이 살고 있는 "많은 서쪽의 섬들을 돌아다니면서" 항해했다. 이후의 모든 "서쪽" 유럽 시인들이 고전주의시대의 시인들에 비해 뒤떨어졌다는 암시와 함께 그리스의 음악과 미의 신에 대한 이러한 인유는 호머에 대한 직접적인 찬사를 마련하게 된다.

그리스인들을 아무도 능가하지 못할 정도로 완벽한 예술적 경지에 도달했음을 키이츠는 제시하고 있다. 이는 "낭만" 시인으로부터 듣는 "고전주의" 시대에 대한 보기 드문 찬사인데, 그 이유는 고전주의(질서와 균형 및 정체에 대한 선호)와 낭만주의(사람이 살지 않으면서도 역동적이고 때로는 무질서하게 달려드는 금지된 영토)라는 두 개념은 일반적으로 정반대로 상반된 것이라고 여겨지기 때문이다. 하지만 키이츠는 고전주의에다 낭만주의의 힘을 주입시킴으로써 고전주의의 정신을 낭만주의 정신과 화해시키려고 애를 쓰고 있다. 그래서 그리스 조각과 파르테논Parthenon의 영속성이라는 암반과도 같이 견고한 세계가 새로운 삶으로 맥동치고 무한정 팽창하는 낭만적 비전의 우주 속에서 평온하고도 조화롭게 그 자리를 대신하게 된다. 고전주의적 예술은 냉혹하지도 않을 뿐만 아니라 죽은 것도 무관한 것도 아니며, 삶에 대한 포괄적이고 낭만적인 관념으로 충족시키는 필연적이고도 수호신 같은 역할을 하고 있다. 시인이 현재시제로 진부하거나 부패하지 않고 언제까지나 "순수하고"도 "청명한" 공기의 지역을 말하는 것은 요원한 과거의 은둔 속에 봉인된 밀폐된 세계가 아니라 뚜렷한 한계가 없이 "광활한 지역"이다. 고전주의 예술은 완벽한 상태에서 이 험한 세상에 대한 근심으로 낮은 곳에서 스스로 영역을 찾는 영혼을 위한 평온하고도 행복한 휴식의 항구적 도피처를 제공해준다. 이것이 키이츠가 「그리스 항아리에 부치는 오드」에서 다시 다루게 된 주제인 것이다.

일단 깨끗한 고지대에 도착하면 독자는 자신을 둘러싸고 있는 상쾌한 미풍으로 자신이 되살아나고 있음을 발견한다("breathe its pure serene"에서 장모음들은 거의 획득하기 어려운 평온함이라는 감각을 증가시키고 있다). 키이츠에게 이 정상에 이른다는 것은 문학원정의 긴 여정에 있는 높은 지점이며 여행자가 오랫동안 우회하여 항해해갔던 엘도라도El Dorado인 것이다. 전대절에서 두서없는 문학이야기의 절정인 호머에 대한 도입부를 기술한 키이츠는 자기 목표성취가 이루어낸 결과를 정교하게 가다듬는 일은 후소절에서 진행시키고 있다. 힘들게 그가 분석하고 있는 대상은 무엇보다도 자기 삶에서 이 절정의 순간에 느끼는 그의 감정이다("Then felt I like some watcher of the skies"). 그러나 정서적 상태는 그 속성상 만져서 느낄 수도 없고 사라지기 쉬운 속절없는 것이다. 호머를 발견하면서 느낀 그의 감정이 무엇이었는지에 대해 더 명확히 알기 위해서 키이츠는 두 개의 직유를 전개시키고 있는데, 이 직유는 후소절의 완전함을 구성한다.

첫 번째 직유는 짧고 비교적 "발전되지 못한" 것이다. 시인은 서적 수집광으로서의 자기 행위를 "천체 관측인"인 천문학자의 행위에 비유하고 있다. 두 직업 다 일상사의 세계에서 한발 뒤로 물러나서 훨씬 더 추상적인 세상에서 중요한 징표를 집중적으로 탐색하는 일이 필요하다. 서적은 물론이고 별들도 인간생존의 기원과 목적에 대한 실마리를 제공해줄 수 있다. 키이츠는 매일매일 동일한 오래된 천체조직을 꼼꼼히 살피는 일에 익숙한 천문가가 완전히 새로운 행성이 예기치 않게 자기 시야인 "시계"에 나타날 때 겪게 되는 흥분된 강렬한 감정을 제시하고 싶은 것이다. 말 그대로 모습을 드러내는 것은 완전히 새로운 세상이다. 천문가나 시인 모두에게 우주에 대한 인식은 발견의 결과로 눈에 띄게 변화하고 있다. 우주는 정체되어 움직이지 않는 과거에 규정된 세상이 아니다. 별자리가 그려진 천체도표에 나타난 전부다. 즉 역동적이고 살아 있으며, 예측불가능성이 내재하는 본능적인 것이다. "새로운 행성"은 단순히 천문 관측가의 렌즈 속으로 흘러 들어가지 않고 그곳에 다다르기 위해 활동적으로 "헤엄쳐" 간다. 마찬가지로, 책의 세계는 도서관서가 위에서 먼지에 수북이 쌓인 마른 잎사귀들로 된 많은 권수로 구성되어 있지는 않다. 엘리자베스 시대의 시인인 토마스 내쉬 Thomas Nashe가 말했듯이, 죽음과 흙이 "헬렌Helen의 눈을 감게 했지만," 『일리아드』(*Iliad*)에서 그녀에 관해 쓴 시인의 입을 영구적으로 다물게 하지는 못했다. 시인의 목소리는 언제까지나 "크고 당당하게" 울려대고 있는 것이다. 하늘을 향해 별을 쳐다봄으로써 선원들은 자기들의 길을 찾아가듯이, 우리 보통 사람들은 호머와 같이 "위대한 사람들"이 남긴 빛을 들여다보면서 암초와 소용돌이 가운데 있는 우리가 나아갈 삶의 길을 항해해 갈 수가 있는 것이다.

두 번째 직유는 우리를 다시 이 세상으로 안내하지만, 우주의 무한성에 대한 암시와 우주에 대한 인간의 편협한 이해의 한계를 전개하고 있다. 중앙아메리카의 산 정상에 서있는 탐험가 코르테즈의 약탈자와 같은 시선 앞에 펼쳐진 새롭고 의심의 여지가 없는 바다의 비전을 받아들이는 "무수한 억측"에서 제일 먼저 드러나는 것은 염세주의가 아니라 낙관주의이다. 키이츠는 다만 코르테즈의 "독수리와 같은 눈"에 대한 언급을 통해서 중앙아메리카의 문명에 약탈과 학살을 도입한 스페인 사람들의 성품의 파괴적 양상을 응시하고 있다. 우선 그는 훨씬 "낭만적" 특성의 코르테즈의 인물 됨됨이를 조명하는데 관심을 둔다. 코르테즈를 계속 나아가게 만들고 바이런 경의 많은 주인공들에게서 다시 나타나는 냉혹함과, 자신보다 우수한 것을 아무 것도 인정하지 않는 "독수리"의 불굴의 자만심, 그리고 분명히 침묵의 순간에서도 스스로 드러내는 억제할 수 없는 에너지가 그런 것들이다. 코르테즈는 마치 그곳에 있을 권리에 도전이라도 하듯이 새로운 대양을 쳐다보기보다는 "노려보고" 있다. 세상이 또 다른 거대하고도 지도상에 없는 바다를 포함하고 있다는 사실에 대한 인식이, 그 외에도 또 다른 대륙이나 바다들이 얼마든지 더 있을 것이라는 가능성과 함께 이 불굴의 모험가와 "그의 모든 부하들"이 채비하게 한 요인이 된 것이다. 외로운 독자 마냥 일군의 탐험가 무리들은 깜짝 놀라게 하여 "묵묵히" 있게 만든 광경으로 기울인 노력에 대한 대가를 받았던 것이다. 이 시작의 강약음보에 이어지는 휴지는 마지막 시행의 진전을 더디게 만들어 키이츠를 위해서나 코르테즈의 탐험대원들을 위해서도 그 발견의 순간이 시간을 초월한 순간이라는 사실에 대한 암시를 강화시켜주고 있다. 그러한 순간은 종종 맹목적인 빛으로 다가오는데, 다마스커스Damascus로 가는 길에 성 바울St Paul의 변심에서와 같이, 일시적으로 그 빛을 받아들이는 사람에게서 육체적 감각의 사용을 박탈해버린다. 키이츠는 독자들이 그 속성상 말로서 규정될 수 없는 감각을 공유하게 하려고 애쓰고 있으며, 다른 "직업들"을 가진 사람들이 기울인 노력의 "정상"에서 현기증 날 정도의 놀라움과 황홀함에 젖어 응시하면서 자신들 앞에 무한하게 펼쳐진 계속해서 트여진 장관에 어떠한 반응을 보이고 있는 지를 제시하면서 그러한 노력을 시도한다.

　　시가 내재적으로는 낭만적으로 보이게 만드는 것은 무궁무진하게 전개된 체험으로서의 삶에 대한 이러한 비전이다. 알프스Alps의 최고 정상이라고 믿었던 곳에 등정을 하여 "알프스 위에 알프스가 솟아 있는데" 자기는 무한한 지구표면 위에 있는 보잘것없는 표면 지역만을 정복했을 뿐이라는 사실을 발견한 등산가에 관해서 포프가 언급했을 때, 코르테즈와 어느 정도 비슷한 체험에 관해서 얘기했다. 그러나 포프의 합리적으로 계몽된 비전은 너무 깊고 넓어서 한정된 인간의 능력으로는 측정할 수가 없는 창조의 전망에 의기양양해하기보다는 무력감을 전달해준다. 하지만 키이츠에게는 그와 같은 전망이 의기소침하기보다는 숭고한 편이다. 그 전망은 심지어 죽음조차도 실망할 수가 없는 기약에 충만하면 지속적으로 확장되어 가는 체험으로서 삶에 대한 그의 비전으로 채워지게 된다. 일단 이성에 허위가 개입되어 그 자리에 굳건히 들어서게 되면, 무모하게 "억측하는" 일이 가능해진다. 그 어떤 한계도 없고 그 어떤 지평선도 없으며, 그 어떤 경계도 없게 되는 것이다. 키이츠의 『엔디미언』(Endymion)의 주인공이 보여주고 있듯이, 탐구하는 정신인 상상력은, 언제까지나 달처럼 높게 그리고 바다 밑바닥처럼 깊게, 마침내 죽음이 육체라는 형무소에서 영혼을 해방시켜 주면 어쩌면 누리게 될 영광스러운 자유의 기대감을 갖고, 앞으로만 여행해 나갈 것이다.

조지 고든 바이런 경 George Gordon, Lord Byron, 1788-1824

많은 면에서 고든 바이런 경George Gordon, Lord Byron은 낭만주의자가 아니다. 그는 미쏘롱기Missolonghi에서 터키인에 대항해서 그리스인의 독립을 옹호하다 죽었다. 정치적으로는 급진주의자이지만, 그럼에도 불구하고 포프와 문예전성기 시대의 작시가들이 워즈워스와 그 동료 낭만파 문인들에 의해 그릇되게 폄하되었다고 주장할 정도로, 그리고 결과적으로 "우리는 잘못된 개혁정치 체제에 있기 때문에 . . . 욕먹을만한 가치도 없다"고 주장할 정도로 시에선 보수주의자였다.

포프를 향한 바이런의 찬사에 대한 평가는 1809년의 첫 번째 주요시 『영국시인과 스코틀랜드 평자들 』(*English Bards and Scotch Reviewers*)에서 발췌할 수가 있는데, 완전히 이행 연구couplet와 문예전성기 시대의 신랄한 풍자적인 어조로 쓰인 것이다. 풍자시의 맥은 바이런의 시에서 계속해서 남아 있으며 이것은 아마도 그가 귀족적으로 침착함sang-froid을 좋아했으며, 훨씬 더 부르주아적 성격의 시인들이 표방한 지나치게 과장된 열정에 대하여 보인 그의 상류계급의 분노의 결과일지도 모른다. 한 예로 로벗 사우디Robert Southey가 조지George 3세라는 실성한 군주를 정서적으로 신격화시킨데 대해서, 바이런은 『판단의 환상』(*The Vision of Judgement*)에서 조롱을 했던 것이다. 바이런의 시에선 열정과 상상력을 옹호하면서 이성을 전적으로 저버리진 않았다.

그러나 바이런은 자기의 시와 인생을 통해서 주요한 낭만적 주인공인 "바이런식 주인공Byronic hero"18)을 세계무대에 제공했다. 앤 래드클립 Ann Radcliffe의 아주 저명한 두 편의 고딕 소설작품인『유돌포의 수수께끼』 (*The Mysteries of Udolpho*, 1794)와『이태리인』(*The Italian*, 1797)에서 나 오는 눈썹이 튀어나오고 얼굴을 찡그린 악한들에서부터 힌트를 얻어 발전 시켰는데, 바이런은 사회가 "악"으로 낙인찍어 놓은 것에다 좀 더 심오한 다의적 특성을 부여하였다. 『차일드 헤럴드의 순례』(*Childe Harold's Pilgrimage*)에서 처음으로 제시되었고 많은 연속적인 시들에서 환생된 바 이런식 주인공은 월등한 지식과 엄선된 생활양식에 대한 정열적 애착을 보 인 사람으로 동료들과는 떨어져서 운명적으로 외로운 삶을 살겠다고 선언 하는 사람이다. 이러한 인물은 그 어떠한 사회적 구조에도 편안하게 적응할 수 없으며, 과거 한 때에는 이복 여동생인 오거스타 리Augusta Leigh와의 염 문으로 널리 알려지게 되어, 본국에서 추방당하여 망명지에서 자기의 여생 을 운명적으로 보내야했던 바이런과 같은 사람으로, 메리 셸리Mary Wollstonecraft Shelley19)의 소설에서 프랑켄슈타인 박사Dr Frankenstein라는 잘 못 태어난 결함이 있는 악마적 인물의 운명을 예견해주는 인물이다. 바이런 식 주인공은 일반적으로 침울하면서도 미남이며, 방황하는 여정에서 만나 서 자신의 주된 슬픔의 심연에다 구슬픈 시선을 언제까지나 고정한 채로 화답하는 애정의 불꽃 하나도 밝히지 못하는 여인들에게서 불필요한 열정 을 창출할 수도 있다. 바이런식 주인공은 동료들을 향한 자신의 고뇌와 함

---

18) 탁월한 지성과 선택된 생활방식에 대한 열정적 헌신으로 말미암아 동료들로부터 떨어져서 외로운 삶을 사는 바이런 자신과도 같은 처지에 있는 사람을 일컫는 용어인데, 타협하는 인 물을 경멸하며, 선악의 구조 아래와 위에 있는 무리에 관한 번민을 지닌 바이런식 주인공은 낭만주의적 영웅이라고 할 수 있을 것이다.

19) 메리 셸리는 낭만주의 동시대 시인인 퍼시 비쉬 셸리Percy Bysshe Shelley의 부인으로, 16세 때 셸리와 유럽으로 사랑의 도피여행을 하여 나중에 결혼하였는데 남편인 셸리가 요절한 뒤에 그의 시집을 발간하였으며, 1818년에 괴기소설인『프랑켄슈타인』(*Frankenstein*)을 썼 다.

께, 모든 타협하는 사람들을 경멸하고 선악의 구조를 초월하여 그 위에 군
림하는 뛰어난par excellence 낭만주의적 영웅인 것이다.

모든 낭만시인들 가운데서, 가장 풍부하고 다양한 "목소리들"을 제
시한 사람이 바이런이다. 그 목소리들은 때로는 통렬하면서도, 때로는 온후
하고, 간청하듯 유순하다가도, 신랄하게 비난하는 어조를 갖는다. 그의 어
조는 아주 조야한 일상어부터 가장 서정적인 숭엄함에 이르기까지 다양하
다. 여기에 그의 가장 찬미의 어조가 강하게 배어있는 시적 표현이 있다.

그녀는 아름다움 속에서 걷고 있네

그녀는 밤과 같은 아름다움 속에서 걸어간다.
　구름 없는 지역과 별이 총총한 하늘로부터
그것들의 훌륭한 명암과 함께
　그녀의 모습과 그녀의 눈빛을 만날 수 있으며
이와 같이 부드러운 불빛 속으로 원숙해진다.
　하늘은 화려한 나날들을 부정하고

늘어만 가는 음지, 줄어드는 양지
　이름 없는 우아함은 절반정도로 감화시키며
모든 나무들에서의 물결은
　혹은 부드럽게 그녀의 얼굴을 비추고
온화한 달콤한 표현들은 사고가 있는 것에서
　그들이 거주하는 것에서 얼마나 순수하고 고귀한가!

그 뺨에서 그 이마에서
　그렇게 부드럽게 고요하게 그럼에도 능변인
미소를 얻고 엷은 혈색은 좋아지고

하루를 말하는 것은 미덕을 소비하는 것이며
마음속의 평화는 모든 하부에 있는 것과 함께
사랑이 있는 마음은 순수한 것이다.

She Walks in Beauty

She walks in beauty, like the night
  Of cloudless climes and starry skies;
And all that's best of dark and bright
  Meet in her aspect and her eyes:
Thus mellow'd to that tender light
  Which heaven to gaudy day denies.

One shade the more, one ray the less,
  Had half inpair'd the nameless grace
Which waves in every raven tress,
  Or softly lightens o'er her face;
Where thoughts serenely sweet express
  How pure, how dear their dwelling-place.

And on that cheek, and o'er that brow,
  So soft, so calm, yet eloquent,
The smiles that win, the tints that glow,
  but tell of days in goodness spent,
A mind at peace with all below,
  A heart whose love is innocent!

낭만주의의 특이점 중 하나는 이상화하려는 경향이 있다는 점이다.

괴상하게 생긴 세상의 기형적 모습과 지성에 의해 관념화된 완벽한 조합사이에 발생하는 커다란 불일치만을 너무도 잘 인식하고 있기 때문에, 낭만주의 시인들은 전체의 균형과 충만한 조화 및 완벽한 평화는 천상만의 단독의 특권이 아니라는 모든 증거에 반대하면서, 언젠가는 이승에서의 형태가 천상에서의 형태와 조화를 이루게 될 것이라는 희망을 결코 버리지 않고 있다. 바이런의 시에선 이러한 완벽함의 개념이 각 시행을 채우고 있다. 운율 그 자체는 약강 4보격으로 되어 조용히 온화하게 펼쳐지는데 반해, 어법은 감미로운 모음의 계속적인 흐름을 유지하고 있다. 예를 들자면 "Of countless climes and starry skies"라는 시행에서 세 개의 이중모음과 하나의 장모음이 나오는데, 각각의 강세 있는 음절이 충분히 음미되도록 보증해 주고 있다. 시행자체의 소리는 숙녀가 걸어가고 있는 미의 한 복판에 있는 듯한 인상을 증대시켜 준다. 그 소리는 유혹하는 듯한 부드러운 치찰음으로 소곤거리는데("Which waves in every raven tress,/ Or softly lightens o'er her face;"), 한줄기 작은 머리카락 같이 의식을 통해서 숙녀의 얼굴을 가로질러 굽이쳐 간다. 마지막 남자의 적대시하는 요소들은 이 알려지지 않은 "그녀"의 존재 속에 정체와 균형을 발견하게 된다.

숙녀는 매우 밝은 "아름다움"이란 외투를 두르고 땅 위가 아닌 별들의 영토를 걸어간다. 그녀는 단번에 "가장 훌륭한 모든 것"과 동일시되는데, 그녀의 이상적인 아름다움은 인간속성의 모든 상반된 음양의 양상들과 화해하는 가운데, 그녀의 평온한 얼굴표정"aspect"은 선함goodwill과 평온함 모두를 밝게 비추어준다. 그녀라는 사람에게서 인간은 이제 더 이상 두 개의 논쟁적인 분파로 쪼개지지 않는데, 그 두 분파는 본능적인 자아id라는 "어두운" 것과 이성적인 개성ego이라는 "밝은" 면이다. 그녀는 심리적 총체의 본보기이며 도덕적 등대와 같이 낙심한 인간에게 빛을 밝혀 준다. 그녀의 완벽한 균형에서는 천상과 이승 사이의 화해를 발견할 수가 있다. 시인은 그녀의 어두운 면과 밝은 면의 결합 없는 조화(그녀의 "그림자"와 "광선")를 천상에 있는 "이루 말할 수 없는 우아함"이라는 재능으로 간주하면서 자신의 내부에 있는 종교적 경외감을 유도해내고 있다. 여인은 자신에 관해서는 신성하지 않은 면이 없다. 마치 그녀의 정절의 강도가 세속적인 육체를 본질적이고 귀중한 신성의 대체물로 변질시키는 것과 같이, 심지어 그녀의 더럽혀지지 않은 "감미로운" 생각들이 일시적으로 머물러 있는 곳인 그녀의 몸에 있는 "사상의 보금자리"라는 육체적 껍질조차도 "순수"하고 "고귀"하다. 화자는 마찬가지로 기쁨에 들떠서 사랑하는 사람의 미덕에 대해 감정 넘치는 평가를 표현하고 있는 셰익스피어의 『십이야』(*Twelfth Night*)의 오시노Orsino와 닮았다.

여기로 공작부인이 오는군; 이제 천국이 이승 위를 걷는구나.

Here comes, the countess, now heaven walks on earth.

여인은 모든 지구상의 요소로 정화되는데, 인간의 타락이전의 이브 모습이다. 단지 "순수한" 정열에 의해 양육되어질 수 있고, 이 세상에서 그녀의 날들은 어떠한 악도 모르는 "선"의 상태로 지탱이 되며, 광택 나는 그녀의 이마는 결코 노여움이나 시기심, 또는 불만이라는 감정에 의해 어지럽히거나 주름지지 않는다. 독자는 당연히 바이런이 "실제의" 사람에 관해서 말하는 것인지의 여부에 대해서 궁금히 여길 수 있다. 시에서 "그녀"는, 즉 다시 말해서, 시인에게 평화를 가져다 줄 사람이자 시인이 깨어있는 시간 동안에 찾아 나서는 여인이며, 시인이 현세에서 인식한 아름다움이 아니라, 자기의 생각에 마음 맞는 사람에 대한 투사대상을 나타내고 있다. 융Jung의 용어를 빌리면, 그녀는 모든 남성이 결코 탐색을 중지할 수 없는 완벽한 상대이며,

자신을 완전하게 해주는데 필요한 여성상대인 **아니마**anima일 수도 있다. 그녀는 또한 라이더 하가드H. Rider Haggard 소설인 『그녀』(She)의 주체로서, 남자를 육체적으로 완벽하게 만들려고 약속하는 여인인 동시에, 그녀의 본성에 의해 이러한 결함 있는 존재 속에 이룰 수 없는 근원인 것이다.

바이런은 항상 아름다운 여성에 관해 서정적으로 채색지는 않는다. 그의 풍자시 『돈 주앙』(Don Juan)은 줄리아Julia라는 이승의 한 여자를 도입하는데, 그녀는 "결혼했으나, 매력 있고, 정숙한 23세의" 요정과도 같은 여자다.

> 그녀의 윤기 나는 머리는 눈썹 위로 타래져 있고
> 　지성으로 화려하게, 아름답고, 부드럽게;
> 그녀의 눈썹모양은 요정의 활과도 같았지,
> 　그녀의 뺨은 청춘의 광채로 온통 진홍빛이었고,
> 이따금, 투명한 광채로 승화되지,
> 　마치 그녀의 핏줄이 번개처럼 달리듯; 사실, 그녀는,
> 결코 평범한 자태로 있지 않고 우아하게 있지:
> 그녀의 큰 키는—나는 땅딸막한 여자는 싫어.

> Her glossy hair was cluster'd o'er brow
> 　Bright with intelligence, and fair, and smooth;
> Her eyebrow's shape was like the aerial bow,
> 　Her cheek all purple with the beam of youth,
> Mounting, at times, to a transparent glow,
> 　As if her veins ran lightning; she, in sooth,
> Possess'd an air and grace by no means common:
> Her stature tall—I hate a dumpy woman.

줄리아는 그녀의 핏줄에 나타난 "온통 빨간 뺨"과 "광택"을 지니고 있으며, 그녀의 얼굴과 머리 결은 교묘하게 배열되어 정말 유혹을 느끼는 장소와도 같았다. 줄리아에 관해서 "알려지지 않은 우아함"이 없는 것처럼 모르는 것은 없었다. 그녀에게는 성적 욕구라는 모든 "투명한 섬광"이 배어 나온다. 여인의 야망과 포부가 분명하게 하향적인 추세로 가라앉고 있다는 인상이 여운을 주고 있음에도 불구하고, 시인은 그녀의 육체적 신장에 관한 언급("그녀의 큰 키")으로 줄리아에 대한 자신의 묘사를 마무리한다. 그녀의 수직적 상승에도 불구하고, 그녀는 수평적 성향에 이끌리고 있다. *대지/Terra firma*는 "구름 없는 지역"이 아니라 그녀의 자연스러운 서식지이다. 그녀는 구체적인 현실세계에서 살고 있고, 좀 더 추상적인 의미로는 모든 일에 무관심한 상태에 있다. 시의 화자의 또 다른 생각에 관해서 덧붙인 그가 제시한 특징cachet인 여성을 승인하는 태도는 어조가 강한 이행연구로 그가 살찐 여성을 싫어한다고 선언하고 있다. 이것이 구어단어인 "땅딸막한dumpy"이라는 말의 기묘한 삽입을 통해서 강화되고 있는데, 화자가 시연을 통해 성취하려는 전제사항은 외모가 아무리 육감적이라고 하더라도, 여성은 결국 몸과 피로 되어 있는 그 이상의 존재도 아니라는 논리를 나타내고 있다.

바이런에게서 두 가지 발췌한 것들 중 첫 번째 것은 좀 더 "낭만적인" 것이라고 명명해야 할 것 같다. 반면에 두 번째 것은 18세기 풍자가 선배들에게로 환원하고 있다. 첫 번째 발췌부분에서 바이런의 어조는 좀 더 장엄하며 "감정적"인데 비해, 두 번째 발췌 부분에선 좀 더 건조하며 "이성적"이지만 분리되어져 있다. 첫 번째 시에서 그녀의 초월적인 잠재력을 묘사하고 있고, 두 번째는 인간의 의지박약을 묘사하고 있다. 첫 번째 시에서 중요단어는 "tender"이다. 여인에 관한 시인의 비전은 은은한 불빛에 적셔져 있다. 그 비전은 열광적 표현이지만 이성의 한계 안에 가두어져 있고, 스위프트의 언급에 따르면, "사람의 환상이 이성 위에 걸쳐 앉을 때 . . . 그리고 상식이 문전박대 당하듯이 평범한 이해가 밀려날 때" 흥분시키는 관념주의의 영향 아래 쓰여 있지만 열광적인 찬사는 아니다. 바이런의 어조에 대한 평가는 그녀 자신처럼 "부드럽고" 적당히 자제되어 "조용하고," 그의 시는 감탄의 대상을 에워싸는 분위기처럼 감정을 드러내지 않은 찬란함을 가지고 있다. 이것은 전반에 걸쳐 있는 잘 다스려진 갈채인 것이다.

두 번째 작품은 첫 번째 시의 "아름다움"과는 아주 다른 특징을 지닌 여인에게 초점이 맞춰져 있지만, 그 나름대로의 방법으로 찬사의 정도가 낮다. 여인에 관한 바이런의 견해는 포괄적이다. 남자의 정신적 횃불 역할을 하는 그녀의 능력을 예증함으로써, 그는 지금 논증하길 남성의 성적 위안과의 존경으로 남성에 대해 열린 마음을 지닌 따뜻한 성적 위안자로, 그리고 대지의 어머니로 행동하고 있다. 이러한 두 가지 발췌된 것에서, 인식과 존경을 지배하는 것이 여성에 대한 극도의 숭배나 극도의 감정의 격변은 아니다. 흥분은 일반적 상식에 의해 완화되어진다. 궁극적으로 바이런의 시에서 정제된 것은 그녀의 안색을 통해 비치는 여성에 관한 건강한 배려이지, 과장된 복종에 의해서거나 정도가 지나친 거부에 의해서 그녀를 가까이 오지 못하게 하는 염녀주의적인 거부는 아니다.

퍼시 비쉬 셸리 Percy Bysshe Shelley, 1792-1822

낭만주의자들이 인간의 영혼을 변형시켜 줄 사건에 참여코자 세속적인 노력을 경주했던 또 다른 영역이 있었는데, 그것이 바로 개혁적인 정치분야다. 그리고 사회의 변혁을 통해서 변화의 여러 가능성에 관심을 보였던 시인이 퍼시 비쉬 셸리였다.

셸리의 지적인 힘은 다른 낭만주의자들의 힘보다 돋보였다. 「서풍에 부치는 오드」("Ode to the West Wind") 속에 얽혀있는 복잡한 사상과 이미지를 비롯하여 『해방된 프로메테우스』(*Prometheus Unbound*)의 철학적 논리는 비범한 에너지를 지닌 한 지성인의 통제능력을 그대로 보여주고 있다. 다음에 이어지는 논의는 사회적 관심을 다룬 셸리의 단시 한 편에 제한해두고 있지만, 셸리가 자신의 상당한 능력을 신장시켰던 곳이 철학이나 심리학 및 신학 등과 같은 여러 분야 중에서도 유일하게 정치분야였다는 사실을 나타내어주고 있다. 셸리는 불공정한 영국의 정치체제에 가장 영향을 받은 낭만파시인이었는데, 그 체제는 체제를 구성하고 있는 구성원들을 지배자와 피지배자로 양분시켰던 것이다. 셸리는 초기의 시 「맵 여왕」("Queen Mab")에서 "고결한 영혼을 지닌 인간은 통치하지도 않을 뿐만 아니라, 복종하지도 않는다(The man of virtuous soul commands not, nor obeys)"고 쓰면서, 다음과 같이 계속 주장한다.

복종은,
모든 창조적 재능과, 미덕, 자유, 진리의 독으로서,
인간을 노예로 만들고, 인간의 몸을,
기계화된 자동장치로 만든다.

obedience,
Bane of all genius, virtue, freedom, truth,
Makes slaves of men, and, of the human frame,
A mechanised automation.

인간은 일을 하기 위해 고용에 동의함으로써, 자신의 육체뿐만 아니라, 정신까지도 노예화시켜 팔았던 것이다. 그래서 셸리는 자기보다 의식이 모자라는 동포들이 자신들이 처한 사슬을 벗어 던지도록 자극하는 일이야말로 자기 평생의 임무라고 여겼던 것이다. 그는 적어도 군주제폐지와 종교의 타파 등을 염원했었다. 왜냐하면 삶의 모든 악덕은 도덕에서 비롯되고 도덕심의 제약은 인간의 정신 상태에 불구의 결과를 낳는다고 봤기 때문이다(블레이크의 예측이나 난폭함과 같은 점이 셸리에게서도 명시되어 나타난다). 일단 왕과 성직자의 전횡이 근절되면 "정원이 사랑 속에서 살아나서/ 에덴 동산을 능가하리라(A garden shall arise, in loveliness/ Surpassing Eden)" 고 셸리는 단언했다.

　　당시의 사회악의 근원에 대한 셸리의 분석은, 비록 현존하는 구조가 그러한 악을 생성하는데 주 역할을 했다는 그의 본질적 확신이 결코 흔들리지 않았지만, 자신의 짧은 생애 동안에 여러 번 수정되었다. 그가 자신의 삶의 여러 단계에서 제작한 시들은 그 어떤 절대적 해결책이나 치유책을 제시하고 있지는 않지만, 인간의 불행과 그것에 대한 치유책을 지칠 줄 모르고 계속해서 탐색해나가는 휴식처를 마련하고 있다. 성숙한 단계에서 셸리는 당시에 현존하는 사회적 체계가 단지 인간의 내부적 천성을 비춰주는 거울이며, 그것을 바꾸기 위해서는 다른 것을 변형시키지 않으면 안 된다는 사실을 인식하게 된다. 즉, 근본적으로 잘못은 사회적 형태나 제도에 있다기보다는 이러한 현상들을 만들어낸 사람의 성격에 있다는 것이다. 즉, 혁명화 하려는 사회를 위해서 인간의 영혼은 우선 개혁되어져만 한다.

　　그러므로 미적 예술품을 창조해내는 것은 시인과 예술가들의 의무였기에, 이 일에 대한 심사숙고함은 덜 창조적인 마음과 영혼에서 계몽과 변화를 낳게 된다. 셸리는 거의 무시해도 좋을 만큼 독자층의 분포가 거의 적었다는 사실을 알고 있었음에도 불구하고, 사회악의 치료사로서 시인의 신성한 기능을 깊이 확신하고 있었던 것이다. 셸리는 결점을 인정하길 거절하며 불굴의 노력을 통하여 단지 소수만이 읽을 수 있었던 위대한 작품들을 완고한 자세로 완성시키면서 (또 다른 상황에서) 존슨 박사가 명칭한 "경험을 넘은 희망의 승리"를 예증해주고 있다.

사람이 젊은 시절에 억지로 걸치게 된 전통이라는 굴레를 너무도 서슴없이 지니고 있다고 셸리는 믿었던 것이다. 그의 후기 시 한편인 「영국인들에게 바치는 노래」("Song to the Men of England")에서는 "영국의 사람들아, 무슨 이유로/ 여러분들을 낮추어버린 지주들을 위해 밭갈이하는가?"라고 시작하고 있다. 셸리는 자기 자신의 인생에서도 전통적 도덕성과 타협하거나 혹은 어떠한 불공정이라도 이미 규정되었기 때문에 불가피하다는 이유로 수락하는 것에 대해 거부했다. 그가 신의 존재를 증명할 수 있다는 주장을 부정하고 있는 『무신론의 필요성』(The Necessity of Atheism)이라는 소책자를 철회하는 일을 거부했기 때문에, 6개월 후에 옥스퍼드로부터 퇴교 당하고 말았다. 이는 신을 "앙심 깊고, 가혹한 전능의 마귀"로 혹평함으로써 "맵 여왕" 속에 그 입장을 윤색해 놓았다. 그는 결혼이라는 부르주아 계층의 제도에 관한 자신의 신념을 실행에 옮김으로써 수용된 도덕적 관습에 대한 경멸감을 계속해서 논증했다. 메리 곳윈Mary Godwin과 함께 급히 도망 친 후에 그의 첫 번째 부인 해리엇Harriet을 자매의 자격으로 자기의 새로운 가정에 참여하도록 청했다. 그의 이단적 결혼의 관점은 셸리가 영국 상류 계급사회의 반감을 보증한 것이며, 그의 의심스런 혁명적 정치 견해가 오로지 강화시킬 수 있었던 자기에 대한 증오심을 끌어내었다. 바이런처럼, 그는 동료들의 도덕적 분노에 의해 할 수 없이 여생을 국외 유배지에서 보내게 되었다.

　　비록 그는 한때 옥스퍼드로부터 추방당했었던 것처럼, 자신의 개인적인 확신에 충실했다는 이유로 그 벌로 영국에서부터 "추방되었지만," 특히 지배계층사이에서 "배은망덕한 수펄들"이 그들의 피를 마실 수 있도록 두려움과 고통 속에서도 그들의 생활을 열심히 하는 그들 "영국의 벌들"에 해당하는 자기와 같은 동향인의 곤경에 계속적인 관심을 보였다. 비록 해외 추방지에 감금되었지만, 셸리는 다가올 미래에 모국에서의 곤경을 예민하게 알고 있었다. 19세기의 첫 15년간의 전쟁의 시기에 영국정부 주위를 감싸고 있었던 억압적 분위기는 세인트 헬레나St Helena로 압송되어 완전한 고립상태가 되었던 과거 한 때의 혐오의 대상bête noire이었던 나폴레옹Napoleon을 사라지게 하지는 못했다. 왜냐하면 워털루Waterloo에서 웰링턴 공작the Duke of Wellington에 의해 패배했다고 하더라도, 프랑스 혁명이 궁극적으로는 그 독성과 함께 분출되기 전 수년 동안 고대의 옥좌와 도금된 기념비가 충돌하고 부서질 정도로 휴면상태에 있었을지도 모르는 증오심을 유럽전역에 퍼트렸다는 공포감이 팽배해 있었기 때문이다. 따라서 현상유지의 상태에서 부여된 관심을 지닌 당사자들에게는 아주 신중하고 매우 회의적일 필요가 있었다. 왜냐하면 하층사회에서 두 셋이 길가나 다락방에서 함께 모일 때마다, 당연히 음모가 발생할 것이라고 우려했기 때문이다.

1920년대의 바로 직전인 전후의 시기에 불만스러운 양상이 두 가지가 있었는데 정치적인 면과 사회적인 면이다. 정치적 불안은 주로 중산층 사이에서 집중되었으며, 그 구성원들 중 상당수는 상품과 재산면에서 신흥 부유층이었으나, 영국 헌법 하에서 투표할 수 있는 권리가 오래 전부터 없었기 때문에 국사운영에 관한 그 어떤 발언권도 행사하지 못했다. 국회 "개혁"의 아우성은 평화 복귀 후에 점점 집요했는데, 마침내 1832년 1차 선거법 개정the First Reform Act으로 보상받았다. 이 법안은 도회지 부르주아 시민계층에게 참정권을 주고 그들이 오랫동안 갈구한 국가적 정책의 방향을 정하는데 참여하게 했다. 사회적 불안을 진정시키는 일은 쉽지 않았다. 문맹인 다수 집단인들 가운데에서는 "한사람이 하나의 투표권"이란 개념은 자기들보다 "더 나은 계층의 사람들"에게 그런 것처럼 그다지 불합리하지 않았다. 그러나 그와 같은 정치권력에 대한 열망은 시기상조였음이 판명되었고, 한때 무산 계급사이에서 이들의 희망에 큰 힘이 되었던 중산층이 예전에 그들에게 동조했던 사람들에게서 등을 돌리고 말았다. 일단 1832년 선거법 개정안은 그들이 원했던 것을 제공했지만, 그들이 예전에 선동해서 지폈던 열기는 꺾여버리고 말았다. 오로지 1840년대의 차티스트 운동the Chartist movement만이, 사태파악의 안목을 지닌 사람들을 위해, 노동자계급이 항상 국회의 국민적 협의에서 그들을 배제시키는데 동의하지 않으리라는 사실을 보여주었다. 그러나 당시에 무산계급의 관심은 아주 괴로운 고통이 따르는 불만의 원인이었던 굶주림의 문제에 집중되었다.

나폴레옹 전쟁이 종결되면서 군대의 예전의 병사들이 고용시장에 방출되었지만 그러한 유입이 다 수용될 수는 없었다. 1815년 곡물법Corn Law에 의해 실직의 고난이 가난한 계층사이에서 생성된 힘든 고생을 더욱 부추겼다. 값싼 외국 옥수수의 수입을 금지시킴으로써 영국의 지주계급의 이익을 보호하기 위해 제정된 다양한 곡물법은 노동자 계급이 자기 가족들에게 충분한 식량을 공급할 수 있는 능력을 아주 감소시키고 말았다. 1819년까지 실직과 기아는 유령처럼 많은 노동자 계층의 가족에게서 떠나지 않았고, 어떠한 사회적 복지 구조에 의해서도 보호되지 못했던 것이다. 터무니없이 높은 식량가격이 그들의 불안만 증대시켰고, 그들의 의회고용주의 극도의 무관심에 대한 그들의 인식의 수위를 제고시켰다. 지역 권력자들로부터 대응의 명령을 받은 영국 군대가 공장근로자 대중에게 대량 학살을 저질렀는데, 그 일은 일격으로 4년 전 유럽대륙에서 일구어 본국으로 가져온 영광스러운 명예에 오점을 남기게 된 것이 바로 1819년 맨체스터Manchester의 세인트 피터 광장St Peter's Fields의 집회였다. 워털루에서의 승리를 자극한 같은 호전적 상무정신이 그와 같이 국내에서는 "피털루Peterloo" 대학살로 알려지게 된 맨체스터에서의 비극의 원인인 야만적인 진압에 책임이 있다는 아이러닉한 인식이 싹튼 것이다. 외국지역에서의 승리와 국내에서의 학살은 보수적인 동일한 동전의 양면으로 인식되었다. 그리고 이는 셸리가 한편의 시적인 논증법으로 쓴 다음의 작품의 배경과 상반된 것이었다.

1819년의 영국

늙고, 미치고, 감각이 없어, 멸시 당하여 죽어 가는 임금;
흘러가는 무딘 종족의 찌꺼기들인 왕자들은,
대중의 비난을 통해—진흙 샘에서 나온 진흙처럼;
지배자들은 보지도, 느끼지도, 알지도 못하며,
그러나 거머리같이 졸도하는 국가에 매달려,
맞지도 않고, 그들이 떨어질 때까지, 피에 굶주려;
경작되지 않은 지역에서 굶주리고 상처받은 민족은;
방탕하고, 먹이를 가진 군대는
모든 통치하는 이들에게 양날의 칼처럼 대한다;
황금색의 규칙과 붉은 법칙은 이것을 유혹하고 학살하며;
종교에서 크라이스트가 없는 것은, 신이 없음은—봉해진 책이며;
의회는—시간이라는 최악의 법령이 무효로 되지 않을 때,—
영광된 유령들이 우리의 격렬한 날을
비추고 싶어하는 무덤들이다.

England in 1819

An old, mad, blind, despised, and dying king;
Princes, the dregs of their dull race, who flow
Through public scorn—mud from a muddy spring;
Rulers who neither see, nor feel, nor know,
But leech-like to their fainting country cling,
Till they drop, blind in blood, without a blow;
A people starved and stabbed in the untilled field;
An army, which liberticide and prey
Makes as a two-edged sword to all who wield;
Golden and sanguine laws which tempt and slay;

Religion Christless, Godless—a book sealed;

A Senate—Time's worst stature unrepealed,—

Are graves, from which a glorious Phantom may

Burst to illumine our tempestuous day.

비록 「1819년의 영국」은 소넷이지만, 페트라르카 식 소넷도 아니며 셰익스피어 식 소넷의 원형을 취하지도 않는다. 마지막 한 행과 절반 정도에서 그와 같이 불확실한 희망으로 표현되지 않는다면, 거기에는 어떠한 전환점 volta도 없으며 방향의 변화도 없다. 14행 모두는 많은 감탄사로 되어 있는 단 하나의 문장으로 이루어져 있으며, 주절은 끝에서 두 번째 행까지는 나타나지 않는다. "이것들은 무덤이다"라는 표현이 주절의 단언이며, 시의 첫번째 12행들은 "이것들"이 분명히 죽음으로 이끄는 것을 전적으로 설명하는 내용으로 이루어져 있다. 시인은 자기 시대의 영국에서 증명되어진 다양한 사회적 오용을 하나하나 열거하며, 견딜 수 없는 이미지에 이미지를 축적하면서 자신의 축적된 분노의 용암을 분출해낸다. 마치 화자가 문법에 제약을 받아 무척 분개해 하는 것처럼, 억눌린 분노의 감정은 주어부에서 단축된 통사규칙인 접속사와 관계대명사의 생략("—진흙 샘에서 나온 진흙처럼," "—봉해진 책," "—시간이라는 최악의 법령이 무효로 되지 않을 때")에 의해 강화되어진다.

　　전반적으로 위의 부분이 무거운 구조가 붕괴될 수 있을 것 같아 보일 때까지 또 다른 예에다 극악한 예를 쌓아 올리는 기법은 균형을 잃은 사회구조의 자기 조국의 예견된 종국을 나타내고 있으며, 시작되는 시행에서 나열되고 있는데, 거기서는 각별히 대단한 경멸의 대상인 노령의 광적인 "왕" 조지George 3세 자체에 대한 인식을 독자가 확보하기 전에 가치가 떨어지는 형용사들로 시가 시작되고 있다. 셸리는 실성한 왕의 이미지로 자신의 통렬한 비판을 시작하고 있는데, 이유는 이것은 왕국의 수장의 만성병이 통합된 국가의 모든 하층 구성원들에게 필연적으로 나쁜 영향을 미칠 것임에 틀림이 없기 때문이다. 시에서 이후의 모든 이미지들은 이러한 생각을 강화시킨다. 즉 일단 맨 위의 상부가 침체되면, 전체의 조직은 떨면서 병들게 된다는 생각이다. 따라서 2번째 행은 왕의 후계자들에 대한 비난조의 언급을 하면서, 다가오는 세대로부터 오래된 관습의 청산이나 회복에 대한 희망을 가질 수 없음을 지적하고 있다. 1714년 영국에 들어온 하노버Hanover 왕가의 군주들은 한때 소유할 수 있었던 여하한 활력을 제거해 버렸다. 단지 "침체된 가계"로 시작하여 한 번도 빛을 발하지 못하고 있었던 이 독일 가문의 나머지 사람들인 "잔여 세력"만이 국민들에게 해를 주면서 남게 된 것이다. 셸리는 어쩌면 여기서 도덕적으로 느슨하고 공적인 책임감에서 이완된 사람인 후일 조지 4세가 되며 미식가bon vivant로 악명 높은 섭정攝政 황태자Prince Regent에 대해서 인유하고 있다.

정신이상의 군주와 그의 방탕한 상속자들은 그들의 괴상한 행동이 일으킨 "대중의 멸시"에도 관심이 없었는데, 이것은 스스로 쇠망하는 부담의 낭떠러지로 운명적으로 몰락하는 구조의 생생한 예일지도 모른다. 1819년 군주는 "진흙의 샘에서 솟아나는 진흙" 신세가 되었다. 신성한 제도의 기원이 대단히 모호하여, 현재의 그 대표성과 왕국의 왕권이 그들에게 부여하고 있는 가공할만한 권력과 특권을 향유할 수 있는 그들의 권리마저도 훨씬 더 암울하게 되었다. 셸리는 그의 시의 다음 세 행에서 영국의 전체 지배계층에 대한 자신의 비난을 넓혀갔다. 국가의 "지배자들"은 그들이 원론적으로 생명을 부여해야하는 사회조직을 기형화시키는 비정한 괴물로 인식되어졌던 것이다. 그들은 자기 백성들을 "볼" 수도 "느낄" 수도 없으나 그들의 요구사항엔 맹목적으로 무지한 상태에 있었다. 그들은 기생충처럼 백성들을 먹고살면서 백성들로부터 에너지와 생명을 고갈시키고 있다. 그들은 국가가 피를 상실해 빈혈 상태에서 쓰러질 때까지 바싹 마를 정도로 "거머리처럼" 빨아먹고 있는 것이다. 비록 통치자들과 통치를 받는 사람들 사이의 공생적 관계나, 왕궁과 백성 사이의 상호보완적인 자활의 응집력이 한때나마 있을 수 있었겠지만, 권력의 방안에 현재 거주하는 사람들의 부주의한 이기주의는 30년 전에 영불해협the Channel 너머 이미 목격한 해체현상으로 섬세한 전체 조직을 위협하고 있다고 셸리는 주장한다.

셸리는 6행에서 이 사회적 불공평의 희생자들 틈에 끼이게 된다. 귀족계급의 하류층을 향한 의무를 게을리 할 때 무엇이 일어났으며 그 결과 유혈사태로 이어지게 되었는가? "경작되지 않은" 지역은 휴한지休閒地로 남겨져 있고, 식량부족은 사람들을 "기아"상태로 몰고 갔다. 1819년까지 셸리의 눈에는 경작되지 않은 지역이 불모의 왕국이라는 영국의 이미지가 되어 버렸다. 그러나 이 어구는 이러한 단 하나의 단순한 생각 이상의 좀 더 함축적인 것을 암시한다. 결국엔 사람들은 "굶는 것"뿐만 아니라, 상처를 "입게"되며, 두운은 냉혹함으로 경직된 지배계층에 의해 불운한 무산계급에 찾아온 두 가지 범죄가 분리할 수 없을 정도로 연결되어 있다는 점을 강화시키고 있다. 그러므로 이 시는 최근에 저질러진 성 피터 광장St Peter's Field의 대학살을 암시하는 것처럼 보여진다. 그 특별한 "광장"은 "경작되지 않는"다. 왜냐하면 이곳은 맨체스터Manchester 시의 중심부이며 엄밀히 말해서 경작지가 아니기 때문이다. 도시건 농촌이건 간에, 셸리가 암시하길, 노동자 계급은 훨씬 이전의 행복했던 시절에는 후원자나 보호자 역할을 했던 계층에 의해 무참하게 목숨을 유린당하고 영양분을 박탈당하게 되었다는 사실을 알게 된다. 지배자들의 군사적 무기에 관해서 보면, 자유를 대신한 표명을 발견하는 곳마다 살해하도록 허가를 얻은 측은 군대였다. 그러나 그러한 "자유파괴"의 관행과 그 관습으로 인해 당국자의 허가아래서 배양된 학살을 즐기는 취향은, 셰익스피어의 말로 "창안자에게 전염시키도록 회귀하는" "양날의 검으로" 변할 때까지 군대를 날카롭게 만들 수 있다고 셸리는 예견하고 있다. 하층사회에서 합법적인 "사냥감"에 익숙해진 군대의 욕망은 그 먹이를 지배하거나 조정하는 사람들의 계통에서 더 많이 입수하기 위해 자극을 받을 수가 있는 것이다.

셸리는 이제 10행으로 옮겨가서 이 시대의 영국의 법률적 실재를 정의한다. 그는 색채 모티프motif를 사용함으로써 그렇게 정의하고 있는데, 법률은 "황금빛"과 짙은 빨간색("붉은 색")이다. 이러한 장치에는 어느 정도의 아이러니가 담겨져 있다. "황금규칙"이란 절제의 법칙이며, "붉은 색sanguine"이라는 말은 "낙천적"이거나 혹은 "제도상으로 희망이 있음"의 유사어이다. 그러나 이 매혹적인 용모를 나타내는 이러한 법령들에다 "유혹하다"와 "학살하다"의 동사들을 적용시키는 것은 그 동사들이 군대와 같이 양날을 지니고 있음을 나타내는 것이다. 따라서 "황금빛"이란 형용어구는 무엇보다도 법률적 제도까지도 돈으로 살 수 있으며, 그로 말미암아 그 "붉은 빛" 용모는 불운한 희생자의 피의 색깔인 좀 더 기분 나쁜 빛깔을 나타내고 있음을 의미한다. 영국헌법의 깨끗한 외양은 권력과 특권이 많은 지배계층을 은폐하면서 돈이 없는 대중들을 착취하고 "자유를 말살하려는" 그 궁극적인 목표에 부합되도록 법률을 매수하도록 작용하고 있다.

만일 하층계급의 사람들이 돈이 없다면goldless, 11행에서 좀 더 명확히 제시한바와 같이, 상류층 사람들에게는 "신이 없는Godless" 것이다. 거룩한 말씀Holy Word이 밀봉된 책 속에만 있는 것이다. 그래서 그 누구도 성경에 대한 국가의 어떠한 해석이라도 거기에 의문을 제기할 수가 없을 것이다. 이것은 "문 위에는 '해서는 안 된다'고 적혀" 있던 "교회당"인 기성의 권력조직the Establishment의 수중에 있는 또 다른 단순한 속박의 도구로서의 교회에 대한 블레이크의 비전을 회고시켜 준다. 셸리는 국가 종교에서부터 국가 입법으로 이동해 간다. "시간이라는 최악의 법령이 무효로 되지 않을 때"의 상황을 제시해주고 있는 것이 "의회"나 국회이기 때문이다. 셸리의 눈에는 국회라는 제도는 좀 더 오래 전에 폐지되었더라면 더 나을 것 같았다. 왜냐하면 이기심 많은 소수의 이익만을 위해서 기여할 뿐 전체 국민의 필요성에는 기여하지 않기 때문이다.

정부의 지위에 대한 일별과 함께 자기 나라의 현재 상태에 대한 셸리의 요약은 마무리된다. 이러한 관점에서 보면, 그의 소넷 문장의 마지막 종속절에서, 셸리는 이것은 긴박한 재해의 폐허에서부터 유래될 수 있는 혁명에 대한 환영의 비전을 갖고 한줄기 희망의 빛을 인정한다. "Burst" 위의 강약격의 강세와 연속된 휴지는 구시대의 재로부터 일어나는 새로운 세계라는 갑작스러움에 주목을 하나, 동시에 그 비전은 조건부 상태로 남게 된다. 도달"할 수" 있지만, 아마도 확실한 것은 아니다. 현재의 시대는 폭풍우치며, 무질서하고, "난폭하며" 어둡다. 비록 그러한 소란이 길게는 가진 못할 것이라고 우리는 인정하지만, 그 대신에 이어질 상황은 불분명한 것이다. 자유라는 "유령"은 그 이상일지도 모른다. 그것은 인간이 지속적으로 추적하려고 하지만 항상 잡히지 않고 빠져나가는 환각과도 같은 희망이기 때문이다. 대체로, 마지막 폭로의 신뢰하기 힘든 점 때문에 이전의 12행들이 조화를 이루어서 창출해낸 전반적인 운명의 분위기를 조명하지 못하는 것이다.

이같이 희망과 불확실성이 불안정하게 혼재되어 있는 것이 낭만주의 시대에 대한 연구를 결론짓는 데 적절한 여건이 된다. 시적 주제와 영감을 얻기 위한 적법한 영역으로서 영원히 펼쳐진 심리학적 풍경인 내부적인 영토의 해방을 맞아, 젊은 낭만주의 작가들은 그들의 선조 세대들이 말하지 않고 남겨둔 모든 관념과 사상 및 상상력들을 구체적으로 그려내려고 시도하면서 흥분된 열기 속에 집필하였다. 그것은 마치 누군가가 키이츠의 시인 「나이팅게일에 부치는 오드」("Ode to a Nightingale")에서 나오는 이미지를 사용하기 위해서, 덮개를 갑자기 내던져버린 것과도 같다.

마술의 덮개는, 바다물 위에서 열리며,
위험한 바다물은, 요정의 나라에서 버려진다.

magic casements, opening on the foam
Of perilous seas, in faery lands forlorn.

비록 낭만파시인들이 그 결과로 시작한 내적인 여행은, 셸리의 주피터
Jupiter와 같이 종종 가라앉기도 하고, "어지럽게 아래로 가면, 영원히, 언제
까지나, 아래로" 향하기도 하지만, 확실히 "위험한" 것으로, 콜리지의 노수
부老水夫로 하여금 "두려움과 공포 속에 걷게" 만드는 것과 같은 "무서운 악
마"를 마음의 애매모호한 지하 감옥으로부터 가끔 해방시키려는 위협을 가
하고 있다고 하더라도, 그들은 도전하기 전에는 움츠려들지 않았다. 30세를
넘어서 산 그 낭만파작가들이 정신적 소모의 경계되는 시점에서 감명을 주
고 있다는 사실은 놀랄만한 일은 아니다. 콜리지의 말에 의하면, 그들의
"온화한 정신은 쇠약해"지고, 영감이 영문학 전경에서 가장 내구력이 강한
경계표지의 창조에 투입되면, 그 영감은 영원히 소모되는 것이다.

낭만주의적 창의력이 발휘되었던 짧은 시기는 영국시 역사의 갈림길
을 나타낸다. 워즈워스의 "최초의 순수하면서도 조심성 없는 환희"에서 어
떠한 시인도 암시된 순수한 자기 확신의 감각을 되찾을 수 없었고, 기쁨에
들떠서 수줍어하지 않는 자연발생적인 태도는 낭만파들이 힘들이지 않고
관념적 인식과 운율적 성취라는 높은 지대로 올라 갈 수 있도록 해주었다.
「나이팅게일에 부치는 오드」에서 "무딘 두뇌는 복잡하게 하며 지체시킨"다
는 그의 이전의 불평에도 불구하고, 그의 주인공인 엔디미언Endymion처럼,

답답한 지구로부터 고통 없이 올라가 "별빛을 비추는 요정들에 의해 둘러싸여있는. . . 달이라는 여왕(Queen-Moon . . . Clustered around by all her starry Fays)"의 일행에게로 옮겨진 자신을 발견할 때 키이츠는 놀라서 "이미 그대와 함께 있네!(Already with thee!)"라고 외친다. 왜냐하면 아무리 일시적이라고 하더라도, 시인은 일단 자신의 역사에서 신성한 자기의 영감의 원천에 스스로를 결합시키려고 애썼기 때문이다.

Memo

제9장

빅토리아 정신:
아놀드와 테니슨

"빅토리아 정신Victorianism"이란 19세기의 주요한 시기를 포괄하는 우산과도 같은 용어인데, 19세기는 인간의 다양한 성취 결과와 그것을 목표로 추구한 엄청난 에너지가 분출했던 독특한 시기였다. 빅토리아 여왕Queen Victoria은 1837년부터 1901년까지 64년간이나 통치를 하면서 영국이 전반적으로 느리게 움직이는 농경사회에서 갈등과 투쟁 및 급속한 변화가 만연되어 버려진 땅들을 균형 잡히지 못하게 얽어매고 인구가 과밀해진 도시단지의 산업사회로 탈바꿈하는 과정을 지켜보게 된 것이다. 19세기는 엄격했던 17세기의 청교도주의 행동윤리가 다시 살아나게 된 것을 목격하기도 했다. 이 시기는 활기와 열정으로 그리고 거리낌 없는 독창력으로 증기기관에 의해 시작되는 기술문명의 여러 가능성들을 채택하고 적용했던 것이다.

1840년대까지 영국은 18세기 말엽의 증기력 도입으로 시작하여 면방직 제조로까지 이어진 산업혁명Industrial Revolution의 제2단계인 돌이킬 수 없는 산업화과정 중에 있었다. 산업혁명을 상당히 활기차고 역동적인 단계로까지 몰고 간 것은 철도와, 거기서 제공된 원거리 소통과 값싼 수송력에 대한 잠재력이었다. 국내에서는 공장제도가 요원의 불길이 번져나가듯이 번창하고, 이것이 식민제도에 대한 본능에 새로운 충동을 주게 되었으며, 원료를 구하고 잠재시장을 확보하기 위해서 미개발 해외영토와 거기서 거주하는 원주민들을 착취하는 일을 고무하게 된 것이다. 결과적으로, 19세기 말엽에 가서, 영국은 최초로 다수 국가를 거느리는 "제국Empire"이라는 칭호를 얻었으며, 빅토리아 여왕은 과묵한 불굴의 여황제empress로서 그 곳에 군림하게 된 것이다.

　　19세기는 기업가적인 열성을 가진 사람들에게는 신뢰할 만한 가능성이 실현될 수 있는 시기인 듯이 보였다. 재물은 근면하거나 양심의 가책을 받지 않는 사람들에게는 충분히 손을 뻗어 장악할 수 있을 정도로 항상 거기에 있었다. 비록, 주식시장의 황금빛에 끌리지 않은 사람의 정신이라고 하더라도, 빅토리아 시대는 거기에다 마음속으로는 항시 추구하는 준엄하고도 내적인 동요를 잉태하게 되었다. 부富의 신Mammon의 광맥을 쑤셔가면서 찾는 이 모든 행태 속에서 신은 어디 있단 말인가? 버밍햄Birmingham과 맨체스터Manchester 그리고 리즈Leeds와 같은 신흥공장이 들어선 도시의 공장굴뚝에서 뿜어 나오는 공장매연이 전능한 분Almighty의 면전을 흐리게 만들어서 당신 자신이 주의를 기울이지 않고 창조한 것의 흉악한 활동을 막아주는 적당한 차양 같은 것을 마련해주었는가? 일반적으로 말해서, 이와 같은 의문을 제기한 것은 찰스 디킨스 소설에 나오는 바운더비스Bounderbys나 돔비스Dombeys와 같은 공장 경영주나 기업가들이 아니라, 작가들이었는데, 그들 대부분은 동포들의 사업과 같은 성취물에 대해 찬미하지 않을 수 없었지만, 동시에 그와 같은 "진보"가 궁극적으로 귀착될 수 있는 지점에 대한 깊은 우려를 키워나갔다. 빅토리아 시대는 무엇보다도 특히, 신과의 관계에서 변화하는 관점을 가지게 된 것으로 널리 알려져 있다.

빅토리아 시대의 영국은 곡물법Corn Laws을 폐기하고 자유무역Free Trade의 깃발을 높이 쳐들면서 관세장벽을 무너뜨리고, 황금색으로 온통 칠해져 죄의식이라고는 하나도 없는 야수 같은 자본주의의 전성기로 치닫게 되었다. 이 시기의 영국은 일상생활을 통해서 복음정신이 방황하는 것을 보게 되었으며, 모든 교회에서 이와 같은 현상이 일어나는 것을 목격하고 주일의 불경스러움에 대한 의회의 입법을 눈여겨보게 되었다. 이 시기는 끝없이 변화하는 다양한 시기였다. 여성들은 동성애lesbianism의 실존을 인정하지 않으려고 한 여왕의 통치를 받으면서도, 결코 "인생의 내막"을 인식하는데 그렇게 차단되어 있지는 않았지만, 혜택을 못 받는 사람들에게는 그와 같은 인식이 제대로 되지 않았던 것이다. 노동계층을 조상으로 두고 태어날 정도로 아주 불운한 여성이라면, 수도capital city에서의 윤락이라는 거대한 악풍을 향해 전락해버리게 되었으며, 반면에 비슷한 또래의 중산층 응석받이로 태어난 여자들은 악기의 다리가 품위 있게 "바지 입은 듯이 가려진 trousered" 그랜드 피아노에서 아르페지오arpeggios 연습을 하고 있었을지도 모른다.

빅토리아 인들에게 위선이라는 평판을 부여한 것은 특히 삶의 가장 어두운 구석진 곳으로 물러나 버리고 만 성sex이라는 것에 대해서 신성한 체하는 태도이다. 1854년에 시인 코벤트리 팻모어Coventry Patmore가 당시의 여성을 "가정의 천사Angel of the House"라고 표현한 것처럼, 여성에 대한 어떤 정형화된 특성이 결혼의 의무만큼이나 성을 겪게 되는 자기희생적인 고결한 대상으로서의 빅토리아 시대의 여인들에게 만연되었다. 하지만, 동시에 런던의 매음굴은 번창하게 되었으며, 성 밖에 정부mistress를 두는 일이 성행하여 상류계층에서는 예외라기보다는 그와 같은 행태가 하나의 관행이 되어버렸다. 디킨스의 소설 『데이빗 카퍼필드』(*David Copperfield*)에 나오는 머드스톤Mr. Murdstone이 그러하듯이, 빳빳한 옷깃을 세우고 검은색 정장을 한 남자로서 아내와 자녀들에게 엄격한 규율로 대했던 남성의 정형화된 모습이 빅토리아 시대의 아버지의 이미지였지만, 많은 19세기 가장들이 따르려고 노력한 모습이기도 했던 것이다. 남성은 자기의 정서적 생활을 잘 할애하여 많은 여가 시간과 남는 시간을 상업적인 이익을 추구하는 일에 투입할 수가 있었다. 17세기의 청교도주의가 다시 태어나면서 그들은 프록코트frock coat를 입고 실크 모자top hat를 쓴 채 시속 50마일로 철로를 달렸던 것이다.

이 시대는 발명과 창조가 풍요로웠으며, 역사적 전례가 없을 정도로 완전한 산출의 결과를 맛본 시기였다. 산업세계 뿐만 아니라, 도덕적, 종교적, 철학적, 예술적 분야에서도 열정적인 활동들이 이루어졌다. 빅토리아인은 깊은 한숨을 돌리고 난 뒤 모든 것을 혼자 힘으로 처리해 나갔다. 따라서 인류 역사상 사람들이 동료 인간들을 가장 나쁘게 악용한 사례 몇 가지가 목격되기도 했던 이 시대는 또한 사회의 구성원인 시민들의 요구에 부응하고 복리에 책임을 질 수 있는 진정한 민주정부체제를 향해 첫 걸음을 보게 된 것이다.

사회적 책임감의 발전은 빅토리아 집권 초기시대부터 더 이전의 시대로까지 거슬러 가게 된다. 제러미 벤섬Jeremy Bentham과 공리주의자들Utilitarians은 모든 사회문제점들은 합리적인 의견을 적용함으로써 해결될 수 있으리라고 주장하면서 18세기의 "계몽사상"의 일부를 19세기 영국 사회에 끌어 들였다. 그러나 그들이 18세기 선배들과 달랐던 점은 그들의 관점의 폭이 더 넓었다는 사실이다. 더 부유한 계층의 복리를 증진시키는 한편, 반면에 교육받지 못한 대중들을 그들의 보호막으로 방치해둔다거나 이후에도 자기들의 보상을 축적해나가는 일이 이제 더 이상 충분하지 않지만, "최대 다수의 최대 행복the greatest happiness of the greatest number"은 선호되어 마땅한 일이었다. 따라서 빅토리아 여왕이 채 즉위하기 전에(벤섬은 빅토리아 여왕의 왕위계승 5년 전인 1832년에 죽었음), 민주주의를 향한 여러 가지 움직임이 이미 일어나고 있었다. 노예들이 해방되었고 1832년에 제 일차 개정법the First Reform Act이 통과되었다. 여왕이 일단 즉위해서는 공장법 Factory Acts과 광산법Mines Acts, 교육법Education Acts 및 의회 개정법 Parliamentary Reform Acts, 그리고 그 밖의 많은 법안들과 같은 광범위한 입법 개정 작업을 주도했는데, 이는 빅토리아 여왕 시대의 영국에 찬사를 보낼 만한 훌륭한 업적 중의 하나이며 영국체제의 개선을 위한 기본적인 원동력을 목격한 셈이 된다. "암흑"의 대륙인 아프리카에 선교사 데이빗 리빙스턴 David Livingstone을 파견해서 복음의 불빛을 밝히게 한 종교적 추진사업과 윌리엄 글랫스턴William Gladstone 수상이 개인적으로 모두 갱생할 수 있으리라고 믿고는 런던 시내의 윤락녀들을 깨끗이 청소하려고 시도했던 사업은 19세기의 많은 개혁입법사항을 남겨두게 되었던 것이다.

1901년에 있었던 빅토리아 여왕의 장례식을 지켜보았던 노동계층의 인구들은 도회지 사회를 형성하는 그룹으로, 20년 뒤에 따르게 될 남녀 동등한 참정권을 향해서 돌이킬 수 없는 발걸음을 내딛기 시작했다. 그리고 문학계는 나름대로의 신문과 예술가 및 작가들과 함께 이 길을 걸어갔던 것이다. 로렌스D. H. Lawrence는 광부의 아들로서 12년 뒤에 『아들과 연인들』 (Sons and Lovers)이라는 소설을 출간하기도 했다. 빅토리아 여왕시대의 영국은, 위선이라는 평판을 당연히 받아야 하겠지만 그럼에도 불구하고, 결함들을 보충해주는 여러 가지 특징들을 갖고 있다. 말을 통해서 뿐만 아니라 법령을 통해서도 발견되는 표현상의 양심이 그것이다. 교육상the Education Secretary이었던 포스터W. E. Forster가 "우리가 그들에게 정치적인 힘을 주었기 때문에 우리는 그들에게 교육을 제공하는 일을 더 이상 기다려서는 안 된다"고 주장하게 되었으며, 모든 영국구민들에게 의무교육의 기회를 주게 되는 교육법이 1870년에 통과되었다. 교육 분야에서 종교적 열성에 심취해 있었던 또 다른 빅토리아 시대 사람은 시인이자 비평가였던 매슈 아놀드 Matthew Arnold였다.

매슈 아놀드 Matthew Arnold, 1822–88

매슈 아놀드는 럭비 스쿨Rugby School의 교장이었던 토마스 아놀드Thomas Arnold의 아들이었는데, 매슈는 학창시절부터 자기 문화와 사회에 대한 교육받은 자의 책임감과 도덕적 의무감에 심취해 있었다. 토마스 아놀드의 견해에 따르면, 문화와 사회는 상호의존적이며, 문학 활동은 사회생활을 호흡하는 행위이다. 모든 문학이 지향해야하는 미덕이자 초서와 같은 기성문인들을 이것이 부족하다고 혹평한 가치인 "지고한 진지함high seriousness"에 관한 매슈의 인식력과 그것을 발전시킨 것은 문학으로 도덕적 목적을 권위 있게 가르쳐야 한다는 그의 아버지의 생각에서 나온 것이었다. 아놀드의 주장에 의하면, 작가는 경솔해지거나 지나칠 정도로 자신의 희극적 재능에 탐닉할 여유가 없다는 것이다. 왜냐하면 사회는 그것을 지탱할 적당한 규준과 양식에 의존해야 하기 때문이라고 그는 설명한다.

아놀드에게서는 종교적 정신이 왕성하게 활동하고 있었다. 그의 부친은 광교회파Broad Church 운동의 선두에 선 지도적 인물 중의 한 사람이었으며, 존 헨리 뉴먼John Henry Newman에 의해서 옥스퍼드에서 시작된 고교회파High Church(교의·의식을 중시하지 않는 영국 국교의 한파)운동 내지는 앵글로-가톨릭Anglo-Catholic운동의 교의나 가르침에 맞섰던 것이다. 매슈 자신은 35년간이나 비국교도 학교의 장학관직을 맡았다. 그의 복음주의에 대한 열정은 『교양과 무질서』(*Culture and Anarchy*, 1869)와 같은 그의 산문 작품들에서 특히 명확히 나타나고 있다. 이 책에서 그는 자기만족에 빠지고 물질적인 목표에만 골몰하고 있으며 영적인 방향이나 "교양·문화적cul-tural" 방향에는 소홀히 하는 압도적으로 많은 영국 중산계층을 "속물 대중들the Philistines"이라고 공격했다[20]. 그의 또 다른 산문 작품인 『비평의 기능』(The Function of Criticism, 1864)의 결과, 아놀드는 문학비평을 여태까지 향유되어 온 학술적인 학문의 지위로까지 승격시켜야한다고 주장했다.

　　그의 시는 그의 산문보다도 훨씬 더 명상적이고, 반추적이며, 심지어는 향수적이기까지 하다. 호통치는 듯한 그의 어조는 슬프기도 하고, 때로는 종잡을 수 없을 정도로 우울하게 누그러지기도 한다. 그가 더 무게를 두고 있는 목적이 "지성을 가르치는 일"이라는 그의 신념인 작가로서의 "사명" 의식 때문에, 아놀드는 지고할 정도로 높고 진지한 비평 활동과 교수활동에 집중하기 위하여 10년 뒤인 1859년에는 시작詩作을 포기해 버렸다. 이어지는 아놀드의 시는 1848년에 스위스Switzerland에서 그가 만났던 한 소녀를 추억하며 쓴 초기작품 중의 한 편이다. 사회적 목적을 가진 아주 존경받는 빅토리아 인으로서, 아놀드는 곧 그녀에 대한 자신의 열정을 극복하고는 대신에 판사의 딸과의 결혼이라는 훨씬 더 "지각 있는" 명제에 매달렸다. 이성이 본능을 누르고 승리한 셈이었다. 그러나 로벗 프로스트Robert Frost의 말대로 "가지 않았던 길the road not taken"을 따라가다 어쩌면 있을 수 있었던 가능성이나 발견할 수도 있었을지 모르는 환희가 이 시가 쓰인 해(1849)가 훨씬 더 지난 뒤에도 아놀드의 뇌리에서 떠나지 않고 지속되었을 것이다.

　　아놀드는 시를 "삶에 대한 비평a criticism of life"이라고 보았다. 시는 삶에서 일어나는 여러 가지 사건이나 사고를 접하면서 거기서 의미를 추출

---

20) Matthew Arnold, *Culture and Anarchy* (London: Methuen & Company, Ltd., 1990) 아놀드는 이 책에서 "culture"라는 말을 인간의 정신적인 성장과 연관 지어서 여러 가지의 다의적 용어로 사용하고 있는데, 주로 "교양"이라는 의미와 "문화"라는 의미를 섞어서 쓰고 있다. 그리고 이와 같은 소양을 갖추지 못한 대중들을 속물로 폄하시키고 있다.

하여 이제는 "더 이상 그것들 때문에 헤매거나 고통받지 않도록" 그 체험을 정돈되고 냉정한 방식으로 나타내거나 재현할 수 있다는 것이다. 시는 작가와 독자들이 혼돈된 자기들의 복잡한 정서를 달래어 평정을 갖게 하고 "그 정서들과 조화를 가지고, 그래서 이러한 느낌으로 그 어떤 것도 해줄 수 없는 평온함을 되찾고 만족을 얻게 해주는" 위안물로 작용하게 된다. 아래의 아놀드의 시는 그의 치료적 가치 이론을 나타내고 있다.

마거릿에게 — 속편

그렇지요! 삶의 바다에서 섬이 되어
메아리치는 해협이 우리 한가운데 가로놓인 채
해안 없는 물의 광야에 점점이 산재하면서
우리 수백만 인간은 혼자 살지요.
섬들이 포옹하는 밀물을 느낄 때
그들의 끝없는 경계선을 알게 되지요.

그러나 달빛이 그들 골짜기에 비치고,
계곡에 봄의 향기가 스치고,
협곡에서 별이 빛나는 밤에,
나이팅게일이 성스럽게 노래부를 때;
아름다운 음조가 해안에서 해안으로,
해협을 가로질러 쏟아질 때—

오! 그때 절망 같은 그리움이
섬 가장 먼 동굴까지 이르는군요.
섬들은 느끼니까요, 확실히 한때에는 우리들이
한 대륙에 속했었음을!

지금 우리 주위엔 물의 평원이 펴져 있소—
오 우리의 끝과 끝이 다시 만날 수 있다면!

누가 명령했을까, 그들의 그리움의 불이
켜지자 곧 식도록?
누가 그들의 깊은 소원을 헛되이 할까?—
신이, 신이 그들의 단절을 명령했지요!
그리고 그들의 해안 사이에 있으라고 명했지요—
깊이를 가늠할 수 없는, 짠, 소외시키는 바다에게.

To Marguerite — Continued

Yes! in the sea of life enisled,
With echoing straits between us thrown,
Dotting the shoreless watery wild,
We mortal millions live *alone*.
The islands feel the enclasping flow,
And then their endless bounds they know.

But when the moon their hollows lights,
and they are swept by balms of spring,
And in their glens, on starry nights,
The nightingales divinely sing;
And lovely notes, from shore to shore,
Across the sounds and channels pour—

Oh! then a longing like despair
Is to their farthest caverns sent;

For surely once, they feel, we were
Parts of a single continent!
Now round us spreads the watery plains—
Oh might our marges meet again!

Who ordered, that their longing's fire
Should be, as soon as kindled, cooled?
Who renders vain their deep desire?—
A God, a God their severance ruled!
And bade betwixt their shores to be
The unplumbed, salt, estranging sea.

속편인 이 시를 이해하기 위해서 마거릿 시 첫 편인 「고독—마거릿에게」("Isolation—To Marguerite")에 대한 지식은 필요하지 않다. 네 개의 연으로 된 이 시는 광활한 인생이라는 대양에 우연히 산재해 있는 개개인의 사람들을 군도의 이미지로 섞어서 외로움을 탄식하는 인간영혼들 중의 한 사람으로 독립되고 "격리된" 느낌을 주고 있다. 따라서 돌발적으로 갑자기 시작되는 어귀인 "그래!"라는 시의 서두는 이전의 시에서 보이던 논의에서부터 나오는 결과적인 단언이나, 그로 말미암아 내재화된 반추적 과정의 말로 바꾸기 위한 단순한 분출로 이해될 수 있다. 어떤 경우든지, 단음절로 된 감탄사는 시인이 자신의 인생체험을 통해서 방금 그린 결론적인 통찰력을 이제 막 목소리로 담아내려고 한다는 표시를 제공해주고 있다.

지배적인 이미지는 "점"같은 무수한 섬들에 의해 점점이 찍힌 광활한 바다 이미지다. 이러한 주변 상황 속의 인간의 처지("우리 수백만의 인간들")는 4행에 가서야 드러난다. 관심 어린 긴장이 앞의 어구들에 의해 설정되다 지연된 주절은 창조력이 있는 조용한 다산의 바다 큰 파도 한 가운데에 "섬이 되어" 개개인의 자아 속에 고립된 대상이 우리라는 사실을 보여주고 있다. 무의식적으로 아놀드는 인간의 생명이 바다에 근원을 두고 있다는 다윈Darwin의 주장을 예상하고 있는 듯하다. 심지어 그는 3연에서 대지의 여러 대륙들이 서로 떨어져서 표류하고 있는데 대한 지리학자들의 이론을 예견하고 있다("섬들은 느끼니까요, 확실히 한때에는 우리들이/ 한 대륙에 속했었음을"). 여하튼 그의 시는 당시의 진화론자들의 저류에 대한 또 다른 흔적을 반영하고 있다. 인간은 창조의 새벽이후 변화를 겪어왔다. 그리고 한때 더 원시적인 상태에서 지냈는지 여부에 상관없이, 그는 이제 자신의 고립적인 자아의식이라는 성채 속에 안전히 감금되어 있다.

그러나 아놀드의 시는 과학자들의 가설에서도 엄격히 배제된 인간발달에서의 신의 개입을 암시해주고 있다. 마치 인간의 불행한 고립은 성난 창조주에 의해서 선포된 것과도 같다는 것이다. 창조주 또는 지령인의 신비스러운 의지나 변덕에 의해서 물이 차 있는 만이 인간들 가운데에 "있게" 되었고 하나씩 인간들을 분리하고 있다는 것이다. 아놀드는 마지막 연에서는 신의 과실이라는 이러한 주제로 환원하고 있다. 반면에 그는 이러한 "고립enislement"의 진행상황을 계속해서 발전시켜 나가고 있다.

우리들 가운데 있게 된 "해협"은 "메아리 치고 있다." 우리의 외침에 대해 우리가 듣게 되는 유일한 반응은 반향된 우리 자신의 목소리다. 우리는 "점" 같은 존재가 되는데, 이는 과거부터 말없이 흘러온 생명의 바다의 무한한 광활함과 최고의 무관심 속에서 일어나는 거의 눈에 띄지 않는 하찮은 현상이다. 첫 연의 "*mortal millions*"에서 두운으로 강화된 인상을 주는 순수한 시구는 우리를 개인으로는 중요하지 않게 만든다. 삶 그 자체도 알지 못할 정도로 "야만적"이며, 어떤 도달할 수 없는 "해안가가 없는" 끝을 향해서 나아가고 있다. 우리 개별적인 인간들은 우리의 동료들과의 연대를 본능적으로 느낄 수 있는데, 우리는 동료인간들과 실질적인 접촉을 못하고 있는 것이다. "생명의 바다"는 우리 인간 섬들 사이의 소통을 독려하면서도 동시에 가로막으면서 우리를 애타게 괴롭히고 있다. 바다의 "포옹하는 밀물"은 우리를 껴안기도 하는 동시에 우리를 사슬로 구속하고 있다. 우리의 "경계"나 한계는 공간적으로보다는 시간적으로 "끝이 없다." 어쩌면 우리는 환영하면서도 소외시키는 바다를 뛰어 넘어 우리가 갇힌 섬이라는 감옥에서 절대로 탈출할 수 없는 운명에 놓인 것 같다. 아놀드의 양심의 외침cri de coeur은 산업혁명이 진전되면서 빅토리아시대의 영국에서 강해져가는 정신적 소원함의 목소리인 것이다. 그것은 신과 동료인간 모두로부터 떨어져 있다는 사실에 대한 무력감만 느끼는 인식인 것이다.

사람의 마음속에 제공되지 않은 것, 즉 내부의 공허함에 대한 암시가 두 번째 연에서 정교하게 나타나 있다. 섬들은 "텅 비어" 있는데, 자연세계에 의해 간헐적으로 조명이 되어 인간이 신의 불쾌함을 초래하고 그런 이상향의 지복상태로부터 추방을 기도하기 이전 시절에 천상의 조화로운 소리를 나이팅게일nightingale이 "신성하게" 내었던 천지창조의 새벽녘에 삶이 어떠했는지를 인류에게 연상시켜주고 있다. 모든 것이 하나의 애정의 교향곡으로 관현악 연주가 되었던 것이다. 오늘날에는 그와 같이 용이한 존재 대 존재의 합일의 흔적만이 남아있다. 그리고 그 흔적들은 기껏해야 발작적으로 활성화된다. "달"과 "나이팅게일" 및 "별이 빛나는 밤"의 낭만적 심상은 "사랑"의 감정이 인간의 가슴속에서 자극을 받을 때 그와 같은 경련이 일어날 수도 있음을 함축해주고 있다. 그와 같은 순간에 인간은 자기 동료인간들과 성적으로 뿐만 아니라 정신적으로도 합일을 이루고 싶은 것이다. 비록 그것이 성대의 활동에 국한된다고 하더라도 이와 같은 드문 경우에는 인간 상호간의 소통이 발생할 수가 있는데, 섬들은 고립된 그 상태에서 서로 서로에게 과장되게 조잘거린다.

아름다운 음조가 해안에서 해안으로,
해협을 가로질러 쏟아질 때.

3연의 도입부의 감탄어휘 "Oh"는 처음의 "Yes!"와 균형을 이룬다. "Yes!"
라는 표현에 내재된 이성적 의미는 논리적으로 귀결에 이른 주장을 뜻하는
데, 이제는 순수한 정서적 탄성 때문에 단념이 된다. 정신이 숨어있는 은신
처인 "가장 먼 동굴"로부터의 동경심이 개인에게 자기 절제라는 빈약 하리
만치 부적당함을 떠올리면 자극을 받게 된다.

　　이러한 열망은 산업화되어 가는 과정에 대한 역전을 바라는 정치적
야망과 훨씬 더 단순한 봉건제 영국의 상태로의 복원을 표현할 수도 있다.
그러나 정확한 어휘에다 그들의 염원의 본질을 주입시키려는 시인과 그의
"섬들"의 그 무력감은 농촌생활을 위해 단순한 "낭만적" 욕망으로 바로 환
원할 수는 없음을 말해주는 것이다. "나이팅게일이 성스럽게 노래부르는"
감미로운 정원인 낙원Paradise의 상실이라는 성서적 신화도 그러한 비전을
전달해주고 있다. 심리적 관계에서 보면, 과거의 "단일 대륙"과 현재의 흩
어져버린 작은 섬들과의 대조는 개별화individuation의 과정 또는 특유한 존
재로서 자신을 충분히 의식하고 인식하는 방향으로 반 자각의 유동적 상태
로부터의 발전을 나타내고 있다. 이것이 바로 아담Adam과 이브Eve의 이야
기가 더 회화적인 방식으로 전달하고 있는 내용이다. 아담과 이브는 금단의
열매를 먹음으로써 지식을 얻게 되며, 그때부터 거기서 그들은 축복 받은
무지의 상태에서 에덴동산the Garden of Eden을 방황하게 되는데, 어디서 그
들 자신의 정체성이 없어지고 새와 꽃과 나무의 정체성이 시작되는지에 대
해서도 정말 모르게 된다. 타락Fall 이후 그로 인해 그들은 고통을 통해서
명확하고도 양도될 수 없는 자의식을 갖게 되는 것이다. 이것은 철회 불가
능한 과정이다.

사람은 자신의 삶이 다하는 마지막까지 축복보다는 더 많은 저주일 것 같은 자기인식이라는 지식의 짐을 당연히 져야 한다. 자기가 잘 "알고" 있는 개인의 정체성의 "경계"라는 자기의 "한계"가 규정되지 않고 규정하지 않은 다른 존재와 만나서 뒤섞일 수 있는 덜 의식적인 단순한 생존상태로 돌아가고자 하는 열망이 아무리 강하다고 하더라도, 그것은 쓸데없는 소망이다. 그 시작부터 첫 "마거릿" 시편에서, 특별한 여인과의 영구적인 애정관계를 설정하지 못하는 그의 무능력에서 기인하고 있는 순전히 개인적 분노의 표현으로, 아놀드의 한탄은 「마거릿에게—속편」에서는 이제 자기가 진화한 초의식적 상태에 처한 인간의 모면할 수 없는 운명으로 지각하고 있는 보편적 외로움에 대한 탄식으로 확대되었다. 존 단은 17세기 초의 사회적으로 역동적인 영국에서는 "그 어떤 사람도 섬이 아니다"라고 선언했다. 거꾸로 아놀드는 오직 현금거래관계만이 사람들을 서로 묶는 맹렬한 자본주의의 영국에서 단이 주장한 명제는 더 이상 효력이 없음을 제시하고 있다. 개인은 각자가 섬이다. 셰익스피어의 영국이라는 신기한 "왕권의 섬"은 많은 조그마한 의식으로 단편화된 것이다.

　　2연에서 기원하고 있는 희망은 곧 3연의 "절망"속에 상실하고 만다. 결국 합일이 가능할 것이라는 힌트가 일상적 삶의 단조로운 "젖은 평원" 아래에 감추어져 있다. 2연의 시작부분에서 안달하는 기약으로 달이 안내한 것은 3연의 마지막 부분의 두운을 밟는 신음소리로 가라앉는다.

　　오 우리의 끝과 끝이 다시 만날 수 있다면!

"켜지는 것"과 이어지는 "식는 것"의 패턴은 두 개의 중심 연에 의해 짜여 있다. 2연이 고립을 끝내려는 희망을 불 지피는 한편 3연은 즉시 이 무분별한 낙관주의를 적신다. "불"과 개인의 "깊은 욕망"을 동등시하는 것은 시인의 탄식에서 보이는 성적인 기조를 강화시켜준다. 그러나 비록 그것이 시인의 의도에 원천적인 자극이 되었을 수도 있다고 하더라도, 시인이 탄식하고 있는 것은 단지 성적인 실망은 아니다. 더 광범위한 육체적·형이상학적 불쾌감이 있다. 시의 서두 부근에 있는 "thrown"에 의해 제시된 것으로 아놀드가 회귀하는 것이 이 지점이고 인간이 냉혹하게 고립되어 있는 처지에 책임이 없다는 사실이 명확해진다. 아놀드는 이러한 사태의 애처로운 상태를 "누가 명했으며," "누가 그들의 깊은 욕망을 헛되게 하는가?"라고 직접 물음으로써 여태까지 반쯤 억압된 이러한 분노를 이 시의 표면에다 투사하고 있다. 의문사로 과거시제에서 현재시제로 전환한 것은, 이 불의가 단순히 시간상으로 어느 광범위한 지점에 관통되어 있다는 사실을 보여주고 있지만, 계속해서 예견 가능한 미래로 옮겨간다.

아놀드는 물음을 던지면서 대답을 제시할 시간을 허비하지 않는다.

신이, 신이 그들의 단절을 명령했지요!

인간이 아니라 인간의 창조주가 책임이 있다. 신은 "폭군"으로 분리를 명하고 사람들 사이에 개별적 의식의 저주를 두어 인간의 자아라는 사막의 섬에다 인간들을 저버리고 있다. 시인의 언짢은 기분은 스스로 감당할 수가 없는 듯이 당돌한 욕설로 죄가 있는 당사자the guilty One의 정체성을 반복 강조한다("하늘이, 하늘이 그들의 단절을 명령했지요!"). 더욱이, 인간의 정신적 소외감의 정도는 전능한 대상the Almighty에게 자격을 부여할 수 있는 무한한 순간을 아놀드가 사용함으로써 강조되고 있다. 그 대상은 이제 더 이상 성서에 나오는 단일의 분리될 수 없는 유일신이 아니라, 시인조차도 그 정체를 확실히 모르는 많은 신중의 하나인 단일한 신일뿐이다.

이와 같은 신의 이해할 수 없는 불변의 명령에 따라 인간들 사이에서

만灣은 생겨나게 된다. "깊이를 모르는, 짠, 소외시키는 바다"가 생긴 것이다. 인간은 고립된 채 다산의 자연세계에 둘러싸여 있는데, 그 세계의 목적을 인간은 가늠할 수 없으며("깊이를 모르는"), 그 타자성은 인간을 비통하게("짠") 만든다. 인간의 자기중심적 욕망이라는 섬의 바닷가로 내팽개쳐졌기 때문에, 인간은 자기 동료들과 바다로 요약되고 있는 생명의 근원으로부터 차단되었던 것이다. 시가 아주 공명하듯이 마무리 짓는 바다이미지가 모호할 정도로 풍부하다는 사실은 놀랄 일이 아니다. 수사적으로 바다는 시인의 즉각적인 분노와 정면으로 맞서고 있다. 시인의 불의不義의 부담을 덜기 위한 상대로 신을 정확히 공격할 수가 없어서, 그는 자신의 적대감을 주변을 감싸고 있는 바다에다 초점을 맞추고 있다. 동시에 그는 힘들게 얻은 자신의 의식을 버리고 자신의 과거의 원래의 요소의 "포옹하는" 팔에다 자신을 맡겨버리는 원초적 충동의 고취를 느낀다. 자기에게 다시 한 번 철썩거리며 자기를 위무하여 편안하게 하는 무의식의 파도를 그는 느낀다. 바다의 끌어당김은 아마도 처음으로 아주 중요한 많은 의식의 부담으로부터 자유롭게 해방할 욕구일 것이다. 그 힘은 "나는 다시 바다로, 외로운 바다와 하늘로 가야 한다"는 존 메이스필드John Masefield의 시 「바다에 대한 열망」("Sea-Fever")에서 쓴 표현에서 나타난다.

그러므로 시의 마지막 시행에서 바다에 부과되고 있는 경멸적인 수사법은 오로지 *말 그대로 부정적*only *verbally* negative이다. 이 세 개의 형용어구 속에 담긴 신랄하고도 업신여기는 의미들이 어쩌면 심지어 물밑에 잠겨 율동적이고 선율적인 시행의 아름다움에 의해 상당히 상호작용을 하고 있다. 즉 "unplumbed"의 모음과 반복된 "ü", 텅 빈 동굴을 통해서 반추하는 파도소리를 재생해내는 비음과 "salt, estranging"의 "s" 두운 및 해안을 파도가 치고 그 결과 뒤로 휘감기는 많은 조약돌과 함께 발생하는 물러나는 동작을 의미하는 "estranging"의 길게 발음되는 이중모음이 그 예들이다.

그러므로 의미는 소리와 잘 맞지 않고 있다. 어휘가 의미를 전달한다는 항변은 음악적 자질로 말미암아 상쇄되고 있다. 이 모호함 속에 시의 해결이 이루어진다. 우리는 분명한 의식의 빛으로 모든 것을 분석대상으로 삼지 않으려고 삶의 미스터리들에 많은 직관력으로 반응하게 된다. 체험에 대한 우리의 반응은 훨씬 더 포괄적이어야 하며 모든 우리의 기능들, 우리의 지성교육을 통해서 아주 최근에 습득한 기능뿐만 아니라 소위 융Jung이 "집단무의식"이라고 부르고 있는 우리의 종의 기원에서 물려받은 기능들을 총동원해야 한다.

아놀드가 시적 스타일의 "마법"이라고 불렀던 것, 즉 율동적 운문이 지니는 주문과도 같은 속성이 독자로 하여금 시의 "내용"을 형성하는 갈등적 정서들을 흡수하여 해결할 수 있게 했을까? 운문과 그 조직적인 바다이미지가 내포한 조화와 질서가 앙심 깊은 신성이나 부재하는 신성에 의해 지배된 세상에 대한 비전에 맞는 적절한 보상을 제공해주고 있는 지의 여부를 결정하는 일은 불가능하다. 시는 위태로운 균형 속에 자리하면서, 바다가 영원히 남아서 연상시켜주는 무의식적이거나 직관적 자아에 의해 제공된 아름다움과 확신, 그리고 지나치게 다듬어진 지성의 용광로 속에서 나온 회의감과 발광하는 억압 사이에서 흔들리고 있다.

앨프릿 테니슨 경 Alfred, Lord Tennyson, 1809-92

앨프릿 테니슨 경은 1850년에 워즈워스가 죽자 계관시인Poet Laureate이 되었는데, 당연히 국가의 "여러 행사"에 맞게 시를 썼기 때문에, 결과적으로는 그의 이후 세대 사람들에게는 기성체제의 "관청Establishment" 시인으로 잘못 인식되었다. 경쾌한 정조를 상기시킬 수 있는 사람이라면 유행하는 절망의 가면을 쓸 수도 있었겠지만, 근본적으로는 자기 견해를 밝히는데 있어서 "안전한" 편이었다. 심지어 계관시인 직책에 있기 전에도 테니슨은 다음과 같은 시행에서 자기 정통성의 증거를 제시하였다.

앞으로 우리 정렬합시다,
위대한 세상이 공명하는 변화의 홈을 따라서 언제까지나 회전하면서
내려가게 합시다.

Forward let us range,
Let the great world spin for ever down the ringing grooves of change.

「락슬리 홀」("Locksley Hall", 1842)이라는 시에서 나온 이 충고는 빅토리아 시대의 "진보"를 주도하는 다른 사도들 편에 의해서 테니슨의 자리를 매김 하는 듯이 보인다. 마찬가지로 진화론자들의 이론들이 놀란 대중들에게 돌연히 모습을 드러내자, 거기에 정면으로 맞서 테니슨은 인간이 언제까지나 정제된 물질적 상태를 통해서 순전히 영적인 생존의 상태로 옮겨가리라는 낙관적인 진보과정에 대중들을 흡수하여 적응시킬 수 있는 것처럼 보였다. 그것은 인간의 동물적 기원을 강조하는 다윈주의자들과 그들의 역점에 의해 분발된 영혼의 혼탁한 물에 깨끗함을 복원시켜준다고 기약한 관념인 "멀리 떨어진 데에서 일어난 신비스러운 사건"이었다. 테니슨은 그들의 연역적 문체를 흉내 내어 물질적인 면에 집착하고 있는 그들을 비난하면서 "더 큰 원숭이"라고 조롱하기도 했다.

그를 따랐던 에드워드Edward조와 조지George왕조의 작가들에 의해 지지를 받은 테니슨의 비전은 취향에 영합하여 부르주아 회계담당자들의 두려움을 완화시켜주었던 사람의 더 단순화해버린 비전이 되어버리는 경향이 있었다. 헤럴드 니콜슨Harold Nicholson은 테니슨이 "죽음과 성 및 신을 두려워"했으며, 그 결과 그의 시들은 두드러지게 소리의 음악성은 있으나 그럴

듯이 위조된 정소를 기반으로 만들어졌다고 공격했다. 그리고 훗날 오든W. H. Auden은 테니슨이 "어쩌면 그 어떤 영국시인보다도 가장 섬세한 귀"를 가졌음을 인정한 뒤에 "그가 의심할 나위 없이 가장 멍청한 사람이었다"고 주장했다. 의미 있는 내용이 결여된 울리는 시를 만든 사람으로서 테니슨을 평가절하 한 이 짧은 글은 20세기 초반에 많이 유포되어, 그를 부흥시키려는 최근의 비평추세가 빈번함에도 불구하고, 오늘날 여전히 그에 대한 편견적 견해를 조장시키고 있는 것이다. 테니슨의 이름이 떨어질 때마다, 종종 경솔한 낙관주의와 천박한 정서 및 고착된(드라이든의 표현을 빌리면 "견해 상으로는 경직된") 신념의 인물이라는 이미지를 아직도 떠올리게 한다. 그 이미지는 간단히 말하면, 빅토리아 신사의 "전형적인" 모습인 것이다.

계관시인으로서 테니슨은 가끔 산업의 혜택을 입은 제국의 발전상에 대한 예언이든지, 아니면 이 왕국에 봉사하는 영국 군인들의 공적의 영광이든지 간에, 같은 또래 사람들이 듣고 싶어 한 것을 제공해 주었다.

> 그들이 깨뜨린 열을 바로 관통하여;
> 코삭크와 러시아인이
> 군도의 일격에 비틀거리며
>   쓰러져서 베어져 나갔다.

> Right through the line they broke;
> Cossack and Russian
> Reeled from the sabre stroke
>   Shattered and sundered.

그러나 테니슨은 영국의 전성시기에 영국의 화려함과 장려함에 완전히 현혹된 것은 아니었다. 영국이 기술적 개혁의 과실을 세계의 다른 지역으로 확산시켜 나가고 있었던(예를 들면 인도에 철도부설한 것) 그 무렵에, 동시에 그와 같은 변혁이 가능하도록 만든 과학자들은 국내에서는 부지런히 활동하면서 빅토리아 시대의 사교적 저택을 그들의 윗사람 있는데서 허물도록 위협하고 있었기 때문이다. 진화론자들의 생각을 완전히 정신적 상태를 지향하는 인류의 발전에 대한 낙관적인 전망과 동화시키려는 테니슨의 노력이 항상 성공을 거둔 것은 아니었다. 왜냐하면 만일 과학자들이 말한 것이 사실이며, 사람이 정말 원시적 생명의 상태에서 광대한 영겁의 시간을 거쳐 오면서 발전했다고 한다면, 관심을 갖고 있는 전능한 창조주가 지상에다 양식을 갖추어서 인간 종족을 이식해 놓았다는 전통적인 견해는 의심의 여지가 있기 때문이다. 테니슨은 아놀드처럼 그와 같은 비전이 의도된 창조라기보다는 우연한 발생이라는 곁가지로서 인간에게 제시되었다는 지독한 외로움의 의미에 대해서 민첩해 있었다.

> 나무가 자란 깊은 심연이 지나간다.
> 오 대지여, 그대는 무슨 변화를 보았는가!
> 긴 거리들이 포효하는 곳에
> 가운데 바다의 정적이 있었다.

> There rolls the deep where grew the tree.
> O earth, what changes hast thou seen!
> There where the long street roars hath been
> The stillness of the central sea.

이 "가운데 바다의 정적"에는 마음의 고요를 어지럽히는 그 무언가가 있다. 그것이 정적인 무의식의 자궁에서 나올 수가 있기 때문에 인간은 다른 생명체와 마찬가지로 거의 탈선인 상태에서 나온 것이다.

신이 인간의 창조에 관계하지 않았을 수도 있으므로 인간의 해체에 대해서는 아무런 관심을 느낄 필요가 없다는 당시의 동시대 과학자들이 제기한 가능성에 대한 테니슨의 반추는 때때로 심원한 억압의 깊은 곳까지 그를 끌고 가곤 했다.

그는 여기에 있지 않다; 다만 멀리 있다
  생명의 소리가 다시 시작된다,
  그리고 내리는 이슬비를 통해서 무시무시하게
맨 거리 위에서 텅 빈 날을 부순다.

He is not here; but far away
  The noise of life begins again,
  And ghastly through the drizzling rain
On the bald street breaks the blank day.

앞의 4행 연구와 같이 이 시연은 테니슨이 강렬한 유대관계를 느꼈던 인물이자 젊은 나이에 갑자기 죽은 그의 친구인 아서 헨리 할렘Arthur Henry Hallam을 추모하여 그가 쓴 시인 『인 메모리엄』(*In Memoriam*)에서 발췌한 것이다. 할렘을 잃은 것은 예상치 못한 것으로서 신의 계획에 따라 그 어떤 생각해볼 목적도 없이 일어난 일로서 테니슨을 염세주의로 몰고 가게 만들었으며, 그의 가장 사색적인 시를 몇 편 쓰도록 자극했던 반면에 훗날 엘리엇에게 "오히려 아주 어두운 우울증의 경향을 띨 정도로 . . . 깊이 억압되었던 정서"를 품고 있다고 테니슨을 공격할 충분한 탄약을 제공하게 된 것이다. 그런 분위기에서 시인은 오로지 인간을 자동적으로 신이 없이도 리듬에 순종하는 꼭두각시 인형으로 볼 수 있게 된 것이다. 그리고 테니슨의 이 "더 어두운" 명상적인 면은 심지어 그의 명백히 자기만족적인 표현에서도 결코 완전히 사라진 것은 아니었다.

> 빛을 따르라, 그리고 옳은 것을 따르라―인간은 자기 숙명을 반밖에
> 통제할 수가 없으니까.
>
> (「60년 뒤 락슬리 홀」)

> Follow Light, and do the Right―for man can half-control his doom.
>
> ("Locksley Hall Sixty Years Later")

기껏해야 인간은 "절반밖에 통제할" 수가 없으나 완전히 자기 운명destiny을 이끌지는 못한다. 그리고 테니슨이 운명fate에 대한 생각을 표명하려고 선택한 것은 훨씬 더 어두운 단어인 "숙명doom"이다.

　　염세주의는 테니슨의 가장 훌륭한 시에 기름을 부었으며, 지나친 낙관주의나 맹목적 애국심이라고 가끔 치부해버린 시편들의 표면에서 그렇게 동떨어져 있지도 않았다. 「경 여단의 공격」("The Charge of the Light Brigade")의 마음을 휘젓는 명령어 이면에는 다음의 것이 있다.

> 그들의 공격을 영예롭게 하라!
> 여단에 영광 있으라,
> 　고귀한 600 전사에게!―

> Honour the charge they made!
> Honour the Light Brigade,
> 　Noble sis hundred!―

불후의 영광을 위해 영국병사의 영웅적 돌진의 현란한 광휘 아래에는 은밀하면서도 공명하는 투덜거림이 있다.

누군가가 머뭇거렸다.

Someone had blundered.

할렘을 잃은 것이 테니슨의 시에는 더 심오한 차원을 부가한 것이다. 그의 슬픔에서 "더 큰 희망을 미약하게나마 믿는" 자신의 적당한 낙관주의가 성장했는데, 그것은 많은 그의 후기 시에 영향을 준 아주 모호한 기독교주의이다. 대다수의 다른 시간들보다도, 테니슨에게는 과거가 광채를 발하는 섬광으로 간직된 결과, 과거는 그의 시를 통해서 간단한 시어법과 자연스러운 심상의 신랄함을 통해서 그가 자극하려고 애쓰는 대상이 된다.

> 가버린 낮의 부드러운 우아함이
> 내겐 결코 돌아오지 않으리.
>
> (「철썩, 철썩, 철썩」)

> the tender grace of a day that is dead
> Will never come back to me.
>
> ("Break, Break, Break")

> 문들은, 내 심장이 박동 치곤 했던
> 아주 빠르게.
>
> (『인 메모리엄』, 7장)

> Doors, where my heart was used to beat
> So quickly.
>
> (*In Memoriam*, VII)

확실히 음악에 대한 아무런 천성적 감수성도 없이 태어난 테니슨은, 지적으로 그토록 테니슨을 경멸한 오든이 부득이 그의 "귀" 만큼은 정교하다고 인정할 수밖에 없었을 정도로 영어의 소리들을 구분하는 법을 터득했던 것이다. 이 귀는 테니슨의 직관적 리듬감각과 조화를 이루어서("반 리그, 반 리그/ 반 리그씩 앞으로"), 영시에서 가장 자연스러우면서도 힘 찬 "발성영화"와 같은 효과를 갖게 되는데, 「샬롯의 여인」("The Lady of Shalott")의 예에서 보면, 중요한 고비에서 거친 음 "ă" 모음이 갖는 성유법의 효과가 그것이다.

거울이 여러 면에서 깨어 졌다.

The mirror cracked from side to side.

"깨어 졌다"는 말에서 우리는 여인의 세계가 갈라지게 되는 소리를 듣고 그 현상을 보게 된다.

테니슨은 자기 시의 일관된 선율로 19세기 시인들 가운데서도 가장 현저하게 빅토리아인의 모습을 나타내고 있다. 인간의 삶이 결국에는 우주의 암흑 속에서 짧은 하나의 섬광에 지나지 않는다는 뇌리에서 보통 떠나지 않는 무언의 불안감이 시인의 이성에 의해서라기보다는 시인의 의지에 의해서 단호하게 무시되고 있다.

불모지 어딘가에
그림자가 앉아서 나를 기다린다—

(『인 메모리엄』, 12장)

somewhere in the waste

The Shadow sits and waits for me—

(In Memoriam, XXII)

신이 이끄는 어떤 더 지고한 목적을 향해서 인류는 앞으로 발걸음을 내딛고 있음을 시인은 확인이라도 하기 위해서 불안감을 차단하는 것이다.

진화는 언제까지나 어떤 이상적 선을 추구한다.

(「60년 뒤 락슬리 홀」)

Evolution ever climbing after some ideal good.

이 빅토리아 시인의 흉중에 숨어 있는 잠재된 염세주의자와 「쾌락주의자들」("Lotos-Eaters")에서 굴복한 유혹과도 같이 인간을 맥 풀린 무력의 삶으로 기울어지게 할 수 있는 염세관을 끈질긴 의지의 노력으로 극복하면 인간은 나태함의 죄악을 피해서 기독교적인 노력의 활동습관을 몸에 지니게 되는 것이다. 역동성과 무기력함 사이의 인간이 내부적으로 겪는 본능적 갈등의 개념이 진화론자들의 이론에서 명확히 표명되어 있었다. 지그문트 프로이트Sigmund Freud에 의해 표현되어 20세기 후반부에 허벗 마르쿠제Herbert Marcuse에 의해 설명되고 발전된 관념으로, 이 이론은 인간이 휴식하고 평화를 취하며 잊고 싶은 퇴행적 욕망과 자아의 탐구와 발전 및 충족을 향한 진행적 욕망 사이에서 분열되어 있다고 주장한다. 프로이트의 말을 빌리면 "유기적인 세상으로의 휴면으로 돌아가는 욕망"이 해당된다. 같은 갈등이 테니슨의 초기시 「율리시즈」("Ulysses", 1842)의 한편에서 묘사되어 있는데, 거기서는 전형적으로 염세주의자와 회의감의 마녀들이 진압되고 나태함의 유혹이 물리쳐지며 주인공은 나이가 들어감에도 불구하고 더 많은 지혜와 폭넓은 체험의 추구를 결코 포기하지 않으리라고 결의하면서 스스로 영구히 다음과 같은 일에 전념하려고 한다.

노력하고, 추구하고, 발견하면서도, 결코 지지 않는

To strive, to seek, to find, and not to yield.

테니슨이 골수 빅토리아 인인 것처럼 보이는 것은, 인간의 왜소한 삶이 자리하고 있는 주변의 혼란스러움에도 불구하고 고귀한 목적을 위해 끊임없이 일하고 또한 그것은 신봉하려는 이러한 영웅적 결의에 의해서인 것이다.

모래톱을 건너면서

해가 지고 저녁별이 뜰 때,
　　나를 부르는 또렷한 소리!
모래톱이 슬퍼하지 않았으면,
　　내가 바다로 나갈 때,

그러나 잠들어있는 것 같은 물결도 많이 움직이면서,
　　소리와 기포를 만들어내지,
그러면 끝이 없이 깊은 바다 속에서 나온 그 물결도
　　다시 고향으로 되돌아간다.

여명이 남고 저녁 종소리가 울리면,
　　그 후에 남는 것은 암흑 뿐!
그리고 작별을 슬퍼하지 말았으면,
　　내가 떠날 때;

왜냐하면 비록 시간과 공간의 경계로부터
　멀리 물결이 나를 실어다 주더라도,
나는 내 사공을 정면으로 보았으면 좋겠다
　내가 모래톱을 건너갈 때.

Crossing the Bar

Sunset and evening star,
　And one clear call for me!
And may there be no moaning of the bar,
　When I put out to sea,

But such a tide as moving seems asleep,
　Too much for sound and foam,
When that which drew from out the boundless deep
　Turns again home.

Twilight and evening bell,
　And after that the dark!
And may there be no sadness of farewell,
　When I embark;

For tho' from out our bourne of Time and Place
　The flood may bear me far,
I hope to see my Pilot face to face
　When I have crost the bar.

이 시는 테니슨이 죽기 3년 전인 1889년에 쓰인 것이다. 합리적인 모음 선택과 운율적 정교함과 같은 그의 친숙한 시적 재능이 명백히 드러난다. "moaning of the bar"에서 장모음 "ō"와 "är"는 항만의 입구에 있는 모래톱을 따라 부서지는 바다의 파도가 내는 소리를 나타내어 주며, 각 연의 마지막 짧은 시행은 고된 삶의 긴 고행 끝에 죽음이 가져다주게 될 결말의 궁극성과 평화를 나타내어 준다.

> 그리고 작별을 슬퍼하지 말았으면,
> 내가 떠날 때;

시속의 대조는 이러한 삶의 한계와 내세의 "무한함" 사이에 생긴다. 화자는 살고 있는 육지에 의해 그리고 필연적으로 함께 해야 하는 흙 같은 자연의 대지에 의해 갇혀서, 죽음에 의해 물리적 지형적 감옥으로부터 해방될 때까지 모든 지식이나 이해를 희망할 수가 없다. 따라서 바다는 내세의 더 큰 자유로 그를 실어다 줄 매개물을 의미한다. 죽음이 그와 같이 바람직한 종말임을 테니슨이 아직 압도적으로 확신하고 있지 않다는 사실이 다음 시구에서 추론될 수 있다.

> 그 후에 남는 것은 암흑 뿐!

죽음이 마지막 최대의 모험이지만, 죽음 뒤에 이어지는 것은 알려져 있지 않으므로, 결국 텅 빈 망각일 수 있다. 항만 입구의 "모래톱"은 육체적 삶의 한계를 나타내는데, 죽음을 통해서 건너게 될 것이다. 이러한 생각은 4연에서 더욱 더 추상적으로 반복되고 있다.

왜냐하면 비록 시간과 공간의 경계로부터
멀리 물결이 나를 실어다 주더라도,

"경계"는 "영역"이나 "한계"를 의미한다. 어쩌면 주인공이 자살을 생각하면서 죽음을 다음과 같이 바라보고 있는 셰익스피어의 『햄릿』(*Hamlet*) 속에서의 말을 연상시킬 정도로 테니슨이 선별한 약간 고풍 어린 어휘이다.

발견되지 않은 나라, 그 경계로부터
여행자라면 아무도 돌아오지 못한다.

The undiscovered country, from whose bourn
No traveller returns.

두 시인 모두 죽음을 개별적 인간이 "어두운" 어떤 것, 이승의 삶에서 알 수 없는 어떤 것과도 같이 다른 대상으로 변화하는 여행으로 보고 있다.

하지만 테니슨의 시의 일반적 취의tenor는 심지어 누군가가 자신감이라고 부를 수도 있는 그런 확신을 전달해준다. 지는 해와 초저녁별은 모두 꺼져 가는 현상이다. 그 둘은 각자 "시간과 공간"의 한계를 영원히 무시하면서 거듭 태어날 것이기 때문에, 맨 먼저 그 둘을 보고 떠올리는 슬픔은 약간 강렬한 위안으로 조절된다. 시인의 급박한 죽음처럼, 그 둘은 종말과 시작을 나타낸다. 시를 통해서 벗어나지 않는 1연에서 설정된 어조는 성취된 평온한 어조이다. 시인이 현재 반응하고 있는 "부르는 한마디 또렷한 소리"에 대한 모호함은 없다. 시인의 초기 삶에서 그가 불평한 것이 무엇이든, 당황한 것이 무엇이든 그리고 반항한 것이 무엇이든, 모든 기능이 이제 압축되어 스스로 창조주를 만날 준비를 하는 마지막 의무로 변해 버린다 ("나는 내 사공을 정면으로 보았으면 좋겠다"). 마지막 죽음의 위기에 직면하여 모든 이전의 내적 고뇌가 해결된다. 육체와 영혼은 마지막 순간에 하나로 통합된다. 마지막 죽음의 나팔소리인 낭랑하게 부르는 소리는 방탕한 인간 영혼을 준비상태로 조직하는 행동을 하도록 힘을 불어넣는 상쾌한 효과를 지니고 있다. 엘리엇은 『황무지』에서 이렇듯이 "최소한 내 땅들이나마 정돈해 볼까?"라고 표현하고 있다. 다른 모든 근심이 자기 준비라는 이러한 마지막 급한 용무와는 무관하게 사라진다.

　　한편으로 시인은 우유부단함과 욕구불만으로 꽉 찬 인생에 대한 자연적 종결로 죽음을 보고 있다. 죽음은 이제 항해해갈 방향을 정하는 별이다. 그 기능은 자연스러운데, 테니슨이 각 연의 말미에 마치 정신적 근원으로 소환되어가기 전에 짧은 기간 동안에 이승의 육신에게 영혼이 대여된 것 마냥 영혼을 언급하며 역점을 두고 있는 것이 이 자연적인 양상이다.

　　그러면 끝이 없이 깊은 바다 속에서 나온 그 물결도
　　　다시 고향으로 되돌아간다.

시에다 침착한 평정과 사후死後의 슬픔에 대한 강력한 금지명령을 부여하는 것이 삶의 진정한 결과로서 죽음을 이렇게 인식하는 태도이다("작별을 슬퍼하지 말았으면").

　　다른 한편으로는, 평온한 상태에서 죽음을 맞이하려는 이와 같이 과감한 결심에도 불구하고, "이후에 남은 것은 어둠!"이라는 인식이 결코 사라지지 않는다. 시인은 이 타락한 세상에 견고하게 고립되어 살면서 모든 그의 체험이 자신의 육체적 감각을 통해서 여태까지 습득되었음을 고백하지 않을 수가 없으며, 그 통렬함을 중화시키고 무해하게 만드는 모든 용기어린 노력에도 불구하고 죽음은 완전히 시도되지도 못하고 알려지지도 않은 모험으로 남게 되었음을 시인하게 된다.

멀리 물결이 나를 실어다 주더라도,

그러므로 시는 테니슨의 "빅토리아 정신"을 끝까지 예시해주게 된다. 그가
다른 곳에서 말한 것처럼 언어적 표현을 무시하는 "생각들"이 그에게서
"솟아나고" 있다는 인식이 다시 여기서 발생한다. 궁극적으로 석양과 초저
녁별, 땅거미와 조종과 같은 인생의 모든 명시적인 것들이 가늠키 어려운
깊은 죽음 속으로 빨려 들어가게 된다.

Memo

제10장
여타 빅토리아 시인들:
브라우닝과 홉킨스 및 하디

로벗 브라우닝 Robert Browning, 1812-89

테니슨이 브리튼Britain섬의 행운을 찬양하고 대영제국의 영토 확장과 신의 의지의 수행이 하나이기 때문에 같은 것이라는 믿음을 인정해야한다는 의무감에 사로잡혀 있었던 반면에, 그의 동료시인들은 계관시인 직이라는 부담에서 벗어났지만, 해적질 하는 빅토리아제국이 안고 있는 모든 모순점들을 해결할 필요성에 대해 전력으로 애쓰지는 않았다.

로벗 브라우닝은 인간의 행동이면에 자리 잡은 훨씬 더 세속적인 동기들을 탐사하는데 전념하는 일을 선호했다. 테니슨과는 달리, 브라우닝은 지나가 버린 유행의 대중적 기호의 요구에는 별 관심을 보이지 않았던 것 같다. 그는 결코 시장marketplace에는 눈을 돌리지 않은 채 시를 썼으며, 그는 빅토리아 여왕의 재위와 함께 싹트기 시작한 맹목적인 애국심의 정서와 같은 현상에 대해서는 확실히 무관심한 상태에 있었다. 심지어 그의 태도가 분명치 못하다는 초기의 평판이 마침내 대중적 인지도를 확보한 후반부인 1871년에, 그는 5개월간에 걸쳐 시집인 「발로스천의 모험」("Balaustion's Adventure")을 고작 2,500부정도 팔았다. 그러나 반면에 테니슨은 같은 기간에도 미리 미완성시집인 『왕의 목가』(Idylls of the King)의 일부를 40,000부나 예약주문을 받고 있었다. 자신의 처녀시집인 「폴린」("Pauline")이 존 스튜어트 밀John Stuart Mill에 의해 "병적morbid"이고 자기도취적이라는 공격을 받은 이후에도, 브라우닝은 줄곧 대중들의 감각적인 취향보다는 박학다식한 비평에서 나오는 사려 깊은 여론에 보다 더 주의를 기울였던 것이다. 그는 또한 다양한 가면과 가장된 정체성 뒤에 자신뿐만 아니라 자신의 감정마저 감출 수 있는 방법을 터득했던 것이다.

브라우닝은 대중의 갈채를 고의적으로 회피하고, 의식적으로 "모호함obscurity"을 개발시켰으며, 그와 같은 실행이 광범위한 청중에게 접근 못하게 하는 특정 지식을 지녔다는 면에서 훨씬 최근의 시인들과도 흡사하게 보인다. 시장이라는 장소에서, 예이츠W. B. Yeats가 귀족이라는 후원자들의 시대가 지나간데 대한 분노의 탄식을 그렸던 「탑」("Tower")의 방식으로 새로운 시집들이 문학평론지나 대학도서관외의 다른 곳에서는 독자층을 좀처럼 발견하지 못하고 있는 현재에 이르기까지, 브라우닝을 보면 시가 그 당시 축소되기 시작하고 있다는 사실을 알 수 있다. 브라우닝은 계속해서 줄어들고 있는 청취자들의 계층을 향해서 말하고 있는데, 시인은 이와 같은 사실을 알고 있었던 것 같았다.

그러나 그 당시 브라우닝의 시들이 설혹 대중들의 취향을 거슬리고 까닭 없이 우선 보기에 애매모호하게 여겨졌다고 해도, 오늘날 반드시 그렇게 보일 필요는 없을 것이다. "피스타치오 열매와 같이 밝은 초록빛의 덩어리(One block, pure green as a pistachio nut)"라는 표현[「주교가 성 프락세드 교회에 자기 무덤을 짓도록 명하다」("The Bishop Orders His Tomb at

Saint Praxed's Church")]에서와 같이, 르네상스 시대의 주교로 하여금 자신을 위해 장식적으로 치장된 화려한 무덤을 주문하도록 충동하는 세속적 동기들을 오늘날 독자는 더욱 더 신뢰하고, "로렌스 형제여, 만일 미움이 사람을 죽인다면, 나의 것이 아닌 주의 피가 너를 죽일 것이다(If hate killed men, Brother Lawrence,/ God's blood, would not mine kill you)"에서 [「스페인 수도원에 대한 독백」("Soliloquy of the Spanish Cloister")] 보는 것처럼, 한 수사가 다른 수사를 미치도록 질투하였음을 고백하는 것을 단적으로 이해하듯이 받아들이며, 그리고 "포피리아Porphyria"의 연인으로 하여금 그녀의 호화로운 머리카락으로 그녀를 목 졸라 죽이고 난 뒤 다음과 같이 말하게 만든 광기에 대한 있을법한 이야기를 기꺼이 인정하게 된다.

> 그래서 우리는 함께 앉아 있네,
>> 그리고 밤새 우리는 움직이지도 않았네,
>> 여태 신께서도 한 마디 말도 없었네!

(「포피리아의 연인」)

> And thus we sit together now,
>> And all night long we have not stirred,
>> And yet God has not said a word!

("Porphyria's Lover")

브라우닝이 그의 가면, 매너, 습관과 당시 사회와 교회의 일치라는 풍속 뒤에 숨겨진 냉소를 드러내었던 것이 바로 인간과 인간의 운명에 대한 테니슨의 "고귀한" 비전은 종종 감동적이지 못했다는 것을 생각나게 한다. 어둠의 등장인물로 하여금 그의 시를 큰소리로 읊조리게 함으로써 브라우닝은 세상에서의 악의 증식에 대한 생생한 인식을 보여주었다. 「차일드 롤랜드

암흑의 탑으로 왔다」("Childe Roland to the Dark Tower Came")의 첫 연에 등장하는 영웅을 "악의에 찬 눈으로" 흘겨보는, "백발의 절름발이"가 그의 전체의 시속에서 수백 번, 수백 가지의 형태로 다시 태어난다. 전체적으로 볼 때, 그의 극적 독백은 초어서의 캔터베리 순례객 목록이 "긍정적"인 데 비해, 아주 "부정적"인 방식으로 "왜곡된" 융단을 짜는 셈이었다. 만일 이러한 시인들의 작품 속에 종교적인 비전이 포함되어 있다고 한다면, 브라우닝에 있어서는 그러한 종교적인 비전이 이전의 선배 시인들의 작품에서 보여졌던 것보다 더욱 어두운 그늘로, 더욱 신랄한 유머로 변화되었던 것이다.

브라우닝의 "극적 독백", 즉 모든 사건의 참여자로 하여금 직접 그의 시들을 읊조리게 하는 장치인 그 독백은 브라우닝이 최근의 시에 대단한 영향을 끼친 가장 확실한 방법이다. 그의 초기의 작품 「폴린」("Pauline")에서 그 자신을 너무 많이 노출하였던 브라우닝은, 그 이후 시인 자신이 시의 가장 적당한 주제이며 시를 탄생시키는 가장 비옥한 모판이라고 주장하는 낭만주의적 성향에서 물러나 등을 돌리고, 시인 자신보다는 다른 등장인물, 가장 대표인물인 주인공에 대한 시를 짓고자 하였다. 다시 말하자면 브라우닝은 자기의 퍼스나persona 뒤에 자신을 숨겼던 것이다. 그는 자기 대변자들이 그 앞에 서서 담화를 나누고 행동하는 스크린의 뒤편으로 자신을 효과적으로 숨겼는데, 인식된다고 하더라도 어떤 문제에 대한 자신의 느낌은 단지 간접적이고 애매하게 인식될 수 있을 뿐이다. 1842년 독백형식으로 초창기 작품인 『극적 서정시』(Dramatic Lyrics)21)가 출판되었을 때, 브라우닝은 낭만적인 분위기에 대한 거부를 강조하였는데, 즉 그의 어릿광대와 같은 극중 인물과 시인은 완전히 분리된 관계임을 주장하며, 극중 인물이나 그들이 말하는 대사와는 어떠한 개인적 관계가 없음을 주장하였다. 그러므

---

21) 원명은 『극적 로맨스와 서정시』(Dramatic Romances and Lyrics)이다.

로 브라우닝에 대해 잘 알지 못하는 독자라도 그의 시와는 친밀한 독자가 될 수 있는 것이다. 그는 여전히 난해하고도 불분명한 존재로 남아있다.

　　브라우닝이 추구하였던 자기 작품과의 철저한 분리는 상당히 가치 있게 평가받고 있으며, 20세기 특히 초기 10년간에 걸쳐 낭만주의에 대한 혐오감이 일어났던 시기 이후, 많은 이들에 의해 모방되어 왔다. 예를 들면 엘리엇은 시인과 시적 대상간의 유사한 분리를 추구하였다. 브라우닝과 마찬가지로, 그는 중년층의 익살꾼이나 매춘부나 찾으러 다니는 상인들과 같이 결코 작가와는 분명히 동일시될 수 없는 대변자를 사용하고 있다. 낭만주의의 맹렬한 불꽃을 식히려는, 예술가와 그의 작품 사이의 분리나 거리를 두는 개념을 재도입하려는 노력은 많은 현대 작품의 보증적 준거가 되어 버렸다. 오늘날의 예술작품은 그 자체적으로 유기적인 존재이다. "창조의 신과 같이 . . . 손톱을 가지런히 깎는다"라는 제임스 조이스James Joyce의 야심적인 예술가 스티븐 디달러스Stephen Dedalus의 말에서와 같이 일단 작품이 만들어지고 나면 그 창조자는 완전히 분리된, "무관심한" 상태로 머물러 있는 것이다.

　　브라우닝의 자신의 시에 대한 접근법은 세속적이고 도시적이다. 그의 시의 세계는 시인 자신이나 독자들이 존중하는 그런 성스러운 곳이 아니다. 그것은 그저 하나의 교묘한 솜씨일 뿐이다. 종교에 있어서 바위처럼 신앙이 탄탄한 사람에게 있어서 브라우닝의 시들은 성스러운 분위기가 결여되어 있는 것처럼 보인다. 심지어 리포리피 수사Fra Lippo Lippi와 같은 그의 종교적인 인물들까지도 유방들을 지닌 조그만 하얀 여성들에게 주의를 기울이면서 내세보다는 현세에 대한 분위기를 더한다. 비록 그의 후기 시가 보인 종교적인 문제에 대해 더 깊은 관심이 독자들의 공감을 얻지 못할 것 같더라도, 브라우닝의 세속적인 면으로 인하여 그의 작품은 현재의 불가지론적인 시대에 수용적인 태도의 독자들을 대하게 될 것이다.

기교, 어조 및 내용 면에 있어서, 브라우닝은 20세기의 취향과 관심 영역의 많은 부분들을 미리 예견했다. 그렇지만 그가 분명하게 빅토리아 시대 시인이라는 점을 말해주는 몇 가지 영역들이 있다. 그의 작품들은 모두 각계각층의 사람들과 공유했던 하나의 특성인 거대한 힘에 대한 목격을 포함한다. 또한 그의 독백에는 엘리엇 작품 속 인물의 독백에는 없는 빅토리아 시대의 통속 드라마의 기미가 있다. 그래서 독자는 그의 작품을 다른 시인의 작품으로 결코 잘못 보는 일이 없을 것이다. 예를 들면, 브라우닝의 "악의를 품은 백발의 장애자"가 엘리엇의 시에서는 "창틀에 앉아 있는" 더 저급한 "유태인"으로 되어 있다. 과장이나 가끔씩 보이는 호언장담에 대한 약간의 경향으로 브라우닝의 독백들은 확실히 "극적"이라는 것을 보여준다. 그의 인물들을 주목을 끄는 것처럼 보인다. 그들은 엘리엇 시의 변명조의 앨프릿 프루프록J. Alfred Prufrock의 태도로 무대 양옆에서 방백으로sotto voce 그들의 의견을 전달하는 대신에, 중심무대에서부터 완전한 목소리로 그들의 의견을 전달한다.

16세기 이탈리아 귀족 계급을 추종하는 시들에서 화자는 같은 귀족의 대변인 역할을 받아들인다. 그리고 그는 결혼해달라며 그 귀족의 딸의 손을 구걸한다. 독자는 회랑을 지나면서 계단을 내려오면서 그들의 목소리가 희미해질 때까지 그들의 대화를 엿듣는 것이 허용된다.

나의 전 공작부인

페라라

저 벽의 초상화는 나의 전 공작부인이요,
마치 살아있는 듯이 보이지요. 내 생각에
저 작품은 걸작인 것 같소: 판돌프 수사의 손이
온종일 부산하게 움직이더니, 저렇게 그녀가 서 있게 되었소.

앉아서 그녀를 보겠소? 일부러 나는
"판돌프 수사"라 말했소, 왜냐하면
선생처럼 저 그림을 처음 보는 사람들은 저 그려진 얼굴,
저 불타는 듯한 시선의 깊은 정열을 알게 되면,
반드시 나를 향해 (왜냐하면 아무도
내가 드리운 커튼을 열지 못하니까 나 이외엔)
감히 그럴 용기가 있다면, 내게 물어볼 표정을 짓더군요
어떻게 이런 시선이 생기게 되었는가를; 그러니
그렇게 내게 묻는 것이 선생이 처음이 아니오. 선생, 남편 앞에서만
저 기쁨의 홍조가 공작부인의 뺨에
떠오르는 것은 아니었소: 어쩌다가
판돌프 수사가 "공작 부인의 망토가
팔목에 너무 많이 덮여 있습니다"라고 말하거나, "그림으로서는
부인의 목선을 따라 내려가 사라지는
엷은 홍조를 재생시킬 엄두도 내지 못하겠습니다:" 이런 헛소리를
그녀는 예의라며 홍조를 띨
충분한 이유라고 생각했단 말이오. 그녀는
말이요—뭐랄까?—너무 빨리 기뻐하고,
너무 쉽게 감명을 받는 마음을 가졌소, 그녀는 무엇이든 좋아했지요
그녀가 보는 것이면, 눈길을 돌리지 않는 데가 없었소.
선생, 매 한가지였단 말이오! 내가 선물로 준 가슴 장식물,
서편에 지는 저녁 노을,
어떤 주제넘은 바보가 과수원에서 꺾어다 바친
벚나무 가지, 그녀가 테라스를 타고 돌아다니던 흰 망아지—이 모두가
하나같이 그녀의 감탄을 자아내곤 했소,
혹은 적어도, 얼굴도 붉혔소. 남자들을 치하했소,—그건 좋소! 하지만
뭐랄까—잘 알 수 없지만—그녀는
구백 년의 역사를 지닌 가문의 선물을

아무 녀석의 선물하고나 대등하게
취급하는 것 같았소. 누가 구차스럽게 나무라겠소
이런 하찮은 것을? 비록 당신이 말재주가
있어—
(난 재주가 없지만)—이런 사람에게 의사를
아주 분명히 하여, "바로 당신의 이런
저런 점이 지나치오." 라고 말해줄 수 있다 한들,—또 그녀가
이런 책망을 순순히 받아들이고 맞서서
따지러 들지 않고, 정말 사과한다 한들
—그것조차 구차스런 일일 수도 있지요; 그래서 나는 택했지요
구차한 일을 안하기로. 아 선생, 그녀가 미소지었지요, 아무 의심 없이,
내가 그녀를 지나칠 때마다;
하지만 어느 누가 지나치겠소
같은 미소 안받고? 이런 일이 점점 잦아졌소; 그래서 난 명령 내렸소;
그러자 모든 미소가 그치고 말았소. 저기 그녀가 서 있소.
마치 살아있는 듯이. 선생, 일어 나실까요? 그러면
아래층의, 손님들을 만납시다. 거듭 말씀드립니다만,
선생의 주인 되시는 백작의 널리 알려진 인심은
결혼 지참금에 대한 내 정당한 요구를
거부하지 않으리라는 충분한 보증이 되오;
내가 말했듯이, 그 분의 아름다운 따님 자체가
처음부터, 내 목적이긴 하오만. 자, 우리
아래로 내려갑시다. 선생 잘 보시오 넵튠 상을, 비록,
해마를 길들이고 있는, 진품이라 여겨지는,
인스부룩의 클라우스가
청동으로 빚어서 내게 준 것을!

My Last Duchess

FERRARA

That's my last Duchess painted on the wall

Looking as if she were alive. I call

That piece a wonder, now: Frà Pandolf's hands

Worked busily a day, and there she stands.

Will't please you sit and look at her? I said

'Frà Pandolf' by design, for never read

Strangers like you that pictured countenance,

The depth and passion of its earnest glance,

But to myself they turned (since none puts by

The curtain I have drawn for you, but I)

And seemed as they would ask me, if they durst,

How such a glance came there; so, not the first

Are you to turn and ask thus. Sir, 'twas not

Her husband's presence only, called that spot,

Of joy into the Duchess' cheek: perhaps

Frà Pandolf chanced to say 'Her mantle laps

Over my lady's wrist too much,' or 'Paint

Must never hope to reproduce the faint

Half-flush that dies along her throat:' such stuff

Was courtesy, she thought, and cause enough

For calling up that spot of joy. She had

A heart—how shall I say?—too soon made glad,

Too easily impressed; she liked whate'er

She looked on, and her looks went everywhere.

Sir, 'twas all one! My favour at her breast,

The dropping of the daylight in the West,

The bough of cherries some officious fool

Broke in the orchard for her, the white mule

She rode with round the terrace—all and each

Would draw from her alike the approving speech,

Or blush, at least. She thanked men,—good! but thanked

Somehow—I know not how—as if she ranked

My gift of a nine-hundred-years-old name

With anybody's gift. Who'd stoop to blame

This sort of trifling? Even had you skill

In speech—(which I have not)—to make your will

Quite clear to such an one, and say, 'Just this

Or that in you disgusts me; here you miss,

Or there exceed the mark'—and if she let

Herself be lessoned so, nor plainly set

Her wits to yours, forsooth, and made excuse,

—E'en then would be some stooping; and I choose

Never to stoop. Oh sir, she smiled, no doubt,

Whene'er I passed her; but who passed without

Much the same smile? This grew; I gave commands;

Then all smiles stopped together. There she stands

As if alive. Will't please you rise? We'll meet

The company below, then. I repeat,

The Count your master's known munificence

Is ample warrant that no just pretence

Of mine for dowry will be disallowed;

Though his fair daughter's self, as I avowed

At starting, is my object. Nay, we'll go

Together down, sir. Notice Neptune, though,

Taming a sea-horse, thought a rarity,

Which Claus of Innsbruck cast in bronze for me!

브라우닝은 완벽하게 도회지 풍과 상류사회를 대표하는 이 계속적인 자기 중심주의의 어조를 사로잡고 있다. 그 공작은 마치 함축적으로 그의 사회적 특권계층이 좋은 삶에 대한 의문을 제기할 수 없는 타고난 권리라는 것을 말해주고 있는 것처럼, 자신의 보물들을 방문객들에게 자연스럽게 보여준다. 그는 자신의 우주의 중심부이다. 모든 미미한 인간들은 그 자신의 주위를 돌고 있다. 만약 예술을 창조한다면 그것은 그를 기쁘게 하기 위하여 만들어지는 것이다. "인스부룩의 클라우스"에 의해 조각된 해마는 "나를 위해 청동으로 주조된" 것이다. 그 시의 두 번째 단어는 "my" 이며 마지막 단어는 "me"이다. 그리고 일인칭 대명사는 흔히 시 전체에 나타나면서 화자가 자기 자신에게 부여하고 있는 중요성을 강조하고 있다. 사실 그는 자기의 대화자가 말하는 것에 관심이 있는 것이 아니라 단지 터무니없는 자기 존중의 실마리를 만들 하나의 편리한 도구로 자신을 사용하고 있다.

자신의 전 부인의 초상화가 회랑의 벽에 걸려있고 그는 그것을 보도록 하기 위해 방문객들을 초대한다. 그의 말은 자기의 죽은 아내가 비록 죽었지만 자기가 소장하고 있는 많은 예술작품objet d'art들 중의 영원한 하나의 작품이라고 가정하고 있음을 나타내준다. 그녀는 마치 "살아있는 것처럼 보이면서" 그곳에 묻히기라도 한 것처럼 "벽에 그려져 있다." 그녀는 "나의 전 공작부인"이라는 말에서처럼 사람들에 대한 공작의 태도는 마치 물건들을 대하는 태도처럼 수집가의 태도이다. 더욱이 그가 자신을 위하여 그림을 그리도록 의뢰한 화가들에 대한 태도도 오만하다. 화가 판돌프 수사는 이러한 기적을 만들어냈다. 공작의 명령에 의해 "하루 종일 분주히 움직인 손"의 주인공인 그 남자는 나중에 나오는 인스부룩의 클라우스처럼 우수한 하인으로서 간주되고 있다. 그리고 중요한 것은 완성된 작품에 대한 모든 사람들의 평가가 아닌 그 공작의 결정적인 판단이다("내 생각에/ 저 작품은 걸작인 것 같소").

그의 발화의 매끄러움과 우아하게 다듬어진 문자들은 주의를 끌기 위한 휴지 없이 운을 이루는 단어들에 맞게 매끄럽게 이어지는 용이함 때문에 더욱 더 강화되고 있다. 그 시는 운을 이루는 2행 연구로 씌어져 있으나, 포프의 시와는 달리, 브라우닝의 2행 연구는 유연하게 그 다음으로 이어진다. 그리고 발화의 리듬이 아주 충실해서 독자들이 그 시가 운을 이루고 있다는 것을 인식하지 못하는 것이 당연하다고 여기도록 추구하고 있다. 브라우닝은 귀로 들어서 운이 드러나지 않을 정도로 "자연스러운" 문장이 문예전성기 시대의 운문으로 2행 연구의 2번째 행에서 시행이 끝나게 되도록 함으로써("I call/ That piece a wonder"; "I said/ 'Frà Pandolf' by design") 이러한 목적을 성취하고 있다. 이러한 것에서 그는 아마도 공작의 용이한 태도 이면에 있는 "기교"를 지적하고 있는 것 같다. 그 공작에게는 눈과 귀로 보고 듣는 것 이상이 있다. 그는 의문의 여지없는 권위의 자세를 취하고 있다. 그리고 그것도 정도가 심하여 그가 자신의 신화적인 인물처럼 파괴할 수 없는 인물이라고 믿는 것 같다. 그 공작의 오만과 허영에서 풍기는 약간 실제보다 과장된 면이 아주 미약한 통속 드라마의 기미를 이 시에 부여하고 있다. 그의 절대적 권위("왜냐하면 아무도/ 내가 드리운 커튼을 열지 못하니까, 나 이외엔")와 ("감히 그럴 용기가 있다면, 내게 물어볼 표정을 짓는" 것 같이 보이는) 그의 손님들 사이에서 그가 익숙해있던 비굴한 아첨이 명확하게 드러나고 있다. 그 대리인이 분명하게 어떠한 말도 하지 않고 그저 순종적인 침묵 속에서 듣기만 하는 것이 당연하다.

남편의 통제된 냉정한 태도와는 대조적으로, 그 공작부인의 초상화는 그녀의 정직한 눈길 속의 "깊이와 열정"을 묘사하고 있으며, 이러한 강한 감정들을 그녀의 남편은 결코 끌어내지 못했을 것이라고 구경꾼은 그렇게 느낀다. 그 공작은 공공연하게 이 만큼만 인정한다("선생, 남편 앞에서만/ 저 기쁨의 홍조가 공작부인의 뺨에/ 떠오르는 것은 아니었소"). 판돌프 수사는 분명히 화가의 기술은 물론 공손함을 실행하기 위해 공작부인과 함께 앉아있는 것을 기회로 이용하고 있다. 그 숙녀가 지니는 성격의 자연스러운 따뜻함("부인의 목선을 따라 내려가 사라지는/ 엷은 홍조")이 화폭 위에 표현되기에 앞서 화가의 말에 의해 처음으로 나타나는데, 공작의 강력한 자기 통제와 예리하게 대조를 이루고 있다. 브라우닝은 공작의 젊은 아내의 꾸밈없는 성격을 그가 발견함으로써 그가 불쾌감을 느꼈음에 틀림없다고 주장하고 있다. 이제 그는 자신이 고안한 틀 속의 원하는 곳에 그녀를 고정시키고 냉정하게 그녀의 결점들을 분석할 수 있게 되었으며, 당당하게 그 일을 추진해 나간다.

그의 아내가 결국은 그에게서 참을 수 없게까지 된 그런 짜증을 불러 일으켰다고 그는 주장한다. 그들의 결혼생활 동안 그를 사로잡았던 경멸과 질투심 어린 분노의 복합감정이 있었다는 데에는 오해의 소지가 있을 수 없다. 이제 그녀는 판돌프 수사의 그림 속에 잠든 상태로 가고 없으니, 공작은 그녀의 성격을 냉엄하고도 귀족적인 초연한 자세로 분석할 수가 있다.

. . . . . . 그녀는
말이요—뭐랄까?—너무 빨리 기뻐하고,
너무 쉽게 감명을 받는 마음을 가졌소,

공작을 화나게 하는 것은 (석화 된 예술품을 그가 선호한 것과는 상반되게) 그녀의 삶에 대한 사랑뿐만 아니라 그녀가 애정을 쏟으면서 보여주는 안목("그녀는 무엇이든지 좋아했지요/ 그녀가 보는 것이면, 눈길을 돌리지 않는 데가 없었소.")의 부족함이기도 하다. 그녀는 모든 것을 똑같이 취급한다. 그것이 공작의 사랑이든, 일몰의 광경이든, 자기를 존경하는 어떤 사람("어떤 주제넘은 바보")으로부터의 선물이든, "그녀가 운동을 위해 키우는 하얀 노새"이든지 간에 동등하게 평가한다. 그 공작부인이 그 각각에 대해 똑같은 애정을 보인다는 점에서("매한가지였단 말이요"), 짐승과 공작 그 자신 사이의 함축적인 동일시가 공작의 고상한 성향을 격분시켰음에 틀림없다.

그는 분명히 자기의 의지에 굴복하게 할 수 없는 사람을 자신의 신부로 맞이한 것이다. 자연스러운 우아함이 공작의 고도로 훈련된 우아함과 재치savoir-faire와 대조를 이루면서 갈등을 빚어내는 그런 여인을 신부로 맞이했던 것이다. 타고난 우월감에 대한 확신 때문에 그는 자기의 아내의 행동에 있어서 싫어하는 부분을 고치거나 나무랄 수가 없다("그래서 나는 택했지요/ 구차스러운 일을 하지 않기로."). 그녀의 "사소한 일"로 시작된 그러한 짜증과 그 자체로는 전혀 해가 없는 잘못이 돌이킬 수 없는 불화를 심화시킨다. 그래서 그 부부는 서로 소원해진다. 공작은 너무 자만심이 강하여 자기의 아내에게 그녀의 행동이 자신을 불쾌하게 할 수도 있고 "혐오스러움"을 느끼게 할 수도 있다고 말하지 못한다. 그는 단지 자신의 귀족적인 오만함hauteur 속으로 더 빠짐으로써 자신의 언짢음을 표현할 뿐이다.

방문객들이 그 일에 대한 공작의 설명에 공감할 것이라고 당당하게 확신하고 있었음에도 불구하고, 그 방문객들은 침묵을 지킴으로써 오히려 그의 행동에 대해 비판하고 있다는 사실이 암시되고 있다. 공작의 다음 말은 청자들을 더욱 놀라게 해서 그들을 꼼짝 못하게 한다. 그래서 공작은 자신의 공상에서부터 깨어나야 한다("일어나실까요?"). 그가 그의 아내의 파멸을 명령했다고 아무렇지도 않게 고백하는 그의 태도("나는 명령을 내렸소;/ 그러자 모든 미소가 그치고 말았소")가 이미 그의 대화에서 드러난 그의 성격의 좋지 않는 면을 말해준다. "이런 일이 점점 잦아졌소"라는 표현에서 그는 무엇을 언급하고 있는가? 그가 생각하는 그의 아내의 불성실함인가 아니면 그의 비굴한 편집증인가? 공작에게 그것은 다 마찬가지이다. 그가 짜증을 낸 것만으로도 충분하다. 그는 자기의 시야에서부터 자신을 불쾌하게 하는 것이면 무엇이든지(여기에서는 자기의 전처) 그 대상을 제거하기 위해 신과도 같은 특권을 이용했다. 그리고 "아래층의 손님들"에게 내려가 같이 어울리자는 권유와 함께 "저기 그녀가 서 있소/ 마치 살아있는 듯이"라고 양심의 가책도 없이 주저하지 않고 말하면서 자신이 명령을 내려 죽은 아내에 대한 회상에서 기분 좋게 빠져 나오면서 새로운 연인과의 결혼계약을 기념한다.

비록 형식상 궁극적으로는 "그 분의 아름다운 따님 자체"가 자기의 주된 목적이라는 공허한 추가조항을 공작은 덧붙이고 있지만, 파렴치한 냉소는 그의 계획된 혼사에서 부수적으로 생기게 될 물질적인 이익에 공작의 결과적 우선순위가 있음을 드러내어 준다("선생의 주인 되시는 백작의 널리 알려진 인심은/ 결혼지참금에 대한 내 정당한 요구를/ 거부하지 않으리라는 충분한 보증이 되오"). 모든 것이 귀족적인 유창한 시어로 표현되어 있는데, 밀턴 작품에서 마귀의 "알랑거리는" 말들처럼, 그러한 시어들은 공손함을 가장하면서 널리 퍼져있는 자기중심적인 면을 덮어주고 있다. 공작은 독자들이 유심히 듣고 있는 상태에서 벗어나 자기가 수집한 트로피들 trophies 중에서 "희귀한" 것에 대해 손님들이 감탄해 주기를 간청한다. 이번에는 "해마를 길들이는 . . . 넵튠 상"인데, "해마"는 그가 택했던 자신의 전 공작부인으로 그 따뜻한 피의 자연스러운 생명체를 언제까지고 억누르려했던 공작 자신의 허영심을 여지없이 나타내는 주형물인 셈이다.

브라우닝 시의 힘은 현재 있는 것뿐만 아니라 사라지고 없는 것으로부터도 나온다. 죽인 공작부인은, 비록 그녀 남편의 황제와 같은 의지에 의해 제거되었지만, 그의 성의 홀에서 강력한 존재로서 드러난다. 그녀는 남편이 자기의 결점들을 웅변적으로 묘사하고 있는 회랑을 말없이 꾸짖으며 떠돈다. 그의 두 번째 신부가 될 사람과의 혼사의 중매인과 그의 청중의 침묵은 공작의 말에 대한 독자 자신의 침묵임을 확인시켜준다. 공작은 간신히 자신을 해명하려고 노력한다. 그러나 그는 "구백 년의 역사를 지닌 가문"으로 수여 받은 계층 구조적 여건에서 안전하게, 변명도 하지 않는다. 위협하듯이, 오만하고, 귀족적이며, 그리고 화해하기 어려운 공작의 냉엄한 성격의 실체가 어렴풋하게 드러나는 곳은 바로 그의 논리주장의 틈새이다.

브라우닝은 자기의 주인공이 법을 제정하고 있는 동안 침묵을 지키고 있지만, 그의 시가 청중들 속에서 끌어내고 있는 똑같은 도덕적 전율을 함축적으로 공유하고 있다. 그러나 마지막 판단은 모호한 상태로 남는다. 어떤 종류의 세계에서 공작과 같은 그런 사람들이 그들을 반대하는 사람들 위에 군림하도록 허용되는가? 브라우닝의 시는 비록 일찍이 1840년에 씌어졌지만, 20세기 예술적 시각의 문턱에 이미 들어선 것처럼 보인다. 그 속에서 악은 현세와 내세의 양쪽 세계에서 상처를 입지 않고 처벌받지 않은 상태로 탈출한다.

제러드 맨리 홉킨스 Gerard Manley Hopkins, 1844-89

홉킨스의 시는 그가 살아있는 동안 발표되지 않고 알려지지 않은 상태로 남아 있다가 1918년에 처음으로 발표되었다. 그의 특이한 기교 때문에 그의 시들은 전후세대에게는 "현대적"이고 빅토리아시가 아닌 것처럼 보인다. 키이츠처럼 그의 시적 패러다임이라는 표현의도에서 계승된 "모든 틈을 광석으로 메울(Load every rift with ore)" 수 있는 그의 시의 힘찬 리듬과 종교적인 느낌의 거리낌 없는 노출과 함께 압축된 어휘 때문에, 빅토리아 시대의 많은 부분을 거부했던 1920년대의 시인들과 비평가들에게 특이한 시인으로 비춰졌다. 홉킨스의 시가 그가 죽은 지 30년이 지난 후에 공감하는 많은 독자들을 확보하게 해주었던 것은 아마도 심지어 그의 가장 밝은 시들 이면에 숨어있는 다급한 종교적인 위기감("나는 깨어나 어둠의 모피를 느낀다, 낮이 아닌")이었을 것이다. 확실히 그의 압축된 시행들의 활력, 하나의 이미지가 또 다른 이미지로, 혹은 또 다른 이미지와 혼합되는 연상 기법, 그리고 문법을 해독하고 사고 과정을 설명하려는 독자 입장에서의 열의에 찬 지적 노력에 대한 요구가 나중에 작가들과 비평가들을 자극했다. 따라서 홉킨스는 비록 비유적인 묘사의 근원이 키이츠에게서 찾아볼 수 있고, 그의 "혁신적"인 기법과 시어의 근원이 훨씬 그 이전으로 돌아가 찾을 수 있음에도 불구하고, 앵글로색슨Anglo-Saxon 시의 두운을 밟는 율격과 "바다"를 "고래가 다니는 길whale-road"이라는 표현과 같이 그림 같은 케닝kenning에 있어서 시적 기교의 진정한 창조자 및 후원자로서 환영받았다. 반면에 그의 동시대인들은 저급한 전통을 소재로 한 엉터리 시를 양산하는 삼류시인으로 취급받았다.

이러한 초기의 평판은 그 후 몇 번의 재평가를 받았다. 그는 지금은 처음에 생각되어졌던 것보다 더 전통주의자로서 간주되고 있고, 그의 지적인 면이 다소 훼손되었으며, 그의 동시대인들의 작품은 반대로 다소 명예회복 되었다. 그럼에도 불구하고 그의 시각의 놀라운 영향력과 그것을 표현하는 독특한 방법은 여전히 19와 20세기 시의 주된 연결고리로서 남아있다. 그의 시는 허벗Herbert 시대 이후 들리지 않았던 인간과 신 사이의 관계의 밀접함을 부활시키고 시의 형태에 활력을 불어넣는 내용으로 구성되어 있다. "나의 사공my Pilot"이라는 말로 신에게 복종한 테니슨의 태도에 고개를 끄덕였던 빅토리아 시대의 대중들은 "나의 님my dear"이라는 표현으로 예수를 숭배한 홉킨스의 태도를 거의 그와 똑같이 환영하지는 않았을 것이다. 그러한 솔직함은 통속적인 것으로 간주되었을 것이다. 아마도 20세기는 홉킨스에게서 그의 강력한 개인주의 때문에 유사한 정신을 느낄 것이다. 인간은 신과 함께 하면서 혼자이든지 아니면 신이 없는 상태로 혼자이든지 간에, 인간은 항상 혼자이며 독특하다고 하는 인식이 그것이다. 다른 빅토리아시대 사람들이 공동체 생활 또는 웅대한 사상의 "더 큰 전체"를 찬양하는 한편, 홉킨스는 고립된 개인의 고결함을 탐구하고, "살아있는 모든 것은 신성하다"고 처음으로 선언한 블레이크를 생각나게 하는 태도로 창조된 유례없는 개개인의 정체성을 찬양하고 있었다.

블레이크처럼, 홉킨스도 "한 톨의 모래알 속에서 하나의 세상을 볼" 수 있었다. 비록 홉킨스의 관점에 의해 제시된 종교적인 통찰력이 없지만, 그는 테니슨이 표현했던 자연 속의 작은 입자들까지 볼 수 있는 미세한 눈("백만 개의 에머랄드와 루비가 박힌 석회석에서 떨어져 나간다/ 내가 앉아 있는 자그마한 덤불에 있는")을 가지고 있었다. 이러한 자연 세계의 미세한 부분에 대한 매혹은 홉킨스의 노트의 그림들과 글 속에 표현되고 그의 시 속에 다시 나타난다. 홉킨스는 어렸을 때 독실했던 천주교 신자가 되었는데 그러한 독실한 신자에게는 자연현상을 그렇게 즐기는 것이 모든 헌신의 적절한 대상인 신과 맞서는 것처럼 보였다. 현세의 것들에 너무 강한 애정을 표현하는 것처럼 보였다. 홉킨스는 중세 천주교 철학자 던스 스코터스Duns Scotus의 작품들을 발견하고서 그 문제를 회피할 수 있었다.

프란체스코 수도회의 수도사Franciscan monk 스코터스가 주장하기를 모든 자연종인 개체는 그 자체의 특징적인 형태인 개별성haecceitas, "this-ness"을 지닌 수많은 개체들로 구성되어 있다는 것이다. 일단 각각의 개체의 형태 이면에 놓여있는 일반적인 패턴pattern인 본질quidditas, "what-ness"을 이해하고 난 후, 독특한 피조물을 지배하고 있는 포괄적인 신성한 계획에 대한 직접적인 통찰력을 가지게 되었다. 홉킨스는 감사하는 마음으로 스코터스의 주장을 포착하였으며, 그 속에서 피조물에 대한 자신의 감응을 확인하였다. 그리고 그의 시 「농부 해리」("Harry Ploughman")와 「펠릭스 랜달」("Felix Randal")에서 일하는 개별적 인간이 구체적인 형용사구("큰 골격의," 그리고 "건장하고 잘생긴"; "등, 팔꿈치, 그리고 유연한 손목")로 표현되고 있는데, 그것은 훌륭한 형상인 인간을 주조한 신에 대한 찬송이라고 하는 홉킨스의 궁극적인 목적의 길을 따라 내딛는 하나의 발걸음이었다.

홉킨스는 개체의 형태들에 초점을 맞추어 응시하기도 했고, 또는 인간뿐만 아니라 새들, 짐승들, 그리고 식물들의 개별적 형체들을 "인스케이프inscape"[22]라고 부르기를 좋아했다. 그의 인식의 강도와 대장장이와도 같은 노력을 통하여 적절하고 진실된 자연생명의 이미지의 외부에 있는 육체와 결부된 리듬을 만들어냈다. 그래서 송어의 등에 있는 색깔 있는 점들은 "헤엄치고 있는 송어 위에 점점이 박힌 장미 반점"으로 제시되고 있다(색깔과 결 및 점들의 분포가 모두 간결하게 환기된다). 그 밖의 곳에서는 산들바람 부는 여름날에 키 큰 포플러나무들의 춤추듯 움직이는 역동적인 모습이 반복과 두운법 및 강세 있는 음절의 리듬에 의하여 표현된다.

> 내 사랑하는 포플라, 공중의 새장들을 진압했던,
> 진압했던, 날뛰는 태양을 잎사귀들 속에 꺼버렸던 포플라가;
>
> (「빈지 포플라」)

---

22) 홉킨스가 만든 말로서 자연대상이나 예술대상에서 외형적 특징의 원칙을 언급하는 용어임. 사물을 과거의 것, 현재의 것, 또는 미래의 것과 확연히 구분 지을 수 있는 특유한 것을 일컫는 말이며, 피터스W. A. M. Peters는 사물의 내적 본질에 대한 외부적 투영 또는 그 개별적 본질의 감각적 묘사 내지는 표현이라고 했다.

My áspens déar, whose áiry cáges quélled,

Quélled or quénched in léaves the léaping sún;

("Binsey Poplars")

그리고 또 다른 경우에 시인은 이른 아침 햇살 속에 매가 날아가는 것을 관찰하면서("너에게서 작렬한 불 . . . !"), 그 새의 땅을 가볍게 여기는 일에 "매혹"되어 있으며 날아오르는 아라베스크arabesque와 같은 움직임을 경탄한다("숨어있는 내 마음은/ 설렌다 한 마리 새 때문에"). 홉킨스는 자신의 주변세계에서 무수한 아름다움의 실례들을 발견한다. 잠깐만이라도 시골길을 산책하다보면 그 모든 것을 창안해낸 창조주를 찬송할만한 수많은 경우들을 찾아내게 된다.

홉킨스의 가톨릭 신앙의 채택과 예수회의 명령이 그에게 부과한 극기와 복종에 대한 요구는 많은 희생을 수반했다. 던스 스코터스의 글들이 외양상으로는 시인으로서의 홉킨스를 인정했음에도 불구하고, 시인으로서의 홉킨스는 예수회 수사로서의 홉킨스와 피할 수 없는 영원한 전쟁상태에 있는 것처럼 보인다. 그의 친구이자 그의 시집을 처음으로 출간한 로벗 브리지즈Robert Bridges에게 보낸 그의 편지가 증명해주듯이, 다른 사람들의 취향과 의견에 타협하기 위해 그의 시의 한 단어도 바꾸기를 거절했던 개인주의자이면서 완벽주의자인 홉킨스는, 동시에 시인으로서의 명성(심지어 홉킨스처럼 "모호"하고 "어려운" 시를 쓴 작가가 유인한 제한된 명성)을 얻으려고 하는 것이 그의 종교의 명령이 요구하는 자신을 없애는 것과 맞지 않을 것이라는 사실을 알고 있었다. 그가 살아있는 동안 시인으로서의 홉킨스는 성직자로서의 홉킨스에 대해 언급되는 것이 결코 허락되지 않았다. 따라서 그의 시는 오랫동안 매장되어 있다가 1차 대전 후에 놀랍게도 소생되었다.

홉킨스는 심한 희생을 치렀는데, 사제직에 대한 생각으로 예술적 희생뿐만 아니라("나는 유약한 사람이지만, 천상의 왕국을 위해 있다"고 그는 말했다), 결과적으로, 시의 가운데서 환기되어 밝게 번득이는 비전을 넘어 그림자가 드리워진다. 빈지 포플라Binsey Poplars의 "자라나는 초록"에 대한 그의 찬양에서, 그는 문득 "윤기 나고 통찰력이 있는" 인간의 눈동자의 상처받기 쉬운 취약한 면을 상기한다. 그러한 인간의 눈동자는 아주 조그마한 "상처로도 전혀 볼 수 없게 될" 것이다. 가끔 이러한 어둠은 또 다른 번쩍이는 스크린을 가로지르는 단순한 빛의 명멸 이상인 것이었다. 대부분의 신비주의자들처럼, 홉킨스는 적어도 "영혼의 어두운 밤"을 경험한 것처럼 보였다. 그 때 그는 신의 존재의 빛이 그에게서 사라져 가는 것처럼 보였다. 그래서 그는 소위 "가공할 만한 소넷"을 썼다. 거기서 소넷은 "슬픈 어조를 초월하여 표현"되었는데, 그는 인간을 단지 죽음의 마지막 순간을 기다리는 신에게서 버림받은 돌고 있는 지구의 표면에 필사적으로 매달려있는 보잘것없는 곤충 이상의 더 중요한 대상으로 생각할 수가 없었다.

> 오 마음은, 마음에는 산들이 있다; 추락의 낭떠러지는
> 무섭고, 가파르고, 사람이 측정하지 못한다. . .
> . . . 우리의 짧은
> 수명은 그 단애나 심연을 오래 견디지 못한다. 여기! 기어가라,
> 불쌍한 자여, 회오리바람을 피할 수 있는 안식처로: 모든
> 생명은 죽음을 종식시킨다. . .
>
> (「최악이 아닌 것은, 아무 것도 없다」)

> O the mind, mind has mountains; cliffs of fall
> frightful, sheer, no-man-fathomed. . .
> . . . Nor does long our small

Durance deal with that steep or deep. Here! creep,

Wretch, under a comfort serves in a whirlwind: all

Life death does end.

("No Worst, There is None")

그러한 깊은 우울함은 고통스럽지만 피할 수 없는 정신적인 여행의 단계로 작용하는 것처럼 보였고, 결국 인간 개개인과 신의 관계를 수정하고 재강화 하는데 기여하게 되었다. 그리고 다음의 시에서 말하고 있는 대상은 훨씬 더 행복한 마음의 상태에 있는 홉킨스인 것이다.

신의 장엄함

세상은 신의 장엄함으로 가득 차 있다.

그것은 불꽃이 되어 터져 나오리라, 흔들리는 금박의 광채처럼,

그리곤 거대하게 모이리라, 새어나오는 기름처럼

압착되어. 그런데 사람들은 어째서 신의 권위에 무관심한가?

대대로 짓밟고, 또 짓밟고, 짓밟아 왔다;

그리고 모두 생업으로 시들고, 고역으로 흐려지고, 더럽혀져;

사람의 때가 묻어있고 사람의 냄새만 풍길 뿐: 땅은

이제 헐벗기고, 발은 신발로 인해, 느낄 수 없게 되었다.

그렇다해도, 자연은 결코 탕진되지 않으리라;

만물의 속 깊이 고귀한 신선함이 살아 있기에;

그리고 어두운 서쪽으로 마지막 광명이 사라진다 해도

아, 아침은, 갈색 빛 동녘에서, 솟아오르리라—

왜냐하면 성령이 굽은 세계를

안으시니 그 포근한 품과 아! 찬란한 날개로.

God's Grandeur

The world is charged with the grandeur of God.
　　It will flame out, like shining from shook foil;
　　It gathers to a greatness, like the ooze of oil
Crushed. Why do men then now not reck his rod?
Generations have trod, have trod, have trod;
　　And all is seared with trade; bleared, smeared with toil;
　　And wears man's smudge and shares man's smell; the soil
Is bare now, nor can foot feel, being shod.

And for all this, nature is never spent;
　　There lives the dearest freshness deep down things;
And though the last lights off the black West went
　　Oh, morning, at the brown brink eastward, springs—
Because the Holy Ghost over the bent
　　World broods with warm breast and with ah! bright wings.

　　이 시에서 몇 가지 표현들이 분명히 모호하지만, 그 주제는 근본적으로 단순하며 첫 행에서 요약되어 있다. "세상은 신의 장엄함으로 가득 차있다"에서 "가득 차 있다charged"는 말은 적재되었다거나 충만하다는 의미모두를 지니고 있으며, 마치 세계가 신의 영광으로 충만해있는 것처럼, 그리고 신의 영광은 전율하는 전기의 흐름처럼 모든 동맥을 통하여 고동치고 있으며, 책임감을 지니고 있다는 의미에는 지상의 인간들에게 창조주의 신성한 빛을 드러내는 의무감으로 "가득 차 있다." 마치 홉킨스가 하나의 텍스트를 제시하고 설교하는 태도로 그것을 상세히 설명하고 있는 것처럼, 시의 나머지 부분은 이렇게 단순하게 진술된 주제를 전개시켜 나간다. 특이한 시어와 차례로 정렬된 통사구조 아래에는 기독교와 부합되는 면이 기저에 깔려있다.

리듬이나 시의 형태도 처음에 나타나는 것처럼 특이하지가 않다. 그 시는 전대절octave과 후소절sestet 사이의 기본적인 구분이 있는 정통 소넷 구조를 갖추고 있다. 홉킨스의 유명한 "스프링 리듬sprung rhythm"에 대해 말하자면, 그것은 (많은 그의 시어처럼) 고대 영시에서부터 그 영감을 끌어내고 있는데, 고대 영시에서는 그것은 그 리듬의 길이를 결정하는 것이 한 행 속의 음절의 수라기보다는 강세 또는 "박자"의 수인 것이다. 홉킨스는 심지어 이러한 "규칙"까지도 자유롭게 해석하는 경향이 있다. 그래서 첫 행은 4개의 강세 음절로 되어 있는("The wórld is chárged with the grándeur of Gód") 반면에, 마지막 행은 아마도 7개의 강세음절을 지니고 있다 ("Wórld bróods with wárm bréast and with áh! bríght wíngs"). 여기에 강세를 첨가함으로써 처음에 유지되고 있는 장엄함에서부터, 깨우친 기독교인의 정서를 모방하는 소넷을 둘러싸는 안쪽 면 위로 흘러넘치는 정열적인 감정분출로 시를 전환시키는 효과를 갖는다. 그래서 기독교인의 "컵cup은" 기쁨으로 "넘쳐흐른다runneth over." 홉킨스의 시 리듬의 다양성의 주된 효과는 강세를 다시 만들어내고 그 시가 지적인 논쟁을 펼쳐 보이는 기미를 다시 만들어내기 위함이다.

그의 시행 리듬을 다양하게 하고 정신적인 스트레스stress에 알맞게 운율적인 강세를 만들어내려고 끊임없이 노력하는 점에 있어서, 즉 운율과 주제를 혼합하려는 시도에서, 홉킨스는 확실히 20세기 "자유시"를 주장하는 시인들 중의 선구자였다. 동시에 그는 영국의 시적 전통의 유아기로 되돌아가서 그 융통성 있는 운율과 두운법의 효과 및 복잡하지 않는 구체적이고 명확한 어휘를 부활시키고 있었다("With swift, slow; sweet, sour; adazzle, dim")23). 홉킨스의 시를 적절하게 낭독하기 위해서는, 독자는 시속에서 전개되고 있는 주장이 서로 얽히다가 전환되는 변화와, 상승조와 하강조의 변화를 고려할 필요가 있다. 홉킨스는 주장하기를, 하나의 시는 신의 영광스런 창조작용이 발현된 다른 것들 마냥 유기적인 전체를 가지고 있기 때문에, 중요한 것은 시의 전체적인 리듬이라고 하였다. 하나하나의 시행의 리듬이 중요한 것이 아니라, 시연의 리듬이나 총체적인 리듬이 중요한 것이다. 따라서 "율독은 처음부터 . . . 끝까지 휴지 없이 지속되며, 모든 시연은 비록 행 별로 따로 떨어져서 씌어져 있지만, 하나의 긴 선율이다"라고 그는 말했다.

이 시에서 홉킨스는 계속해서 그의 초기의 주장을 정교하게 다듬고 있다. 신의 장엄함은 "흔들리는 금박의 광채처럼, 불꽃이 되어 터져 나오게" 될 것이다. 홉킨스 시의 놀라운 점들 중의 하나는, 고대와 현대의 이미지의 병치와, 종교적인 이미지와 세속적인 이미지의 병치인데, 이 점에서 그는 다시 한 번 "현대시인"의 선구자가 된다. 그래서 여기에서 신의 영광은 모세를 놀라게 했던 불타는 숲처럼 "불꽃이 되어 터져 나오게" 되고, 동시에 신의 영광은 시인의 눈에 빛나는 금속조각과 같은 사소한 것의 광채에 의해 반사되고 있는 것처럼 보인다. 홉킨스는 브리지즈에게 보내는 시에 대한 설명의 노트에서 "흔들리는 금박은 막전sheet lightning과도 같은 넓은 광채를 발한다"고 썼다. 매일의 일상세계 또는 "과학적인" 세계에서부터 가장 심오한 정서에 이르기까지 짝을 이루고 있는 심상은 단Donne의 시작법을 연상시켜준다. 홉킨스는 운율과 문장 구조의 방법에서처럼 심상을 사용함에 있어서, 훨씬 더 현대적인 발전을 예상하면서도 동시에 과거로 눈길을 돌리고 있는 것이다.

세 번째 행은 두운법을 이용하면서"gathers to a greatness" 고대 영시로

---

23) 홉킨스의 시 「다양한 아름다움」("Pied Beauty")의 한 구절로서 신이 창조한 사물의 서로 상반된 면을 대비하는 표현.

되돌아가고 있는 것처럼 보인다. 그런 인상은 그 시 전체를 통해서 구체적이지 못한 라틴어보다는 앵글로 색슨어 계통의 단음절어에 대한 홉킨스의 선호에 의하여 강화되고 있다(예를 들면, "recognise"나 "consider" 대신에 "reck"를 쓰고 있다). 홉킨스는 더 단순한 시대를 회상하고 있는 것처럼 보인다. 그 때는 19세기의 그의 후계자보다도 더 가깝고 더 지속적인 접촉을 하고 있었던 바위들, 나무들, 별들 사이에서 있는 그대로의 순진한 인간은 창조주를 보았던 것이다. 그래서 그는 농부의 편안한 어휘와 세속적인 활동에서부터 신의 영광의 이미지를 끌어내고 있다. 그것은 힘들지만 성공적인 수확의 끝에 나오는 "새어나오는 기름"과도 같다. 단음절어인 "ooze"와 "oil"은 장모음으로, 신의 영광 앞에서 느리면서도 꾸준하게 축적된 인생의 경험과 증거가 미각을 자극하는 좋은 포도주처럼 의식의 세계로 터져 나옴을 완벽하게 암시하고 있다. 인간 개개인은 신의 의식으로 한 방울 한 방울 채워지고 신의 은총이 스며들면서 점점 행복으로 가득 차는 하나의 용기容器와도 같다. 기독교인의 서약의 애매모호함도 또한 느껴진다.

> 그리곤 거대하게 모이리라, 새어나오는 기름처럼
> 압착되어.

> It gathers to a greatness, like the ooze of oil
> Crushed.

새로운 행의 바로 시작 부분에 강세가 있으면서 완전한 폐쇄음의 "Crushed"가 지닌 힘은 의미적으로도 포착하지만, 운율적으로 거칠다. 독자는 읽기를 멈추고, 인간의 확실한 구원은 오로지 이승에서 크라이스트를 "짓밟아 버림"으로써 가능하다는 것을 인식하게 된다. 기쁨은 고통과 함께 오는 것이다. "Crushed" 뒤에 있는 완전한 마침표를 따라 그 뒤에 오는 휴지pause로 인하여 기교 있는 설교가인 홉킨스는 재빠르게 자기의 전략을 변화시키고, 무감각한 만족감에 젖어있는 자신의 회중會衆을 향해서 "사람들은 어째서 신의 권위에 무관심한가?"라는 질문을 던진다. 교정용 지팡이를 들고 있는 신의 이미지는 그 단순함과 직선적인 면에 있어서 거의 민간 전승적 성격을 지니고 있다.

홉킨스는 인간의 신에 대한 이해가 시간이 지나감에 따라 얼마나 희미해져가고 있는 지를 보여줌으로써 자신의 질문에 답하고 있다. 시행 "have trod, have trod, have trod"에서 보이는 반복은 인간이 머리를 쓰지 않는 무의식적인 행동으로 전락하고 있음을 암시한다. 홉킨스는 구체적으로 산업혁명이 인간의 의식에 끼친 해로운 영향에 대해 생각하고 있을지도 모른다. 왜냐하면 그가 계속 세 가지 다양한 방법("시들고," "흐려지고," "더럽혀져")을 쓰고 있는데, 그 방법으로 "생업"과 "고역"은 물질의 획득에 대한 욕망으로 영혼을 소비하고 더럽히면서, 재능의 예리함을 파괴하고 있기 때문이다. 인간의 "때"는 창조된 세계의 영광을 더럽히고 흐리게 하고 있으며, 동시에 사람의 "냄새"가 도처에 스며들고 있다. 홉킨스는 인간의 산업으로 야기된 오염이 신이 부여한 자연환경과 인간 자신의 영혼을 부패시키고 있다는 것을 알고 있다. "땅은 이제 헐벗기고"라는 표현은 엘리엇의 『황무지』를 낳은 불모의 땅이라는 의미를 내포하고 있고, 인간은 스스로를 자신의 삶의 터전과의 직접적인 접촉으로부터 고립시키면서 창조주와의 정신적인 접촉의 근원을 괴팍하게 제한하고 있다("발은 신발로 인해, 느낄 수 없게 되었다").

인간의 정신적인 결점들을 진단한 후에 홉킨스는 후소절(후반부의 6행 연구)에서 결국 자연은 영원하며 신의 용서를 받는다고 선언하고 있다. 지상에서의 인간이 그 어떤 파괴하는 행위를 저지를지라도 "자연은 결코 탕진되지 않고" 다시 새로워질 수 있다. 왜냐하면 그 자연의 근원이야말로 신이기("만물의 속 깊이 고귀한 신선함이 살아 있기에") 때문이다. 로렌스가 생명의 "큰 힘great force"을 주는 "살아있는 물living flood"이라고 환기했으며 딜런 토마스Dylan Thomas가 "푸른 도화선을 통해 꽃을 몰아가는 힘(the force that through the green fuse drives the flower)"이라고 정의한 것, 즉 모든 것을 신선하게 하고 소생시키는 삶의 즙인 수액은 가장 귀중하고 "고귀한" 것으로 분류되고 있다. 왜냐하면 그것은 크라이스트에게서 부터 나온 것이며, 크라이스트는 자신을 희생시킴으로써 생명이 영원하도록("결코 탕진되지 않고") 보장하고 있기 때문이다.

후소절을 통해서 홉킨스는 전대절(전반부의 8행 연구)에서 희미해지고 있다고 보았던 정신적인 자양분을 다시 끌어낼 수 있게 된다. 따라서 산업공해와 내적 혼란의 결과로서 천상의 빛을 흐리게 하는 "암흑"의 방향인 "어두운 서쪽으로 마지막 광명이 사라진다 해도," 홉킨스는 매일 떠오르는 새로운 태양과 하느님의 아들의 탄생의 배경이 된 출생지인 "동쪽"에서부터 (즐거운 경쾌함을 가진 동시에 새로움의 원천으로서) "솟아오르는" 확신에 찬 황홀한 새로운 여명("아, 아침")을 예언할 수 있음을 느낀다. 모든 것이 전대절이 암시했던 것만큼 절망적이지는 않다. 왜 그럴까?

> 왜냐하면 성령이 굽은 세계를
> 안으시니 그 포근한 품과 아! 찬란한 날개로.

먼저 나왔던 감탄사 "Oh"와 함께, 마지막 행의 "ah!"는 더 강하고 통사구조상으로 파열적인 간투사인데, 그것은 억누를 수 없는 기쁨으로 시인이 충만해 있음을 나타내고 있다. 신이 인간을 고통의 덫에서부터 끌어올릴 수 있는 능력은 물론이고, 신의 동정심("포근한 품")이 홉킨스로 하여금, 이 세상이 아무리 부패하더라도("굽은"), 신의 자비로움은 무한하다라는 것을 확신시켜주고 있다.

신은 성신the Holy Ghost이라는 형태로 세상을 "안으신다." 거기에는 창조주의 입장에서 어떤 어두운 불쾌감의 형태로 암시되고 있을 수도 있다. 창조주가 자신의 피조물들이 지상의 거처로부터 무엇을 만들어 냈는가를 침울하게 생각하면서 그에 대한 적절한 처벌을 생각해 내고 있을 수도 있다. 따라서 이러한 것이 홉킨스의 시에서 가장 계시적인 순간들에 가끔씩 나타나는 그림자의 모습일지도 모른다. 그러나 뚜렷이 지배적으로 연상되는 것은, 애정 어린 창조적인 사랑으로 지켜서 길러낸다는 의미의 "안게brood"되는 기능을 갖는 "포근한 품"과 "찬란한 날개"인 것이다. 홉킨스의 시는 확실하게 희망의 어조로 끝나고 있다.

토마스 하디 Thomas Hardy, 1840-1928

토마스 하디는 그의 시대에 소설로서 더 유명하지만, 그의 시가 지금은 더 중요한 업적을 이룬 것처럼 보일 정도로 꾸준하게 시인으로서의 명성도 얻고 있다. 전문직업인인 건축가였던 하디는 20대에 시를 쓰기 시작하였는데, 보다 더 확실한 방법으로 출판하기 위해서 소설 창작으로 전환했다. 그의 마지막 소설인 『비운의 주드』(*Jude the Obscure*, 1896)가 영국의 사회적이고 교육적 제도들에 대한 무자비한 고발에 확실히 감정이 상한 비평가들에 의해 너무 심하게 혹평을 받은 나머지, 하디는 지금은 소설가로서 명성이 알려지고 있지만, 그가 처음에 좋아했던 시 쪽으로 자기의 관심을 다시 돌리게 되었다. 그는 계속해서 죽음 바로 직전인 80대까지 시를 썼다. 워즈워스처럼 그도 개인적인 추억으로부터 많은 시를 썼다. 그러나 그가 나이가 들면서도 그 불은 꺼지지 않았다. 정 반대로, 그 열정은 더욱 더 강해지고 하디의 시의 표면에서 결코 동떨어지지 않은 상실감은 세월이 지남에 따라 더욱 더 깊어지는 것처럼 보였다. 하디의 많은 시들 속에서 자신의 영혼을 드러내고 있는 화자는 과거의 실패와 나약함을 인정하는데 부끄러워하지 않는다. 그의 시들 속에 노출된 나약함 속에 지적이지는 않지만 정직하고도 단순한 영웅적 기질이 있다. 워즈워스라면 당연히 성격적 결함들의 흔적을 덮으려고 주의를 기울였을 것이다.

하디의 소설과 시는 도셋Dorset을 비롯하여 햄프셔Hampshire와 윌트셔 Wiltshire 및 서머셋 카운티Somerset county로 구성된 그의 고향인 "웨섹스 Wessex"의 시골에 근원을 두고 있다. 그와 동시대의 많은 "모더니스트"들에 게 호감을 샀던 도시의 매력도 그의 주의를 전혀 끌지 못했다. 그의 작품 속의 풍경은 원시적인 특질을 가지고 있으며, 스톤헨지Stonehenge와 같이 이교도적인 유적과 로마식 원형경기장Roman amphitheatre 및 노먼Norman식 교회와 같이 과거의 존재를 상기시켜주는 것들과 함께 흩어져 있다. 사실 과거와 현재는 하디의 작품 속에서 서로 친밀하게 상호작용하고 있다. 예를 들면 그의 소설들 중의 한 작품에 나오는 암소들은 폐허가 된 교회의 열기 에서부터 피하여 "습기로 반짝이는 진기한 노먼 조각상을 핥음으로써 목마 른 혀"를 시원하게 한다. 그래서 하디의 시와 소설 속의 풍경은 너무도 오 래되어 심지어는 고풍스러웠기 때문에 가끔씩 증기기관차가 그 광경을 가 로지르고 지나갈 때의 놀라움으로 다가오는 것 같았다. 마치 소리를 내며 연기를 뿜는 탈곡하는 기계가 『더버빌가의 테스』(*Tess of the d'Urberviles*) 에서 농촌의 조용함을 방해하듯이 기계의 발명은 오랜 농촌생활양식에 고 별을 알리는 조종과도 같이 들린다.

하디 자신을 포함하여 하디의 작품 속의 사람들과 그의 시들 속에서 나오는 이러한 모습은 기술이 침투하여 그들의 전통적 리듬을 깨뜨리는 것 을 막을 힘이 없다. 하디는 이미 끝나버린 한 시대를 위한 비가를 노래하고 있으므로, 그의 작품들에는 아주 많은 비극적인 운명에 대한 의식이 충만해 있었다. 사람들은 악의를 가지고 자기들을 조종하는 운명에 휩싸여 있기 때문에 거기에 대항하는 노력은 쓸데없는 것이다. 이러한 적대적인 운명은 부분적으로는 그들 외부로부터 오는 것이지만 다른 한편으로는 그들 내부의 성격적인 특성에서부터 기인하고 있다.

> "임신하고 싶은 아이는 누구 아이지?―
> *그분의*? 걱정스러운 나의 모든 날들이 지나고?"
> 신은 그게 아니라는 사실을 알고 있지! 그러나, 아 절망스러워!
> 나는 *끄덕였지*―계속 괴롭히라고,

> "Whose is the child you are like to bear?―
> *His*? After all my months o' care?"
> God knows 'twas not! But, O despair!
> I nodded―still to tease,

「매춘부 여인의 비극」("A Trampwoman's Tragedy")에서 살인을 저지르도록 자기도 모르게 애인을 자극하는 여인에 관해서 이야기한다. 하디는 인간성이 피조물에 대해 무관심하거나 적극적으로 파괴하려는 전지전능한 신인 "굉장히 우둔한 대상Vast Imbecility"의 손에 놓여 있다고 생각한다.

> "세상이냐고, 그대는 말하지? 인류가?
> 내가 만들었다고? 그 운명이 슬프다고?
> 아냐: 내겐 그런 곳에 대한 추억은 없어:
> 그런 세상을 난 만들지 않았어."

(「신이 잊은 것」)

"The Earth, sayest thou? The Human race?

By Me created? Sad its lot?

Nay: I have no remembrance of such place:

Such world I fashioned not."

("God-Forgotten")

이러한 인간의 감정이 아닌 "내재적 의지Will"24)로 개별적인 인간의 특성은 흔히 그 자체의 몰락을 조장하기 위해서 괴팍하게 작용한다. 하디의 작품들은 처음과 마지막에 황폐한 감정이 스며들어 있다. 동시에 매서운 아름다움이 이러한 황폐한 감정과 공존하고 있다. 그들이 정복할 수 없는 운명과 싸우는 불운한 주드Jude와 유린당한 테스Tess는 그들의 의지와 내재적 의지가 다투는 투쟁의 고귀함 속에 나타난 아름다움을 보여준다. 그 아름다움은 또한 더욱 구체적으로 하디가 자연을 표현한데서부터 나온다.

농업 전통에서 태어났기 때문에, 키이츠와는 달리 "런던 토박이Cockney" 시인이었던 하디의 자연과의 직접적인 친숙함은 있는 그대로 생생한 것으로 환상적인 것이 아니다. 그의 작품 속에서 자연은 잔인한 힘을 가지고 있는데, 여러 가지 면에서 최근의 테드 휴즈Ted Hughes의 자연에 대한 묘사를 예견하는 힘이며, 그 힘은 작가도 조정할 수 없으며 신도 모르는 그런 힘이다. 하디가 파종 시기나 수확 축제와 같은 농촌의 리듬에 익숙해 있다는 것은 민속적인 노래와 춤이 이른 나이에 그의 의식 속으로 들어왔다는 사실을 명확히 해주는 것이다. 그의 시는 가끔 산발적인 주제에 대해 상식적인 통제를 하면서 우아하고도 자연스런 시골사람의 은유로 모든 것을 제시하고 있다.

---

24) 인간들의 운명을 조종하는 불가항력의 의지를 흔히 우주에 내재하는 맹목적인 의지Immanent Will라고 부른다.

우리가 심어놓은 꽃들이 어쩌면
　버려져 농장에서 썩었을 것이다.
거기서 우리는 우리의 만찬의 불을 지폈다
이제 쐐기풀과, 소루쟁이와 들장미가 자랄 수 있도록,
그리고 모든 곳이 부식토와 진흙으로 되도록
　그래서 일단 보드랍고 온후한 진흙이 섞이도록.

(「테스의 탄식」)

The flowers we potted perhaps are thrown
　To rot upon the farm.
And where we had our supper-fire
May now grow nettle, dock and briar,
And all the place be mould and mire
　So oozy once and warm.

("Tess's Lament")

　　그의 첫 아내였던 에마 기포드Emma Gifford의 갑작스런 죽음에 의해
촉진된 그 시들은 "결코 작별의 인사나,/ 가장 부드러운 부름으로 내게 입
맞춤을 하지 말도록(Never to bid good-bye,/ Or lip me the softest call)"이
라는 표현에서와 같이, 그녀가 "나약하고 불구"였으며 "나(하디)(괄호 편역
자)에게 모든 것이었던 그런 여인에서부터 변해버린" 때였던 말년에 그녀
를 향한 감정이 소홀했다는 의식을 드러내고 있다. 인간의 사랑이 아무리
단호하게 서약된다고 하더라도 계속 유지될 수 없으며 시간이 지나면 시들
해진다는 점을 그의 시들은 고백하고 있다. 그 당시의 상호간의 조화는 서
로에 대한 질책으로 변한다.

나를 향한 당신의 눈은 마치 지난날의
지루한 수수께끼를 맴도는 눈매와도 같네;
우리 서로 몇 마디씩 주고받았어도
　　사랑한 만큼 잊어버린 말을.

(「중간 색조」)

Your eyes on me were as eyes that rove
Over tedious riddles of years ago;
And some words played between us to and fro
　　On which lost the more by our love.

("Neutral Tones")

　하디의 시는 그 어떤 시대에도 보기 드문 고통 받는 성실성의 어조를
담고 있다. 다음에 나오는 시는 그 근원에 있어서 개인적인 것이라기보다는
일반적인 것이다. 그 속에서 하디는 자기 자신뿐만 아니라 인류를 대변하고
있다.

해 저물녘의 티티새

나는 어느 덤불 숲 문에 기대어 있었다
　　서리가 유령처럼 회색을 띠고,
희미해지는 낮의 눈이
　　겨울의 찌꺼기로 황량해질 무렵.
엉킨 담쟁이덩굴이 하늘에 금을 그었다
　　마치 부서진 칠현금의 현처럼.
가까이 어릿거리던 사람들은 모두
　　집안의 화롯가를 찾아가 버렸다.

대지의 뚜렷한 형상은
　　펼쳐진 세기의 사체인 듯이 보인다,
그의 납골당은 구름 낀 하늘,
　　바람은 그의 만가 같다.
잉태와 출생의 오랜 맥박은
　　메말라 수축되었다,
지상의 모든 영령들은 모두
　　나처럼 열정이 식어 보였다.

곧바로 한 목소리가 일어났다
　　머리 위 삭막한 가지에서
가슴 벅찬 저녁 노래가
　　한없는 환희에 차서;
늙은 한 마리 티티새가, 약하고, 야위고, 작은,
　　광풍에 깃털을 펄럭이며,
이처럼 자기의 영혼을 내던지기로 작정했다
　　짙어 가는 어스름 속에서.

그토록 황홀한 소리를 내는
　　축가의 원인이 거의
지상의 사물들 위에는 적혀있지 않았다
　　멀리 혹은 근처에 있는 사물들 위에는,
그래서 나는 생각할 수 있었다
　　그의 행복한 밤 인사의 가락에
어떤 축복된 희망이, 그만이 알고
　　나는 모르는 희망이 떨렸다고.

The Darkling Thrush

I leant upon a coppice gate
    When Frost was spectre-grey,
And Winter's dregs made desolate
    The weakening eye of day.
The tangled bine-stems scored the sky
    Like strings of broken lyres.
And all mankind that haunted nigh
    Had sought their household fires.

The land's sharp features seemed to be
    The Century's corpse outleant,
His crypt the cloudy canopy,
    The wind his death-lament.
The ancient pulse of germ and birth
    Was shrunken hard and dry,
And every spirit upon earth
    Seemed fervourless as I.

At once a voice arose among
    The bleak twigs overhead
In a full-hearted evensong
    Of joy illimited;
An agèd thrush, frail, gaunt, and small,
    In blast-beruffled plume,
Had chosen thus to fling his soul
    Upon the growing gloom.

So little cause for carolings
    Of such ecstatic sound
Was written on terrestrial things
    Afar or nigh around,
That I could think there trembled through
    His happy good-night air
Some blessèd Hope, whereof he knew
    And I was unaware.

하디가 위의 시에 서명한 날짜는 1900년 12월 31일이었다. 즉 다시 말하면, 이 시는 19세기말을 기념하고 있고, 사실상 처음에는 「금세기의 임종 무렵에」("By the Century's Death-bed")라는 제목이 붙여졌었다. 이 시는 전체적인 어조의 어두움에 의하여 ─ 제목의 "어둠"에서부터 "황량한"과 "삭막한" 및 "여윈," 그리고 "광풍에 휘날리는"과 같은 시어들에 의한 음산한 분위기에 이르기까지, "희미해지는 낮의 눈"과 "구름 낀 하늘"에 대한 언급, 그리고 모든 축적된 의미들에 의하여 19세기말이 세상의 모든 생명의 죽음으로 이끄는 탈진함과 일치하고 있다는 인상을 준다.

    그 주제는 후기 빅토리아적이다. 고조된 애국심이라는 테니슨의 완고한 자신감은 성 폴St Paul의 말에 따르면, 인간은 가장 예리한 순간에 "유리를 통하여, 희미하게" 본다는 재인식과 더욱 더 망설이는 내향적인 태도로 대체되어 사라졌다. 반면에 운율은 "가볍다." 4보격과 3보격의 약강 율격이 번갈아 나타나는 오래된 민요ballad 패턴을 따라서 힘들지 않게 경쾌히 움직인다. 그의 시의 지속적인 효과는 대부분이 주제와 운율사이의 대조나 긴장 및 내용과 형식 사이의 대조나 긴장에서부터 나온다. 운율 그 자체는 그 시인으로 하여금 들어가기를 꺼려하는 새로운 시대로 저항할 수 없도록 몰아내는 시간의 도구이다. 게다가 언어로 된 가장 오래된 시적 표현들(민요는 거의 문맹상태에서 구전된 민속적 전통으로부터 비롯된 것임)과의 관계는 그 시인의 현재의 깊은 실망의 경험이 결코 독특한 것이 아니라 발라드 운율 그 자체만큼이나 시간의 구애를 받지 않는 것이라는 사실을 암시하지 않을 수가 없다.

다시 말하면, 운율은 주제의 심오한 비관주의와는 상반되게 드러나는 함축적이고 위안을 주는 확신을 전달하고 있다. 그것은 시인이 자기 주변에서 보고 듣는 것에 의하여 표면상으로 부인되는 질서감을 넌지시 암시하고 있다. 이러한 기저에 깔려있는 세상을 지배하는 질서에 대한 확신은 막연하지만 고유하며, 그 시가 "열정적이지 못한" 권태롭고 우울한 두 개의 연으로 구조적으로 나누어지는 방식에 따라 강화되고 있다. 그러나 그것은 "곧바로" 티티새의 "환상적인" 지저귐에 의하여 발생하는 영혼의 고양으로 이어진다. 의기소침한 느낌의 16행은 정확하게 위로의 의미를 담고 있는 16행과 균형을 이루고 있다. 동시에 하디는 가끔씩 고어체를 반향하는 "coppice"나 "afar or nigh" 그리고 "shrunken" 및 "carolings"를 비롯하여 시 제목의 "darkling"과 같은 시어로 자기의 시를 장식한다. 그러한 시어는 시를 그 언어라는 면에서 선배들과 결부시키고는, 발전하는 시적 전통 안에서 그의 연속성을 암시하면서 완전한 고립에 대한 화자의 주장을 미묘하게 훼손시키고 있다.

"Darkling"은 시적인 반향을 가지고 있는 단어이다. 그것은 "어둠에 의해 둘러싸여 있음"을 의미한다. 시의 문맥에서 보면 "어두운" 것은 그 새가 아니라 시인 그 자신이며, "짙어 가는 어스름 속에서/ 자기의 영혼을 내던지기로" 작정한 것도 바로 시인 자신이라는 것이 분명하다. 하디는 아마도 이러한 형용사구를 키이츠의 「나이팅게일에 부치는 오드」("Ode to a Nightingale")에서부터 취했는데, 그 시에서 시인("어둠 속에서, 나는 듣는다")은 밤의 새의 목소리를 경청하며 일종의 지상의 비행기를 초월한 변형을 결과적으로 체험한다. 키이츠의 시의 새는 필로멜라Philomela가 형부인 테레우스Tereus에게 겁탈 당한 후에 나이팅게일로 변했다는 그리스 신화 Greek mythology를 연상하게 하지만, 하디가 그리는 보통의 영국의 티티새는 "약하고, 야위고, 작으며,/ 광풍에 깃털을 펄럭이는" 새로 그와 같은 장엄한 관계를 맺고 있지는 않다. 그 새는 평범하고 단순한 새이며, 그것의 초라함 은 반박의 여지가 없다.

하디의 시는 19세기가 끝나갈 무렵과 거의 동시인, 낭만주의에 황혼 이 드리워지는 시기에 씌어졌기 때문에, 자연세계를 인식함에 있어서 더 세 속적이다. 태양은 광채를 발하는 역동적인 별이 아니다. 키이츠의 「하이피 리언」("Hyperion")에서 태양의 "불타는 의상은 자기 발뒤꿈치 너머로 흘러 나왔다(flaming robes streamed out beyond his heels)"고 표현되어 있으며, 수종같이 나이가 들어가는 "희미해지는 낮의 눈(weakening eye of day)"인 것이다. 자연현상도 다가올 초자연적인 삶의 확신을 전달하지 않는다.

시작되는 연은 위축된 전반적인 인상을 전달한다. 무미건조한 태양 은 생명이 다해가고 있고, 천국은 지상에서부터 물러나고 있으며, "모든 인 류"는 흩어진 "가정의 불"에서부터 끌어낼 수 있는 모든 위안을 끌어내기 위해 내부로 향하고 있다. 단지 시인만이 외부로 향하고 있고 그는 유령의 세계에서 방황하는 것처럼 보인다. 서리가 "유령처럼 회색" 장막으로 모든 물체를 덮고 있고, 세상은 그곳을 "어릿거리던" 귀신같은 인간들에 의해 버 려진 채 죽은 것처럼 보인다. 냉담하고 접근할 수 없는 천국 밑에 장막으로 싸여있는 시체와 같은 이 세상에 대한 이러한 모습이 두 번째 연에서 훨씬 더 발전된다. 그 동안 시인은 죽음과도 같은 움직일 수 없는 상태에서 나무 대문에 기대어 낙담한 무력의 상태로 빠져 버린다. 죽음과도 같은 겨울에 생명의 피가 지면 위에 버려지는데, 땅의 "형상"은 "날카롭고" 모서리 져있 으며, 자연이 여름철에 부여하는 통통한 원형 같은 성질이 없다. 시인이 자신의 주변에서 관찰하는 것은 그에게 "자연스럽게" 그가 그의 내부에서 느끼는 것에 대한 완벽한 이미지를 제공해주고 있다. 한 시대가 끝났고, 그것은 결코 소생되어질 수 없으며, 모든 인생의 불꽃이 꺼져버린 풍경으로 인하여 그의 낙담한 마음이 더욱 깊어진다. 심지어 "out-lent"를 의미하는 "outleant"를 말장난pun으로 이용하고 있기 때문에, 모든 사람들이 상처 입은 자연에 의한 이러한 상징적인 표현 속에서 볼 수 있도록 19세기의 시체가 제시되어 있거나 "펼쳐져" 있음을 암시하고 있을 뿐만 아니라, 또한 그 세기가 너무 오래 지속되었다는 것을 의미하기도 한다. 즉 그 세기는 사용하기로 한 기간을 넘어선 것이다.

　　이것은 영국의 신에 의해 지정된 제국의 운명에 대한 믿음과 함께, 계관시인으로서의 테니슨의 신분에 대한 신임이 만료되었음을 여기서 추론할 수 있다. 세기가 바뀌는 것은 생각하는 인간의 제국에 대한 태도에 있어서 마지막 전환점이 된다. 확실히 알 수 없는 어떤 비이성적인 방식으로 세기의 변화는 세계에 대한 영국의 헤게모니hegemony의 종말을 예견하는 것처럼 보였다. 테니슨으로 하여금 "앞으로, 경 여단이여!Forward, the Light Bridge!"라고 외치게 했던 목표와 운명에 사로잡혔던 정서는 19세기가 끝나면서 같이 시들해졌으며, 단지 그 "앙금"만이 남아서 그 시인으로 하여금 비통하게 사색하도록 만들었다. 자연이 그 땅위에다 너무나 무거운 장막을 드리웠다고 그가 인식했던 바로 그 땅은 테니슨이 일찍이 아주 다른 표현으로 열광했던 영국이었다.

　　영국을 위한 외침! . . .
　　영국을 위한 조지!
　　즐거운 영국!
　　영원한 영국!

(「영국의 군가」)

Shout for England! . . .
George for England!
Merry England!
England for ay!

("English Warsong")

하디의 시속에는 영국의 영원함에 대한 암시가 전혀 없다. 구름은 토굴에 덮개를 제공해주며, 잉잉거리는 바람은 세기의 끝남과 영국의 쇠퇴를 위한 죽음의 비가를 부르고 있다. 이 천연 그대로의 겨울 장면에는 생명의 수액과 활력이 결코 돌아오지 못할 것이라는 사실을 암시하는 최후의 종말이 있다("잉태와 출생의 오랜 맥박은/ 메말라 수축되었다"). 그 시인에게는 마치 그가 이미 14년 후에 쓰게 된「영불해협의 함포사격」("Channel Firing")을 그의 예언적인 귀에 들리게 된 것처럼, 세기의 전환점이 자기 조국의 역사의 한 페이지를 넘기는 전환점과 일치하고 있다는 예감이 있었다.

결국 그가 열거하는 경험은 구제되지 않는 어두운 것이 아니다. 이러한 그의 영혼의 어두운 밤에, 시인의 명상의 끝에서 주변의 모든 것이 그렇게 완전히 열정이 없는 것이 아니라는 어떤 증거가 그에게 나타난다. 그 시의 마지막 두 연은 처음 두 연에서 제시된 불길한 경고를 완화시키는 시도로 구성되어 있다. 그 조그만 티티새의 노래가 자연의 압도적인 적대감에 도전하면서 퍼져나간다. 전혀 엉뚱한 기쁨을 그와 같이 제시하여 모든 합리적인 설명을 거부하고 있으며, 시인은 당황하여 그것을 이해하지 못하고 있다("그토록 황홀한 소리를 내는/ 축가의 원인이 거의/ 지상의 사물들 위에는 적혀있지 않았다"). 그런 외침에 대한 물리적 정당성이 없기 때문에, 그 동기는 단지 형이상학적일 수밖에 없다. 그 새는 그 시인의 회의감에 의해 가려진 채, 그 시인을 회피하는 "어떤 축복 받은 희망"에 의해 고무되었음에 틀림없다. "저녁 노래"와 "축가"에 내포된 기독교 음악에 대한 언급과 티티새의 찬가의 "한없는 환희"속에 내포된 종교적인 희열은 지난 세기와 함께 매장되어지는 가장 귀중한 유산이 종교적인 확신에 대한 감정이라는 것을 나타내고 있다. 그것은 창조주의 눈에는 인간이 영원하다는 느낌에서 나오는 평온한 자신감인 것이다. 세속에 물들지 않은 티티새는 분명히 이러한 더없이 행복한 직관적인 확신을 전해준다. 시인은 단지 놀란 상태로 자신의 "점점 커져 가는 어둠"의 명상 가운데서 그와 같은 "희망"의 자발적인 표현을 들을 수 있다.

하디는 19세기 초의 자기 선배인 키이츠와는 달리("항상 너와 함께!"), 그 새의 노래에 의하여 자신을 끌어 올려 더 영원한 무아지경의 존재의 상태로 변화시킬 수 없다. 그의 발은 확고하게 땅위를 디디고 있으며, 그의 마음은 "세속적인 것들"에 묶여있는 상태로 있다. 비록 그가 지상의 감옥을 무시하고 제한을 두지 않고 창조주와 대화를 나눌 수 있는 능력을 가지고 있는 그 새에 감탄하여 부러워하고 있을지 모르지만, 그것은 스스로가 거기서부터 배제되었음을 깨닫는 영적인 교섭인 것이다. 그리고 하디의 이 시에는 20세기의 예술적인 곤경의 전조가 깔려있다.

제11장
20세기 초반: 엘리엇

조화와 평화 및 일치의 표면적인 모순 아래에는 빅토리아 여왕 시대의 영국의 예술적인 구조에서 생겨나는 많은 긴장감이 있었다. 시인들은 단지 외양상으로만 동질적이었다. 면밀히 조사해보면 일반적으로 빅토리아 여왕의 통치와 관련된 것보다는 의심과 회의주의 및 반란이라는 훨씬 더 폭넓은 분야가 드러난다. 여왕의 총애를 받았던 시인인 테니슨도 가끔 "내가 확고하게 걸어가는 곳에서 비틀거린다(faltering where I firmly trod)"고 고백했다. 빅토리아 여왕 시대의 영국이 도시의 희미한 광명과 단단한 내구성을 가졌다고 추측하는 것은 상호간의 확인된 파괴의 가장자리에서 흔들리는 사람이 자신의 눈길을 평온한 시절로 돌렸을 때인 현재 시대에서 온 것이다. 과거란 단지 추억 속에서 굳혀지는 것이다. 실제로 그 시대에 살았던 사람들에게는, 과거란 충분히 유동적이고 변하기 쉬운 것으로 보였다.

그럼에도 불구하고, 19세기의 시는 오늘날의 시에는 기이할 정도로 결여된 무언가를 지니고 있는 것이다. 그들에 대한 트집이 있음에도 불구하고, 엘리자베스 여왕 시대의 작가들은 전통이 신성시 해온 가치를 여전히 믿고 있었다. 그러나 솜므Somme와 파셍델르Passchendaele 및 베르뎅Verdun의 전쟁터는 전통적인 모든 가치를 성층권 밖으로 날려버렸다. 1차 세계대전 이후 쓰여진 시에서 W. B. 예이츠Yeats가 표현했듯이 "사물들이 떨어져 나가고; 중심을 지탱할 수 없게(Things fall apart; the centre cannot hold)"[25] 된 것이다. 유럽 성인의 전 세대가 사회적 대 변동에 의해 거의 일소된 채, 국가의 전통적인 지도자들에게 완강히 반대하는 적개심이 굳어졌다. 지친 영국 사회인 계층 구조와 영국 국교회에 만연한 안정성의 핵심인 오래된 온정주의적인 가치들은 의심을 받게 되었으며, 어쩌면 구제하기 어렵게 되었는지도 모른다. 한 세대는 애국적인 표어와 지도자들의 군사적인 판단을 기분 좋게 믿으면서 죽음을 향해 진군하였다. 일단 유럽의 전쟁터로부터 포연砲煙이 말끔히 걷히고 나서, 삶의 노력을 재개하기 위해 일어선 것은 손실된 영국이었다.

이것은 1차 세계대전이 꿈을 깨뜨리기 전에는 모든 것이 장미 빛이었다는 것을 암시하는 말은 아니다. 영국과 영국 제도상의 우월성에 대한 믿음을 뒤흔드는 많은 유동적인 영향이 있었다. 정말, 몇몇의 임박한 대 격변의 징후는 "어두워지는 평원에서 . . ./ 피아彼我를 구분 못하는 군인들이 야간에 전투하는 곳(darkling plain . . ./ Where ignorant armies clash by night)"인 「도우버 해안」("Dover Beach")에 나타난 아놀드의 비전이 비치는 19세기 중엽까지 거슬러 올라갈 수가 있다. 1914년에 적의감이 표출되기 6개월 전, 전쟁을 예언하는 목소리가 시를 통해 속삭이면서 20세기 내내 계속되었으며 「영불해협의 함포사격」에서 "모든 국가들이 맹렬하게 노력

---

25) 이 부분은 예이츠의 시 「재림」("The Second Coming")의 서두로서 구심점을 잃고 무질서한 세상으로 변해 가는 무정부상태의 사회상을 표현하고 있다.

하고 있지/ 빨간 전쟁을 더 빨갛게 하려고. 미쳐 날뛰면서(All nations striving strong to make/ Red war yet redder. Make as hatters)"라는 하디의 몹시 흥분된 어조로 된 소용없는 경고로 차차 강하게 모아졌다. 부진한 시작 이후, 전쟁이라는 제국주의적 무기가 빅토리아 여왕의 재위기간 동안 추진력을 모으기 시작하였으며, 나중에는 경계 어조가 시가 있는 방향에서 이따금씩 들려오고 있었는데 심지어 외관상으로는 가장 "애국적인" 것들이 있었다.

> 힘을 발견하고는 취해서, 우리가
>   두려움으로 가지지 않은 거친 혀를 잃게 된다면. . .
> 성체의 신이시여, 그대로 우리와 있어주시오,
> 우리가 잊지 않도록—우리가 잊지 않도록!

> If, drunk with sight of power, we loose
>   Wild tongues that have not There in awe. . .
> Lord God of Hosts, be with us yet,
> Lest we forget—lest we forget!

자기찬미에서 유래된 위험을 이렇게 현명하게 암시해주는 신호는 빅토리아 여왕의 즉위 60주년 축전Queen Victoria's Diamond Jubilee 행사(1897년)에서 있었던 「퇴거찬가」("Recessional")에서 러드야드 키플링Rudyard Kipling에 의해 표현되었다. 그러나 그러한 경고는 무시된 채 지나쳐 버렸다.

영국과 카이저 빌헬름Kaiser Wilhelm 황제의 독일은 더 큰 전함과 더 멀리 도달할 수 있는 대포를 생산하기 위해 서로 경쟁하였으며, 양국은 신의 각별한 은혜와 보호 아래에서 그와 같은 일이 이루어지고 있다고 확신하였다. 동시에, 심리학 분야의 폭로는 인간의 타고난 건전함에 토대를 둔 시인의 심리에 유사한 의구심을 던지고 있다. 여기서 다시, 예언이 성행하였다. 1913년에 칼 구스타프 융Karl Gustav Jung은 자신의 유고집인 『기억과 꿈과 생각』(*Memories, Dreams, Reflections*, 1964)에서 진흙과 피의 바다에서 소용돌이치고 있는 유럽에 대한 꿈을 꾸었다.

> 나는 북해와 알프스 사이의 모든 북쪽에 있는 낮은 지역이 거대한 홍수로 뒤덮인 것을 보았다. . . . 나는 막강한 노란 파도와 떠다니는 문명의 파편들, 그리고 수천 명의 익사한 무수한 시체를 보았다. 그리고 바다 전체가 피로 변했다—

이것은 곧이어 따르게 될 참호 속의 전쟁을 생생하게 나타내어주는 징조였다. 이어서 이것은 정신의학의 개업의가 무의식적 정신 상태에서의 기이한 활동에 맞추어 진행한 진지한 연구에 정당성을 부여해 주었다. 그와 같은 연구를 이끌었던 사람은 다름 아닌 지그문트 프로이트Sigmund Freud였다. 1900년에 발간된 그의 『꿈의 해석』(*Interpretation of Dreams*)은 인간의 표면적인 행동이 꿈과 가끔은 실제적인 행동에서, 자신들의 표현을 발견하기 시작한 격렬한 논쟁, 충동과 사악한 욕망의 모든 것을 숨기고 있음을 보여주려고 시도하였는데, 그렇게 함으로써 자기만족의 상태에 있었던 유럽 사회를 심하게 흔들어 놓았다. 프로이트는 샤를르 보들레르Charles Baudelaire와 프랑스 상징주의자, 그리고 그들을 모방한 영국인 엘저넌 스윈번Algernon Swinburne과 오스카 와일드Oscar Wilde가 했던 것보다 더 효과적으로 빅토리아 여왕 시대의 끓어오르는 억압의 뚜껑을 열어 젖혔다. 이것은 철저하게 중산 계급에게 충격을 주었다*épater la bourgeoisie*. 그의 고객clientèle을 이루는 예의바른 오스트리아 사회의 세련된 예의범절 하에서, 프로이트는 표현되지 않는 욕망의 끓어오르는 걷잡을 수 없을 정도의 혼잡한 상태를 드러내었다. 예절바른 사회는 프로이트의 이러한 면을 결코 용서하지 않았다.

제1차 세계대전이 일어나기 전의 유럽의 정신적인 병기에 또 다른 맹점이 노출되었다. 그러나 침착한 국가의 지도자들은 다가올 대 재난에 대해 계속해서 대처하였으며, 자신들의 대의명분과 "위대한 사람들의 광기가 모르는 사이에 발휘되어서는 안 된다(Madness in great ones must not unwatched go)"는 『햄릿』(*Hamlet*)에서의 왕의 경고가 지닌 무의식중에 예시하는 건전함의 권리를 확신하였다.

전통적인 종교는 지배자들과 지배를 받는 사람들에게는 똑같이 경고의 영향력을 발휘하였다. 1890년대의 와일드Oscar Wilde와 "데카당스deca-dents 파"의 시에 있어서, 신은 아놀드의 비전에서 적의 있는 약탈자가 되는 것을 그만두고 단지 불필요한 존재가 되었다. 프로이트는 1927년에 발간된 자신의 에세이인 「환각의 미래」("The Future of an Illusion")에서, 종교적인 충동을 좀 더 원시적이고 덜 문명화된 인간 발전 단계에 두었다. 종교는 기술적인 시대가 시작되면서 주춤했을 뿐만 아니라, 예술도 역시 부적절한 것으로 판명되었다. 1909년에 출판된 필리포 토마스 마리네티Filippo Tommaso Marinetti의 『미래파 선언』(*The Futurist Manifesto*)은 예술가들에게 모든 매체에서 기계의 중요성을 인식하고, 새로운 원동력의 주변에 그들의 예술의 중심을 두라고 타일렀다. 그러한 "이상ideal"의 성과가 "소용돌이파 Vorticism"라는 영국적 형태로 미래파Futurism 예술가의 이상을 초기에 선전한 작가인 윈댐 루이스Wyndham Lewis의 그림과 소설에 깃들어 있는 냉정함과 완고함 및 기계와 같은 인간의 모습을 통해서 목격될 수 있다.

19세기가 낭만주의를 양육한 것처럼, 20세기는 하나의 지속적인 운동과 그 분파를 양성하지는 않았지만, 예술적인 의식을 많은 단일한 조각들로 단편화시키는 일을 촉진시켰다. 만일 이 시대가 과학에 있어 원자시대라면, 예술에 있어서는 "주의-ism"의 시대였다. 20세기의 후반부는 미래파와 소용돌이파뿐만 아니라, 입체파Cubism와 이미지즘Imagism, 다다이즘Dadaism,

초현실주의Surrealism, 야수파Fauvism와 원시주의Primitivism 및 다른 많은 분파를 낳았으며, 모든 이러한 분파들은 가끔 "모더니즘Modernism"이라는 용어로 대표되기도 한다. 한 특정한 "주의"의 많은 지지자들은, 다른 주의의 주창자들과 싸워왔다. 예술적인 의식에 있어서의 일치는 깨어져 버렸고 그 결과는 여왕개미가 이동할 때 개미의 흙무더기에서 관찰되는 혼란과 같은 것이었다. 즉, 개미들이 결집 능력을 갖게 되는 목표가 없어져서 사방팔방으로 돌아다니게 되는 혼란이다. 운동은 하나의 고정된 중심을 선회하는 제도 대신에 교차된 목적에 침입하는 나선형의 분파로 되었다. 더 이상 종속된 그 패턴에 의무를 지우지 않는 "여왕개미"와도 같은 고정된 중심은 20세기에 있는 예술에서는 전반적으로 사라져 버렸다.

20세기 초기 몇 년간에 걸쳐 생겨난 많은 운동들 가운데, 두 가지의 영향력이 현재에까지 지속되고 있는데, 이미지즘과 초현실주의가 바로 그것들이다. 이미지즘은 의식의 우월성을 강조하고 있는데 반해, 초현실주의는 무의식의 절대 확실성에다 그 신뢰를 두고 있다. 그 어떤 운동도 신에게 많은 확신을 두고 있지는 않으며, 신에게 거의 주의를 기울이지도 않는다. 제1차 세계대전이 발발하기 직전에, 흄T. E. Hulme과 에즈라 파운드Ezra Pound에 의해 발전된 이미지즘은 기본적으로는 반낭만주의적 반발이다. 예술가는 스스로 자신이 참여하기보다는, 자신의 작품에서 이제 자신을 엄격히 배제하여, 일단 만들어지면, 그것들을 만든 사람과 다시 연결시켜주는 그 어떤 배경의 탯줄 같은 고리가 없이도 빼어나야 하는 명확하고, 견고하며, 꾸밈없는 이미지를 만들어 내는 데 집중한다. 이미지들은 사람의 "얼굴"을 지녀서는 안 된다. "그들은 따뜻한 날이 결코 끝나지 않을 것이라고 생각한다"와 같은 표현에서처럼, 벌bees에 대한 키이츠의 얼굴과 같은 환상들은, 현실적으로는 벌이 "생각한다"는 것이 가능하지 않기 때문에, 이미지스트들에게는 저주가 될 지도 모른다. 이미지스트들은 대상을 독립적인 것으로 보고 자연법칙을 지켜나가는 사람과 무관한, 존재론적 현상이나 생존의 항목으로 표현하고 싶어했다.

이미지즘에서는 예술가의 기록과는 상관없이 지속되는 관심의 초점을 예술가의 "주관적인" 내적 세계에서 "객관적인" 외부 세계로 변화시키기 위한 시도가 있었다. 그러한 "대상들"의 사용은 항상 예술가의 계획에 있어서 명확한 목적에 기여한다. 파운드가 표현한 것처럼, "이미지"는 "한 순간에 지적이고 정서적인 복잡성을 제시하는 것"이다. 이러한 예가 엘리엇의 「게론티언」("Gerontion")[26]에서 발견된다.

공허한 (베틀의) 북들이
바람을 엮어 짠다. (괄호 편역자)

Vacant shuttles
Weave the wind.

이 이미지는 단번에 목적 없는 활동을 설정한다. 직조하는 과정은 공허한 베틀의 북과 실체가 없는 직조기("바람")에 의해 처리된다. 엘리엇이 "감정적인" 반응과 동시에 일어나도록 의도한 "지적" 반응은 만일 욥기the Book of Job로부터, 훨씬 더 정신적으로 활발할 때 쓰인 단어들을 토대로 이미지가 기억 속으로 울려 퍼지게 한다면 더 강화된다. "나의 시절은 직조기의 북보다 더 빨리 지나가며, 희망 없이 소모된다. 오 나의 삶은 바람이라는 것을 기억하라. 나의 눈은 더 이상 좋은 것을 보지 못하리라"(vii. 6-7). 엘리엇의 이미지즘 실행은 매우 의식적인 것이다. 각 이미지는 신중하게 선택

---

26) 이 시의 제목은 그리스어에서 차용한 말이기 때문에 영어식으로 발음하면 「제런티언」이 되지만, 엘리엇은 자신의 자작시 낭독에서는 「게론티언」으로 읽고 있기 때문에 저자의 발음을 존중하여 그대로 쓰기로 한다.

되어지며, 내적이고 감정적인 표현의 즉각적인 모형을 의사소통하기 위해 특별히 짜 맞추어진다. 그 이미지를 엘리엇은 "객관적 상관물objective corre-lative"이라고 했는데, 이를 통해 그는 동시적으로, 단어가 처리하는 것보다 더 빠르게 생각과 감정 둘 다를 포함하는 하나의 복잡한 "진술"을 전달했다. 이미지즘에 있어서, 이론적으로 정지해 있는 상태인 예술가 자신의 개성, 그의 특정한 "심리적 기질"은 예술가 자신이 만들어 내는 작품과는 관계가 없다.

반대로, 초현실주의는 예술가를 둘러싸고 있는 혼돈에 의식적인 노력으로 질서를 부여하는 예술가의 권리를 부인한다. 초현실주의자에게 있어서 유일하게 "타당한" 예술은 무의식의 직접적이고 검열되지 않은 표현으로 부각된다. 하나의 운동으로서 초현실주의는 1924년 앙드르 브르통 André Breton의 「초현실주의 선언」("Manifeste du surréalisme")이 파리에서 출판될 때까지는 "공식적으로" 형성되지 않았다. 그러나 몇몇의 초기 운동은 이미 그 길을 향해 있었다. 이러한 것들 중에서 가장 두드러진 것은, 북해에서 스위스 국경 지방에 이르기까지 서부 전선을 따라 황폐하게 된 교착 상태로 전쟁이 끝났을 때인 1916년 트리스탄 차라Tristan Tzara에 의해 스위스에서 나타난 다다이즘이었다. 매일 반복되는 군인의 대규모 감소와, 되풀이되는 솜므Somme와 같은 전쟁터에서의 영웅적이지만 목적 없는 자기희생의 소식들로 인해, 만일 가장 문명화된 사회가 그토록 무분별하게 서로를 파괴한다면, 삶이란 그 자체가 부조리한 것이라고 다다이스트Dadaist들은 확신하게 되었다. 허무주의가 전달하려고 했던 지배적인 느낌은 혐오감이었다. 제1차 세계대전은 인간의 "진보"라는 19세기의 신화를 산산조각 내버렸으며, 다다이스트들에게 있어 모든 조각들은 똑같이 중요한 것이든 또는 사소한 것이든 간에, 질서나 형식을 부여하려는 주제넘게 참견하는 인간 의식에 의한 어떠한 시도도 없이, 아무렇게나 붙여질 것이었다. 콜라주collage 기법은 다다이스트들 사이에서 가장 선호되는 장르가 되었으며, 이들 중의 한 명인 컷 슈위터즈Kurt Schwitters는 거리에서부터 잡문들을 모아 그의 문집으로 편찬했다.

위기에 대한 예술적인 반응들은 두 개의 진영 중 하나로 나누어지는 경향이 있었다. 양 쪽 예술가들 모두 이미지즘의 갈기를 잡았고, 일어날 수 있는 것이 무엇이든 간에, 다른 것은 아무 것도 없이 자신의 상상력과 지적인 힘에 의해 안내되는 자신의 방향으로 나아가기로 결정하였으며, 아무리 나쁘더라도 자신이 자기의 창조주가 될 수 있었다. 그렇지 않으면 그는 초현실주의자들과 뜻을 같이 하여 오래된 전쟁이 더 이상 싸울만한 가치가 없으며, 예술적인 목적과 방법들에 있어서의 개혁성향이 없는 것은 그 어떠한 것이든 새로운 상황에 대처하기에 적절하지 않다는 결정을 내렸다. 다르게 말하면, "이미지스트들"은 보수주의적인 경향을 지니고 있었고, 전통적인 가치들을 어디든, 가능한 곳으로 회복시키려는 시도를 하였으며, 예술가들의 역할이 만연하는 불안정으로부터 어떤 종류의 질서를 구조화하기 위해 영웅적으로 투쟁하는 것이라고 믿었다. 반면에 "초현실주의자들"은 오래된 방식과 믿음을 전적으로 믿을 수 없으며, 예술적으로, 사회적으로, 정치적으로 단지 혁명만이 침몰로부터 어떤 것이라도 구조하길 희망할 수 있다고 주장했다. 예술적으로, 정치적으로 초현실주의는 무정부주의였다. 제1차 세계대전으로 인한 황폐화는 인간의 잔인한 자아에 의한 것으로 믿어졌다. 따라서 무의식을 표현할 기회가 주어져야 하며 균형을 바로잡아야 하는 그런 시기였다. 모든 형태의 질서는 거부되었으며, 모든 것은 동등한 가치를 지니게 되었다. 이는 초현실주의와 관계되는 좌익의 정치적 운동과 유사한 평등주의 이론이다.

그와 같이 초현실주의자들이 원했던 과거와의 단절은 실제적으로 불가능한 것으로 판명되었다. 결국 화가는 여전히 선조들이 했던 것처럼 같은 안료를 혼합해야 했으며, 시인은 선조들이 사용했던 것과 같은 단어들을 사용해야만 했다. 초현실주의자들은 이미지에 이미지를 단어에 단어를 괴이하게 병렬하여 장식함으로써 이 문제를 얼버무리려고 시도하였다. 그러한 혼돈은 존재 자체의 무질서를 반영해야 하며 따라서 그래야만 타당하게 된다는 것이다. 비록 그럴지라도 초현실주의자들은 그들이 원했던 과거와 완전히 단절된 효과를 발휘할 수는 없었다. 그들 작품의 대부분은 19세기 예술가들에 의해 다양한 형태로 예측되어진 것들이었다. 배설물을 예술의 경지로 승격시킨 첫 번째 사람은 초현실주의 화가 살바도르 달리Salvador Dali가 아니라 상징주의 시인인 샤를르 보들레르Charles Baudelaire였다.

"이미지스트" 시인은 유행하는 분열로부터 몇몇 형태와 체계를 만들어내려고 시도하는 영웅적인 업무를 떠맡으려는 경향이 있었다. "내가 나의 땅을 적어도 순서대로 배치시켜야 하나? 런던 다리가 계속해서 무너지고 있다 무너지고 있다"라고 엘리엇은 『황무지』(*The Waste Land*)에서 언급하고 있다. 그는 그래도 삶이란 고귀한 과업이며 인간이란 희생을 통해 고귀함을 성취할 수 있는 능력을 여전히 가지고 있다고 믿었다. 동시대의 기독교적인 신앙의 지지를 받지 못하는 그러한 작가는 (예이츠가 했던 것처럼) 인간 삶에 대한 정신적인 계획과 한 세대에서 다음 세대로 이어지는 끊임없는 목적이 있다는 이념을 확인하게 하는 자신의 좀 더 잠재적인 신화를 바로 세우려는 시도를 가끔 하게 될 것이다. 그는 처음에는 엘리엇이, 그리고 후에는 오든W. H. Auden이 했던 것처럼, 정열과 열정을 불어넣음으로써 무기력한 구 종교체계를 부활시키기 위해 노력할는지도 모른다. 또는 로렌스D. H. Lawrence처럼, 인간은 자신의 "어두운" 자아의 감독에 따름으로써 개인적인 "질서"를 발견할 수 있다는 것을 제시할 수 있는 심리학적 탐구를 포착했을지도 모른다. 그들의 확신의 근거가 무엇이든지 간에, "이미지스트들"은 인간이 단순한 우연성의 동물이 아니라, 불명료하지만 고귀한 목적의 법령에 따라 행동한다는 확고부동한 믿음을 주장하고 있다.

반면, "초현실주의자"는 자기를 계속 그렇게 유지해 나가게 하는 그런 신념을 가지고 있지 않았다. 그에게 있어 우주는 부조리하고 목적이 없으며, 인간은 단순히 많은 부수적인 무용지물들 가운데 하나이고, 물질세계의 외양에 있는 하나의 작은 것에 불과하며, 본질적인 장점을 지니고 있지 못한 대상이다. "초현실주의자"는 그가 소개하는 인간의 가치를 높이기보다는 떨어뜨리려는 시도를 하려는 경향이 있으며, 그의 작중인물들이 얼마나 그들의 환경을 절대적으로 통제하지 못하는 지를 보여줌으로써 삶의 모순을 강조할 것이다. 이블린 워Evelyn Waugh의 풍자 소설은 이러한 형이며, 루이스 맥니스Louis MacNeice의 시에도 똑같이 이러한 성격이 나타나 있다.

레어드 오펠프스는 하그머네이27)를 보내며 자기가 취하지 않았다고 말하며,
사실을 증명하려고 자기 발걸음 수를 세고는 한 발 더 넘었음을 알았다.
카마이클 부인은 다섯째 아이를 낳았고, 반발하여 그 일을 바라보며,
산파에게 말하기를 "아이를 저리 치우세요; 나는 과잉생산을
　　마무리했어요."

(「백파이프 음악」)

The Laird o'Phelps spent Hogmanay declaring he was sober,
Counted his feet to prove the fact and found he had one foot over.
Mrs. Carmichael had her fifth, looked at the job with repulsion,
Said to the midwife "Take it away; I'm through with
　　overproduction."

("Bagpipe Music")

---

27) 섣달 그믐날 밤을 뜻하는데, 스코틀랜드에서는 이날 밤에 어린이들이 집집마다 돌며 과자 따위를 받는 풍습이 있음.

이 예에서 귀족("레어드 오펠프스")과 평민("카마이클 부인")이 모두가 존엄하거나 인간적이지 않다(레어드는 그의 또 다른 발걸음을 발견하고, 어머니는 그녀가 새로이 낳은 생명을 거부한다). 동시에 긴 행의 과잉 반복되는 기계적인 리듬은 축제마당의 회전목마처럼 소리를 내면서 기술의 시대에 사람들이 삶에 대해 많은 생각을 하지 않고서도 어떻게 삶을 "지배하는"지를 나타내고 있다. "이미지스트"에게 있어 인간의 삶이란 여전히 존엄성을 갖추는 경지에 도달할 수 있는 것이다. 반면에, "초현실주의자"에게 있어 인간의 삶이란 구제를 넘어선 우스꽝스러운 것이다.

19세기에 있어서 일반적으로 예술은 과학의 발견을 따라잡으려고 노력하였다. 철도시대를 인정하는 테니슨의 태도("거대한 세상이 울리는 변화의 바퀴자국을 따라서 영원히 돌아내려 가도록 하자")는 비록 물리학적으로는 빈약하지만(기차는, 테니슨이 말한 것과는 반대로 바퀴자국으로 다니지 않는다), 과학적인 진보가 항상 더 좋을 것이라는 신념에 있어서 낙관적인 것이다. 진보에 대한 빅토리아 시대의 믿음은, 20세기에 와서는 어두운 목적지를 향해 속력을 내고 달려가는 운전사가 없는 기차에 대한 악몽 같은 조망과, 테니슨이 말한 것처럼, 단순히 정신이나 정신적인 희망이 없는 세계의 단조로운 소리에게가 아니라, 신성한 계획에 일치하지 않는다는 사실을 나타내는 바퀴의 리듬에게 자리를 내어주고 만다.

> 저주받을 대상은 저주받을 대상은 저주받을 대상은 저주받을 대상은
> 핵 계획에 따르는 세상 인간의 세상 원폭의 세상
> 다가올 시대는 가장 큰 폭발 신의 노여움 핵 시대 분노의 날
>
> The damned are the damned are the damned are the damned are the
> The World to come to Atom Plan the World of Man the Atom Bomb
>   the

Coming Day the Biggest Bang the Wrath of God the Atom Age the
Day of Wrath.

따라서 데이빗 게스코인David Gascoyne은 자기의 시 「밤의 사상」("Night Thoughts")에서 기차 바퀴의 합창으로 많은 현대 시인이 느끼는 무력함과 패배감을 표현하고 있다.

20세기는 믿음과 절망, 확고함과 불안정성, 질서에 대한 믿음과 현재라는 순간(실존주의의 기초교의)을 넘어서는 모든 것에 대한 불신임의 신경질적인 교착을 보여준다. 어떤 시인("사상주의자")들은 현대 삶의 혼란에 질서감을 부여할 고안을 열정적으로 건조하는 반면에, 어떤 시인("초현실주의자")들은 그러한 구조를 무너뜨리고 흙먼지로 부수려 노력하고 있다. 다양한 시대에서 같은 시인이 그의 생애동안, 그리고 심지어는 아마도 시에서도, 건축자와 파괴자의 역할 두 가지를 병행할는지도 모른다. 예술 작품에서의 불화와 분열은 제1차 세계대전 이후나 심지어 이전부터 모든 가치들이 유동적이고 불안정한 상태에 있는 이 분열된 세기의 고유한 특색이다. 제1차 세계대전이 발발하기 이전에 이러한 의식의 변화를 기록하기 시작한 시인은 "반 낭만주의" 시인인 토마스 스티언스 엘리엇Thomas Stearns Eliot이다.

토마스 스티언스 엘리엇 T. S Eliot, 1888-1965

1914년에 이르러 낭만적인 열정은 생각 없는 진부한 표현으로 퇴보하였는데, 하나의 예가 해외 전쟁에서 죽어간 영국 군인들에 대한 루펏 부룩Rupert Brooke의 감상적인 시각에서 나타나고 있다.

외국의 전장에 영원히 영국의
어떤 모퉁이가 있다고. . .

(「군인」)

That there's some corner of a foreign field
That is for ever England. . .

("The Soldier")

프랑스와 벨기에라는 "외국의 들판"에서 잇따라 자행된 대량학살에 드러난 죽음과 영광에 관해 브룩이 그린 공립학교의 외양은 고통스러울 정도로 서투르게 보인다. 특히 "전쟁 시인"인 윌프리드 오웬Wilfred Owen, 지그프릿 새순Siegfried Sassoon과 아이작 로젠버그Issac Rosesnberg는 교정된 시각을 제공하여 전장에서의 죽음을 명백하고 순수한 "사실적인" 이미지로 소개하는데 미적거리지 않았다("한 사람의 뇌가 철벅거렸다/ 들것을 드는 사람의 얼굴 위에"). 그리고 엘리엇은 후방에서 자기만족 때문에 시를 읽는 부르주아 대중들에게 충격을 주는 상당한 임무를 떠맡고 있었다.

프랑스 상징주의 시인인 줄르 라포르그Jules Laforgue로부터 근원에 천착하여 터득한 엘리엇의 기교는 원근법의 끊임없는 변화를 제시하고, 어울리지 않는 이미지들을 장엄함과 함께 병치시키고, 그에 따라 독자들을 혼란시키면서 다양한 여러 반응을 일으키는 것이었다. 엘리엇의 시는 분위기와 관점의 재치 있는 변화들을 통하여 독자들을 안내해 주는 일을 거부하고, 또한 그리스어와 로마 어구들을 번역하지 않은 채 삽입함으로써, 그리고 어느 정도는 놀랍게도 약간 친숙하고, 몇몇은 완전히 세상에 알려지지 않은 초기 유럽 문학들에 대한 지속적인 모방을 통해 초기 독자들을 (그리고 후대의 많은 독자들도) 당황하게 만들었다. 여기 엘리엇 시대의 시와 키이츠 시대의 시 사이에 차이점이 있다. 키이츠는 그의 독자가 지시물을 이해할 수 있는 어떤 지식 안에서 그리스 신화, 기독교적 이야기와 초기의 문학을 언급할 수 있었다. 역설적으로, 1870년 이후 모든 영국 사람들을 위해 강제적인 교육이 실행되었음에도 불구하고, 문화적 야만의 시대에 작품을 쓴 엘리엇은, 독자들 앞에 자신의 박식함을 과시하였고, 독자들의 문화적 문맹에 대하여 비난하였다. 1921년에 첫 발간된 『황무지』(The Waste Land)에 그가 부가한 설명 문안은, 전혀 도움이 되지 않는 그의 시로부터 모든 풍부한 성질들을 이끌어 내는 독자들의 능력에 대해 엘리엇이 지닌 낮은 기대를 강조하는 아이러닉한 것이었다.

엘리엇은 1910년에 「앨프릿 프루프록의 연가」("The Love Song of J. Alfred Prufrock")를 쓰기 시작하였고, 결과적으로 영국으로 귀화하였지만, 이는 미국에서 영국으로 정착한 2년 뒤인 1919년에 출판되었다. 제목 자체에서 이 시와 나중의 시들에서 엘리엇이 사용한 방법 가운데 하나를 예견할 수 있는데, 그것은 점강법의 기교이다. "사랑의 노래"에서의 지배적인 "낭만적인" 기대는 그의 고향 세인트루이스St. Louis에서 가구 도매상을 하고 있는 한 친구로부터 차용했던, 직사각형 같은 이름인 앨프릿 프루프록이라는 이름에 의해 갑자기 멈추게 되며, 이 이름은 주인공의 두 가지의 가장 현저한 성격인 지나치게 얌전함prudishness("Pru–")과 우유부단함effeminacy("–frock")을 효과적으로 암시해준다. 시 전체를 통해 표면상 그가 숭배하는 여성에게 청혼하는 것을 목적으로 하는 화자의 "낭만적인" 요구는 자신의 인식을 억지로 밀어 넣은 "현실"("내 머리 가운데 벗겨진 부분")에 의해 끊임없이 저지된다. 마찬가지로, 위대한 시적인 아름다움의 구절들은 완전히 진부한 말들의 발췌로 이어지는 반면, 다른 수사학적인 현학성은 그 당시에는 가장 "시에 쓰이지 않았던" 표현이나 이미지의 삽입으로 즉시 세속적으로 변한다("어떻게 내가 시작하여/ 한 토막 한 토막을 모조리 뱉어낼 수 있겠는가"). 이러한 모든 것들은 그 화자인 프루프록이 지속적인 상상을 하는 노력이 불가능함을 명확하게 "성격상으로 규정짓게" 도움을 준다. 동시에, 실패한 프루프록의 기사도는 부분적으로 그의 환경의 소산이다. 그와 같이 부르주아 사회의 물질적 풍요와 안전에 둘러싸인 우리시대의 "기사"("나는 내 삶을 커피 숟가락으로 측정해왔다")는, 무언가 특출한 것, 그리고 지속적인 가치를 지니는 것을 성취하려는 자신의 목적으로부터 자기도 모르는 새에 벗어나게 되는 것이다. 시의 시작 부분을 읽어보자.

이 첫 번째 부분은 시가 짜인 주변에서의 필연적인 점강법으로 된 결정적인 조우를 위한 장면을 설정한다. 프루프록은 그의 허리를 졸라매고 그의 임무를 수행하기 위해 출발한다. 숙녀에게 말을 건네고 갑자기 "압도적인 질문"을 한다. "지루한 논의처럼 이어진" 꾸불꾸불한 거리를 통해 그가 밟아 가는 선회 코스는 그가 그의 업무를 수행하는데 주저하고 있다는 사실을 암시한다. 그는 할 수만 있다면 숙녀와의 직접적인 대립을 피하고자 한다. 최초의 이미지는 프루프록의 마음 상태를 나타내준다. 그가 그의 여정에서 인식한 석양은 그의 눈에는 "수술대 위에 에테르로 마취된 환자"처럼 보이며, 일생에서 단 한 번, 솔선수범을 해 달라는 요구를 받을 때의 자신의 짓눌린 느낌을 반영한다. 좀 더 넓은 의미로, 그 이미지는 감수성을 잃은 현대인들을 꾸짖는다. "저녁이 하늘을 배경으로 펼쳐져 있을 때"에 생기게 되는 낭만적인 기대는 다음 행의 임상적인 직유에 의해서 심하게 흔들리게 된다. 이것은 엘리엇이 자주 사용하는 기교로, 서로 퉁기면서 상반되는 두 개의 감정적인 반응들을 설정하고 있다.

연이어 일어나는 이미지는 초라함과 함께 "하룻밤의 값싼 호텔에서 편안하지 못한 밤"과, "톱밥이 흩어진 음식점들"과 같은 도시만이 지니는 특유한 존재의 고립감을 전달한다. 프루프록은 비록 마취되었지만, 사회가 그에게 지운 대담하지 않은 역할의 수락으로 인해 불만족감, 즉 "불안함"을 반쯤 인식하고 있다. 거리 그 자체는 이렇게 반쯤 형성된 불만을 사악하게 비추어 주고 불만을 그의 의식 속으로 이끈다. 시가 진행되어 감에 따라, 프루프록의 의도된 제안이 화자의 성격에 있어 더 광범위한 개혁을 필요로 한다는 것이 명백하게 된다. 그것은 이전까지 프루프록이 가지고 있던, "안전하게" 받아들여진 세상의 모습을 전복시키는 일을 포함한다. 이후 그는 좀 더 위험스럽고, 좀 더 흥미진진하고 더욱 영웅적으로 삶을 살기 시작할 것이다. 숙녀에게 진지한 청혼자로서 그 자신을 나타내는 것은 사회가 그를 가두어 두었던 무능함의 껍질을 깨고 나오는 것을 의미한다. 그것은 인간 전체의 혁명을 포함한다. 그리고 만일 그것이 완전히 쇠퇴하지 않는다면 서구 사람의 생활 전체가 그러한 갱신을 필요로 하고 있음을 엘리엇은 암시하고 있는 것이다. 따라서 비록 프루프록이 스스로를 극화하려는 경향을 가지고 있지만, "압도적인 문제"인 그의 요구도 함께 과장된 것은 아니다.

　　그러나 프루프록은 이러한 미심쩍은 점을 완곡하게 이끌어낸 다음, 다양한 길이의 행으로, 그리고 화자의 비꼬고 회피하는 정신적인 과정을 나타내는 운율과 리듬으로, 항상 질문에 대답하는 것과 그의 최초의 접근으로부터 뒷걸음질 치며, 같은 음의 반복으로 어조가 맞는 이행연귀에서 점차 소멸해 간다.

　　　　오, "그것이 무엇이지요?" 라고 묻지 말고,
　　　　우리 가서 방문해 봅시다.

　　　　Oh, do not ask, "What is it?"
　　　　Let us go and make our visit.

그러한 쓸모없는 결론을 내리고 난 다음, "방문" 그 자체가 어떻게 끝날 것인 지에 관해서는 그렇게 많은 의심의 여지가 남는 것은 아니다. 질문과 탐색 모두는 그들 자신의 폐기의 씨앗을 가지고 있다. 프루프록이 자기의 목적지에 도착하는 것을 언급하면서 이어지는 이행연구(13-14행)는 프루프록이 숨겨서 밀봉한 사회 순환 구조에 대한 쓸데없는 후렴으로 이 시의 나중에 되풀이되어 나타나면서, 위대한 르네상스 예술가인 미켈란젤로 Michelangelo와 할 일 없고 목적 없이 재잘거리며 "왔다 갔다" 하는 사교계의 여자들과 병치시킴으로써, "심미적" 감각을 더욱 거슬리게 하고 있다. 프루프록과 상반되는 미켈란젤로는 우주를 정면으로 바라볼 용기를 가지고 있으며 도움을 받지 않은 채 자신의 능력만으로 우주를 이해하는 모든 관습적인 여과장치가 없는 사람이었다. "감히 내가 해볼까?"라고 단지 의문을 가지는 프루프록과는 달리, 미켈란젤로는 우주를 뒤흔들어 놓을만한 대담성을 가지고 있었다. 이제 그는 지겨운 "상류 사회"의 모임에서 대화의 화제가 되어버리고 말았다. 단조로운 리듬과 이행연구의 운율은 이러한 전략을 강조하는데 도움을 준다.

그러나 프루프록은 미켈란젤로와 연결되어질 자신의 권리를 상실하였다. 그는 이미 받아들여진 믿음에 도전하는 위험을 무릅쓰는 대신에 그 믿음에 집착하는 안정성에 대하여 말하였다. 그리하여 프루프록에게는, 굴종적인 묵인의 오랜 시간 후에 그 자신의 주장을 시작하는 것("여인들은 말할 것이다: '그의 머리는 어쩌면 저렇게 벗겨졌을까!'")이 커피 스푼의 세계와 환심을 사려는 조소를 무릅쓰는 일이라는 사실에 대한 의식에 익숙해진 나머지, 필요한 에너지를 불러일으키고 유지할 수 있을 가능성이 없어지게 되었다. 그것은 예술적 행위에 포함되는 에너지와 유사한 에너지이며, 프루프록이 덜된 예술가 같은 인물임을 나타내는 표시들이 시 전체에 나타나있다. 그러나 예술적인 행위는 자신의 생각과 내적인 근원에 대한 확실한 지각과 그에 대한 의존을 필요로 한다. 버나드 버곤지Bernard Bergonzi가 언급하기를 "엘리엇이 . . . 시적인 창조를 . . . 다분히 두려운 힘에 복종하는 것으로 간주하고 있다"는 것이다. 그것은 프루프록이 그의 많은 망설임을 통해서 그가 무능력함을 드러내는 것과 같이, 어둠 속으로 뛰어드는 그런 복종이길 바라고 있는 것이다. 그는 자조와 자기 명예 훼손으로 도피하길 바라고 있다.

시의 구성은 인상적이다. 그것은 프루프록의 생각을 따라 흐르는 것이며, 하나의 자극에서 다른 자극으로 뛰어넘는 것이다. 미켈란젤로에 대한 잡담의 정확한 어조를 기록한 후, 프루프록은 집밖의 날씨로 자신의 지루한 시선(15-22행)을 돌린다. 여기서, 모든 것을 에워싸는 안개는 그의 무력감을 더하기 위해, 미약하고 불규칙적인 그의 비범한 재능의 불빛을 진화할 또 다른 덮개를 가져다주는 것처럼 보인다. 그 안개는 다정한 개[28]로 보이지만, 또한 그것은 프루프록이 자신만의 자기표현 방법을 자신 있게 시작하는 것을 효과적으로 방해하는 영향력으로 나타나기도 한다. "집 둘레를 한 바퀴 돌고서는, 잠이 들어 버린" 안개는 프루프록이 떠나지 못하게 막고 있는 듯이 보이는데, 그 무리들에 대한 애정 어린 인내심이 실제적으로 그가 자신을 완전히 표현하고 그 자신이 되는 것을 얼마나 방해하는지를 상기시켜 주는 것처럼 보인다(블레이크가 관찰했던 것처럼, "육체적인 친구들은 정신적인 적이다").

이 부분, 즉 안개와 개의 확장된 은유와 분명히 시적이지 않는 현상이 나타나는 장소("배수구에 있는 물웅덩이")는 또한 프루프록의 하다가 말다가 하는 창조적 충동을 나타내는 동시에, 창조물의 비위생적이고 건강에 좋지 못한 면을 보지 못하는 그의 무능함을 보여준다(그의 "에테르에 마취된", 그러나 마비되지 않은 상상의 지배적인 색상은 오줌의 "노랑"이다). 안개로 뒤덮인 거실에서 프루프록의 결심은 이미 시들기 시작하고 있다. 그

---

28) 존 가렛과는 달리 일반적인 비평가들의 견해는 안개의 속성을 엘리엇이 고양이의 동작에다 비유하고 있다고 주장한다.

는 지연하는 것을 정당화하고 있으며(23-24행), 사랑에 대한 그의 선언뿐만 아니라 세계에 대한 자기 자신의 시적 반응에 대한 선언을 하기로 했던 초기의 결심은 회복할 수 없을 정도로 사라져 가고 있음을 독자는 확실하게 느끼게 된다. "시간이 있을 것이다"라고 그는 두 번 반복하는 반면에, 여전히 그의 활기찬 안개에 대한 기상conceit을 되풀이하여 말하고 있다. 그러나 그는 후자에게서, 하나의 은밀하면서도 자연스럽게 색정적인 기쁨을 조장하는 것처럼 보이는데, 그 기쁨을 정교하게 나타내면 나타낼수록, 다른 사람들과의 공유는 줄어들 가능성이 있다. 만일 프루프록이 예술적인 비전을 지녔던 순간이 있다면, 그는 생활 속에서 다른 모든 것들을 즐기는 것처럼, 그 비전들이 무미건조하게 될 정도로 그는 그 비전들을 개인적으로 즐기게 될 것이다.

　　본원적으로 비겁한 그의 속성은 지연에 관한 논쟁을 지지하기 위한 그의 시도에서 드러나고 있다. 그는 미래 언젠가는, 자기가 "살인과 창조"를 하는 일에 적응하게 될 것이라고 착각하여 확신하고 있는데, 자신의 예술적 외피를 가장하여 자기에 대한 모든 사람들의 기대에 충격을 주고, 자기의 낡은 자아를 파괴하고("살인하고") 새로운 자아를 "창조하는" 일이 적절할 것이라고 믿는다. 그의 겸손한 자아에 "살인하다"와 "창조하다"와 같은 대담한 동사들과 "두 손의 모든 일들과 날들"이라는 표현에서 암시된 바와 같이 격식을 갖추면서도 과장된 노력들을 적용시켜보면, 그것이 단순한 가식적인 태도일거라는 의구심도 든다. 프루프록은 아주 오랫동안 장엄한 환각상태를 유지하지는 못하고 있다. "배수구에 있는 물웅덩이"로 곧 사라질 안개의 이미지처럼, 자신의 의미를 크게 과장한 프루프록의 꿈은 점강적으로anticlimactically 자신의 "접시" 위에서 끝이 나고 만다. 그와 함께 추상적인 대상은, 중산 계층 시민의 물건들을 비롯하여, 접시들, 커피 스푼들, 마멀레이드, 찻잔과 바지 등과 같이, 프루프록이 허둥대며 삶을 통한 자신의 여정에 대한 경계표가 되는 것들인 구체적인 대상으로 재빨리 이끌려간다.

전반적인 시 구문은 그 모델인 전도서the Book of Ecclesiastes와의 함축적인 비교로부터 반어적인 잠재적 특성을 이끌어 낸다. 자신의 비굴함을 입증하는 이러한 통찰력에 대한 프루프록의 적응은 자신의 환경의 정신과 어린 시절의 정신 사이의 격차를 적나라하게 보여준다. 원래의 존엄성은 프루프록의 생각의 흐름 속으로 저녁식사 접시가 우스꽝스럽게 침입함으로써 곧 파괴된다. 처음의 장엄한 생각과 과감할 정도로 사용된 산문 투의 이미지 사이의 우화나, 전도서에서 보이는 것과 같은 삶이 천천히 진행되는 주기적인 리듬이 변화무쌍하며 재빨리 변하는 유동적인 리듬으로 왜곡되는 것("당신을 위한 시간과 나를 위한 시간")과 같이 프루프록이 쓰는 문체의 어색함은 독자들에게 현대의 삶이라는 것이 자신만만하게 살아왔던 생존의 희미한 모방에 불과했음을 보여주고 있다. 심오한 통찰력의 순간들인 향락에 지친 비전을 수없이 열거하는 일은 결국 프루프록이 현현에 대해 거의 가치를 부여하지 않음을 보여주는 것이다. 그리고 이후로 "재수정"(다시 봄)이라는 아이러닉한 말장난이 잇달아 나오면서, 통찰력의 순간이 그 자체는 그다지 중요하지 않기 때문에 지적이고 냉정한 안목으로 수백 번을 반복하여 "고쳐지고" 수정될 수 있다는 점을 암시하고 있다. 프루프록은 자신의 직관적인 통찰력을 평가절하 시키고 있다. "그것이 결국은 무슨 소용이 있겠는가?"라고 그는 이따금씩 그 자신에게 묻는다. 중산 계층의 안전한 제의적 관례 속으로 빠져드는 것이 훨씬 더 쉽다. 프루프록의 가치척도에 있어서 "토스트toast와 차"는 "비전"과 똑같은 중요성을 지니는 것이다.

여기서 제시하지는 않지만, 시의 나머지 부분에 있어서, 프루프록의 망설임은 증가하고 있다. 그의 자기회의감은 감소되지 않고 계속 증가하여 그의 무기력함을 부추기고 있다. 심지어는 그의 질문으로 "압도하려는" 초기의 의도를 보였던 상대인 그 여자도, 그가 여태까지 알고 있었던 혼수상태에 빠져있는 다른 미녀들과 전혀 다르지 않아 보인다. 그는 그녀를 거의 시각을 통해서 보지 못하면서, 마치 삶이 결여된 것처럼, "수술대에 누워 늘어뜨린" "팔"로 인식하고 있다. 그녀는 3행에서 영혼이나 동물적인 생명력이 없는 사람같이 수술대 위에 뻗어있는 "에테르에 마취된" 환자가 된다. 그래서 그는 반어적인 몸짓과 "나는 예언자가 아니다"라는 서투른 변명을 가지고 그 숙녀에게 청혼을 하고, 그들 모두가 살고 있는 지옥과 같은 사회에 대한 자신의 통찰력을 드러낼 기회인 중대한 "순간"을 진행해 나가게 한다. 그의 것은 단지 다른 사람들을 따를 수 있을 뿐 결코 자신의 행위를 수행하지 않는 조용한 대다수의 온건한 중도적 영미인 남성의 "연가"인 것이다.

프루프록과 그의 공모자들은 홉킨스가 말했던 것과 같이 마음이 "산을 가지며", 위태롭게 살아가는 사람이 고조된 유쾌한 기분에서 절망의 심연으로 떨어졌다 다시 올라갈 수 있다는 것을 인정하기 보다는, 평범한 예언성의 일상을 선택하며, 정신상의 모든 침입에 대한 방해물로서 행동하는 물질적인 대상물의 성채 뒤에 숨어 있는 모든 불쾌한 것들로부터 스스로를 흡수한다. 오든은 20년 후 「1939년 9월 1일」("1st September 1939")이라는 시에서 같은 생각에 도달했는데, 그것은 고집스럽게 성인기까지 연장된 유년기의 순수함이라는 주제였다.

> 빛은 결코 사라져서는 아니 되며,
> 음악은 항상 연주되어야 하고,
> 모든 관습들이
> 가정의 가구 역할을 할
> 성채를 만들기 위해 협력하게 된다;

우리가 있는 곳을 모를까봐
결코 행복하거나 좋지 못했던 아이들은,
유령이 나오는 숲에서 길 잃어
밤을 두려워한다.

The lights must never go out,
The music must always play,
All the conventions conspire
To make this fort assume
The furniture of home;
Lest we should see where we are,
Lost in a haunted wood,
Children afraid of the night
Who have never been happy or good.

또는, 엘리엇이 『대성당에서의 살인』(*Murder in the Cathedral*)에서 인용한 것처럼 "인간은 매우 현실적인 것을 견디지 못한다." 반면에, 관습의 보호 아래 "안전하게" 생활한 삶이란, 기계적으로 살아 온 삶이며, 따라서 영혼이 없는 삶이다. 이것은 프루프록이 헤치고 나오려는 노력은 전혀 하지 않고, 자기의 "연가"를 통해 도달하려는 순간에 직면하여 망설이고 있다는 인식이다. 나무랄 데 없는 미국 시민인 프루프록은 이 세기에 있어 서구인의 패러다임paradigm으로 제시되고 있다. 어느 누구에게도 피해주지 않게 하기 위해 자기가 쓸 말을 선택하고 자기의 행위를 감시하고, 내심은 잡다한 성격이지만 언제까지나 수사학적인 단조로움을 전개하려 하고 있으며, 특징적인 인상도 남기지 않고, 자신만의 인격의 흔적도 나타내지 않는다. 상상의 대기실에서 잠시 서성이고 있는 프루프록은 달팽이가 자신의 껍질 속으로 돌아가는 달팽이처럼 그의 세속적인 감옥을 형성하는 응접실로 되돌아온다.

　　"프루프록"의 비전은 황량한 것이므로, 현대 민주주의 사회의 인류에게 있어서는 좋은 징조는 결코 아니다. 엘리엇의 시에서 나타나는 삭막함은 영국 국교회의 교리와 제의에 대한 지속적인 후원에 의해, 그리고 기술적인 현재로부터 발생할 수 있는 모든 좋은 것에 대한 희망보다는 과거 전통에 의해 설정된 신념에 의해 어느 정도 완화될 수가 있었다.

제12장

마지막 낭만주의자: 예이츠

프루프록의 자기명예훼손은 타고난 나태함을 감추면서, 위대한 목적은 획득하는데 필요한 에너지와 자아를 막대하게 소모함으로써 완성된다는 사실을 받아들이려 하지 않는 못마땅한 태도와, 또한 기독교 시대에 예전처럼 변함없이 지배권을 행사해 온 신앙심의 붕괴를 가장하고 있다. 즉 그 신앙심은 참여나 노력 및 자기수행을 통해 인간은 자기의 본성의 결함을 초월하여 가치 있는 목표를 수행할 수 있다는 그 믿음인 것이다. 이 믿음은 특히 응축된 상상력의 힘을 분출시킴으로써, 각 개인은 더 높은 자아와, 더 명확한 실재를 극복하여 자신의 아래나 먼 뒤쪽에 "세상을 보이지 않게 둘" 수 있다고 주장했던 낭만주의 시인들의 노력의 기초를 이루고 있었다. 그러한 믿음은 19세기 초 놀랍게도 구름을 뚫고 불쑥 솟아오르는 낭만주의 산맥의 그늘 속에서 시를 썼던 대부분의 19세기 시인들에게는 공통된 것이었다. 그러나 프루프록은 "그런데 결국은 그럴 가치가 있었던 것이었을까?(And would it have been worth it, after all?)"라고 단순히 중얼거리며, 그러한 창작적 노력에 의해 제공된 예감에 어찌할 바를 모르고 있었다.

윌리엄 버틀러 예이츠 W. B. Yeats, 1865-1939

20세기 시 옹호자들의 우울한 패배적 분위기가 일반적인 가운데서도 놀라울 정도의 고립을 견지하면서 자신의 목소리를 울리고 있는 시인이 윌리엄 버틀러 예이츠William Butler Yeats이다. 아일랜드다움Irishness을 통해서 영국적인 주류로부터 단절된 채, 1917년 이후로부터 밸릴리Ballylee에다 구입한 노면 탑Norman tower에 이따금씩 머물면서 고조된 고립으로, 예이츠는 확실히 시인이라는 직업이 아주 진지한 천직이며 시인이 문명의 지도자의 전방에 있어야 한다는 믿음을 언제까지나 인정했던 것이다. (이 믿음은 1922년에 새로운 아일랜드 상원의원직을 예이츠가 받아들임으로써 구체화되었다.) 예이츠는 블레이크로 돌아가는 전통으로 보면 마지막 시인이었으며, 나아가서 시인이 관찰자라는 점에 따르면, 그는 동료들보다는 더 재능을 지녔으며, 물질세계라는 베일을 관통할 수 있는 능력을 지녔었다.

예이츠는 다양한 마스크mask 뒤에서부터, 자신의 긴 삶을 거치는 동안 많은 다양한 분위기로 소리 내지만, 항상 명료한 확실성과, 의기양양한 확신으로, 시작詩作이란 세상에서 가장 활기찬 것이며, 활기가 필요한 직업이라고 외친다. 시인의 기능이 대단히 중요하다는 일관된 확신으로, 키이츠와 함께 "시인이 현자賢者이며 인본주의자이고 모든 사람에 대한 의사"라는 믿음과, 매일 매일의 생존의 수단을 시도하여 거기에 박힌 보석을 찾아내는 불굴의 능력으로, 예이츠는 자신이 말한바와 같이 "마지막 낭만주의자" 가운데서도 단연코 출중한 시인이었던 것이다.

더 나아가서 그의 시의 다른 면모들은 예이츠의 낭만성을 드러내고 있다. 이어지는 두 편의 시는 그의 생애의 상반된 두 시기의 끝에 쓰인 것으로서, 지성의 집이라 할 수 있는 육체에 대한 보다 더 조야한 요구로부터 창조적 지성이 해방되어, 평화롭게 번성할 수 있는 장소를 예이츠가 지속적으로 열망했다는 사실을 입증해주고 있다. 그러나 거꾸로 말하면, 정신과 육체의 활기찬 독립에 관해서 예이츠보다 더 지대한 인식을 지닌 시인도 없다고 하겠다. 그래서 비록 그의 시들이 이니스프리Innisfree나 쿨 장원Coole Park, 그리고 비잔티움Byzantium과 같은 장소, 즉 예술적 영혼이 육체의 세속적인 욕구를 발산하면서 의지에 따라 방황하며 창조할 수 있는 여러 지상의 낙원들을 불러낼 수 있었지만, 영혼은 그 활동을 보완할 수 있는 부속물인 육체가 겪는 경험에 의존하고 있다는 것을 예이츠는 항상 명백히 인정하고 있다. 예술은 그것이 단지 공허한 수사적 공예품을 만드는 것이 아니라면, 진흙처럼 불결하고 혼탁한 곳에서도 생명이 필요한 것이다. 「미친 제인이 주교와 말을 나누다」("Crazy Jane Talks with the Bishop")에서 "아름다움은 추함을 필요로 한다(Fair needs foul)"고 한 화자의 말처럼, 제인은 "사랑은 배설물이 있는 장소에/ 자기 집을 던져 버렸다(Love has pitched his mansion in/ The place of excrement)"는 사실을 감지하고는 그렇게 선언해버린다.

예이츠는 지속적으로 자신의 내부를 들여다보며, 자신이 찾은 것으로부터 새로운 물질을 짜내고 있다. 자신의 개인적 삶과 그리움에서 나타난 변화나 발전은 일반적으로 의미 있는 것이며, 시로서 변환시킬 가치가 있는 것이라는 믿음을 가지고, 예이츠는 다시 자신의 낭만적인 성향을 표현하고 있다. 순수한 낭만주의는 특히 그의 초기의 시편들에 명백히 드러나고 있다. 그러나 예이츠는 나이가 들면서 자신이 사랑했던 여인인 모드 곤Maud Gonne을 자신의 애정으로 돌아오게 하지 못하게 되어 비통해지자, 견고한 사실주의적인 통렬함으로 그의 낭만주의 성향은 완화되어 갔다. 개인의 삶에서 겪은 고통이나 실망으로부터 예이츠는 자기 체험을 시로 고쳐 만들려고 매진했던 것이다. 강렬한 삶의 체험이나 회춘의 속성이 있는 사랑에 대한 그의 믿음은 결코 흔들리지 않았다. 예이츠가 70세가 넘어서 쓴 시에서는, 아름다움이나 젊고 혼기에 찬 여성에게 내포되어 있는 미래를 제외하면 모든 정치적인 사건들이나 지적인 활동들은 대수롭지 않게 시들게 마련이라는 사실을 그는 확인하고 있는 것이다.

정치

어떻게 내가, 저기 저 여자가 서있는데,
내 주의를 고정시킬 수 있나
로마나 러시아 혹은,
스페인의 정치에?
하지만 여기 자기가 하는 말을
알고 있는 한 견문이 넓은 사람이 있지
그리고 독서를 하고 생각해온
정치가가 있네,
그리고 어쩌면 그들이 하는 말은 사실이겠지
전쟁이나 전쟁의 경고에 관한,
그러나 내가 다시 젊어질 수만 있다면
그래서 그녀를 내 품안에 안을 수만 있다면!

Politics

How can I, that girl standing there,
My attention fix
On Roman or on Russian
Or on Spanish politics?

Yet here's a travelled man that knows
What he talks about,
And there's a politician
Thsat has read and thought,
And maybe what they say is true
Of war and war's alarms,
But O that I were young again
And held her in my arms!

첫 10행에서 구어체적으로 표현되어있는, 그가 참고 들어야하는 정치적 잡담에 대한 노인의 역겨움과 짜증은, 마지막 두 행의 진심어린 비탄으로 갑자기 상승해 버린다. 그것은 육체적으로는 점점 노쇠해지는 반면, "내부의 사람" 혹은 영혼은 영구히 젊은 채로 남아있다고 제시함으로써 고통과 환희를 동시에 외쳐대는 간청이다.

33살 되던 해에 벌써 시적인 보고가 완전히 고갈되어버린 워즈워스와는 달리, 예이츠는 "범신론적" 가면 뒤에 고정된 채 남기 위해 도시 생활의 모든 일에서 일찍이 물러남으로써, 자기의 은퇴와 명상의 기간을 더블린 Dublin의 연극계와 정치계에서의 여러 활동들로 장식했으며, 그의 시에서는 "나"로 표현되고 있는 자기의 시적인 개성에 대한 새로운 "가면"을 끊임없이 만들면서, 73세라는 나이에 그가 죽는 순간까지도 반복과 자기만족이라는 함정을 피했던 것이다. 그러나 예이츠의 초기작품인 다음의 첫 번째 시는 도시로부터 전원세계로의 도피를 향한 솔직한 워즈워스식의 순수한 기쁨의 충동을 노래한다.

이니스프리의 호도湖島

나 이제 일어나 가리라, 이니스프리로 가리라,
거기서 조그마한 오두막을 짓고, 진흙과 잔 나무 가지로 만든;
아홉 이랑의 콩밭도 지니고, 꿀벌집도 지니리라,
그리고 벌이 잉잉거리는 숲에서 홀로 살리라.

그러면 거기서 난 어떤 평화로움을 느끼리, 평화는 천천히 내려오니까,
아침의 베일에서부터 귀뚜라미 우는 곳으로 내려오니까;
거기선 깊은 밤이 온 밤 내 번쩍이며, 한 낮은 자줏빛 광채를 발하고,
저녁엔 홍방울 새의 날개로 가득 차겠지.

나 이제 일어나 가리라, 낮이나 밤이나 늘
호숫가에 낮은 소리로 철썩대는 물소리를 듣게 되니까;
차도 위에 서 있거나, 잿빛 포도 위에 서 있노라면,
나는 마음 속 깊이 그 소리를 듣노라.

The Lake Isle of Innisfree

I will arise and go now, and go to Innisfree,
And a small cabin build there, of clay and wattles made;
Nine bean rows will I have there, a hive for the honey bee,
And live alone in the bee-loud glad.

And I shall have some peace there, for peace comes dropping slow,
Dropping from the veils of the morning to when the cricket sings;
There midnight's all a glimmer, and noon a purple glow,
And evening full of the linnet's wings.

I will arise and go now, for always night and day
I hear lake water lapping with low sounds by the shore;
While I stand on the roadway, or on the pavements gray,
I hear it in the deep heart's core.

시의 주제에는 거의 정교함이 필요하지 않았다. 자신의 문명화된 일상 속에 빠져 버린 화자는, "일어나서" 2연의 홍방울 새처럼 날개를 달고 "평화"의 은신처로 날아가길 소망한다. 시인이 갈망하고 있는 이 피난처는 "이니스프리"로서, 예이츠에게는 슬리고 카운티Sligo County에 있는 섬으로 알려졌으며, 특별히 그의 목적에 부합되는 적절한 이름을 갖고 있었다. 이니스프리가 함축하고 있는 의미인 "자유"는 도시 생활의 여러 속박으로부터 뿐만 아니라 예이츠 자신의 육체적 욕구, 특히 성적인 욕구로부터의 해방이다. 시는 어린 시절의 삶에 대한 감미롭고 충만한 반응과 잃어버린 순수함을 다시 포착하고 싶은 충동을 나타내고 있다. 이니스프리는 방패구실을 하는 "철썩대는" 호수 물에 의해 동료인간들과의 어떤 접촉으로부터도 격리된 "호도lake isle"다.

　　이 시속에는 "자궁"의 이미지가 현저히 우위를 점하고 있다. 시인은 "진흙과 잔 나무 가지"라는 세속적인 재료로 만든 "조그마한 오두막"에 자신을 숨기기를 소망한다. 그가 이렇게 하려고 계획한 장소인 약간 솟아오른 "숲"은 그 자체가 일종의 방어적 자궁으로, 그의 "외로"움"alone"-ness 속에 자신을 보호해주고 있다. 그의 유일한 친구들은 벌들이며, 그들 자신도 시인이 준비한 자궁과도 같은 "꿀벌 집" 내에 둥지를 틀고 있다. 자궁 속에 자궁이 있는 셈이다. 출생 전의 존재에 대한 이러한 시각에 어울리게, 화자의 의식을 강타하는 것은 눈앞에 보이는 것이 아니라 소리들이다. 숲은 그곳을 차지하고 있는 곤충인 "벌이 잉잉거리는" 소리를 내지만, 그 어떤 회화적 특징으로 나타나지는 않는다. 홍방울 새의 파닥거리는 날개 소리가 황혼을 "채우지"만, 새 자체의 모습은 나타나 있지 않고 호수물의 "낮은 소리"만 들리면서 호수 자체는 시각화되어 있지 않다.

　시인에게 다가오는 그런 빛은 많은 층을 통해 걸러져서, "아침의 베일"에서 내려오고 있다. 이 빛은 너무 발산되어 버리고, 시인의 시야 내에 들어오는 사물들을 너무 흐리게 만들어서 한밤과 대낮을 거의 구별 못하게 만든 것 같다("거기선 깊은 밤이 온 밤 내 번쩍이며, 한 낮은 자줏빛 광채를 발하고"). 시인은 여기서 자기 감성이 만족할 만큼 몽상에 빠질 수 있다. 거기엔 방해할 소리도, 그를 그가 꿈꾸는 몽상으로부터 불러낼 다른 의무감을 시각적으로 상기시킬 만한 것도 없을 것이다. 그의 피난처인 섬의 물가를 부드럽게 쓰다듬는 물결의 소리 이미지만큼이나, "찰싹거리는lapping"이라는 단어는 더 많은 연상을 전달해 주고 있다. 왜냐하면 이 말은 "우유를 마셔버린다"는 의미도 있으므로, 그래서 어쩌면 그 말의 세 번째 의미인, "껴안다", "둘레를 감싸다"라는 뜻에서 의도된 말장난pun이 첨가되어 있을 수 있다. 다시 말해서, 시인은 자신의 상상 속의 피난처인 따뜻하고 영양분이 풍부한 자궁과도 같은 물에 감싸여져 있기 때문에, 그의 최초의 기원으로까지 되돌아가는 길을 생각할 수 있고, 그의 길을 거슬러가서 그의 존재 이전의 근원들을 재발견할 수 있으며, 내부의 조화와, 워즈워스의 말에 따라 다음과 같이, 어떤 분명한 "나" 또는 자아의식이 있기 전에 지배했던 환희를 다시 구성할 수 있을 것이다.

　　땅과, 모든 일상의 광명이
　　나에게 보여진다
　　천상의 빛으로 장식된 듯이,

The earth, and every common sight,

To me did seem

Apparelled in celestial light,

그러므로 예이츠의 초기 시에서 떠오르는 전체 인상은 일종의 넘칠 듯한 애매모호함과, 지금까지 도시의 콘크리트의 "잿빛 포도"와 "차도"로부터 탈피하는 경우를 제외하고는 개념화되지 못한 채 남아있는 목적을 향한 열정이다. 그의 건축 재료("진흙과 잔 나뭇가지로 만든")에 대한 시인의 관심과, 그의 경작지("아홉 이랑의 콩밭도 지니고")에 대한 정확한 범위를 명쾌하게 표명함으로써, 처음으로 제시된 실용성은 19세기 미국의 "황야"로 은둔하여 生活한 것을 『월든』(Walden)에 묘사한 헨리 데이빗 쏘로우 Henry David Thoreau와 같은 철저한 효율성으로 자기만족에 젖어 자기의 실험을 시작하려는 의도를 보여주지만, 곧 "낭만주의적" 소리와 그늘 속으로 점차 사라져 없어진다. 시인이 계획한 건축과 경작으로 약속된 원래의 활동은 곧 사치스런 수동성, 자기가 아무 것도 하지 않고 그냥 하루 종일—"아침", "한밤중", "정오", 그리고 "저녁"—빈둥대며 쉬는 것과 자신의 의식 속으로 아주 조금씩 조금씩 "느린 동작"으로 "떨어지는" "평화"를 허용하고 있는 것이다. 즉, 그 의식은 창조된 세상에 모든 성인의 책임감을 부과하여 그 세상에 대한 어린애의 경이감을 다시 포착함으로써, "별들 앞의 대나이 전부 (all Danaë to the stars)"[29]라는 테니슨의 표현처럼 노출된 채로, 완전히 수동적으로 다시 한 번 자유롭게 떠다니는 의식이다. 다시 말해 "현실주의"는 "낭만주의"로 이내 대치된 것이다.

아니 정말 그런가? 화급함이 표현되어 있음에도 불구하고, 시인은 자

---

29) 아르고스Argos의 왕인 애크리시우스Acrisius의 딸인데, 아버지 때문에 청동탑 속에 갇히었으나, 그녀를 사랑했던 제우스Zeus가 금의 소나기가 되어 그녀를 방문한 일이 있은 후에 퍼세우스Perseus를 낳았음.

기의 꿈이 비현실적이기 때문에, 이니스프리는 영원히 닿지 않을 곳에 있으리라는 것을 알고 있다는 의심이 남는다. 첫 번째 연과 세 번째 연의 초반부를 비교하면 이 같은 사실이 분명해진다. 첫 번째 연의 서두 시행이 "나 이제 일어나 가리라"고 갑자기 시작하는데서 나타난 결정적 태도를 표명하고 있음에도 불구하고, 마지막 연의 첫 연까지도 화자는 여전히 조금도 움직이지 않고 있다. 그의 말은 행동과 일치하지 않는다. 그는 "나 이제 일어나 가리라"는 중대한 시기에 실행에 옮기려 하나, 그의 발은 그들이 서 있는 곳("차도 위에 서 있을 때에")에 붙박힌 채, 시인의 도주하는 환상으로부터 나온 그 지시를 따르길 고집스레 거부하며 굳건하게 서 있다. 따라서 시는 동일한 시의 영혼에 거주하는 두 개의 분명한 "나" 사이의 이분법적인 분열을 보여준다. 이들 중 하나는 지상의 천국에서 젖과 꿀이 있는 삶을 애타게 갈망하고 있지만("거기서 난 어떤 평화로움을 느끼리"), 반면에 또 다른 자아는, 성인 존재의 복잡성을 회피하려는 그런 시도는 결국 쓸모없는 것이고, 아무리 "실제" 생활이 음울해도, 끈질기게 영웅적인 인내심을 가지고 참아내야 한다는 것을 알고 있다("차도 위에 서 있거나, 잿빛 포도 위에 서 있노라면"). 비록 시에서 이 같은 사실을 공언하기보다는 암시하고 있기는 하지만, 시인이 "마음 속 깊이" 인정하고 있는 것이다. 예이츠의 경력이 확대되고, 또 그의 삶이 전개되어 나감에 따라, 이와 같이 초기 시속에 상정된 상상력의 영역과 현실의 영역을 향한 두 가지 충동을 조정하는 작업을 그는 시작했던 것이다.

예이츠가 63세 되던 해에 쓰인 다음의 시는, 나이가 들면서 터득한 아이러니가 추가되어 있으나, 그 주제를 다시 들고 나온 것이다.

비잔티움으로의 항해

1

저 곳은 늙은이들이 살 나라가 못된다. 젊은이들은
서로 껴안고 있고, 나무 속의 새들은
—저 죽어 가는 세대들— 노래 부르며,
연어 폭포, 고등어 우글대는 바다,
물고기, 짐승, 혹은 조류는, 온 여름 내내 찬미한다
온갖 배고, 태어나고, 죽는 것을,
관능의 음악에 사로잡혀 모두가 소홀히 하고 있다
늙지 않는 지성의 기념비를.

2

늙은이는 다만 하나의 하찮은 물건,
막대기에 꽂힌 다 떨어진 옷, 만일
영혼이 손뼉치며 노래부르지 않는다면, 더 크게 노래 부르지 않는다면
죽어야 할 옷의 조각조각을 위해
또한 거기엔 영혼의 장엄한 기념비를 공부하는
노래학교만이 있다;
그래서 나는 바다를 건너
성스러운 비잔티움으로 항해해 왔다.

3

오 마치 벽의 금빛 모자이크 속에 있는 것처럼
신의 성스런 불 속에 서 있는 성인들이여,
성화로부터 나와라, 감돌며 내려오라,
그래서 내 영혼의 노래 스승이 되라.

나의 심장을 삼켜라; 욕망으로 병들고
죽어 가는 동물에 얽매여
심장은 스스로가 뭔지 알지 못하니; 그리고 나를
영원한 예술품 속에 넣어다오.

4

한 번 자연을 벗어나면 나는 결코
어떤 자연적인 것에서 내 육체의 형태를 취하지 않으리,
그러나 희랍 금세공이
졸고 있는 황제를 깨어 놓기 위해
혹은 비잔티움의 귀족과 귀부인들에게;
지나간 것이나, 지나가는 것, 또는 다가올 것을
노래해 주도록 황금 가지 위에 앉혀 놓은
망치로 두드린 황금과 황금 에나멜로 만든
그런 형상이 되리라.

Sailing to Byzantium

I

That is no country for old men. The young
In one another's arms, birds in the trees
—Those dying generations—at their song,
The salmon-falls, the mackerel-crowded seas,
Fish, flesh, or fowl, commend all summer long
Whatever is begotten, born, and dies.
Caught in that sensual music all neglect
Monuments of unaging intellect.

II

An aged man is but a paltry thing,
A tattered coat upon a stick, unless
Soul clap its hands and sing, and louder sing
For every tatter in its mortal dress,
Nor is there singing school but studying
Monuments of its own magnificence;
And therefore I have sailed the seas and come
To the holy city of Byzantium.

III

O sages standing in God's holy fire
As in the gold mosaic of a wall,
Come from the holy fire, perne in a gyre,
And be the singing-masters of my soul.
Consume my heart away; sick with desire
And fastened to a dying animal
It knows not what it is; and gather me
Into the artifice of eternity.

IV

Once out of nature I shall never take
My bodily form from any natural thing,
But such a form as Grecian goldsmiths make
Of hammered gold and gold enamelling
To keep a drowsy Emperor awake;
Or set upon a golden bough to sing

To lords and ladies of Byzantium

Of what is past, or passing, or to come.

시인은 한 번 더 1인칭으로 말하고 있다. 그러나 초기 시에서 예이츠가 첫 번째 단어부터 그 자신의 중요성을 틀 속에 자리 잡게 한 반면에 「이니스프리」의 세부적인 내용은 최전면의 가장 중요한 "나"에 부속된 것으로 채색되어 있다. 후기의 시에서는 이것은 아쉬운 장소의 긍지를 획득한 잃어버린 천국인 휴식처의 성격을 띠고 있다. 시인은 뒤의 배경에서 배회하며 시의 거의 절반쯤 가서 까지도 자신을 직접 드러내지 않는다("그래서 나는 바다를 건너 . . . 항해해 왔다"). 게다가 "나"의 전체 묘사는 진지함과 자기 조소, 그리고 세상 앞에 복잡한 그의 마음의 내부 작용을 동시에 드러내기도 하면서 감추기도 하는 그의 가면으로서, 즉 그의 성인이 택하는 자기기만과 진지함의 묘한 섞임으로 채택되어 있다.

전체적으로 시는 시인의 선언과 그의 실체 의도 사이의 여러 층위의 불균형을 나타내는 아이러닉한 기저를 수반한다. 「이니스프리의 호도」속에 묻혀 있는 것이 더 풍부한 반어적 어조의 개발로 빛을 보게 된 것이다. 영혼은 아마 울면서 "일어나 가지"만 육신은 그리고 아마도 정신도 마찬가지로 있는 그 곳에 "서서" 있으라고 충고할 것이다. 그러한 "이중 초점의" 시각은 충동과 수행 사이의 분열을 알리면서 "비잔티움"을 분명히 얻을 수 없기 때문에 더욱 더 강해진다. 시는 아일랜드(자연과 자연스런 본능의 세계인 첫 번째 행의 "그곳")와 "성스런 도시 비잔티움"(예술가들이 육신의 요구들로 방해받지 않고 발전할 수 있는 이상 세계) 사이의 기본적 대조로 짜여 있다. 예이츠는 몇 세기 전에 사라져버린 동양의 기독교적 문명인 비잔티움의 어딘가에 대해 썼는데, 이것은 그에게 있어 예술가와 그의 청중이 전이나 이후 어느 때보다도 더 가깝게 있을 수 있었던 시기였던 "건축가와 명장들이 . . . 대중과 닮지 않는 극소수의 사람들에게 말을 걸었던 때"로 다가왔다. 그 시기에는 그가 바라본 바에 의하면, 예술과 인생 사이에는 이후에 이분법적으로 나뉘어져 공생적 동반관계가 있게 되었다. 정신적 작업에 전도력이 아주 많은 사회적 분위기 속에서 예술가는 20세기 아일랜드의 싫증나고 자극을 주는 관능적인 세계 속에서는 상당히 창조하기 어렵다고 판단된 기념비적 작품을 만드는 일에 착수할 수 있었다.

비잔티움은 실지로도 얻기에는 불가능하기 때문에, 즉 시간의 저 구석진 곳으로 오래 전에 가버렸으므로, 예이츠는 상징적인 비잔티움에 관해서 단지 언급만 할 수 있는 것이다. 그 비잔티움은 창조적인 천재가 방해받지 않고 그 "시들지 않는 지성의 기념비"를 만들어낼 수 있는 정신과 상상력의 천국인 것이다. 그러나 시인 자신의 작품의 영구적 자질과 그의 지성의 비범함을 암암리에 요구하는 이 구절의 대담함은 시인이 자신의 혀로 뺨 속에 그것을 가두어 두고 있음을 연상시킨다. 그는 그 자신의 허세를 비웃고, 심지어 예술이 주된 역할을 하지 않는 공공의 건축물은 야만일 뿐이라는 신념에 가장 진지하게 그가 매달릴 때조차도 그는 자기 자신의 허세를 조롱하고 있다. 성숙한 예이츠의 예술과 생활에 대한 태도가 복잡한 것도 바로 그렇기 때문이다.

이것이 첫 연의 역설적 이미지에 의해서 더 발전되고 있는 복잡성이며 실제로는 전체 시에 해당된다. 시인이 명백히 자신의 등을 돌리고 있는 세계인 "이 세계"가 아닌 "저쪽" 세계는 확실히 매력적인 것이다. 이것은 사랑("젊은이들은 서로 껴안고 있고")과 기쁨("나무속의 새들은—저 죽어가는 세대들—노래 부르며") 그리고 물고기 떼로 표현되는 충만한 성적 생명력("연어 폭포, 고등어 우글대는 바다")의 세계이다. 그를 밀어내고 있는 젊은 세대들에 대한 "노인들" 중 한사람으로부터의 분노의 발작 속에 이 모든 것이 외관상으로만 거부되고 있다. 그들의 미소 짓는 무관심 속에서 젊은 연인들과 새들 모두에게 적용되고 있는 "자기들의 노래"에 대한 불만에 가득 찬 빈정댐은 그가 이제 더 이상 즐길 수 없는 것을 헐뜯으려는 시도인 것이다. "죽어 가는 세대"로서 소외됨을 그가 느끼게 되는 근원인 자손을 생산하는 모든 이런 다산의 활동의 최종합계가 같은 것일지 모른다. 사람은 자신을 재생산함으로써, 그의 동료 동물들과 더불어 자기 자신의 새로운 생명 뿐 아니라 새로운 죽음까지도 재생산하고 있는 의미를 갖는다. 그는 "모든 생겨난 것, 태어난 것 그리고 죽는 것"의 쉬지 않는 회전에 사로잡혀 있는데, 엘리엇의 스위니Sweeney가 "출생과 교접, 그리고 죽음"의 주기라고 부르는 것이며, 거기서 시인이자 예술가는 자신을 구원해 내길 소망했다.

　　　그러나 그가 본능에 따라 살아가는 "자연스런" 삶에 대해 비난하고 있는 동시에, 화자는 그것을 주위를 끄는 단어들로 채색하여, 시인이 그의 비잔틴으로의 추방 속에 스스로 약속하고 있는 내핍 생활의 정반대가 되는 삶과 생명력으로 가득 찬 이미지들을 사용하고 있다. 게다가 "fish, flesh, or fowl!"이라는 용어의 선택은 죽음이 와서 시인의 태도 속에 경멸과 후회의 섞임을 더해주고 있기 이전에("그리고 하느님은 그들에게 말했다, 결실을 얻어서 배가시켜라 . . . 그리고 바다의 물고기와 하늘의 새들을 지배하라"; 창세기 1장 28절), 신선한 창조의 순간에 세상과 함께 이 거절된 "나라"를 연상시켜 준다. 육체적 삶의 유혹이 "그 감각적 음악"에 대한 애매한 언급 속에서 보여진다. 이것은 흥미를 돋우는 것이긴 하나 이 역시 인간으로 하여금 그의 고귀한 운명에서 벗어나 그를 그의 육신과 식욕 속에 가두어 버리는 사이렌의 노래인 것이다.

　　　관능의 음악에 사로잡혀 모두가 소홀히 하고 있다
　　　늙지 않는 지성의 기념비를.

성적 욕망은 예술적 비전의 선명함을 흐리게 하고 그것을 전달하려는 충동을 약화시킨다. 그러나 동시에 그러한 욕망은 예술적 기념물의 창조에 있어 처음부터 끝까지 필수 불가결한 요소이다. 그래서 예이츠는 "그 밖의 무엇에 이끌려 내가 노래를 불러야 할까?(What else have I to spur me into song?)"라고 다른 곳에서 묻고 있다.

진실한 아이러니로 자기 자신을 보고 있는 이 나이든 시인은 "막대 위의 넝마를 걸친" 허수아비와 다를 바 없는 상태로 자신을 드러낸 채 서 있다. 마치 육체의 눈금으로 잰 것처럼, 이 이미지는 예이츠의 삶에 대한 점강법의 감각을 나타낸다. 살은 늘어지고, 정력은 시들고, 노인은 한때 왕성했던 행동에 대한 무시무시한 패러디를 수행하면서, "나무 위의 새들"과 의심할 바 없이 그 자신 종족의 "젊은" 것들을 놀라게 해서 쫓아버린다. 하지만 사람은 시간의 흐름에 부식되지 않는 자신의 일부인 "영혼"을 살찌움으로써 불가피한 육체적 무능력의 결과를 거스를 수 있다. 사실 육체가 퇴화될수록 그곳에 거주하는 나이를 초월한 영혼의 표현은 더욱 방해받지 않는다. 풍우에 시달리고 세상의 고초를 겪은 허수아비의 "노래"는 각기 새로운 육체적 노쇠의 표시를 더 강하게 나타내며, ("더 크게 노래 부르지 않는다면/ 죽어야 할 옷의 조각조각을 위해") 이승의 들판을 가로질러 의기양양하게 서 있다. 그래서 예이츠는 사라져 버리기 쉬운 시인이 지하에 있는 영구적인 안식의 원천을 개발했다는 그의 믿음을 표현하고 있다.

정확히 이 근원이 무엇이냐 하는 것에 대한 특별한 언급은 피하고 있다. 단지 "영혼의 장엄한 기념비를/ 공부함(studying/ Monuments of its own magnificence)"으로써, 그리고 또 다른 예술가들이 창조한 유산을 생각함으로써 각 개인의 영혼은 그 자신의 불멸성의 원천을 발견할 것이다. 그러므로 본성에 의해 예술이 희석되고 때로 당황스럽게 되는 세상을 버리려 하는 시인의 욕망이 다음과 같이 나타난다.

> 그래서 나는 바다를 건너
> 성스러운 비잔티움으로 항해해 왔다.

바다를 항해하는 것은 그의 과거, 즉 때때로 육체의 욕구 속에 빠져들므로
해서 부도덕한 과거와의 단절과 새롭고 "성스러운" 규율에 대한 생각을 의
미하며, 그 이후 그가 주의를 기울일 부름은 예술적인 것들이다. 비잔티움
은 그가 영원으로 가는 대기실이다. 여기서 일단 시인은 죽음을 통하여 자
신의 죽어야 할 껍데기를 완전히 버리는데 성공하게 되면, 성취할 작업을
위해 그의 영혼을 숫돌에 갈려고 한다.

    얼마나 진지하게 예이츠가 예술적 "기념물"의 정적인 세계로 방향을
전환하는지 또 "생기고 태어나고 죽는 모든 것들"의 역동적인 세계를 거절
하려 했는지는 추측의 문제로 남을 뿐이다. 허수아비로 변장함으로써 노쇠
한 자신의 자아를 우스꽝스럽게 묘사한 것은 그가 분명히 "죽어 가는 동물"
로 그것을 경멸하여 망각하려는 것과는 딱 일치되지 않는 그의 육신에 대
한 애정을 나타낸다. "성자"에 의해, 그리고 초기의 예술가이자 예언가에
의해 "소모되길" 바라는 충분히 의식적인 태도를 취하는 요소가 있다. 예이
츠는 자기의 감각들이 초기 예술가들의 모자이크나 음악만으로 충족될 수
있는 일종의 박물관 속에 그의 생의 남은 부분을 살려고 하는 그의 욕망을
나타내고 있는 반면에, 그러한 세련된 존재가 불만스러우리라는 것을 암암
리에 인정하고 있다. 그의 영혼의 "노래하는 선생"이 되어 달라고 3연에서
성자들에게 하는 그의 요구는 진지하면서도 우울하다. 시인은 그가 알기로
불가능한 존재의 상태를 위해 분명히 법석을 떨고 있다. 인간의 눈은 "황금
의 모자이크 벽"에서 그들의 연상된 형태로부터 성자들을 조각조각 맞춘다.
그들은 또 다른 구역인 영원한 영역("신의 성스런 불길")에 거주한다. 그러
나 그들은 인식할 수 있고 추론할 수 있는 관찰자의 능력과 응집력 있는 신

분과 "존재"를 부여하는 "동물"의 눈에 의존한다. 이러한 역동적이고 유기체적인 육체적 반응이 없다면, 그들은 단순히 생명력 없는 무수한 물질의 조각으로만 남을지도 모른다.

시인은 그들에게 그들의 영원한 구역에서부터 그의 일시적인 곳으로 내려오라고 요청한다. "원추로 회전한다(Perne in a gyre)"는 죽은 성자들이 그들의 정적인 세계에서부터 시인이 태어나서 죽는 존재의 구역으로 회전하며 내려오라는 명령조의 요청이다("perning"은 영적인 구역과 지상의 평원 사이의 중앙광장으로의 집중을 촉진하는 나선형 움직임이다). 그는 그들에 의해 불완전하고 죽어 가는 자연의 세계에서 나와서, 완전하고 죽지 않는 무한한 존재의 상태, 즉 조화롭지만 부동의 예술적 걸작품의 존재에 의해 그가 이미 빛들을 허락했던 상태로 가기를 요구하고 있다. 시인에 의해 성자들은 일시적으로 걸어 내려와 그를 더럽혀진 육체 상태로부터 들어 올려서 존재의 상태("비잔티움")로 옮겨 달라고 간청 받는다. 여기서 그는 여전히 "욕망에 병들어 있고" 자신을 어린 청년만큼이나 자기 인식("실체가 무엇인지를 그것은 모른다")이 모자란다는 것을 안다. 여기서 그는 뛰어난 능력으로 더 이상 육체의 요구에 신경 쓸 필요가 없다.

그러나 소모되지 않고 계속 타는 "신의 성스러운 불길" 속에 계속 "서 있는" 성자들의 부동성을 생각해 보고, 첫 연의 충만한 활동을 하는 그들의 상태를 대조하면, 육신을 제거해 달라는 예이츠의 간청은 어떤 말할 수 없는 조건을 수반한다는 추론을 피할 수 없다. 영혼의 집이 되는 "죽는 동물"의 육신으로부터 억지로 떼어내는 것은, 그 영혼이 노래할 무언가가 남아 있지 않아서이다. 죽은 시인은 시를 쓸 수 없다. 영원 그 자체는 "작품"이자, 시간에 묶여 있는 개념이며, 명백한 실체가 없는 것이다. "작품artifice"이란 말은 창조적인 작품을 만드는 대장간을 의미하면서도 또한 인공적이고 위조된 것을 의미하는데 정신에다 울리는 경고 벨을 장치시킨다. 결과적으로 독자는 철저히 화자가 밝힌 의도 아래 놓여 있을 수 있는 반어의 층위에 경고를 울리는 마지막 연에 접근한다.

시인의 이상 세계 속에는 모든 자연의 대상인 새들이나 나무들이 "황금"이나 "황금빛"이며, 모든 인류는 인간보다 더 낮은 계급들을 일소하고 있다. 단지 귀족 계급들인 "지주와 숙녀들"이 한가로이 금으로 장식된 비잔티움의 경내를 산책한다. 그러나 이 꿈의 세계의 표현 속에는 시인이 자신의 엘도라도El Dorado를 건설하고 있는 동안에도 또 그것을 파헤치고 있는 것을 암시하는 모순들이 있다. 비잔티움을 만드는데 들어간 모든 요소들은 "쓰러진" 자연의 세계, "죽어 가는 세대들"에게서 모방해온 것처럼 보인다. 털갈이하고 껍질이 벗겨짐으로써 그들에게 영원을 부여하는 "황금색 에나멜이 칠해진" 코트를 받았지만 첫 연의 "나뭇가지 위의 새들"은 여기서 그들의 짝을 찾는다. 자연의 왕국의 활력은 태엽 장치 같이 기계적이고 반복적인 무엇인가로 축소되어 버린 것처럼 보인다. "황금"이라는 단어와 그것의 파생어가 이 연에서 4번씩이나 반복되는 것이 이 완벽한 세계의 지루함을 강조한다. 그 세계의 황제가 "졸고 있는" 것이 이상한 일은 아니다.

비잔티움은 그것의 변두리부터 사라져간 "자연" 세계를 인공적으로 본떴으며, 지루해하는 그곳의 거주자들의 획일적인 세계로서 부각되고 있을 뿐만 아니라, 심지어 외양상으로 비잔티움의 존재 이유인 예술적 충동이 꽃피울 수 있는 지역조차도 아니다. 비잔티움은 망치로 다듬고 유약 칠을 하는 기교의 장소이지, 예술을 위한 곳은 아니다. 죽어 가는 세대들 가운데서 그곳의 토양으로부터 뿌리채 뽑혀서 "작품"인 인공도시의 보도 사이에 이식되었기 때문에, 창조적 충동은 시들고 죽는다. "황금 에나멜 칠한" 것을 떼어내 보면, 비잔티움에는 시가 거부하는 것처럼 보이는 자연의 세계에서 찾을 수 없는 것은 아무 것도 없다. 심지어 "비잔티움의 지주들과 숙녀들" 조차도 "지나간 것이나, 지나가고 있는 것 혹은 다가올 것"에 관한 소식에 즐거워질 필요가 있다. 그들의 "황금으로 된" 세계에는 과거, 현재, 미래와 같은 변화가 있을 수 없다. 그러나 그들은 일시적 변화에 관한 노래들을 듣기를 갈망한다.

「비잔티움으로의 항해」의 화자인 "나"는 자신의 노쇠해져 가는 육신의 껍질을 잊어버릴 수 있고 자신의 "나이 들지 않는" 지력의 창조성을 해방시킬 이상적인 장소로 가려는 의향을 보인다. 예술적 감각에 의해 세워진 기념물이 어떤 의미와 목적을 가질 수 있다면, "화자"에 의해 언급되지는 않았지만, 예이츠에 의해서 솜씨 있게 다루어지고 있는 이러한 아이러니는, 동물적 감각과 스며드는 죽음이 깃든 타락한 세계에만 있는 아이러니인 것이다. "일단 자연에서 벗어나면" 예술가는 자기의 원천으로부터 격리되어 태엽감긴 카나리아처럼 어떤 목적도 없이 노래하고 있는 자신의 모습을 보게 된다. 예언자들이 이 세상에서 필요한 것이지 다음 세상에서 필요하지는 않는다. 거주자들에게 "지나간 것이나, 지나가고 있는 것 또는 다가올 것"의 영원성을 노래해줄 필요는 없다.

이 특별한 시처럼, 모든 인류의 뛰어난 업적물들이 반은 천사이고 반은 동물인 잡종 생물같이, 인간의 이단자적 성향에서 그들의 원천을 찾는다는 것에 대한 이해에 기초를 둔 예이츠의 시적 경력은 인간이 되는 것을 영웅적으로 체험하는 상태를 보여주고 있다. 예이츠가 「곡마단 동물들의 탈주」("The Circus Animals' Desertion")에서 표명하듯이, 그는 영감을 찾기 위한 변하지 않는 영구적인 책략을 다음과 같이 표현하고 있다.

나는 모든 계단이 시작되는 곳에 누워야겠다,
누더기와 뼈다귀를 파는 이 더러운 상점에서.

I must lie down where all the ladders start,
In the foul rag-and-bone shop of the heart.

Memo

제13장

전쟁과 그 여파: 오든

19세기 영국 왕실의 진보와, 일반적으로 영국 군사력의 성공이 지닌 찬란함은, 전쟁 무기와 전투 방법 면에서 계속되었던 기술 혁명에 관한 한 대부분의 시인들을 눈멀게 했고, 1890년대부터 대륙(특히 독일) 수여자들confères이 그들의 펜으로 이야기해 온 급박한 세계 종말Armageddon에 대해, 두드러지게 불길한 예측을 하는 것이 부적당하게 만들었다. 새로운 장총의 무자비한 효율성을 보여준 1866년 프로이센과 오스트리아 전쟁Prusso-Austrian War은 영국 밖의 유럽 시인들로 하여금 세계 대전에 대한 두려움의 전율을 느끼도록 하였다. 대륙의 시인들이 이 무시무시한 사건을 예언하고 있었던 반면, 영국 시인들은 1914년 제1차 세계 대전이 발발할 때까지, 거의 예외 없이 계속해서 전원적인 가락들을 노래했었다.

숲 근처로 나는 갈 것이다.
눈 덮인 체리를 보기 위해,

(『슈럽셔 청년』, 2장)

About the woodlands I will go
To see the cherry hung with snow,

(*A Shropshire Lad*, II)

하우스먼A. E. Housman은 1896년에 이렇게 노래했다. 그리고 루펏 부룩도, 자신이 다가오는 참호전에 대해 알고 있는 것보다 더 예언적인 이미지로, 빅토리아인들의 신이 이 세계의 장막 뒤에 앉아 있으면서 암암리에 그 목적을 수행하게 되길 태평스럽게 희망하고 있었다.

의심하지 않을 지도 모른다, 어찌하였건, 좋은 것은
물과 진흙에서 나오리라;
그리고, 확실히, 경건한 눈은 보아야 한다
유동성 있는 목적을.

(「천국」)

One may not doubt that, somehow, Good
Shall come of Water and of Mud;
And, sure, the reverent eye must see
A purpose in Liquidity.

("Heaven")

반복되는 살육과 참호 속에서 보낸 두 번의 겨울이라는 연속적인 충격을 받은 후에야 비로소 영국의 전쟁시는 전통적인 형태를 버리고 개인적인 목소리를 드러내기 시작했다. 20세기의 분열된 초조한 의식, 희망 없이 부서진 그 꿈들과 신념들, 사람이 살지 못하는 세상을 거쳐 유일한 생존의 목적을 암중모색해 나가는 방식 등이 그것이었다.

윌프리드 오웬은 세계 대전의 젊은 장교 시인들 가운데서 가장 훌륭한 시인이었다. 전쟁이 곧 자신을 자극했다는 묵시록적 시각은 충분히 비극적으로, 휴전 협정 일주일 전 자신의 죽음을 통해 개인적으로 실현되었다. 비록 그는 동시대인 엘리엇만큼 *기술적으로* "현대적"이지는 않았지만, 오웬의 현대성은 직선적이고, 사실적 서술 방식과 "낭만적" 또는 "시적" 베일로부터 자유롭고, 전쟁에서 목격한 공포를 기술하지 않은 것에서 분명히 드러났다.

> 당신이 만약 들을 수 있다면, 흔들릴 적마다, 피가
> 거품으로 오염된 폐로부터 부글부글 끓으면서 올라오는 것을,
> 암처럼 더러운, . . .
>
> (「즐겁고도 합당하다」)

> If you could hear, at every jolt, the blood
> Come gargling from the froth-corrupted lungs,
> Obscene as cancer, . . .
>
> ("Dulce et Decorum Est")

오웬의 시는 사회 제도와 그 지식인 사이에서 벌어지는 차이를 기록하고 있다. 전쟁과 그의 군복무가 연장됨에 따라, 그의 시 분위기는 보다 비판적이고 쓰라리고 고립되어 갔다.

19세기 동안 "시인"과 "국가" 사이의 분리는, 그 당시 프랑스에서는 아주 일반적인 것이었지만, 영국에서는 좀처럼 분명하게 드러나지 않았는

데, 사실은 정 반대였다. 워즈워스와 테니슨은 그들의 생애동안 국가 제도의 수준으로까지 끌어올렸고, 아놀드, 디킨스, 그 밖의 주요한 빅토리아 작가들은 문학적 창조자의 역할을 사회 조직의 건강한 기능에는 필수 불가결한 것으로 여겼다. 그들이 그들 국가의 관행에 대해 아무리 비판적이었다 할지라도, 그들은 사회의 병폐가 그 사회의 부분인 몇몇 지식인들의 현명한 인도와 수정에 의해 고쳐질 수 없을 것이라고는 추호도 의심하지 않았다. 19세기말에 가서야, 오스카 와일드의 투옥과 하디의 암울한 시적 분위기의 증가를 통해, 그 정적인 특성으로 인해 경화되어 가는 경향이 있는 사회 제도와, 그 동적 성격으로 인해 사회 틀에 의해 부과된 규제들에 관하여 걱정하고 안달하는 경향이 있는 시인의 상상력 사이의 틈이 생기게 되었다.

위스턴 휴 오든 W. H. Auden, 1907–73

위스턴 휴 오든Wystan Hugh Auden은 아마도, 1차 세계 대전 이후 국가와 시인 사이의 상호 유해한 관계를 표출한 가장 특출한 예 중의 하나이다. 겨우 23세 때인 1930년, 첫 시집이 발표되었을 때 비평가들로부터 가장 촉망받는 시인으로 환호를 받았고, 그 이후 평에 의해 엘리엇의 타고난 후계자로 인정받았던 오든은 그러나, 결코 그에게 기대했던 만큼의 고명한 위치로까지 올라가지 않았다. 비록 오든의 시는 뛰어났지만—때로는 아이러니하고, 때로는 간명하고, 때때로는 서정적이고, 결코 흔들리지 않는 균형감으로 심각한 어조와 구어체의 어조 사이를 오가는데 있어 놀라울 정도로 능숙한— 그의 시풍은 전체적으로 볼 때, 다양한 분위기와 주제, 그리고 통합된 시각이나 시인으로서 자신의 본질에 대한 신념이 만들어냈음직한, 결코 하나의 일관된 선으로 될 수 없는 혼합적인 재제를 지닌 메들리이다. 예를 들어, 예이츠를 기념하는 신랄한 비가에서 오든은 "시란 어떠한 일도 일어나게 하지 않는다(poetry makes nothing happen)"라는 포기를 내비친다. 이는 마치 예이츠의 시 「사람과 메아리」("The Man and the Echo")에서 나타난, 문학이 인간의 행동을 변화시킬 수 있다는 예이츠의 믿음을 일부러 거부하는 듯한 인상을 준다.

나의 그 극이 원인이 되어 사살되었을까
어떤 사람이 영국병사의 탄환을 맞고?

Did that play of mine send out
Certain man the English shot?

시인에게 있어서 영웅적 중요성에 대한 예이츠의 관념과 실제적으로는 가치가 없다는 오든의 수용 사이에서의 차이는 상당히 크다고 할 수 있다.

그의 개인적 삶에 있어 관점이나 신념 상의 몇 차례 변화―막시즘에서 정통 국교회까지 망라했고, 스페인 내란 시절 공화국 측에 가담하여 이데올로기적 좌익에 동조했으며, 그 후 파시즘이 유럽 전역에 더 어둡고 더 위협적인 그림자를 드리울 때 미국으로 도피하기도 했었다―는 오든의 작품에 극에서 극으로까지 다양하게 드러나 있다. 그는 각각 다른 시기에 논쟁적 극작가였고, 가벼운 시와 심각한 시를 짓는 시인이었고, 오페라 가사 작가였으며, 젊었을 때는 정치시를 썼고 나이가 들어서는 명상적, 준 종교시를 썼다. 이 모든 것은 공동 중심에 따라 동심원을 그리지 않고 밖으로 흩어지는 에너지라는 인상을 준다. 하지만 자신을 새로운 시적 과업으로 내모는 그의 취향에도 불구하고, 오든의 시에는 그 모순에 대한 인식이 깔려 있다. 그러한 시각은 오든의 겸손함, 유머 감각, 결코 놓치지 않는 코믹 타이밍으로 인해 비극은 되지 않는다.

> 내가 그늘진 해안가 의자에 앉아
> 내 정원에서 나는 모든 소리에 귀 기울일 때,
> 야채와 새들로부터 말들이 억제되는 것이
> 나에게는 유일하게 적당한 듯이 보였다.
>
> (「그들의 외로운 선배들」)

> As I listened from a beach-chair in the shade
> To all the noises that my garden made,
> It seemed to me only proper that words
> Should be withheld from vegetables and birds.
>
> ("Their Lonely Betters")

이 시에는 어느 오후 자신의 접을 수 있는 (그리고 시적이지 않는) 비치 의자beach chair에 앉아 "야채와 새들의" 소리에 한가롭게 귀 기울이고 있는 오든 자신에 대한 이미지 뒤에 미묘한 자조적인 분위기와 자기 좌절의 감정이 있다. 보다 적절한 단어인 "나무들trees"이 아닌 "야채들vegetables"이라는 단어의 사용은 오든이 추구하는 것보다 다소 거만한 듯한 어조를 정확히 드러낸다. 그 주제에 대해 너무 지나치게 장엄한 어법으로 거드름 피우고 있는 시인은('It Seemed to me only proper that words/ Should be withheld') 다소 우스꽝스러운 인물로 등장한다. 그러나 이 모든 자기 자학적인 숙고에도 불구하고, 이 시는 그가 심각하게 생각한다면 시인의 시각이 다다를 수 있는 깊이들에 대해 잠깐이라도 엿볼 수 있도록 해 준다.

> 우리도, 역시, 웃을 때나 울 때나 소리를 낸다,
> 숲은 지킬 약속이 있는 사람들을 위한 것이다.

We, too, make noises when we laugh or weep,
Woods are for those with promises to keep.

오든은 광대와 같은 기질을 대단히 많이 가지고 있다. 자기 자신이 너무 심각해지는 것을 두려워하고, 그러면서도 눈물보다는 웃음을 이끌어 낼 까봐 두려워하기에 그는 종종 우스꽝스러운 해학으로 시작하는 시 가락에 비극적 "전보"를 삽입한다. 그러므로 한 시에서 독자는 두 개의 다소 낮은 술자리 이야기 설정으로 즐거워진다.

더러운 딕의 술집과 조잡한 조의 술집에서
    우리는 술을 죽 들이켰다,
어떤 이들은 마거리와 함께 위층으로 올라왔으며,
    그리고 어떤 이는, 아, 케이트와 함께 갔다.

(「바다와 거울」)

At Dirty Dick's and Sloppy Joe's
    We drank our liquor straight,
Some went upstairs with Margery,
    And some, alas, with Kate.

("The Sea and the Mirror")

시인은 어구 "alas"를 삽입함으로써 그가 묘사하는 인물들과 더 가깝고 밀접한 관계 속에 자신을 위치시킨다. 그는 이미 이런 사창가와 이러한 여자들, 그리고 모여든 사람들을 경험했고, 이들에 대한 그의 평가는 결코 호의적이지 않다. 만약 이들이 신분이 낮은 인물들이라 할지라도 시인은 이들 가운데 자신을 포함시키는데 주저하지 않는다. 또다시 그는 익살을 부리면서, 그의 존엄성을 서서히 떨어뜨리고 있다. 하지만 몇 행 뒤에는 단순한 서정적 언어로 인간사에 포함되어 있는 보편적 비극에 대한 언급이 나온다.

나이팅게일은 흐느끼고 있다
　　우리 어머니들의 오두막 속에서,
그리고 우리가 오래 전에 아프게 했던 마음들은
　　오랫동안 다른 사람들을 아프게 하고 있다.

(「바다와 거울」)

The nightingales are sobbing in
　　The orchards of our mothers,
And hearts that we broke long ago
　　Have long been breaking others.

("The Sea and the Mirror")

오든은 광대의 모자가 떨어질 때 청중들의 너털웃음을 눈물로 바꿀 수 있다.

오든은 자기의 시적 규준 어디에서나 코믹한 목소리를 지속하고 있고 그것에 대항한 비극적 요소는 좀체 드러나게 들리지 않는다. 하지만 가장 뚜렷하게 코믹한 진술들 중에서도 엄숙한 반항이 빈번하게 감지되고 있다.

그 마을 교구 목사는
　　찬송가 도중에 측면 복도를 따라 달려 내려간다;
위생 감독관은
　　그의 팔에 시궁창 오물을 쓴 채로 달려가 버린다—
사랑하는 이와의 데이트를 지키기 위해!

(『엑식스의 상승』)

The village rector

　Dashes down the side-aisle half-way through a psalm;
The sanitary inspector

　Runs off with the cover of the cesspool on his arm—
To keep his date with Love!

(The Ascent of F6)

　한창 직업적 의무를 다하다가 억누를 수 없는 욕망에 사로잡혀 결국 그것을 쟁취하는 교구 목사와 하수도 기사라는 어울리지 않는 짝은 우스꽝스러운 동시에 심각하다. 이는 설사 위엄과 사회적 책임을 포기해야 한다 할지라도, 일상적 소명에 의해 고무되는 것보다 더 강한 정열에 종사하는 것이 올바른 선택이라는 것을 제시하고 있다. 오든은 엘리엇보다도 더 구어체적 요소에 대한 밝은 귀와 그러한 것을 시 구조 속에 통합시키는 능력이 더 뛰어났다. 그는 시의 리듬에 너무나 능숙했기 때문에 구어체적 요소를 시행 속에 교묘하게 끼워 넣어, 그러한 요소들이 시의 운율 패턴을 어지럽힘으로써 주의를 끄는 일은 좀체 없었다. 오든은 또한 통찰력을 풍자시의 경계 내로 압축시키는 능력이 있었다.

　악을 겪게 되는 사람들은
　답으로 악을 행한다,

Those to whom evil is done
Do evil in return,

　그는 "1939년 9월 1일"에서, 격렬한 개혁의 사회학적인 - 그러나 도덕적이지 않은 - 정당화를 극히 간결하게 싸 넣고 있다.

연예인으로써의 오든의 의심할 여지없는 재능은 때로는 놀라게 만들고 충격을 주고 싶어하는, 참지 못하는 충동에 의해 상쇄되곤 한다.

재정가, 당신의 작은 방을 나가고 있다.
그곳은 돈을 벌지만 쓰지는 않았던 곳,
당신에게는 타이피스트와 하인이 더 이상 필요 없을 것이다;
당신과 다른 사람들의 게임 역시 끝났다.

(「이것을 고려해라 우리 시대에」)

Financier, leaving your little room
Where the money is made but not spent,
You'll need your typist and your boy no more;
The game is up for you and for the others.

("Consider This and in Our Time")

오든 자신에서-그리고 여기서 그는 대표적인 현대인이다-나타나는 전반적인 이미지는 유랑자, 키이츠의 말을 빌리자면 "인간 본성이 머무는 외곽의" 이방인으로서의 시인의 이미지이다. 시인의 지위는 과거 아놀드나 테니슨 시절에서 보였던 것처럼 더 이상 사회의 중심부에 있지는 않다. 시인은 이제 사회의 관례로부터 배제되어, 외곽 주변을 맴돌면서 때로는 익살맞은 광대의 역할을, 때로는 그 예언이 받아들여지지 않는 예언자 역할을 수행한다. 현대 기술 시대의 예술가의 비중요성, 잉여성,-그리고, 정말로 요즘 모든 개인들이 행하는 고귀하고 영웅적인 노력의 과다함에 대한 지울 수 없는 확신은 오든의 여러 시의 시 행간(혹은 행 속의) 도처에서 뚜렷하게 드러나고 있다.

미술관

고통에 관해서라면 그들은 결코 틀림이 없었다,
옛 대가들: 얼마나 잘 그들은 이해했던가
고통에 대한 인간의 입장을; 어떻게 고통이 발생하는지를
누군가가 먹고 있거나 창을 열거나 또는 권태롭게 걷고 있을 때도;
어째서, 노인들이 경건히, 열렬하게 기다릴 때
기적과도 같은 탄생을, 그때에도 항상
그것이 일어나지 않길 특히 바라면서, 숲가의
연못에서 스케이트 타는 아이들이 있는가를:
그들은 결코 잊지 않았다
심지어 두려운 순교까지도 진행되어야 하는 것을
여하튼 어느 구석에서, 어떤 더러운 곳에서
거기서 개들은 비참한 생활을 해나가고 고문자拷問者의 말馬은
나무에 대고 자신의 천진난만한 궁둥이를 긁어댄다.

브뤼겔의 『이카루스』에서, 예를 들면: 어쩌면 그 모든 것들이 외면하고 있는가
그 재난으로부터 아주 유유히; 농부는 어쩌면
풍덩하는 물소리와 저버린 비명을 들었을지도 모른다,
그러나 그에게는 듣지 못한 그것이 중대한 실패가 못되었다; 태양이 비추었다
당연히 바다 속으로 사라져 가는 하얀 두 다리 위를 녹색의
물 속으로; 그리고 그 호화로운 유람선은 틀림없이 보았을 것이다
무언가 놀라운 것을, 하늘에서 떨어지는 소년을,
그러나 그 배는 가야 할 곳이 있어서 조용히 항해해 갔다.

Musée des Beaux Arts

About suffering they were never wrong,

The Old Masters: how well they understood

Its human position; how it takes place

While someone else is eating or opening a window or just walking

dully along;

How, when the aged are reverently, passionately waiting

For the miraculous birth, there always must be

Children who did not specially want it to happen, skating

On a pond at the edge of the wood:

They never forgot

That even the dreadful martyrdom must run its course

Anyhow in a corner, some untidy spot

Where the dogs go on with their doggy life and the torturer's horse

Scratches its innocent behind on a tree.

In Brueghel's Icarus, for instance: how everything turns away

Quite leisurely from the disaster; the ploughman may

Have heard the splash, the forsaken cry,

But for him it was not an important failure; the sun shone

As it had to on the white legs disappearing into the green

Water; and the expensive delicate ship that must have seen

Something amazing, a boy falling out of the sky,

Had somewhere to get to and sailed calmly on.

이 시는 셰익스피어가 "위대한 정점과 순간의 모험"이라고 불렀던, 절정의
예술적 노력이나 영웅적 노력을 요하는 행동들은 대체로 세상에 의해 완전

히 무시된 채 지나가 버린다는 오든의 신념을 충분히 나타내준다. 그는 자신의 역할을 16세기에 피터 브뤼겔Pieter Brueghel에 의해 그려진 그림으로 고정시킴으로써, 따라서 예술적 힘에 대한 과소평가는 20세기에 특징적으로 국한된 것이 아니라 모든 시대에 걸쳐 일어나는 인류의 보편적인 실패라는 것을 보여주고 있다. 이 그림은 이카루스Icarus의 추락에 관한 묘사를 제시하고 있는데, 이 시의 후반부에서는 어느 정도 상세하게 묘사하고 있다. 그리스 전설에 따르면 이카루스는 발명가인 아버지 디달러스Daedalus의 예를 따라 자신을 위한 날개를 만들어 밀랍으로 어깨에 그 날개를 고정시켰으나 태양에 너무 가까이 날다가 밀랍이 녹아 버려, 그는 바다로 낙하해 익사하고 말았다. 디달러스와 이카루스, 두 부자는 자신의 상상력과 천재성으로 자신의 단순한 동물적 본성 이상으로 자신을 끌어올리고자 열망하는 예술가의 전형으로 종종 인용된다.

　　오든이 마지막에서 분명히 하고 있듯이, 브뤼겔 그림의 핵심은 이카루스의 주목할 만한 업적("무언가 놀라운 것")과 비극적 결말(그는 단순히 "소년"에 불과한 데 죽게 된다)에 대한 그의 주변에 있는 사람들의 무관심이다. 브뤼겔의 캔버스canvas는 오든이 묘사하는 다른 행동들(자신의 소 뒤를 따라가며 정연하게 밭을 가는 "농부", 파도를 가르며 "가야할 곳이 있는" 범선)이 지배적인 반면에, 바다 속으로 사라지는 이카루스의 "하얀 다리"는 화폭 전체에서 주목받지 못하는 한 구석을 차지하고 있으며, 이는 오든이 사회라는 드라마에서 예술가의 위치로 인식하는 주변적 역할과 같다. 그리고 심지어 브뤼겔의 그림은 대중의 눈에서 감춰져 미술관에 보존되어 있다.

　　오든의 대화체적 어조의 언어는 독자를 곧장 그의 담화 속으로 끌어들인다. 그는 독자의 편에 서서 팔꿈치로 찌르고, 윙크wink와 끄덕임으로 친밀감을 높이고 있다. 그는 이를 더할 나위 없이 편안하게 하며, "두려운 순교"(크라이스트의 십자가형)와 같은 고결한 심각함에서부터 "비참한" 생활이나 말의 "궁둥이"라는 천박한 희극적 요소로까지 능숙하게 이동하므로 어떠한 부조화도 알아차리기 어렵다. 이 시는 그 자체가 시로서 주의를 끌지 않지만, 그 주제는 거짓말같이 우연히 드러난다. 그러나 시행의 길이 변화와 잘 배치된 휴지부들은 오든의 논지를 신중하지만 정확한 방식으로 전개해 나가는 것을 강조하는데 기술적으로 기여하고 있다. 예를 들어, 세 번째 행의 "인간의 입장(human position)" 다음의 휴지는 독자가, 생활의 일상이라는 계기가 어느 누구라도 다른 사람의 고통을 지나가는 관심 이상을 보여주지 못하게 한다는 암시가 있는 길게 표현된 넷째 행으로 뛰어들기 전에 순간적으로 멈추고, 오든의 주제인 일반적으로 공동체 내에서 고통 받는 개인들의 위치에 빠져들도록 한다. 고통이란 다음과 같은 순간에 "발생한다."

누군가가 먹고 있거나 창을 열거나 또는 권태롭게 걷고 있을 때도;

리듬과 시행 길이 변화에 있어서의 오든의 기교뿐만 아니라, 비극과 무관심 사이의 변화를 보이면서 어떤 것도 어긋나지 않게 하는 시의 어조도 시인의 조용한 예술적 효과를 더더욱 입증해준다. 예를 들어, 다섯번째 행에서, 크라이스트의 "기적과도 같은 탄생"으로 인해 그들에게 약속된 사후 새로운 생명에 대한 노인들의 기대는 두 번째의, 더 강한 부사의 추가로 그 강도가 미묘하게 증가되었다.

노인들이 경건히, *열렬하게* 기다릴 때

종교적 "경건함"의 더 침착한 원래의 느낌들은 보다 "열렬한" 감정으로 교체된다. 그러므로 육체적으로 쇄신하고자 하는 욕망이 가장 비기독교적인 최우선 사항인 정신적으로 다시 새로워지고 싶어 하는 욕망보다 더 강렬하다고 생각될 수 있다. 그리고 "기적과도 같은 탄생"이라는 언급에서, 오든은 또 다시 어린이들은 "그것이 일어나지 않기를 특히 바라면서"와 같은 표현에서의 구어체적 언어와 "숲가의/ 연못에서 스케이트를 타는"것과 같은 더 일상적인 이미지로 단번에 전환한다. 시의 맥락에서 플랑드르 지방의Flemish 겨울철 실외 활동을 그린 브뤼겔의 그림에서 바로 나온 것 같은 이 투명하고 명백한 이미지는 다른 음영들도 취한다. 스케이트 타는 것은 자신을 둘러싼 비극들과 자신을 기다리는 어두운 운명에 관계없이, 자기 탐닉과 즐거움에 빠지는 사람들의 경향을 나타낸다. 즐거운 망각 속에 날뛰는 사람들 주위를 둘러싼 "숲 가"는 오든의 「1939년 9월 1일」("1st September 1939")에 나오는 "혼령들이 깃 든 숲"일지도 모른다.

　　시 전반부 끝 부분은 오든의 희극적인 내용과 비극적인 내용의 결합으로 환원한다. 특정한 언급은 캘버리Calvary 언덕에서 예수가 못 박힌 것이지만, 일반적 언급은 인간과 인간 사이의 모든 잔인한 면에 대한 언급이다. 심지어 무시무시한 일이 일어나는 와중에도, 개들은 절대적 무관심 속에서 자기들의 "비참한 생활(doggy life)"를 영위하고 있고, "고문자"가 타고 있는 말馬도 눈앞에서 펼쳐지고 있는 이해 안 되는 엄숙한 장면보다는 성가신 벌레를 쫓는 일 자체에 더 관심을 기울이고 있다. 여기에서 오든은 비극적 요소를 희생시켜 희극적 요소를 강조하고 있다. 즉 관심을 끄는 것은 "순교"가 아니라 자기의 가려움증을 완화시키려는 말馬의 시도이다. 오든은 더 나아가 "천진난만한"이라는 형용사를 (타고 있는 자기 주인이 범하는 잘못 때문에 비난받지 않는) 말馬 자체의 해부학 상 가장 비천한 부분인 "궁둥이"로 옮겨놓음으로써 희극적 요소를 강조하고 있다. 이웃하는 "두려운 순교"라는 말 근처에 있으면서도 너무나도 불경한 "천진난만한 궁둥이"라는 언급은 시의 어조를 세속적인 저속한 소극의 차원으로 돌이킬 수 없이 떨어뜨릴 가능성도 있을 수 있다. 그러나 오든은 인생을 엿볼 수 있는 두 개의 가면을 너무나 교묘하게 서로 바꾸어 놓음으로써, 비극과 희극 사이의 균형이 흔들림 없이 유지되게 한다.

이 "웃기는" 언급과 심각한 언급의 혼합은 삶의 다양성을 반영하고, 한 사람에게 비극적인 사건이 다른 사람에게는 기쁨이나 이익을 얻을 기회가 될 수 있다는 것을 보여준다. 즉, 존슨 박사의 『셰익스피어 서설』(*The Preface to Shakespeare*)을 따라 읽는다면, 자기중심적인 사람은 자신의 욕망을 채우는데 너무 고심하여 동료의 비탄에 대해서는 약간의 고려도 할애할 수 없다는 똑같은 인식이 셰익스피어의 연극에서 "비극적" 사건과 "희극적" 인물의 혼합이라는 형태로부터 생기게 된다.

> 셰익스피어의 연극은 . . . 희극도 비극도 아니지만, 지상의 본질의 실제 상태를 보여주고. . . . 한 사람의 손실은 다른 사람의 이익이 되고, 동시에, 난봉꾼은 자신의 포도주 잔에 뛰어들고, 통곡하는 사람은 자기 친구를 묻고 있는, 세상이 돌아가는 과정을 나타내는. . . . 복합물인 것이다.

이 셰익스피어의 "이해력 있는" 시각은 오든의 시에서 다시 나타난다. 그리고 오든은, 르네상스 시대의 그림을 그의 주제에 대한 주요 설명자로, 사실은 동인으로 선택함으로써, 개인적 삶의 **분리**가 그의 시대와는 시간과 성질이 아주 다른 시대에서도 볼 수 있었다는 사실을 인정하고 있다.

동료들의 승리나 재난에 함께 참여하지 못하게 방해하는 우연한 무관심이나 자기 몰두는 브뤼겔의 캔버스의 여러 부분에 위치한 다양한 이미지 속에 잘 묘사되어 있다. 오든이 논평하듯이, 이카루스의 추락이라는 "그

재난으로부터 아주 유유히" "그 모든 것들이 외면하고 있는" 것이다. 조금이라도 그 문제를 생각한다면, 전 생애를 통해 품어왔던 포부나 노력들, 그리고 재능은 대다수의 마음속에서 "하늘에서 떨어지는 소년"으로 축소되어 버리고 만다. 오든은 브뤼겔의 그림에서 개인의 삶과 죽음에 대한 세상의 무관심을 강조하는 다음 세 가지 측면을 골라낸다. 농부는 "어쩌면 풍덩하는 물소리를 들었을"지도 모르지만, 그에게 임명된 과업에 묶여 어떠한 변수도 없이 자신의 이랑을 부지런히 따라가는데 모든 관심을 집중하고 있는 "그에게" 있어, 이카루스의 추락débâcle은 "중대한 실패가 못되었다". 마찬가지로, 배 위의 사람들도 고통 받는 동포를 도우러 가기 위해 자신들의 항로를 이탈할 수 없고 또 그리 하려고 하지도 않는다. 그들 대부분은 그들이 탄 배의 상업적 스케줄에 매여 있기 때문에, 말하자면 그 배에 종속되어있기 때문에, 그 배는 그들이 인간다운 기능을 사용하지 못하도록 했다. 이카루스의 추락을 "본" 것도, 그의 "외침"을 무시하고 "고요히 계속 항해를 해" 나가려는 비인간적 결정을 내리게 하는 것도 그 배지 선원들이 아니었다. 그 배의 승무원들은 선실에 갇혀서 배 안의 실용적인 자동장치의 기능을 맡아 묶여 있었다. 그리고 전 장면에 걸쳐 "태양"은 "당연히" 그래야만 하는 것처럼 "비추었다." 즉 이카루스 세계의 신들조차도 그의 운명에 무관심하다. 그리고 여기에서 이 시의 앞부분에서 암시된 "두려운 순교"와의 연결고리도 찾을 수 있는데, 이카루스의 "저버린 비명"은 인간에게 버림받고 신에 의해 내팽개쳐 진 십자가형을 당한 크라이스트의 시련 어린 고독한 외침인 "나의 신이시여, 나의 신이시여, 진정 나를 버리시나이까?(My God, my God, why hast thou forsaken me?)"라는 마가복음(*Mark*, 15장 34절)의 말을 연상시키기 때문이다. 오든이 말하는 무관심한 태도 아래 진지한 질문들이 인도되어 전달되고 있다.

오든의 어조는 거짓말같이, 그리고 신중히 무뚝뚝한데, 이는 마치 그의 사회가 그러한 무신론과 자기 탐닉의 상태에 도달하여 어떠한 엄숙한 결구도 청중을 얻으려면 희극의 복장을 해야 한다는 것을 그가 깨달은 것처럼 보인다. 그러므로 "옛 대가들(Old Masters)"[30])이 소개된 우연한 방식과 르네상스 예술 시대의 걸작품이 명백하게 뒤늦게 추가된 표현으로 담화 속에 삽입되어지는 방식인 "브뤼겔의 『이카루스』에서 예를 들자면," "옛 대가들"인 예술가와 예언가들이 사람들로부터 관심을 거의 받지 못하고 중요하지 않은 것으로 치부되는 시대에 자신의 도덕적 교훈이라는 약에 설탕을 입히려는 시인의 시도라고 할 수 있다.

브뤼겔의 그림에서 오든은 "원심적" 측면인 공통된 중심으로부터 아무 것도 결속하지 못하는 다른 주변으로의 비행을 선택하여 강조하고 있다. 공통된 핵 주위에 모여드는 사람들 대신에, 그들은 보다 더 멀리 떨어져 표류하는 것처럼 보인다. 그에게 영감을 준 그림과 마찬가지로, 오든의 시는 보다 덜 중요한 요소들이 주변에 조직되는 그러한 핵심적 중심이 없다. 가장 중요한 사건은 "어쨌든" 그랬듯이 주변부에서 일어난다. 오든은 인생에 있어 가장 쉽고 가장 생각 없이 사는 길을 가려고 선택하는 그의 동료들을 비난하지 않는다. 사실상 그들을 숲가에서 아무 생각 없이 스케이트를 타는 어린이들과 연상시킴으로써, 그는 그들이 받을 모든 비난을 용서해주려고 하는 것 같다. 태양은 그래야만 하는 것처럼 빛나고 인간은 그들의 구제할 수 없는 본성에 따라야만 한다. 그럼에도 불구하고, 장면의 매력과 너그러운 해석자에 의해 제시되는 모든 변명 때문에, 오든의 시는 계시록적 기저 어조를 전달한다. 인간이 다른 이들이 행한 높은 용기가 필요한 행동과 기념비적인 성취의 행동에 *대한vis-à-vis* 다른 사람들의 수많은 무시가 언젠가는 마땅한 체벌을 정말로 받게 되어야하지 않을까? 만약 사람들이 그러한 노력을 그들 시각의 가장자리, 인식의 찰나로 치환되면, 그리고 만약 그들

---

30) 15세기에서 17세기까지의 유럽의 대화가들이나 그들의 작품을 일컫는 말.

이 그들 종種의 가장 훌륭한 업적을 박물관 전시품 위치로 전락시킨다면, 또한 그들 종교를 무시하여 그들의 삶 속에서 단지 형식적인 역할만 수행하도록 한다면, 그들이 과연 궁극적으로 밀턴의 『잃어버린 낙원』에서 묘사된, "모두 얽혀버린 격동과 혼란,/ 그리고 수천의 다른 입들과의 불일치"의 혼란Chaos으로 회귀하는 것을 촉진하지 않을까? 이와 같은 질문들은 시의 배후에 숨은 의미sub-text를 구성하는 것으로, 오든은 현대의 순조롭지 못한 분위기에도 불구하고 독자들로 하여금 이를 구성하도록 부추긴다.

Memo

제14장

핵 시대의 시: 테드 휴즈

근래에 와서는 오든이 학부시절에 했던 것처럼, 젊은 작가가 시인으로서 자신의 직업을 천명하고 나서는 것이 점점 더 힘들어지고 있다. 시가 사회적 관례 중에서도 대단한 의미를 받았던 시절, 다시 말해서 젊은 키이츠가 의사라는 경제적인 이익이 되는 직업을 버리고, 진지하기는 하지만 불확실한 직업인 시를 조각해내는 일에 뛰어드는 것과 같은 낭만적인 몸짓을 할 수 있었던 때는 지나간 지 오래다. 더 이상의 다른 오락 형태가 없었던 대중들이 시적 담론이라는 장치를 열망하듯 기다려온 시절, 즉 바이런 같은 갓 나온 풋내기 시인이 "어느 날 아침 깨어나 보니 유명해졌더라(awake one morning and find himself famous)"라고 할 수 있었던 시절은 다시 돌아오지 않아 보인다. 오늘날 야심 많은 시인은 얄팍한 자신의 시집이 판매량이 줄지 않으면 기껏해야 일요판 신문에서나 주목을 받을 것이라는 사실을 잘 알고 있다.

시를 통해 돌아오는 보상이 빈약할 뿐만 아니라 기대되는 "귀환feed-back" 효과가 미흡하다는 사실을 알고 있기에, 오늘날의 신인작가는 극dra-ma이라는 좀 더 수지맞는 분야로 자주 눈길을 돌리는 경향이 있다. 좋지 못한 여건에도 불구하고, 자신의 재능을 시 창작에 쏟아 붓는 일을 택한 사람들에게는 자신들의 운명이 그다지 확신에 차있지 못한 것같이 여겨질 것이다. 헐 대학교Hull University의 사서로서 다년간을 봉직했던 고인이 된 필립 라킨Philip Larkin처럼, 오늘날의 시인은·때로는 정식 직업에 종사함으로써 비용이 드는 자신의 창조적 욕구에 도움을 주고 있다. 그렇지 않으면, 톰 건 Thom Gunn처럼 창작과 대학 교수라는 두 가지 활동(쉽게 양립될 수 없는 조화) 사이에 자신의 에너지를 양분시켜야만 할 것이다. 심지어는 문화를 비롯한 모든 것이 일회용으로 쉽게 버릴 수 있는 시대에서 그는 실비아 플라스Sylvia Plath가 했던 것처럼, 자신의 삶을 팽개쳐버리는 가공할 정도의 "논리적logical" 조치31)를 취할 수도 있는 것이다.

일차 세계대전의 싸움터에 대한 오웬Owen의 반응에서 아주 명확하게 기록된 것처럼, 최근에는 사람의 신경쇠약과 회의감 및 불확실성이 핵 폭탄의 발명에 의해, 그리고 정말로 이 무기가 마침내 우리에게 해를 가하게 될 것이라는 사실을 인식함으로써, 훨씬 더 증폭되어 왔던 것이다. 이미 지적으로 뿐만 아니라 영적으로도 분열된 서구 세계는 이제는 덤으로 물리적으로도 분리될 수 있다는 인식 속에 쇠약해지고 있다. 그와 같은 위협의 그림자 속에서도, 시인은 실로 광야에서 외치는 자의 소리(도덕가의 소리)라는 가없는 차원을 여전히 생각한다. 그러나 비록 그 목소리가 심지어 작다고 하더라도, 만일 드러나지 못한다면, 인류는 밀턴의 죽음Milton's Death처럼 위

---

31) 여기서 가공할 만한 논리적 조치는 플라스의 자살을 의미한다. 상실된 여성의 자아를 회복하기 위한 수단으로 그녀는 자살을 선택했기 때문에 죽음은 그녀로서는 논리적 조치라고 할 수 있을 것이다.

협적인 몸짓을 하는 "가공할만한 창(dreadful darts)"을 사용하는 일을 저지 당할 수 있는 것이다.

작가는 인류의 보편적인 성격에 대해 더욱 긍정하는 새로운 신념을 제공하지 않을 수 없다. 작가의 행위 그 자체는 모든 희망이 내버려지지 않았다는 사실에 대한 표시이며, 단지 "하고", "만들고" 또는 "창조해내는" 것만으로도 인류 정신 속에 내재된 저지할 수 없는 확실성을 보증한다. 절망은 아무런 행동을 취할 줄 모르며, 무한정한 부동성 때문에 자신을 움직이지 못하는데, 이는 가능성 있는 바람직한 결과를 인식하지 못하기 때문이다. 르네상스 시대의 에드먼드 스펜서는 절망을 축축한 동굴의 어두운 바닥에 앉아서, 희망을 잃은 나머지 심지어는 밥을 먹는 것조차 동기부여하지 못하는 단정치 못한 인물로 의인화하였다.

> 그의 암울한 정신에서 완전히 비관적으로 생각하며
> 그의 기름기 흐르는 머리 타래는, 길게 길러졌고, 묶이지 않았으며,
> 단정치 않는 상관은 그의 어깨에 둘러져 있고,
> 그리고 그의 얼굴에; 숨겨진 텅 빈 눈으로
> 아주 멍하니 바라보며, 대경실색한 것처럼 뚫어지게 보고 있다;
> 그의 뺨은 기아와 탄식으로 앙상해져,
> 그의 턱으로 쪼그라들어, 마치 한 번도 식사를 하지 않은 것 같다.
>
> (『선녀 여왕』, 1, 9, 35)

> Musing full sadly in his sullen mind;
> His griesie locks, long growen, and unbound,   (greasy)
> Disordered hong about his shoulders round,
> And hid his face; through which his hollow eyne   (eyes)
> Lookt deadly dull, and stared as astound;   (bewildered)
> His raw-bone cheekes through penury and pine,   (starvation)

Where shronke into his jaws, as he did never dine.   (shrunk)

(*The Faerie Queene*, I. ix. 35)

아무리 인간의 정신적 상태가 절망적일지라도, 그가 글을 쓰고, 키이츠의 나이팅게일처럼 "그의 영혼을 외부에다 바로 쏟아내어" 둘러싸인 어둠의 그림자를 한동안 몰아내려는 충동에 사로잡혀 움직이는 한, 그는 스펜서의 절망Spenser's Despair에서 나타난 것과 같은 절대적인 부정이라는 극한으로 까지는 몰리지 않을 것이다.

테드 휴즈 Ted Hughes, 1930-

절망감에 빠지지 않으려고 애를 쓴 한 시인이 바로 테드 휴즈인데, "둥지 속의 오물에 빠져 깃털 없는 팔꿈치를 떨고 있는", 호감을 주지 못하는 맹금류 새라는 당당한 인물을 통해 그는 생존하려는 불굴의 의지를 찬양하는 일련의 시를 썼다. 휴즈는 1971년에 그의 시집 『까마귀』(*Crow*)를 발간했는데, 거기서 그는 전통적인 도덕심이 결핍되었을 뿐만 아니라 전통적인 종교에 대한 그 어떤 미적 감각이나 관심도 없는 앙상한 생물체를 묘사하고 있다. 까마귀에서는 핵 시대 이후의 인간의 윤곽을 발견할 수가 있다. 까마귀가 서식하는 세상은 엄청난 크기의 대량학살이라는 재난에 의해서 압도된 것처럼 여겨진다.

> 나무들은 영원히 닫혀졌다
> 그리고 거리들도 영원히 닫혀있다
>
> 또한 시체가 자갈밭 위에 누워있다

버려진 세상의 자갈밭
버려진 효용성 가운데에
영원히 무한대에 노출되어

까마귀는 먹을 수 있는 것을 찾기 시작했다.

(「그 순간」)

        the trees closed forever
And the streets closed forever

And the body lay on the gravel
Of the abandoned world
Among abandoned utilities
Exposed to infinity forever

Crow had to start searching for something to eat.

("That Moment")

자기가 처한 환경의 묵시록적인 암시를 망각한 채 까마귀는 스펜서
의 절망과는 달리, 자신의 배를 만족시키는 즉각적인 과업에 몰두한다. 정
신적이며 심미적인 고려로 실존적인 의문들을 기다렸다 할 수 있다. 그러나
육체적인 요구는 훨씬 더 다급한데, 또 다른 시에서 이는 더욱 명백해지며,
거기서는 성장기를 "자기 어미의 궁둥이 아래서(under his mother's but-
tocks)" 보낸 까마귀의 불경하고 세속적이며 충동적인 기본 욕망이 다른 새
들의 훨씬 더 시각적으로 즐겁고 더욱 더 경쾌한 활동과 대조를 이루게 된
다.

붉은 멋쟁이 새가 사과 봉오리로 뛰어들고
노랑촉새가 햇빛을 받으며 몸을 부풀고

개미잡이 새는 달빛을 받으며 몸을 굽히고
물총새는 에서 어렴풋이 나타난 반면

까마귀는 다리를 벌린 채 해변의 쓰레기더미에 고개를 파묻고는 떨어
진 아이스크림을 게걸스레 먹고 있다.

(「까마귀와 새들」)

While the bullfinch plumped in the apple bud
And the goldfinch bulbed in the sun

And the wryneck crooked in the moon
And the dipper peered from the dewball

Crow spraddled head-down in the beach-garbage, guzzling a dropped
ice-cream.

("Crow and the Birds")

리듬과 동사, 이미지와 연상에서 까마귀시의 "시행"은 범주 상으로
같은 종류의 조류에 관한 시편들과는 분리되어 있다. 이는 아마도 인간이
당면한 위기에서도 생존하려면 이전의 심미적이고도 도덕적이며 종교적인
지침들을 피하고 철저하게 새로운 방향을 따라야 한다는 사실을 암시해주
고 있다. 확실히, 아래의 시에서 까마귀(혹은 휴즈)는 인습적인 종교적 신화
에 대해서는 거의 경외심을 발휘하고 있지 않고 있다.

유치한 장난

영혼 없이 누워있는 남자와 여자의 육신은,
굼뜨게 멍하니 있으면서, 바보같이 바라보며, 활발하지 않다,
에덴의 꽃밭에서.
신은 고심했다:

문제는 너무나 심각해서, 신은 잠이 들었다.

까마귀는 웃었다.
그는 신의 독생자인 벌레를 씹어,
꿈틀거리는 두 토막을 내었다.

그는 꼬리 반쪽을 남자에게
상처 끝이 늘어져 나오게 쑤셔 넣었다.

그는 머리 반쪽을 여자에게 황급히 쑤셔 넣었고
그것은 더 깊이 그리고 위로 기어올라가
그녀의 눈을 통해 나타나와
그의 반쪽 꼬리를 불러 재빨리, 재빨리 합치려고
왜냐하면 오, 아팠기 때문에.

남자는 깨어나 풀밭을 가로질러 끌려왔다.
여자는 깨어나 그가 오는 것을 본다.
누구도 무슨 일이 일어났는지 알지 못했다.

신은 계속해서 잠을 잤다.

까마귀는 계속해서 웃었다.

A Childish Prank

Man's and woman's bodies lay without souls,
Dully gaping, foolishly staring, inert
On the flowers of Eden.
God pondered:

The problem was so great, it dragged him asleep.

Crow laughed.
He bit the Worm, God's only son,
Into two writhing halves.

He stuffed into man the tail half
With the wounded end hanging out.

He stuffed the head half headfirst into woman
And it crept in deeper and up
To peer out through her eyes
Calling its tail-half to join up quickly, quickly
Because O it was painful.

Man awoke being dragged across the grass.
Woman awoke to see him coming.
Neither knew what had happened.

God went on sleeping.

Crow went on laughing.

까마귀는 항상 "까마귀"로서의 자기 천성에 대해서 내재적으로 충실하고 있다. 까마귀는 그 어떤 자기정체성의 문제 때문에 괴로워하지 않는다. 휴즈는 자신의 시속에 등장하는 동물들은 "사람들만이 미쳤을 때 가지게 되는 에너지의 상태에 있다"고 언급했다. 아마도 그는 "광기"를 블레이크가 보았던 방식으로 생각하고 있는 것 같다. 즉 셰익스피어가 『리어왕』(*King Lear*)에서 "광기"의 모호함을 탐사하면서 표현했던 것처럼, 그는 광기를 "적응하지 못한 인간"이라는 "볼품없이, 갈라져 벗겨진 동물"을 단순히 남겨두기 위해서, 사회의 다양한 "교육"체계가 부과한 모든 층위의 조건반사를 벗어 던지는 행위로 보고 있다. 그러한 광기나 사회적 금기로부터의 자유, 또는 모든 종류의 억압으로부터의 자유로움은 까마귀에게 자기의 생존이라는 주된 과제에 몰두할 수 있는 풍부한 에너지를 남겨주고 있다. 까마귀는 전통이나, 사회, 또는 양심에 의해 간섭받지 않은 채로 태어났고, 그 어떤 외부적인 것도 자기의 정체성을 침해하도록 허용하지 않는다. 그는 자기 자신뿐이며 거기서 명백하게 기쁨을 얻고 있다. 물려받은 억압으로부터 그가 자유롭기에, 심지어 「유치한 장난」에서 관련된 일종의 실제로 쓰는 농담을 갖고 자신이 즐기는데 잉여 에너지를 소모할 수가 있는 것이다.

　　신과 그 창조물인 아담과 이브는, 장난기 어린 까마귀의 아주 풍부한 역동성과 비교해보면 상당히 비활동적이다. 남자와 여자가 "에덴의 화원(the flowers of Eden)" 한가운데에 등을 대고 누워서 바보같이 공간을 무심히 응시하고 있는 것은 스펜서의 절망에 나오는 "아주 멍청한(deadly dull)" 응시를 회상케 한다. 그리고 신은, 자신의 낙원과 그곳의 거주자들을 창조했지만,

거기다 생명을 불어넣는 방법을 몰라 난처해하고 있는 듯하다. 이러한 "문제는 너무나 심각해서, 그는 잠들었다(problem was so great, it dragged him asleep)". 너무나 "깊은 생각에 빠진(ponderous)" 나머지 결국 싫증을 느낀 창조주는 먼저 무료해지더니 잠들어 버리고 만다. 따라서 남자와 여자에게 "영혼(soul)"을 주고, 해학뿐만 아니라 생명과 활기를 동산에 가져오게 하는 일은 까마귀에게 맡겨진다. 그리고 그의 모든 업적이 "까마귀"에게 남겨지게 된다.

신이 자는 동안에, 까마귀는 껄껄 웃는다. 그리고 자기의 계획으로 바빠진다. 그는 "벌레(the Worm)"를 낚아채고는 그것을 물어서 "꿈틀거리는 두 토막"으로 만들었다. 이것은 창세기에 나오는 뱀의 신화를 재현한 것이다. 이브를 유혹한 뱀은 전통적으로 사탄과 동일시되지만, 여기서 휴즈는 파충류를 "신의 유일한 자식(God's only son)"으로 성서 설화를 급진적으로 재평가하고 있다. 이와 같은 관점에서 악마인 뱀과 구세주는 모두가 꿈틀거리는 "벌레"의 미끈거리는 가죽 속으로 용해되어 버리고 만다. 까마귀는 다년간의 정서적 힘에 대한 종교적인 상징을 격식 없이 받아들여서 그것을 뒤집어 나타내 보이고 있다. 그는 같은 계열의 또 다른 시 「까마귀 친목회」("Crow Commune")에서 유사하게 행동하는데, 거기서 그는 "신의 어깨" 위에 걸터앉아서는 "한입 뜯어내어 삼켜버렸다(tore off a mouthful and swallowed)". 이는 곧 성찬식the Eucharist을 불경스럽게 패러디한 것인데, 왜냐하면 까마귀는 자신의 영적인 굶주림을 해소하기 위해서가 아니라, 오로지 육신의 탐욕을 채우기 위해서 먹고 있기 때문이다. 까마귀가 서식하는 나라에서는 성스러운 것이라고는 아무 것도 없는 셈이다.

인간의 창조에 대한 까마귀의 시각은 성서의 시발점과, 육체적인 부분과 영적 부분으로 이분된 인간의 본질에 관한 이어 내려오는 생각의 시발점으로 곧바로 되돌아가게 한다. 여기서 육체적인 면에 대한 강조는, 즉

"벌레"는 땅 위를 기어 다니는 것뿐만 아니라 땅 속까지 기어 다니므로 뱀보다도 더 세속적이라는 주장에 대한 강조는 육욕적인 이익과 즐거움을 찾을 수 없는 것은 무엇이든 무시하는 까마귀의 습관과 맞물려서 인간의 본성과 인간사상의 행동은 절대 정제되고 영적으로 될 수 없으나, 인간은 반대로 자신을 기만하려는 경향이 있을 수 있다는 것을 제시한다.

까마귀는 인간을 천사와 동물의 혼성체로 본 기독교적인 견해뿐만 아니라 인간의 기본 욕망을 비슷하게 영묘화 한 기독교이전의 플라톤의 견해의 정체까지 모두 폭로하고 있다. 플라톤Plato은 남자와 여자가 저마다 완전한 전체의 분리된 반쪽이며, "이상적인" 반려자를 찾는 일은 자기 존재의 원초적 "나머지 절반"을 탐색(대개는 성공을 못 거두며, 따라서 꾸준한 탐색)하는 것이라고 주장했다. 그래서 "플라토닉 러브(Platonic love)"는 육체적이지 않은, 혹은 정신적인 측면에서의 남녀 관계를 찬미하며, 육체적인 동기의 중요성과, 심지어는 그 필요성마저도 강등한다. 까마귀는 확실히 이 순화에 짧은 참회를 하고 있다. 자신과 "상반된 숫자(opposite number)"에 대한 남자의 탐색은 단순히 자신의 나머지 부분과 재결합하려는 벌레의 충동인 것이다. 남녀를 함께 결속하는 유일한 관계가 생식적인 것이라는 암시에서처럼, 벌레가 지니는 남근적 의미는 분명하다. 반복된 동사인 "쑤셔 넣다(stuffed)"는 까마귀의 외과수술의 조야한 성급함을 강조하고 있을 뿐만 아니라, 인류가 영원히 까마귀의 농담에 의해서 조롱받게 될 성적인 행위를 주목하게 하고 있다. 많은 문명권의 시인들이 오랫동안 찬미해온 사랑의 "아픔(pain)"은, 여기서는 단지 재결합을 통해 자신들의 "상처(wounds)"를 치유하려고 "아 그것은 고통스럽기 때문에(Because O it was painful)"라고 절규하는 반쪽으로 절단된 벌레의 두 토막 이상이 될 수 없다는 사실이 드러난다. 궁중연애의 전통에서는 여자의 영혼과 본질적인 그녀의 섬세한 본성은 여자의 시선을 통해서 알려지는데, 그 시선은 여기서는 남근적 충만을 지칠 줄 모르도록 갈망하는 것보다 "더 성스러운(holier)" 것이 아님을 전달하고 있다. 즉 "빨리, 빨리(quickly, quickly)"라고 충족시키려고 외쳐대는 "깊은(deep)" 본능적인 욕망밖에는 없는 것이다.

까마귀의 유리창이 없는 눈을 통해서 비추어진 인간의 영성에 대한 주장이 육체의 욕구에 의해 좌우된다는 사실에서 우스꽝스럽게 보이도록 되어 있다("남자는 깨어나 풀밭을 가로질러 끌려왔다"). 인간은 신이 그에게 심어 놓은 어느 좋은 감정에 대한 반응으로도 고양되거나 추진되기보다는 오히려 자신이 모르고 있는 근원적 성욕에 단순히 사로잡히고 움직일 뿐이며("누구도 무슨 일이 일어났는지 몰랐다(Neither knew what had happened)"), 그것을 인간은 "신의 독생자(God's only son)"와의 강한 영적인 합일의 충동으로 잘못 해석하고 있는 것이다. 이러한 읽기를 바탕으로, 종교적 신앙행위를 포함한 인간의 모든 행동이 성적인 만족을 위한 본능으로 전환될 수 있게 되며, 명백히 성적인 특성이 없는 행위는 이와 같은 근본적인 욕망의 단순한 승화로 이어지게 될 지도 모른다. 까마귀는 확실히 프로이트적인 인물이다.

시의 말미에서 신은 계속 잠들어 있는데, 이 잠은 어쩌면 최후의 심판 일까지 이어질지도 모른다. 창조주와 현대 사회에서 만들어진 피조물 사이에 존재하는 무관심은 영원한 것처럼 보인다. 신에게 순응하는 일은 점점 더 어려워지게 되는 지점에 도달하게 된다. 여인숙 안이나 밖에도 방이 없다. 어쩌면 너무 정신적으로 표류했던 모임의 "자연스러운" 종국이 까마귀 시편들의 전복된 풍경 속으로 인도되도록 이해되는 일종의 우주의 대변동이 될 것이다. 그러나 휴즈의 까마귀 시편들에서 제시되고 있는 미래에 대한 음산한 비전에도 불구하고, 모든 것이 절망적이지는 않다. 신에 대한 그러한 정체 폭로와 비웃음과 같은 까마귀의 짓궂고 기이한 언동 후에, 어떠한 경외심이나 종교적 가치가 남아있을 수 있겠는가? 휴즈가 말하고자 하는 것은 정화이자, 인간의 종교적 인식의 모든 퇴화한 잡동사니들과 이전 시대 때부터 쌓여져 온 뒤떨어진 상징("에덴의 화원", 아담과 이브, 그리고 뱀)들을 말끔히 없애버리고는 인간이 신과의 관계를 재평가하고, 아마도 부활시킨다. 이 시속에서 신을 향한 까마귀의 "충격적인" 불경함만이 아주 꼭 필요한 "정화"에 영향을 끼칠 수 있다. 이러한 것이 행해짐으로써 부흥된 영성이 뒤이어 일어날 수 있으며, 인류는 「까마귀가 사냥 나가다」("Crow Goes Hunting")에서의 까마귀처럼 "말없는 찬탄"의 창조를 다시 한 번 더 주시할 수 있게 되는 것이다.

결말에서 까마귀는 인생의 힘 자체이고, 성애적 충동이며, 어떠한 경우에도 생존하고, 적응하며, 인내하기 위한 결정이다. 동시에 그는 결코 본질적 정체성에서부터 이탈하지 않는다. 심지어 그가 상상력을 동원하였을 때도, 그는 자신의 타고난 속성에 전적으로 일치하는 방법(벌레를 파헤쳐 올리는 법)을 택한다. 까마귀는 에너지, 상상력, 직관력에 대한 충실함을 통해 살아남는다. 시인은 비슷한 능력을 연습하며, 심지어 자기 주변의 세계가 산산조각이 나더라도, 펜으로 텅 빈 종이에 단어와 심상들과 연상들 및 조합과 음악을 채움으로써 나타내는 마음의 굳건함은, 시인이 인간 정신을 유지하는 한 영원히 묻히지 않을 희망에 대한 증거이자 서약인 것이다.

Memo

	역사적 사건과 정치적 사건	문학적 사건 및 문화적 사건
1554년		시드니 탄생
1558년	엘리자베스 1세의 즉위 (1603년까지)	
1564년		셰익스피어 탄생 단 탄생
1578년	블레이크가 세계일주를 시작 (1580년 완주)	
1586년		시드니 사망
1587년	버지니아의 롤리(Raleigh) 영지에 정착; 스코틀랜드의 메리 여왕 처형	
1588년	스페인 함대의 패배	
1590년		스펜서의 『선녀 여왕』(I-III권)
1591년		시드니의 『에스트로펠과 스텔라』 간
1593년		허벗 탄생
1600년	동인도 회사 인가를 받음	
1603년	제임스 1세 즉위(1625년까지)	
1605년	(국회의사당을 폭파시키려던) 화약 음모 사건의 실패	
1609년		셰익스피어의 『소네트』 간
1611년		제임스 왕(흠정역) 성서 간
1616년		셰익스피어 사망
1620년	첫 이주자 청교도들의 메사추세츠 도착	
1621년		마블 탄생
1625년	찰스 1세의 등극(1649년까지)	
1629년	국회 해산(1640년까지)	

1631년		단의 사망; 드라이든의 탄생
1633년		허벗의 사망; 단의 『시편들』(*Poems*)과 허벗의 『사원』(*Temple*) 발간
1642년	명예혁명 시작 (찰스 1세와 의회간의 전쟁)	극장의 폐쇄(1660년까지)
1649년	찰스 1세의 처형, 군주제 폐지 크롬웰의 보호령	
1651년		홉스(Hobbes)의 『리바이어산』 (*Leviathan*) 출간
1658년	크롬웰의 사망	
1660년	왕정복고: 찰스 2세의 왕정 (1685년까지)	
1662년		왕립협회(Royal Society) 인가
1665년	런던의 대 역병 발생	
1666년	런던 화재	
1667년		밀턴의 『실낙원』 출판 스위프트 출생
1671년		밀턴의 『투사 샘슨』 출판
1678년		마블의 사망; 번연의 『천로역정』 출판
1681년		마블의 『기타 시편』(*Miscellaneous Poems*) 출간
1684년		드라이든의 「올댐씨에 대한 추억에 부쳐」 출간
1685년	제임스 2세의 즉위 (1688년까지)	
1685년	먼머스 공작(Duke of Monmouth) 의 반란을 세지무어(Sedgemoor) 에서 격파	
1688년	영국에 오렌지 윌리엄의 상륙; 제임스 2세의 패주	포프의 탄생
1689년	윌리엄과 매리의 왕위 합동즉위 (1694년까지)	

1690년	보인(Boyne)에서 제임스 2세의 아일랜드 군대가 윌리엄에 패배	
1694년	매리 여왕의 사망; 윌리엄 3세 즉위(1702년까지)	
1698년		콜리어(Collier)의 『영무대개관』 (*Short View of the English Stage*) 출판; 왕정복고 극 부흥의 종말
1700년		드라이든의 사망
1702년	앤 여왕의 즉위(1714년까지)	
1707년	영국과 스코틀랜드의 병합	
1709년		스위프트의 「아침의 묘사」 ("Description of the Morning") 출간
1713년	스페인 계승 전쟁을 끝내는 유트레히트(Utrecht) 조약 체결	
1714년	조지 1세의 즉위(1727년까지); 휘그당 과두정치(Whig Oligarchy)의 시작	포프의 『머리타래의 겁탈』 출판
1716년		그레이 탄생
1721년	로벗 월폴 경(Sir Robert Walpole)의 수상직 즉위 (1760년까지)	
1722년		디포의 『몰 플랜더즈』 간
1726년		스위프트의 『걸리버 여행기』 출간
1727년	조지 2세의 즉위(1760년까지)	
1740년		리처드슨(Richardson)의 『패밀러』 (*Pamela*) 출간
1744년		포프의 사망
1745년	스코틀랜드의 왕당파 반란	스위프트의 사망
1746년	컬로든(Culloden)에서 진압	
1749년		필딩(Fielding)의 『톰 존즈』(*Tom Jones*) 출판
1751년		그레이의 「애가」 출판

1756년	프랑스와의 7년 전쟁 시작	
1757년	인도에서 클라이브(Clive)가	블레이크 탄생
	프랑스를 패퇴시킴	
1759년	퀘벡(Quebec)에서 울프(Wolfe)	
	가 프랑스에 대승을 거둠	
1760년	조지 3세 즉위(1820년까지)	
1764년	왓(Watt)의 증기기관 발명;	
	하그리브즈(Hargreaves)의	
	방적기 발명	
1765년		존슨의 『셰익스피어 이해』
		(Preface to Shakespeare) 간
1768년	쿡(Cook)이 최초로 호주와	왕립 과학원이 조슈아 레이놀즈
	뉴질랜드(New Zealand)탐험	(Joshua Reynolds)하에 설립됨
1770년		워즈워스 탄생
1771년		그레이의 사망
1775년	미국 독립 전쟁(1783년까지)	
1776년	미국의 독립 선언	기번(Gibbon)의 『로마 제국의 쇠퇴와
		멸망』(Decline and Fall of the
		Roman Empire) 제1권 간
1781년		루소(Rousseau)의 『참회록』
		(Confessions) 출판
1788년		바이런의 탄생
1789년	프랑스 혁명의 시작	블레이크의 『순수의 노래』 출간
1792년		셸리 탄생
1793년	프랑스의 루이 16세 처형	블레이크의 『경험의 노래』 출간
	공포 정치 시작;	
	영국과 프랑스 전쟁 시작	
1795년		키이츠 탄생
1798년		워즈워스과 콜러리지의
		『서정시화집』(Lyrical Ballads) 출판
1799년	피트(Pitt)의 컴비네이션	
	법안(Combination Acts)	

1801년	으로 노동 조합 활동 금지 대영제국과 아일랜드의 병합	
1802년		워즈워스의 『서정시화집』「서문」 완성
1804년	나폴레옹의 프랑스 황제 선언	
1805년	트라팔가(Trafalga) 해전에서 넬슨이 프랑스 해군을 격퇴	
1807년	노예 거래 폐지	워즈워스의 "풍요악" 시대 끝
1809년		테니슨 탄생
1811년	조지 3세가 정신 이상으로 밝혀짐; 조지 왕자의 섭정 (1820년까지)	
1812년		바이런의 『차일드 헤럴드의 순례』 (*Childe Harold's Pilgrimage*) 캔토스 I, II 간
1812년		브라우닝 탄생
1813년		제인 오스틴(Jane Austen)의 『오만과 편견』(*Pride and Prejudice*) 출판
1815년	월터루(Waterloo) 전쟁에서 나폴레옹의 패배; 유럽의 보수주의 세력사이의 신성 동맹 체결	
1816년		코울리지의 「쿠블라 칸」("Kubla Khan") 출판; 코울리지의 『문학 평전』 (*Biographia Literaria*)과 키이츠의 「채프먼의 호머」 소넷 출판
1819년	맨체스터(Manchester)에서 "피털루(Peterloo)" 대학살	키이츠의 시 창작의 "기적의 해", 셸리의 「1819년 영국」과 「서풍에 부치는 송시」, 그리고 『해방된 프로메테우스』(*Prometheus Unbound*)의 제3막 완성
1820년	조지 4세의 즉위(1830년까지)	
1821년		로마에서 키이츠 사망

1822년		이탈리아에서 셸리 사망
		아놀드 탄생
1823년		바이런의 『돈 주앙』(*Don Juan*) 출판
1824년		그리스에서 바이런 사망
1825년	스턱튼(Stockton)과 달링턴 (Darlington) 철도 개통	
1827년		블레이크의 사망
1830년	윌리엄 4세의 즉위(1837년까지)	
1832년	첫 선거법 개정안이 통과됨; 중산층의 선거권 확대	
1833년	노예제 폐지; 케블(Keble), 뉴먼(Newman), 그리고 퍼시(Pusey)에 의한 옥스퍼드 운동(Oxford Movement) 시작	테니슨의 『인 메모리엄』 (*In Memoriam*)의 첫 부분이 쓰임
1837년	빅토리아 여왕의 즉위 (1901년까지)	디킨즈(Dickens)의 『올리버 트위스트』 (*Oliver Twist*) 출판
1839년	국회의 챠티스트 운동가들 (Chartists)의 진정서 기각	
1840년		하디 탄생
1842년		브라우닝의 「나의 전 공작 부인」 출간
1844년		홉킨스 탄생
1845년	아일랜드의 대 기근	
1846년	곡물 조례의 폐지	
1847년		에밀리 브론테(Emily Brontë)의 『폭풍의 언덕』(*Wuthering Heights*)과 막스의 『공산주의 인간』(*Communist Man*) 발표
1849년		아놀드의 「마거릿에게―속편」('To Marguerite―Continued')가 쓰임
1850년		워즈워스의 사망
1851년	런던에서 대 박람회 개최	
1854년	러시아를 상대로 크림 전쟁	

	(Crimean War)시작(1856년까지)	
1857년	세포이 반란(Indian Mutiny)	
1859년		다윈(Darwin)의 『종의 기원』(*Origin of Species*) 간
1860년	이탈리아 통일	디킨스의 『위대한 유산』(*Great Expectations*) 간
1865년		예이츠 탄생
1867년	두 번째 선거법 개정안 통과; 도시 근로자들에게까지 선거권 확대; 캐나다 자치령 설립	막스의 『자본론』(*Das Kapital*) 출판
1868년	글래드스턴(Gladstone)의 개혁 내각(1874년까지)	
1870년	포스터(Forster)의 교육법 통과; 모든 국민에게 기초 교육 제공	
1871 ~ 1872년		조지 엘리엇(George Eliot)의 『미들마치』(*Middlemarch*) 출간
1874년	디즈레일리(Disraeli) 내각의 사회 개혁작업이 계속됨 (1880년까지)	
1876년	빅토리아 여왕이 인도 여황제로 등극	
1877년		홉킨스의 「신의 장엄함」이 쓰임
1884년	세 번째 선거법 개혁안 통과; 모든 노동자에게 참정권이 주어짐	
1888년		아놀드 사망; 엘리엇 탄생
1889년		테니슨의 「모래톱을 건너면서」 출간
1889년		브라우닝과 홉킨스 사망
1891년		토마스 하디의 『더버빌가(家)의 테스』 (*Tess of the d'Urberville*) 출판
1892년		테니슨의 사망
1893년		오웬의 출생

1896년		와일드(Wilde)가 투옥됨
1897년	빅토리아의 즉위 60주년 (Diamond Jubilee)	
1899년	남아프리카에서 보어 전쟁(Boer War) 시작(1902년까지)	
1900년	노동당 설립	하디의 「어둠 속의 티티새」 ("Darkling Thrush")가 쓰임 프로이트(Freud)의 『꿈의 해석』 (*Interpretation of Dreams*) 출판
1901년	에드워드 7세 즉위(1902년까지); 오스트레일리아 자치령 설립	
1902년		콘라드(Joseph Conrad)의 『암흑의 오지』(*Heart of Darkness*) 출판
1904년	영·불 친목 협상(antente cordiale) 체결	
1905년	펜커스트 부인(Mrs Pankhurst) 의 여성 참정권 운동이 널리 일어남	아인슈타인(Einstein)의 상대성 원리 제시
1906년	자유당 집권(1915년까지); 복지 국가의 기반을 닦음	
1907년	영국과 러시아간의 협상	오든의 출생
1910년	조지 5세의 즉위(1936년까지) 남아프리카가 영연방에 속함	
1913년		로렌스(Lawrence)의 『아들과 연인』 (*Sons and Lovers*) 출간
1914년	제1차 세계 대전 발발	
1916년		취리히(Zurich)에서 다다이즘 (Dadaism) 시작
1917년	러시아 대혁명	엘리엇의 「프루프록」 출판
1918년	만인 공통의 참정권 주어짐; 11월 휴전 조약 체결; 1차 세계 대전의 종결	프랑스에서 오웬이 전사함

1919년	베르사유(Versailles) 조약 체결, 독일에 과중한 전쟁 배상금 징수	
1920년	국제 연맹 결성	오웬의 『시 전집』(*Collected Poems*) 출판
1921년		엘리엇의 『황무지』가 쓰임
1922년	아일랜드와 분할됨; 이탈리아에서 무솔리니(Mussolini)가 집권함	조이스(Joyce)의 『율리시즈』(*Ulysses*) 출판; 비비씨(BBC) 정규 방송 시작
1924년	램지 맥다널드(Ramsay MacDonald) 하에 첫 노동당 집권; 레닌 사망	포스터(E. M. Forster)의 『인도로 가는 길』(*Passage to India*)과 앙드레 브르통(André Breton)의 「초현실주의 선언」("Manifetse du surréalisme") 출판
1926년	총 동맹 파업	예이츠의 「비잔티움으로의 항해」가 쓰임; 『비전』(*A Vision*) 출판
1927년		버지니아 울프(Virginia Woolf)의 『등대로』(*To the Lighthouse*) 발간
1928년		하디의 사망
1929년	뉴욕 주식 거래의 붕괴	
1930년		테드 휴즈의 탄생
1931년	세계 대 공황 시작 "국민" 연합 정부 구성	
1933년	히틀러(Hitler)가 독일 장관직에 취임	
1936년	에드워드 8세의 계승 이후 곧이어 퇴위함; 조지 6세의 즉위(1952년까지); 스페인 내전의 시작(1939년까지)	
1938년	독일의 오스트리아 침략 체임벌린(Chamberlain)이 뮌헨(Munich)에서 히틀러	오든의 「미술관」이 쓰임

	와 "조약"을 맺음	
1939년	나치-소련 조약; 히틀러의 폴란드 침략; 제2차 세계 대전의 시작 (1945년까지)	예이츠의 사망
1940년	영국전(Battle of Britain)으로 히틀러의 침략 계획이 좌절됨	
1942년	베버리지 보고서(Beverage Report) 발표; 종합적인 국민 보험의 청사진 완성	
1944년	버틀러(Butler)의 교육안 (Education Act)이 통과되어 이차 교육의 기회가 확대됨	
1945년	히로시마(Hiroshima)와 나가 사키(Nagasaki)에 원폭투여; 애틀리(Attlee)의 노동당 정부 의 포괄적인 사회 복지와 국 유화 정책	오웰(Orwell)의 『동물농장』(Animal Farm) 출판
1947년	인도의 독립	
1948년	간디(Gandhi)가 암살됨 러시아의 서베를린 봉쇄 정책	
1950년	한국 전쟁의 시작(1953년까지)	
1952년	엘리자베스 2세의 즉위	
1953년		베켓(Samuel Beckett)의 『고도를 기다리며』(Waiting for Godot)가 파리에서 상연됨
1956년	영국과 프랑스의 이집트 침략 이 중단됨; 러시아군의 헝가리 반란의 진압	오스본(Osborne)의 『성난 얼굴로 뒤돌아 보라』(Look Back in Anger)가 런던에서 상연됨
1957년	토리 정부의 지도자인 이든 (Eden)이 맥밀란(Macmillan) 으로 교체됨	

1958년	런던 노팅힐(Notting Hill)에서 인종 폭동	
1961년	남아프리카의 영연방 탈퇴	
1963년	케네디(Kennedy) 대통령의 암살	
1964년	윌슨(Wilson)의 노동당이 선거에서 승리함	라킨의 『윗썬의 결혼식』(*Witsun's Weddings*) 간
1965년		엘리엇의 사망
1968년		극장 검열제 폐지
1969년	북 아일랜드의 "문제"가 시작됨; 미국인들의 달 착륙	
1970년	히스(Heath)의 보수당 집권; 드골(de Gaulle)의 사망	
1971년		휴즈의 『까마귀』 출판
1973년	유럽 공동 시장에 영국 참가	오든의 사망
1974년	히스 정부가 광부들의 파업을 자초함; 워터게이트(Watergate) 사건으로 닉슨(Nixon)대통령이 사임	
1979년	마가렛 대처(Margaret Thatcher) 하의 보수당의 선거 대승; 러시아의 아프가니스탄에 대한 "간섭"	
1984년	광부 파업(일년 후 실패)	
1985년		휴즈가 계관 시인으로 임명됨 라킨의 사망

주요 영국 시인들의 작품들은 옥스퍼드 표준 작가들(옥스퍼드 대학 출판부)과 펭귄 영시들(펭귄 북스) 등과 같은 완전 표준판이나 종합 선집 시리즈에서 찾을 수 있다. 다음에 제시된 목록은 더 많은 독서를 위한 배경과 비판적인 논거들을 열거한 것이다. 이 책들의 대부분은 자신들의 공부를 더 넓히고 싶은 사람들에게 유용한 참고 도서 목록을 가지고 있다.

I. 시와 시적 기교에 관한 일반적인 책

BARBER, CHARLES, *Poetry in English* (Macmillan, 1983).

BATESON, F. W., *English Poetry* (Longmans, 1950).

BOULTON, MARJORIE, *Anatomy of Poetry* (Routledge & Kegan Paul, 1953).

BROOKS, C. and WARREN, R. P., *Understanding Poetry* (Henry Holt, 1938)

이 모든 책들은 시적 분석에 관한 유용한 개론적 지도를 제공한다. 바버 Barber는 기교와 장르에 관한 연구 및 역사적 인식을 결부시키고 있다.

II. 일반 역사적 배경

TREVELYAN, G. M., *A Shortened History of England* (Penguin, 1959)

트레벨리안Trevelyan의 책은 연대기적인 설명은 유용하지만, 불가피하게 내용이 요약되어 있다. 특정한 분야에 대한 더 자세한 정보를 찾아보려면, 조지 클락Sir George Clark이 편집한 아래의 책이 믿을만하다.

SIR GEORGE CLARK. Ed. *The Oxford History of England* (15 vols, London: Clarendon Press, 1936-65).

III. 문학의 일반 역사

FORD, BORIS (ed.), *The New Pelican Guide to English Literature*, 8 vols (Penguin, 1983).

JEFFARES, A. NORMAN (ed.), *The Macmilan History of Literature*, 13 vols (Macmilan, 1982-85).

13권의 제목은 다음과 같다.

MICHEL ALEXANDER, *Old English Literature*

HARRY BLAMIRES, *Twentieth-Century English Literature*

DEREK BREWER, *English Gothic Literature*

KEN GOODWIN, *A History of Australian Literature*

A. NORMAN JEFFARES, *Anglo-Irish Literature*

DECLAN KIBERO, *A History of Literature in the Irish Language*

BRUCE KING, *Seventeenth-Century English Literature*

ALISTAIR NIVEN, *Commonwealth Literature*

MAXIMILIAN NOVAK, *Eighteenth-Century English Literature*

MURRAY ROSTON, *Sixteenth-Century English Literature*

MARGARET STONYK, *Nineteenth-Century English Literature*

MARSHALL WALKER, *The Literature of the United States*

RORY WATSON, *The Literature of Scotland*

이 시리즈들 모두는 다양한 시대 속의 주요 작가들을 포괄적으로 다루면서, 문화적, 지적 배경에 대한 연구도 또한 제공해주고 있다. 가장 최근에 출판된 맥밀런Macmillan 시리즈는 미 대륙과 잉글랜드 및 아일랜드, 그리고 스코틀랜드와 영 연방국 권역에 있는 문학들을 포함하고 있다. 펠리칸Pelican은 최근에 새로이 갱신되었는데, 아동 문학을 비롯하여 영 연방국 작가들과 영국 오페라opera에 관한 에세이까지 포함하고 있다.

IV. 엘리자베스와 셰익스피어

BOOTH, STEPHEN, *An Essay on Shakespeare's Sonnets* (Yale U. P., 1969).

FULLER, JOHN, *The Sonnet, No. 26 of The Critical Idiom* (former editor John D. Jump)(Methuen, 1972).

KALSTONE, DAVID, *Sidney's Poetry: Contexts and Interpretations* (Harvard U. P., 1965).

LEVER, J. W., *The Elizabethan Love Sonnet* (Mathuen, 1966).

LEWIS, C. S., *English Literature in the Sixteenth-Century, excluding Drama* (Oxford U. P., 1954).

LOVEJOY, ARTHUR O., *The Great Chain of Being* (Harvard U. P., 1936).

TILLYARD, E. M., *The Elizabethan World Picture* (Chatto & Windus, 1943).

루이스Lewis와 러브조이Lovejoy 및 틸리야드Tillyard의 저서는 이제는 다소 "고전적인" 것임에도 불구하고, 여전히 가치 있는 명작으로 시대를 꿰뚫는 통찰력을 제시하고 있다.

V. 17세기

ALVAREZ, ALFRED, *The School of Donne* (Chatto & Windus, 1961).

BENNETT, JOAN, *Five Metaphysical Poets* (Cambridge U. P., 1963)

ELIOT, T. S., *Selected Essays* (Faber, 1932)

LEISHMAN, J. B., *The Monarch of Wit* (Hutchinson, 1951).

POLLARD, ARTHUR (ed.), *Andrew Marvell: Poems.* A Casebook (Macmillan, 1980).

SUMMERS, JOSEPH H., *George Herbert: His Religion and Art* (Chatto & Windus, 1954).

TUVE, ROSAMUND, *Elizabethan and Metaphysical Imagery* (University of Chicago Press, 1947)

WILLEY, BASIL, *The Seventeenth Century Background* (Chatto & Windus, 1934).

와일리Willey의 책은 연구의 기초 배경을 제시해 준다. 엘리엇Eliot과 베넷Bennett의 형이상학파 시에 대한 평가들은 여전히 영향력을 미치고 있다. 써머즈Summers는 허벗Herbert에 대한 정성들인 연구를 제시하고 있으며, 레이슈만Leishman은 단Donne의 중대한 특성들을 조사해서 제공해 주고 있다. 그리고 폴라드Pollard는 마블Marvell에 대한 포괄적인 연구 결과를 보여주고 있다.

VI. 문예전성기(앤 여왕시대)와 18세기

BROWER, REUBEN A., *Alexander Pope: The Poetry of Allusion* (Oxford U. P., 1959).

DOBRÉE, BONAMY, *English Literature in the Early Eighteenth Century, 1700-1740* (Clarendon, 1959).

HILLES, F. W. & BLOOM, HAROLD, (eds.), *From Sensibility to Romantixism* (Yale U. P., 1965).

HUMPHREYS, A. R., *The Augustan World: Life and Letters in Eighteenth-Century England* (Methuen, 1954).

MINER, EARL, *Dryden's Poetry* (Indiana U. P., 1967).

POLLARD. ARTHUR, *Satire.* No. 7 of *The Critical Idiom* (former editor John D. Jump) (Methuen, 1970).

WILLEY, BASIL, *The Eighteenth Century Background* (Chatto & Windus, 1940).

다시 한 번, 와일리는 그 시대의 정신에 관한 기초적인 제재들을 제공한다. 클리포드Clifford의 에세이 모음은 주요 문학계 인물들을 통해 시대의 다양한 측면을 조사한다. 험프리즈Humphreys는 문학과 사회 간의 상호 관계 cross-fertilization에 대한 탐사를 시작하고 있다.

VII. 낭만주의

ABRAMS, M, H., *Natural Supernaturalism: Tradition and Revolution in Romantic Literature* (Oxford U. P., 1971).

BLACKSTONE, BERNARD, *English Blake* (Archon, 1966).

BLUNDEN, EDMUND, *Shelley: A Life Story* (Collins, 1946).

BOWRA, C. M., *The Romantic Imagination* (Oxford U. P., 1950).

BROOKS, CLEANTH, *The Well Wrought Urn* (Dobson, 1949).

FRYE, NORTHROP (ed.), *Romanticism Reconsidered* (Columbia U. P., 1963).

FURST, LILIAN R., *Romaanticism*, No. 2 of *The Critical Idiom*, (former editor John D. Jump) (Methuen, 1969).

JONES, JOHN, *The Egotistical Sublime: A History of Wordsworth's Imagination* (Chatto & Windus, 1954).

KNIGHT, G. WILSON, *Lord Byron: Christian Virtues* (Oxford U. P., 1953).

WARD, AILEEN, *John Keats: The Making of a poet* (Secker & Warburg, 1963).

우선 여기에 해당되는 서지들은 풍요로운 영시의 지세의 윤곽을 형상화해 준다. 바우라Bowra와 브룩스Brooks는 더 깊이 천착하고 있으며, 블랙스톤Blackstone과 블런든Blunden 및 존즈Jones, 그리고 나잇Knight과 와드Ward는 시인 개개인에 관한 수많은 연구들 중에서도 손꼽히는 수작들이다.

VIII. 빅토리아 시대

BLOOM, HAROLD and MUNICH, ADRIENNE (eds.), *Robert Browning* (Prentice Hall, 1981).

BUCKLEY, J. H., *Tennyson: The Growth of a Poet* (Harvard U. P., 1961).

_____. *The Victorian Temper: A Study in Literary Culture*

(Allen & Unwin, 1952).

DAVIE, DONALD, *Thomas Hardy and British Poetry* (Routledge & Kegan Paul, 1973).

JOHNSON, E. D. H., *The Alien Vision of Victorian Poetry: Source of the Poetic Imagination in Tennyson, Browning and Arnold* (Archon, 1952).

LANGBAUM, ROBERT, *The Poetry of Experience: The Dramatic Monologue in Modern Literary Tradition* (Chatto & Windus, 1957).

PEARSALL, RONALD, *The Worm in the Bud: The World of Victorian Sexuality* (Penguin, 1971).

PICK, JOHN, *Gerald Manley Hopkins, Priest and Poet* (Oxford U. P., 1949)

TRILLING, LIONEL, *Matthew Arnold* (Allen & Unwin, 1949).

WILLEY, BASIL, *Nineteenth Century Studies* (Chatto & Windus, 1949).

WILLIAMS, RAYMOND, *Culture and Society, 1780-1950* (Penguin, 1961).

피어설Pearsall은 빅토리아 시대의 사회적 억압과 그것들이 어떻게 문학으로의 전환하여 표출되었는지를 나타낸다. 윌리엄즈Williams는 문학 창작 활동 이면의 경제적 요소들에 집중하고 있으며, 랭봄Langbaum은 브라우닝의 극적 독백의 완벽성을 조사하였으며, 대비Davie는 하디가 모더니즘에 기여한 것을 사려 깊게 다루고 있다.

IX. 20세기

BERGONZI, BERNARD (ed.), *The Twentieth Century*, Vol. 7 of *Sphere History of Literature in the English Language* (Sphere, 1970).

GARDNER, HELEN, *The Art of T. S. Eliot* (Cresset, 1949).

GIFFORD, TERRY and ROBERTS, NEIL, *Ted Hughes: A Critical Study* (Faber, 1981).

JEFFARES, A. NORMAN, *W. B. Yeats: Man and Poet* (Routledge & Kegan Paul, 1949; rev. ed. 1962).

SILKIN, JON, *Out of Battle: The poetry of the Great War* (Oxford U. P., 1972).

SISSON, C. H., *English Poetry 1900-1950: An Assessment* (Methuen, 1981).

SPEARS, MONROE K., *The Poetry of W. H. Auden: The Disenchanted Island* (Oxford U. P., 1963).

STEAD, C. K., *The New Poetic* (Hutchinson, 1964).

WELLAND, D. S. R., *Wilfred Owen: A Critical Study* (Chatto & Windus, 1960).

예이츠와 엘리엇에 대한 제파즈Jeffares의 시리즈와 가드너Gardner의 연구는 장래성이 있어 보이며, 버건지Bergonzi는 그 시대의 모든 문학계를 걸쳐 활발히 전개되었던 논의를 제공하고 있다. 씨슨Sisson은 19세기의 태동기에서부터 근대시의 발아단계까지 추적하고 있다.

시를 공부하는 학생들이 여태까지 얼마나 자주 풍요로운 영문학사의 미로를 관통하여 포괄적으로 이해할 수 있는 지침서의 탄생을 염원해 왔을까? 이 책은 시드니와 셰익스피어로 시작되는 엘리자베스 시대 소넷에서부터 오든과 휴즈의 현대작품에 이르기까지 영국시를 개관해보는 일과 실제비평의 기술에 대한 축약된 개요를 조합해내고 있다. 운율과 리듬 및 심상과 같은 시적인 장치에 해당하는 기교들이 선별된 23명의 시인들의 시에 대한 정밀한 분석을 곁들여서 충분히 예시되어 있다. 사회와 정치 및 종교, 그리고 예술에 대한 가치와 믿음의 변화에 따라 다양한 시대의 특징을 규정짓는 열정들도 충분히 기술되어 있기 때문에, 시를 읽는 독자들은 작품을 통해서 그 시대의 역사적 속성이나 시대정신까지도 파악할 수가 있을 것이다. 또한 이 책은 상세한 연표를 담고 있으므로, 영국시의 모든 양상들에 대한 활기찬 서설을 제공해주고 있다.

  참고로 이 책의 저자인 존 가렛John Garrett 교수는 카타르Qatar 대학교의 부교수로 재직 중에 있으며, 저명한 맥밀란 대가 안내서Macmillan Master Guide 시리즈의 『존 키이츠 시선』(*Selected Poems of John Keats*)의 저자이기도 하다. 저자의 박식함과 고전에서부터 현대문학에 이르는 폭넓은 그의 식견은 번역하는 도중에 한없이 역자를 괴롭혔다. 특히 낭만주의 문학인에 대한 그의 배려는 그가 키이츠를 전공하여 조예가 깊다는 사실을 말해준다고 하겠다. 다른 장에 비해서 많은 공간을 할애한 8장 부분은 본서의 압권이라고 할 만하며, 7장에서는 토마스 그레이를 다루어 낭만주의 영문학의 태동에 비중을 둠으로써, 치밀한 문학사가의 관점에서 작품들과 시인들의 세계를 비평적으로 서술해가고 있다. 그리고 마지막 장에서 비록 얼마 전까지도 현존해 있기 때문에 다루기에 부담이 적지 않은 휴즈를 특징 있게 정리하고 있다. 일반적으로 대학 강단에서는 살아있기 때문에 앞으로도 얼마든지 그의 문학세계가 변할 수 있는 인물은 강의용으로는 좀처럼 다루지 않고 기피하는 경향이 있으나, 가렛 교수는 이와 같은 금기사항을 깨뜨리면서까지 휴즈의 세계를 관찰하고 있다. 어쩌면 계속 노벨 문학상 후보자로 거론되고 있었던 그의 비중을 의식했을지도 모르지만, 영문학사상으로 현대의 맥을 그가 충실히 이어가고 있다는 확신이 섰기 때문에, 그토록 집요하게 천착하는 것은 아닐까하는 생각도 해본다. 틀림없이 테드 휴즈는 현대 영문학을 대표하는 시인일 뿐만 아니라, 그가 그리고 있는 자연에 대한 애착은 확실히 우리가 살아갈 미래의 세계에 대한 우화를 창작하는데 쓰이는 요긴한 밑거름이 될 수도 있으리라고 생각한다. 이미 작고한 부인 실비아 플라스와의 관계에서 생긴 많은 부산물도 있지만, 그가 창조한 까마귀라는 이미지는 이미 현대 독자들의 상상력에 각인 된 박제 마냥 선명히 부각되고 있다.

　　마지막으로 본서가 나오기까지 연구비지원을 해준 동아대학교와 출판에 도움을 주신 도서출판 동인의 이성모사장님과 여러 분들께 감사를 드립니다. 오역과 오자는 모두 역자의 나태함과 천학에서 비롯되었음을 밝혀두며, 많은 분의 지적과 충고에 귀를 기울이겠습니다.

2013년 3월
옮긴이

감상적 오류 pathetic fallacy ··· 176

객관적 상관물 objective correlative ··· 329

건 Gunn, Thom ··· 389

고딕 소설 Gothic novels ··· 226

곤 Gonne, Maud ··· 348

그레이 Gray, Thomas ··· 169

　「시골묘지에서 쓴 비가」 "Elegy Written in a Country Churchyard" — 169

극적 독백 dramatic monologue ··· 283

『극적 서정시』 Dramatic Lyrics ··· 283

긴즈버그 Ginsberg, Allen ··· 40

낭만주의 전파 pre-Romantic ··· 180

내쉬 Nashe, Thomas ··· 222

뉴먼 Newman, John Henry ··· 253

다다이즘 Dadaism ··· 326

다윈 Darwin, Charles ··· 70, 258

단 Donne, John ··· 53, 94

　「고별사: 슬픔을 금하면서」 "A Valediction: Forbidding Mourning" — 97

달리 Dali, Salvador ··· 331

두운 alliteration ··· 20, 36, 62~64

드라이든 Dryden, John ··· 13, 130

　「올댐씨에 대한 추억에 부쳐」 "To the Memory of Mr. Oldham" — 134

디킨스 Dickens, Charles ··· 17~18, 189, 249

라킨 Larkin, Philip ··· 389

라포르그 Laforgue, Jules ··· 335

래드클립 Radcliffe, Ann ··· 180, 185, 226

랭글랜드 Langland, William ··· 13

로렌스 Lawrence, David Herbert ··· 252, 331

르네상스 Renaissance ··· 14, 76

마블 Marvell, Andrew ··· 114
　「수줍어하는 사랑하는 여인에게」 "To His Coy Mistress" — 117~18
　「아일랜드로부터 귀환한 크롬웰에 대한 호레이스 식 오드」 "An Horatian Ode upon
　　Cromwell's Return from Ireland" — 116~17
　「자기의 새끼사슴의 죽음에 탄식하는 요정」 "The Nymph Complaining for the
　　Death of Her Fawn" — 117

막스 Marx, Karl ··· 70

말장난 pun ··· 100, 126, 319, 353

맥니스 MacNeice, Louis ··· 332

메이스필드 Masefield, John ··· 263
　「바다에 대한 열망」 "Sea-Fever" — 263

모더니즘 Modernism ··· 327

모운 assonance ··· 36, 62~63, 72

무운시 blank verse ··· 51

문예전성기 Augustan age ··· 168

미래파 Futurism ··· 326

밀턴 Milton, John ··· 23, 31, 41
　『잃어버린 낙원』 *Paradise Lost* — 23, 31, 41, 54~55, 386
　『투사 샘슨』 *Samson Agonistes* — 129

「바다로 간 사람」 "The Seafarer" ··· 12

바이런 Byron, George Gordon, Lord ··· 185, 225
　『돈 주앙』 *Don Juan* — 231
　『차일드 헤럴드의 순례』 *Childe Harold's Pilgrimage* — 226
　「그녀는 아름다움 속에서 걷고 있네」 "She walks in Beauty" — 227

바이런식 주인공 Byronic hero ··· 226

「방랑자」 "The Wanderer" … 12~13, 15

버곤지 Bergonzi, Bernard … 339

버질 Virgil … 138

버크 Bruke, Edmund … 145

『베어울프』 *Beowulf* … 12, 18, 70

벤섬 Bentham, Jeremy … 251~52

보들레르 Baudelaire, Charles … 325, 331

부룩 Brooke, Rupert … 334, 369

브라우닝 Browning, Robert … 53, 84, 280

　「나의 전 공작부인」 "My Last Duchess" — 285

　「리포리피 수사」 "Fra Lippo Lippi" — 284

　「폴린」 "Pauline" — 281, 283

　「피파 지나가다」 "Pippa Passes" — 53

브뤼겔 Brueghel, Pieter … 380

브르통 Breton, André … 329

브리지즈 Bridges, Robert … 299

블레이크 Blake, William … 14, 33, 188

　『경험의 노래들』 *Songs of Experience* — 197

　『순수의 노래들』 *Songs of Innocence* — 184, 191

　「사랑의 동산」 "The Garden of Love" — 197

　「성목요일」 "Holy Thursday" — 191

　「순수의 전조」 "Auguries of Innocence" — 201

　「학생」 "The School Boy" — 184

　「호랑이」 "The tiger" — 33

빅토리아 시대 Victorian age … 70, 249~50

4행 연귀 quatrain … 52, 66

산업혁명 industrial Revolution … 188, 248

상징주의 Symbolism … 331

새순 Sassoon, Siegfried … 335

서사시 epic … 44

성유법 onomatopoeia … 36, 271

셰익스피어 Shakespeare, William … 11, 84

　　『12야』 *Twelfth Night* — 16

　　『로미오와 줄리엣』 *Romeo and Juliet* — 156

　　『리어왕』 *King Lear* — 16, 396

　　『리처드 2세』 *Richard II* — 17

　　『오셀로』 *Othello* — 51

　　『햄릿』 *Hamlet* — 46, 65, 276, 326

　　『헨리 5세』 *Henry V* — 16

셸리 Shelley, Percy Bysshe … 233

　　「1819년의 영국」 "England in 1819" — 239~40

　　「맵 여왕」 "Queen Mab" — 234

　　「영국인들에게 바치는 노래」 "Song to the Men of England" — 236

소넷 sonnet … 76

소용돌이파 Vorticism … 326

스위프트 Swift, Jonathan … 157

　　『걸리버 여행기』 *Gulliver's Travels* — 148, 157, 159

　　「아침 풍경의 묘사」 "A Description of the Morning" — 159

스윈번 Swinburne, Algernon … 325

스펜서 Spenser, Edmund … 390

스프렁 리듬 sprung rhythm … 303

시드니 Sidney, Sir Philip … 76

　　『애스트로펠과 스텔라』 *Astrophel and Stella* — 78

시어법 diction … 40

실존주의 Existentialism … 334

심상 imagery … 20, 31

써레이 Surrey, Henry Howard Earl of … 77

쏘로우 Thoreau, Henry David … 354

아놀드 Arnold, Matthew … 17, 253

『교양과 무질서』 *Culture and Anarchy* — 253

『비평의 기능』 *The Function of Criticism* — 254

「고독—마거릿에게」 "Isolation—To Marguerite" — 257

「도우버 해안」 "Dover Beach" — 17, 323

「마거릿에게—속편」 "To Marguerite—Continued" — 255, 261

아이러니 irony … 22, 193

애가 elegy … 133

앨릭잰드린 Alexandrine … 141~42

어조 tone … 24

엘리엇 Eliot, Thomas Stearns … 32, 84, 97, 334

『황무지』 *The Waste Land* — 277, 306, 331, 336

「가지 않았던 길」 "The Road Not Taken" — 254

「게론티언」 "Gerontion" — 199, 328

「앨프릿 프루프록의 연가」 "The Love Song of J. Alfred Prufrock" — 32, 71, 336

역설 paradox … 103

영 Young, Edward … 167

예이츠 Yeats, William Butler … 281, 323, 347

「곡마단 동물들의 탈주」 "The Circus Animals' Desertion" — 366

「미친 제인이 주교와 말을 나누다」 "Crazy Jane Talks with the Bishop" — 348

「비잔티움으로의 항해」 "Sailing to Byzantium" — 356~66

「사람과 메아리」 "The Man and the Echo" — 372

「이니스프리의 호도」 "The Lake Isle of Innisfree" — 351, 359

「재림」 "The Second Coming" — 323

「정치」 "Politics" — 349

오든 Auden, Wystan Hugh … 266, 371

「1939년 9월 1일」 "1st September 1939" — 343, 382

「그들의 외로운 선배들」 "Their Lonely Betters" — 373

「미술관」 "Mesée des Beaux Arts" — 378

「바다와 거울」 "The Sea and the Mirror" — 374~75

오비드 Ovid … 133

오스틴 Austen, Jane … 16, 148, 185

오웬 Owen, Wilfred … 21, 335, 370

　「이상한 만남」 "Strange Meeting" ― 68~69

　「죽을 운명의 젊은이를 위한 찬가」 "Anthem for Doomed Youth" ― 21~22, 27, 58,
　　64

　「즐겁고도 합당하다」 "Dulce et Decorum Est" ― 370

오웰 Orwell, George … 71

와이엇 Wyatt, Sir Thomas … 77

와일드 Wilde, Oscar … 325~26, 371

왕정복고 Restoration … 16, 128, 144

운율 rhyme … 62

워 Waugh, Evelyn … 332

워즈워스 Wordsworth, William … 24, 27, 201

　『서시』 The Prelude ― 202

　『서정시화집』 Lyrical Ballads ― 175

　「그녀는 인적 드문 곳에서 살았네」 "She Dwelt Among the Untrodden Ways" ― 47,
　　52

　「나는 외롭게 방황했지 구름 마냥」 "I Wandered Lonely As a Cloud" ― 39, 206

　「내 마음은 뛰누나」 "My Hearts Leaps Up" ― 204

　「웨스트민스터교 위에서 쓴 시」 "Composed upon Westminster Bridge" ― 25

　「침체가 내 정신을 봉하고 말았지」 "A Slumber Did My Spirit Seal" ― 215

　「틴턴 사원 몇 마일 위에서 지은 시」 "Lines Composed a Few Miles Above Tintern
　　Abbey" ― 205

　「폐허가 된 오두막」 "The Ruined Cottage" ― 203

워즈워스, 도로시 Wordsworth, Dorothy … 24, 213

월러 Waller, Edmund … 132

월폴 Walpole, Horace … 167

웰링턴 Wellington, Duke of Wessex … 237

율독 scan … 48

융 Jung, Carl Gustav … 230, 264, 325

은유 metaphor … 37

이미지즘 Imagism … 326

이분법 dichotomy … 355

이행연구 couplet … 159~60

　　영웅대구시체 heroic couplet — 130, 158~59

자운 consonants … 70

자유시 free verse … 67, 303

조이스 Joyce, James … 284

존슨 Johnson, Samuel … 132

존재의 대 연쇄 Great Chain of Being … 130, 146

주제 theme … 20

직유 simile … 37

집단무의식 collective unconscious … 264

채프먼 Chapman, George … 220

청교도주의 Puritanism … 116, 248, 251

초서 Chaucer, Geoffrey … 13, 156

　　『켄터베리 이야기』 The Canterbury Tales — 15

　　『트로일러스와 크리세이드』 Troilus and Criseyde — 156

초현실주의 Surrealism … 327

카르피 다이엠 carpe diem … 125

커밍스 Cummings, E. E. … 42, 67

　　「초상」 "Portrait" — 42, 67

케닝 kenning … 296

코울리지 Coleridge, Samuel Taylor … 18, 45

　　『문학평전』 Biographia Literaria — 183

　　「노수부의 노래」 "The Rime of the Ancient Mariner" — 18, 46

「쿠블라 칸」 "Kubla Khan" — 45, 66

「크리스타벨」 "Christabel" — 72

크롬웰 Cromwell, Oliver ⋯ 115

키이츠 Keats, John ⋯ 15, 34, 175, 215

「가을에게」 "To Autumn" — 15, 73

「그리스 항아리에 부치는 오드」 "Ode on a Grecian Urn" — 216, 221

「나는 발끝으로 서 있었지」 "I stood Tip-toe" — 48

「나이팅게일에 부치는 오드」 "Ode to a Nightingale" — 34~35, 73, 244~45, 317

「레이미아」 "Lamia" — 36

「성 애그니스 전야」 "The Eve of St. Agnes" — 34

「채프먼의 호머를 처음 보았을 때」 "On First Looking into Chapmans Homer" — 218

「하이피리언」 "Hyperion" — 318

「헤이든에게」 "Addressed to Haydon" — 186

키플링 Kipling, Rudyard ⋯ 324

테니슨 Tennyson, Alfred Lord ⋯ 264

『인 메모리엄』 In Memoriam — 70, 268, 270~71

「60년 뒤 락슬리 홀」 "Locksley Hall Sixty Years After" — 269, 272

「경 여단의 공격」 "The Charge of the Light Brigade" — 51, 269

「락슬리 홀」 "Locksley Hall" — 50, 265

「모래톱을 건너면서」 "Crossing the Bar" — 273

「샬롯의 여인」 "The Lady of Shalott" — 271

「율리시즈」 "Ulysses" — 272

토마스 Thomas, Dylan ⋯ 307

파운드 Pound, Ezra ⋯ 327

퍼스나 persona ⋯ 84, 117, 283

페트라르카 Petrarch ⋯ 77

포프 Pope, Alexander ⋯ 11, 36, 55, 145

『던시아드』 *The Dunciad* ― 148, 157

『인간론』 *An Essay on Man* ― 146

풍자 satire ⋯ 133, 146

프랑스 혁명 French Revolution ⋯ 129, 166, 190, 237

프로스트 Frost, Robert ⋯ 28, 254

「불과 얼음」 "Fire and Ice" ― 28

프로이트 Freud, Sigmund ⋯ 190, 272, 325

프톨레마이오스 Ptolemy ⋯ 82, 94

플라스 Plath, Sylvia ⋯ 389

하디 Hardy, Thomas ⋯ 308

『비운의 주드』 *Jude the Obscure* ― 308

「신이 잊은 것」 "God-Forgotten" ― 310

「영불해협의 함포사격」 "Channek Firing" ― 320, 323

「중간 색조」 "Neutral Tones" ― 313

「해 저물녘의 티티새」 "The Darkling Thrush" ― 313

하우스먼 Housman, Alfred Edward ⋯ 369

허벗 Herbert, George ⋯ 104

「사랑(3)」 "Love(III)" ― 108

「요르단(1)」 "Jordan(I)" ― 105

「죄의 윤회」 "Sin's Round" ― 107~8

「칼라」 "The Collar" ― 107

형이상학파 시 metaphysical poetry ⋯ 415

호레이스 Horace ⋯ 158

『시의 기술』 *Ars Poetica* ― 158

호머 Homer ⋯ 137

홉킨스 Hopkins, Gerard Manley ⋯ 210, 295

「그런 천성은 헤라클레이토스의 불이며 부활의 위안이 된다」 "That Nature Is a Heraclitean Fire and of the Comfort of the Resurrection" ― 210

「빈지 포플라」 "Binsey Poplars" ― 298, 300

「신의 장엄함」 "God's Grandeur" — 301

「최악이 아닌 것은, 아무 것도 없다」 "No Worst, There Is None" — 300

휴즈 Hughes, Ted … 311, 391

『까마귀』 Crow — 391

「까마귀 친목회」 "Crow Commune" — 397

휴지 caesure … 49, 306

흄 Hulme, T. E. … 327

| 지은이 | **존 가렛** John Garrett

낭만주의 영문학 전공

현재 카타르(Qatar) 대학교 영문과 교수

● 저 서   『존 키이츠 시선』(*Selected Poems of John Keats*)

　　　　　[맥밀란 대가 안내시리즈](the Macmillan Master Guide series)

| 옮긴이 | **최영승** 崔瑩勝

부산대학교 문학박사

동아대, 동의대 대학원 강사

미국 포덤(Fordham) 대학교 객원교수

현재 동아대학교 영어영문학과 교수

● 저 서   『영미수필문학의 개관과 이해』학사원, 『영미시의 이해』한신문화사

　　　　　『영미문화의 이해』동아대 출판부, 『영미에세이의 이해』학사원

　　　　　『영미문화와 지역이해』동아대 출판부, 『영미문학비평』동아대 출판부

　　　　　『영미시의 감상과 이해』우용 출판사, 『영미문화의 키워드』동아대 출판부

　　　　　『영미시 즐기기』도서출판 동인, 『영국사회와 문화』동아대 출판부

　　　　　『미국사회와 문화』동아대 출판부, 『영미지역과 문화』동아대 출판부

　　　　　『엘리엇 시극 연구』도서출판 동인(공저), 『영미문학비평의 이해』동아대 출판부

　　　　　『영미사회와 영어권 문화여행』동아대 출판부

● 역 서   『영문학의 가치와 전통』학문사, 『전후미국문학개관』동아대 출판부

　　　　　『16세기 이후의 영국시』한신문화사, 『전후 미국시 개설』도서출판 동인

　　　　　『페미니즘과 영미시』도서출판 동인

　　　　　『현대시에 비친 20세기: 비평적 개관』도서출판 동인

● 논 문   「The Religious and Thematic Significance of Popular Literary Elements in T. S.

　　　　　Eliot's *Sweeney Agonistes*」외 현대 영미시와 소설에 관한 논문 40여 편

영국시의 이해와 역사적 개관

초판1쇄 발행일   2013년 6월 20일

지은이 존 가렛 / **옮긴이** 최영승
발행인 이성모
발행처 도서출판 동인
주 소   서울시 종로구 명륜2가 237 아남주상복합아파트 118호
등 록   제1-1599호
TEL   (02) 765-7145 / **FAX** (02) 765-7165
E-mail dongin60@chol.com / **Homepage** donginbook.co.kr
ISBN   978-89-5506-535-0
정가   20,000원